Fischer TaschenBibliothek

Alle Titel im Taschenformat finden Sie unter:
www.fischer-taschenbibliothek.de

»Ab jetzt ist Ruhe« – dieser Spruch, den die unruhigen Kinder mit ihrer Mutter aufsagten und der sie in den Schlaf geleiten sollte, liegt wie ein Motto über dem Familienroman von Marion Brasch.
Die jüdischen Eltern, die sich im Exil in London kennenlernten, gründeten die Existenz ihrer jungen Familie in Ostberlin, wo der Vater nach dem Krieg seine Ideale als Politiker verwirklichen wollte. Die drei Söhne – zwei davon wurden Schriftsteller, der mittlere Schauspieler – revoltierten gegen die Autorität der Vätergeneration und scheiterten an der Wirklichkeit, während die kleine Schwester Versöhnung und Ausgleich suchte und oft genug damit an Grenzen stieß, auch an die eigenen.
Marion Brasch ist mit diesem Roman ein bewegender, oft witziger Rückblick auf die Geschichte ihrer Familie gelungen, gleichzeitig erzählt sie ihr eigenes Leben in einem Land, das es heute nicht mehr gibt.

Marion Brasch wurde 1961 in Berlin geboren. Nach dem Abitur arbeitete die gelernte Schriftsetzerin in einer Druckerei, bei verschiedenen Verlagen und beim Komponistenverband der DDR, später fürs Radio. Bei S. FISCHER erschienen die Romane »Ab jetzt ist Ruhe«, »Wunderlich fährt nach Norden« und »Lieber woanders«.

Weitere Informationen finden Sie auf www.fischerverlage.de

Marion Brasch

Ab jetzt ist Ruhe
Roman meiner fabelhaften Familie

Mit einem Nachwort
von Alexander Osang

FISCHER TaschenBibliothek

5. Auflage 2025

Erschienen bei FISCHER Taschenbuch
Frankfurt am Main, Mai 2015

© S. Fischer Verlag GmbH, Frankfurt am Main 2015
Für das Nachwort:
© 2023 Alexander Osang
Die Nutzung unserer Werke für Text- und Data-Mining
im Sinne von § 44b UrhG behalten wir uns explizit vor.

Umschlaggestaltung: Hißmann/Heilmann, Hamburg
Umschlagabbildung: Kim Reuter
Satz: Druckerei C.H.Beck, Nördlingen
Druck und Bindung: CPI books GmbH, Leck
ISBN 978-3-596-52063-3

Kontaktadresse nach EU-Produktsicherheitsverordnung:
produktsicherheit@fischerverlage.de

Für Lena

PROLOG

Ich war vier Jahre alt, als ich das erste Mal von zu Hause fortlief. Ich kann mich nicht daran erinnern, doch mir wurde diese Geschichte immer wieder auf sehr widersprüchliche Weise kolportiert. Mein Vater erzählte, man habe an jenem Sonntagnachmittag mein Verschwinden erst bemerkt, als der Anruf der Bahnhofsaufsicht gekommen sei. Man habe mich im Süßwarenladen der Bahnhofspassagen Alexanderplatz aufgegriffen, wo ich auf der kostenlosen Herausgabe einer Tüte Schokolinsen bestanden hätte.

Meine Mutter berichtete, sie habe das Kinderbett leer vorgefunden, als sie die Bügelwäsche in den Schrank legen wollte. Glücklicherweise habe es in genau diesem Augenblick an der Tür geklingelt. Es sei die Nachbarin gewesen, die mich weinend und orientierungslos im Bahnhof habe herumirren sehen. Meine Mutter pflegte ihre Erzählung mit allerhand interessanten, wenngleich auch variierenden Details auszuschmücken: Mal trug ich einen Schlafanzug, mal war ich komplett angezogen. Mal hatte ich ein Eis in der Hand, mal war's ein Lutscher. Aber immer stand die Nachbarin aus dem vierten Stock vor der Tür.

Und dann gab es noch die Version meines damals neunjährigen jüngsten Bruders. Er behauptete beleidigt, nicht ich sei abgehauen, sondern er. Und es sei auch kein Süßwarenladen gewesen, sondern ein Tabakgeschäft.

Dies ist eine der Geschichten, die in meiner Familie immer wieder erzählt wurden. Und sie ist wahr – genauso wahr wie alle folgenden Geschichten.

EINS

Ich war also vier Jahre alt, als ich das erste Mal von zu Hause fortlief. Ich kann mich daran erinnern, weil meine Mutter mich früher als sonst zum Mittagsschlaf ins Bett schickte. Normalerweise durfte ich sonntags nach dem Essen noch eine halbe Stunde bei den Erwachsenen spielen. Für normale Sonntage wie diesen hatte ich ein wechselndes Arsenal an Spielsachen, das ich in meiner Spieldecke ins Esszimmer zu schleifen und unter dem Esstisch auszubreiten pflegte. An normalen Sonntagen wie diesem saßen meine Eltern und meine beiden größeren Brüder um diesen Tisch. Diesmal war sogar mein dritter und ältester Bruder da, der sich immer seltener blicken ließ.

Er war neunzehn, sah toll aus und trug eine Lederjacke, die unglaublich gut roch und bei jeder seiner Bewegungen knarzte wie ein alter Baum. Je erregter das Gespräch am Tisch wurde, desto schneller und lauter schien auch die Jacke zu sprechen. Ein faszinierender, aber irgendwie auch beunruhigender Vorgang, den ich gebannt verfolgte, bis das Gesicht meiner Mutter unter dem Tisch erschien und mir mit großer Bestimmtheit bedeutete, dass ich diesen Ort ganz schnell in Richtung Kinderzimmer zu verlassen hätte.

Ich ließ mir Zeit. Denn sosehr ich es auch hasste, wenn sie sich stritten – noch mehr hasste ich es, ihnen aus der Verbannung dabei zuhören zu müssen. Doch es nutzte nichts, irgendwann war ich allein in meinem blöden Bett im Kinderzimmer. Allerdings nicht sehr lange, denn bald wurde auch mein jüngster Bruder rausgeschmissen. Er, der mit neun Jahren eigentlich schon lange keinen Mittagsschlaf mehr machen musste. Er, der immer so tat, als würde er die Erwachsenen verstehen. Er, der im Doppelstockbett immer oben schlafen durfte.

Fluchend schmiss er die Kinderzimmertür zu, klärte mich über »die Spießigkeit der Alten« auf und ließ seine Wut mit kindlicher Grausamkeit an meiner Lieblingspuppe aus, indem er ihr mit den Worten »Die sieht doch so viel besser aus!« das Gummigesicht eindrückte. Danach kletterte er in sein Bett und schwieg beleidigt.

An normalen Sonntagen hätte ich nach der Sache mit der Puppe etwas nach ihm geworfen und wäre petzen gegangen.

Doch dieser Sonntag war anders. Vielleicht war ich erwachsener geworden, vielleicht fiel auch einfach nur eine Tür zu viel zu – es spielte keine Rolle. Ich wollte weg. Türmen.

Türmen. Das war das Wort, das meine Mutter benutzte, wenn sie von England sprach. »Wir sind getürmt«, sagte sie und erzählte mir irgendwann auch von der Zahnbürste, mit der sie und ihre Schwester in Wien unter Aufsicht der Nazis die Straße putzen mussten. Sie erzählte diese Geschichte beiläufig. Wie eine Episode, die sie normalerweise vergessen hätte. Wie eine Anekdote, an die man sich nur wegen einer Nebensächlichkeit erinnert: eine Zahnbürste, die danach zu nichts mehr zu gebrauchen war.

Ich dachte damals, das sei ein Spiel gewesen: Wer verliert, putzt eben die Straße mit der Zahnbürste, na und? Und Nazis – das Wort klang aus ihrem weichen wienerischen Mund so, als handelte es sich um eine putzige Hunderasse. Doch türmen – das Wort war toll.

Ich stellte mir meine Mutter vor, wie sie sich mit ihren Habseligkeiten verwegen von einem Turm zum nächsten schwang und irgendwann in London ankam. So was wollte ich auch versuchen. Doch die Zeit schien einfach noch nicht reif, und es gab in meiner Gegend auch irgendwie nicht genügend Türme. Deshalb kam ich nur bis zum Bahnhof Alexanderplatz.

Den Weg dorthin hätte ich mit geschlossenen Augen gehen können. Das hatte ich oft an der Hand meines Vaters geübt, wenn er mich am Wochenende zum Zigarettenholen mitnahm. Wir hatten einen Geheimcode. Einmal die Hand drücken: Bürgersteig runter, zweimal die Hand drücken: Bürgersteig rauf. Anfangs blinzelte ich noch manchmal, irgendwann nicht mehr. Ich öffnete die Augen erst, wenn ich den Laden roch, in dem mein Vater sich Zigaretten und mir Süßigkeiten kaufte. Das Geschäft duftete nach Tabak und Kaffee. Ich mochte diesen Duft, konnte ihn aber nicht genießen, weil die Verkäuferin eine fette Idiotin war. Sie behandelte mich, als sei sie mit mir verwandt, und tätschelte mit ihren dicken Wurstfingern mein Kinn, als wollte sie es mir bei nächster Gelegenheit klauen, weil sie selbst keins mehr hatte. Das alles hätte ich leicht ertragen, wäre sie nicht so scharf auf meinen Vater gewesen: »Na, Herr Stellvertretender Minister?«, pflegte sie zu schleimen. »Die Guten, wie immer?« Mein Vater nickte. »Und für die Kleine: Schokolinsen!«, schrie sie, als sei ich begriffsstutzig oder taub. Ich hasste die Dicke. Und sie war immer da. Vielleicht war sie zu fett, um diesen Ort zu verlassen. Vielleicht war sie so fett wie der dicke Herr Bell, von dem mein ältester Bruder mir mal erzählt hatte.

Der dicke Herr Bell war irgendwann so dick, dass er nicht mehr durch seine Wohnungstür passte. Er saß den ganzen Tag auf dem Teppich und wartete auf seine Nachbarin, die ihm etwas zu essen brachte. Der dicke Herr Bell wurde immer trauriger, weil er gar nicht mehr wusste, was in der Welt passierte. Doch irgendwann kam ihm eine Idee.

Er bat seine Nachbarin, ihm einen langen Draht, dünnes Blech, einen Hammer und zwei Zangen zu besorgen. Jetzt hat er den Verstand verloren, dachte die Nachbarin. Doch sie brachte ihm, was er wollte. Und der dicke Herr Bell erfand das Telefon und wurde irgendwann wieder fröhlich, weil er Leute anrufen konnte, die ihm erzählten, was in der Welt passierte.

Die dicke Frau im Tabakladen war nicht fröhlich. Sie war nur fett und laut. Auch als sie mich an diesem Sonntagnachmittag durch die Schlange erspähte. Sie stemmte ihre Oberschenkelarme in die Hüfte und schrie: »Na, was macht denn die kleine Motte hier?! Wo ist denn der Vati?!« Das Wort »Vati« erreichte nur noch durch den Hall der Bahnhofspassage mein Ohr, wo ich der Nachbarin aus dem vierten Stock in die Arme lief.

»Was machst du denn hier so ganz allein?«

»Ich bin getürmt«, erklärte ich.

»Soso«, sagte sie, kaufte mir ein Eis und brachte mich nach Hause. Meine Mutter war kreidebleich, als sie die Tür öffnete. Sie bedankte sich kleinlaut bei der Nachbarin und zog mich in die Wohnung.

»Was hast du dir dabei gedacht?«

»Ich bin getürmt. Genau wie du!«

»Unser Schwesterchen ist getürmt«, feixte mein mittlerer Bruder, der plötzlich hinter ihr stand. »Alle wollen es, und sie macht's einfach.« Er war vierzehn, und ich sah ihn nur am Wochenende, wenn er aus dem Internat nach Hause kam.

Meine Mutter fuhr herum. »Geh sofort in dein Zimmer, wir sprechen uns noch!«, herrschte sie ihn an.

»Wir sprechen uns noch«, äffte mein Bruder sie nach und verschwand in seinem Zimmer. Meine Mutter schimpfte mit mir, und ich musste ihr versprechen, dass ich so etwas nie wieder tun würde.

»Bilde dir bloß nichts drauf ein!«, sagte mein jüngster Bruder, als wir abends im Bett lagen. »Ich bin schon abgehauen, da lagst du noch als Quark im Schaufenster.«

»Gar nicht.«

»Du hast doch überhaupt keine Ahnung.«

»Und du bist doof.«

»Schnauze.«

»Selber.«

Meine Mutter kam herein.

»Schluss jetzt«, sagte sie streng und zog die Vorhänge zu. Sie kam an unser Bett, küsste uns, und wir sagten unseren Gutenachtspruch auf, jeder immer ein Wort.

Ab – jetzt – ist – Ruhe.

Dann machte sie das Licht aus und ging.

Wenn es nach meinem ältesten Bruder ging, war jenem spektakulären Fluchtversuch bereits ein anderer vorausgegangen. Damals war ich zehn Monate alt und er sechzehn Jahre. Wir bewohnten ein Haus am Stadtrand und verfügten sowohl über einen Hund namens Fred als auch über eine ältliche Haushälterin mit Überbiss: Agnes.

Es war ein gewöhnlicher Vormittag im Sommer. Meine Eltern arbeiteten, meine beiden jüngeren Brüder waren im Kindergarten und in der Schule. Ich war mit meinem ältesten Bruder, Hund Fred und Agnes allein. Agnes rauchte in der Küche, mein Bruder war in seinem Zimmer, Fred lungerte im Garten herum, und ich spielte auf dem Wohnzimmerteppich.

Ob aus Langeweile oder Neugier – unbeobachtet und mit nicht mehr als ein paar lässig um die Hüften geschwungenen Stoffwindeln kroch ich irgendwann aus dem Haus, durch den Garten und auf die Straße. Der Hund entdeckte mich, rannte mir hinterher, trug mich an den Windeln im Maul zurück und legte mich schweigend in den Flur, worauf ich in gellendes Geschrei ausbrach. Mein ältester Bruder stürzte aus seinem Zimmer, setzte mich ins Laufgitter, rief nach der nutzlos in der Küche rauchenden Agnes und knallte ihr eine. Agnes wurde noch am selben Tag gefeuert, und auch der Hund muss kurz darauf gestorben sein, denn ich kann mich beim besten Willen an kein Hundegesicht erinnern. Wir verließen das Haus am Stadtrand und zogen in eine Neubauwohnung am Alexanderplatz.

Von da an ging ich in die Wochenkrippe – eine fabelhafte Einrichtung: Montagfrüh wurde man frisch gewindelt abgegeben und Freitagabend im gleichen Zustand wieder abgeholt. Dazwischen galt meine ganze Aufmerksamkeit vermutlich der Aufnahme und dem Ausscheiden von Nahrung.

Auf die Wochenkrippe folgte der Kindergarten. Und für den Kindergarten hatte ich einen Fahrer, der mich dorthin brachte, nachdem er meinen Vater bei der Arbeit abgesetzt hatte. Das Auto war ein schwarz glänzender Tatra, und der Fahrer hieß Herr Wolf. Herr Wolf war ein großer, breitschultriger Mann und hatte immer nasse Haare, die er an jeder roten Ampel mit einem braunen Kamm akkurat nach hinten kämmte, so dass sie am Hinterkopf eine Art Scheitel bildeten.

Herr Wolf brachte mich zu der kleinen pudelköpfigen Tante Ritter und der strengen, hässlich bebrillten Tante Liebig. Die beiden ergänzten sich vortrefflich. Was das weiche Herz der einen durchgehen ließ, rückte die andere mit mahnender Stimme und fester Hand wieder zurecht.

Einmal gab es zum Mittag Sülze, also Fleischfetzen mit Fettaugen in Aspik. Tante Ritter ging um den Tisch herum und versuchte uns das eklige Essen irgendwie schmackhaft zu machen. »Guck mal, das da hat ein Gesicht, es lacht dich an. Es will gegessen werden, mmmh.« Die meisten machten gute Miene zum bösen Spiel und schoben sich den Fraß in homöopathischen Dosen irgendwie rein. Wenn Tante Liebig hingegen ihre Runde drehte, waren große Gabeln angesagt. Auch bei mir. Sie beugte sich mit ihren schweren Brüsten über meine Schulter und zeigte mit noch schwererem Finger auf meinen jungfräulichen Teller: »Was ist denn das? Da liegt ja noch alles drauf! Jetzt aber ganz schnell weg damit!« Sie griff nach dem unberührten Besteck, spießte ein großes Stück des fleischfarbenen Glibbers auf und hielt es mir vor die Nase. Nicht sehr lange, weil ich kotzen musste und damit das eklige Zeug auf meinem Teller endgültig ungenießbar machte.

Ebenso ungern erinnere ich mich an die Faschingsfeiern im Kindergarten. Während die anderen jedes Jahr in neuer Gestalt erschienen, war ich das Blumenmädchen, und zwar immer: Sommerkleid, Kopftuch und ein kleines Körbchen mit Kunstblumen. Einmal gab mir meine Mutter ein rotes Kopftuch und legte in das Körbchen eine leere Rotweinflasche und zwei Stücke Marmorkuchen: Rotkäppchen – es war demütigend.

Für den letzten Fasching im Kindergarten wollte ich das Blatt wenden. Und Oma Potsdam sollte mir dabei helfen. Sie war die Mutter meines Vaters, und wir nannten sie Oma Potsdam, um sie von Oma London zu unterscheiden.

Oma Potsdam ging mit mir in einen Laden, wie

ich ihn vorher und auch nachher nie wieder gesehen habe. Von außen ein Geschäft für »Textilien und Kurzwaren«, drinnen eine bunte Wunderhöhle, vollgestopft mit Farben. Es konnten sich höchstens zwei oder drei Kunden gleichzeitig darin aufhalten, so eng war es dort. Die Tische bogen sich unter der Last großer, vielfarbiger und glänzender Stoffballen, in den Regalen türmten sich Garnrollen und Wollknäuel, von der Decke hingen lange bunte Bänder in allen Materialien und mit verschiedensten Mustern. Es gab große Holztruhen mit Tausenden Stoffresten und Kisten voller Knöpfe, Pailletten und Strass.

Die Besitzerin des Ladens hieß Eva, meine Oma duzte sie. Eva war ungefähr vierzig und unglaublich schön. Sie hatte feuerrotes lockiges Haar und graue Augen, deren Lider halb geschlossen waren, so dass sie immer irgendwie müde aussah. Meine Oma nannte es »Schlafzimmerblick«. Dass dieses Wort eine andere Bedeutung hatte, als ich ihm gab, lernte ich erst später. Auch erzählte sie mir irgendwann, dass Evas rotes Haar gar nicht echt sei und sie eigentlich das mittelblonde glatte Haar ihres Vaters habe – eines asthmatischen Bäckermeisters, bei dem ich immer unsere Brötchen holte.

Wir zwängten uns durch Evas Laden und suchten aus, was man für eine morgenländische Prinzessin brauchte. Eva nahm meine Maße und bestellte uns für den nächsten Tag in ihre Wohnung, deren Wände mit Stoffen tapeziert und mit Bildern geschmückt waren, die nur ein einziges Motiv hatten: Eva.

Eva schneiderte mir einen paillettenbesetzten Traum aus dunkelblauer Kunstseide, mit Schleier und langer Schleppe. Die Lebenszeit dieses Traumes betrug exakt zwei Stunden und endete im Hausflur meiner Oma als rußiges Nichts mit zerrissener Schleppe, einem verstauchten Knöchel und schlimmen Tränen. Völlig unbemerkt hatte sich die Prinzessin aus der Wohnung geschlichen, um ihre Großmutter mit einem Eimer Kohlen aus dem Keller zu überraschen. Scheherazade sollte den Hinterhof in Potsdam niemals verlassen.

Ich liebte es, zu Oma Potsdam zu fahren. Ich durfte aufbleiben, so lange ich wollte, ich durfte Westfernsehen gucken und dabei meiner Oma Zigaretten drehen. Sie besaß eine silberne Tabakdose und eine Zigarettenspitze aus Elfenbein, an der sie elegant wie ein Filmstar zog, während sie mir Geschichten von früher erzählte. Geschichten aus einer Welt, die mit der, in der sie jetzt lebte, nicht das Geringste gemein hatte. Es war die Welt einer wohlhabenden jüdischen Fabrikantenfamilie, die aus einem Kaff bei Breslau nach Berlin gekommen war. Ihr Vater war eines von acht Kindern, hatte einen Zwillingsbruder und starb mit nur einundfünfzig Jahren. »An gebrochenem Herzen«, wie meine Oma immer wieder seufzend und nicht ohne eine gewisse Dramatik betonte. Über ihre strenge Mutter sprach sie kaum.

Sie zeigte mir Fotos von ihrem Bruder, der im Ersten Weltkrieg in die afrikanischen Kolonien ging und dort an Gelbfieber starb. Sie zeigte mir ihre schöne Schwester – eine Sängerin und Tänzerin, die von den Frauen hochrangiger Nazis protegiert wurde, bis man sie dann doch nicht mehr so toll fand und nach Theresienstadt deportierte.

Sie erzählte mir von ihren drei Ehemännern, von denen einer schlimmer gewesen sei als der andere. »Sie haben mich alle betrogen«, seufzte meine Oma. »Aber sie sahen blendend aus!«

Sie zeigte mir das Foto eines jungen Mannes, der meinem Vater zum Verwechseln ähnlich sah. Er trug die Uniform eines Offiziers im Ersten Weltkrieg und lächelte charmant in die Kamera. »Ein schöner Nichtsnutz, ein Schürzenjäger. Er ist leider wahnsinnig geworden.« Bevor das geschah, ließ sie sich von ihm scheiden, um kurz darauf einen Filmkritiker zu heiraten, der ihr das Berlin der zwanziger Jahre zu Füßen legte. Allerdings nur so lange, bis er die Füße anderer Frauen verlockender fand.

Folgte Ehemann Nummer drei: ein Biologe, Kunstliebhaber und Übersetzer. Er war zwanzig Jahre älter als meine Oma und holte sie in das kleine oberbayerische Dorf, in dem er lebte.

»Sie haben sich das Maul zerrissen, wenn wir die Dorfstraße entlangliefen«, erzählte sie mir und zog an ihrer elfenbeinernen Zigarettenspitze. »›Die geschiedene Jüdin‹ haben sie mich genannt. Aber ich war besser als dieses Pack!« Sie stieß den Rauch mit einer Verachtung aus, als befände sich das Dorf vollzählig mit uns im Raum.

Sie war besser und bewies es den Leuten, indem sie katholischer wurde als sie. Sie machte die Religion zu ihrem neuen Hobby. Doch was sie anfangs noch aus einer Mischung aus Trotz, Langeweile und Neugier tat, wurde mehr und mehr zum Lebensinhalt. Irgendwann gab sie nicht nur vor zu glauben – sie glaubte tatsächlich.

Ihren Sohn, der später mein Vater werden sollte, schickte sie auf ein katholisches Internat in den Bergen. Dort wurde er ein fleißiger Ministrant, und wäre er nicht beschnitten gewesen, hätte er wohl bald gänzlich vergessen, dass er Jude war. Er lernte, was ein guter Katholik zu lernen hatte. Pater Richard lehrte ihn Latein, bei Pater Rupert beichtete er, und Pater Martin erklärte ihm die Welt. Allerdings auf eine Weise, die der Gestapo nicht gefiel. Jetzt war er Antifaschist und Jude – das ging gar nicht, er musste weg. Aus dem Internat und aus dem Land. Ein jüdischer Kindertransport brachte ihn nach England.

Seine Mutter durfte bleiben. Sie war durch die Verbindung mit einem nichtjüdischen Mann noch geschützt. Später versteckte er sie, und als der Krieg vorbei war, wurde die Ehe wegen des wiederholten Vorwurfs der Schürzenjägerei geschieden. Meine Oma lebte noch zwei Jahre im Gästezimmer ihres Ex-Mannes und seiner jungen Frau, und als mein Vater aus dem Exil zurückgekehrt war, fand er für sie die kleine Wohnung in Potsdam, in der sie auch jetzt noch lebte.

Meine Oma liebte den Schein und die Welt der schönen Dinge. Sie verlor sich gern in der Vergangenheit, die sie wie einen Schatz in ihrem alten Sekretär verbarg. Manchmal gab sie mir den Schlüssel und erlaubte mir, in die vielen kleinen Schubladen zu schauen, in denen sie die Insignien eines anderen Lebens aufbewahrte.

Sie lebte in der Vergangenheit, ohne zu vergessen, dass ich ein Teil ihrer Gegenwart war. Sie ließ mich in ihrem Bett unter dem hölzernen Kreuz schlafen und nächtigte selbst auf der unbequemen Couch im Wohnzimmer. Wenn ich morgens aufwachte, kroch ich zu ihr unter die Decke, und sie las mir mit ihrer knarzigen warmen Stimme Indianergeschichten vor. Sie kochte mir Grüne Bohnen, buk mir Schokoladenkuchen und kaufte mir kleine Ringe mit leuchtenden bunten Glassteinen.

Nur die Sonntagvormittage waren öde. Da nahm sie mich mit in die Kirche. Eine Stunde elender Langeweile mit ernst dreinblickenden alten Leuten und einem gelbgesichtigen Pfarrer, der schlimm aus dem Mund roch. Wenn er vor dem Gottesdienst am Kirchenportal stand, um seine Gemeinde persönlich in Empfang zu nehmen, holte ich tief Luft und hielt sie an, bis ich drin war. Später begriff ich, dass ich einfach nur durch den Mund atmen musste, um mir das Leben zu retten. Ich drängte Oma Potsdam dazu, sich möglichst weit hinten in die Bank zu setzen, doch selbst da schien mich der stinkende Atem des Gottesmannes zu erreichen.

Mein Vater hatte seiner Mutter strikt untersagt, mich mit in die Kirche zu nehmen. Nicht etwa, weil er mir die endlosen Predigten, Gebete und das Psalmengesinge ersparen wollte. Nein, mein Vater machte sich Sorgen, dass mein zart heranwachsendes Klassenbewusstsein untergraben werden könnte.

Oma Potsdam wiederum hegte keine missionarischen Absichten – ob ich an Gott glaubte oder nicht, war ihr egal. Ihr ging es einzig darum, ihrem Sohn eins auszuwischen. Sie wusste, wie sehr mein Vater ihren Katholizismus hasste. Außerdem machte sie ihn verantwortlich für dieses »Desaster«, wie sie es nannte. Ich wusste damals natürlich noch nicht, was das bedeutete, erkannte aber an dem verächtlichen Blick, den sie bei diesem Wort durch ihre kleine Potsdamer Hinterhofwohnung schickte, dass es irgendetwas mit ihrem jetzigen Leben zu tun haben musste. Dass sie mich in die Kirche schleppte und Westfernsehen gucken ließ, war ihre kleine Rache an ihrem Sohn. Es bereitete ihr diebisches Vergnügen, ihn zu hintergehen.

»Der Schlag soll mich treffen, wenn ich mir das von deinem Vater verbieten lasse«, sprach sie und ließ die Zigarette aufglühen, die ich ihr gedreht hatte.

Eines Tages wurde sie wirklich vom Schlag getroffen. Als sie siebzig Jahre alt war, fiel sie um und war tot. Mein Vater saß in der Küche und rauchte. »Oma ist tot«, erklärte er mit ausdrucksloser Miene. »Morgen ist ihre Beerdigung. Willst du mit? Du musst nicht.« Ich weinte. Er rauchte. Ich war zehn Jahre alt. Natürlich wollte ich mit.

Bei ihrer Beerdigung sprach der mundriechende Priester weihevolle Sätze, und die rothaarige Eva tauschte ihren Schlafzimmerblick durch einen trauerumwölkten. Und mein Vater rauchte.

Mein Vater rauchte immer. Auch wenn Oma London kam, die es nicht leiden konnte, wenn er rauchte. Sie mochte meinen Vater nicht und hatte ihrer Tochter nie verziehen, dass sie sich von einem zum Katholizismus und später Kommunismus konvertierten Juden nach dem Krieg ausgerechnet ins verhasste Deutschland hatte verschleppen lassen. Und dann auch noch in den Osten. Tief in ihrem Inneren verachtete sie ihre Tochter dafür, dass sie sich das hatte bieten lassen, und ließ es meine Mutter auch Jahrzehnte später noch auf sehr subtile Weise spüren.

Oma London hieß Oma London, weil sie und ihr Mann William nach dem Krieg nicht nach Wien zurückgekehrt, sondern in England geblieben waren. Die beiden lebten in einem wohlhabenden Vorort von London, und im Sommer fuhren sie in ihr Ferienhaus auf die milden Scilly-Inseln vor der Küste Cornwalls.

Oma London war schon über siebzig und immer noch eine Schönheit – elegant gekleidet, mit perfekt frisiertem Haar und langen, rot lackierten Fingernägeln. Sie sprach feinstes Wienerisch, das sie sorgsam mit englischen Vokabeln versetzte – eine Dame in Vollendung.

William, den wir nur Willy nannten, war ihr zweiter Mann und stand ihr an Noblesse in nichts nach. Er trug ein sorgsam gestutztes Menjou-Bärtchen, sein dunkles welliges Haar war mustergültig nach hinten gekämmt – er war der Inbegriff des perfekten Kavaliers mit dem Charme und der Nonchalance eines Wiener Lebemannes.

Willy war Zeichner und Bildhauer mit einer besonderen Leidenschaft für Tiere. Er schuf große Bronzeplastiken, die gern in diverse Zoos gestellt wurden, und zeichnete Cartoons mit lustigen Hundegeschichten. Uns Kinder beschenkte Willy hauptsächlich mit Bengo. Bengo war ein Hundewelpe, der als Comic- und Zeichentrickfigur oder als Kuscheltier sein kleines widerspenstiges Dasein fristete.

Mein Kinderzimmer wurde von zahllosen Bengos bevölkert. Den Bengo-Mittelpunkt meines Lebens allerdings bildete ein schmaler Teppich, der vor meinem Bett lag, bis er fadenscheinig wurde und in einer gemeinen Nacht-und-Nebel-Aktion von irgendeinem mitleidlosen Mitglied meiner Familie entsorgt wurde.

Die seltenen Besuche meiner Großeltern aus London waren ein Ereignis, denn Oma London verstand es fabelhaft, uns das Gefühl zu vermitteln, nicht sie würde uns besuchen, sondern umgekehrt.

Gemeinsam mit Willy residierte sie meist in einem teuren Hotel im Zentrum der Stadt. Dort gab sie uns Audienzen, die stets nach einem von ihr festgelegten Protokoll abzulaufen hatten. Für gewöhnlich warteten meine Eltern und wir Kinder in der Hotelhalle, bis meine Großmutter und Willy dort erschienen, um von uns ins Restaurant eskortiert zu werden. Oma London begrüßte jedes Familienmitglied mit mondäner Gelassenheit und hauchte kultivierte Küsschen. »Ja schau, Sweetie!«, pflegte sie zu säuseln, wenn ich an der Reihe war. »Look at you, was bist du groß geworden!« Sprach's, nahm mein Gesicht zwischen ihre kühlen Hände und küsste mich auf die Stirn, während ich ihren kostbaren Duft aufsog. Sie roch gut. Nach erlesenem Parfüm und weiter Welt.

Die Betriebstemperatur von Willy lag um einiges höher als die meiner Oma. »Servus, Kleines!« Er grinste breit und nahm mich in den Arm. Und er war es auch, der mich während des endlos langen Aufenthalts im Hotelrestaurant mehrfach vor dem Tod durch Langeweile rettete.

Willy hatte immer einen Skizzenblock und Stifte dabei und zeichnete mir alles, was ich wollte. Hunde und Katzen, Kellner mit spitzen Gesichtern und Damen mit komischen Hütchen, das Essen auf dem Tisch, die gelangweilten Gesichter meiner Brüder und verschiedenartige Affen.

Die Zeit im Restaurant verging, bis Oma London irgendwann dem Kellner mit einer gnadenvollen Geste bedeutete, er möge die Rechnung bringen. Die Gesichter meiner Brüder entkrampften sich, in die Augen meines Vaters kehrte das Leben zurück, und meine Mutter schaute dankbar ins Nichts. Endlich war es vorbei, und auf die zähen Stunden im Restaurant folgte nun die Übergabe der Geschenke in der Hotelsuite. Für meine Brüder und mich waren das paradiesische Momente. Ich bekam Schokolade und Bengo-Sachen, für meine Brüder gab es die obligatorischen Levi's, für meinen Vater Orangenmarmelade, Zigaretten und Ingwerstäbchen, und meine Mutter nahm traditionell die nach Mottenkugeln riechenden samtenen Morgenmänteln und seidenen Nachthemden in Empfang, für die meine Oma keine Verwendung mehr hatte. Meine Mutter war eine stolze Frau und verzog keine Miene. Mit einer fast beiläufigen Geste und einem kühlen »Danke, Mama« nahm sie die Sachen entgegen und legte sie sofort beiseite, während sie sich angeregt mit Willy unterhielt. Die Demütigung schien sie nicht nur zu verfehlen, sondern wurde von ihr postwendend an die Absenderin zurückgeschickt. Meine Mutter war ganz die Tochter der ihren. »Ich liebe sie«, sagte meine Mutter einmal. »Doch ich friere, wenn sie da ist.«

ZWEI

»Was wolltest du eigentlich mal werden, als du klein warst, Papa?«

Mein Vater saß im Wohnzimmer, las Zeitung und rauchte. Nachdem ich meine Frage gestellt hatte, schlug er die Zeitung zusammen, legte sie beiseite und sah mich mit diesem Blick an, den ich nicht leiden konnte. Ein Blick, der mir verhieß, dass er mich in den nächsten Minuten mit Sätzen langweilen würde, die ich nicht verstand. Ich bereute schon, diese Frage gestellt zu haben, als dieser Blick plötzlich ganz fern und weich wurde. So, als hätte ihm irgendjemand etwas ins Ohr geflüstert, das einen sofortigen Sinneswandel zur Folge hatte.

»Priester«, sagte er. »Ich wollte Priester werden.«

Mir fiel sofort der mundstinkende Pfaffe von Oma Potsdam ein, und ich musste einen Würgereflex unterdrücken.

»Wir glauben doch aber gar nicht an Gott, oder?«
»Nein.«
»Warum wolltest du dann so was werden?«
»Weil ich da noch an Gott geglaubt habe.«
»Und warum jetzt nicht mehr?«
»Das ist eine lange Geschichte.«

Und er erzählte mir, wie er und sein Gott mit einem jüdischen Kindertransport nach England kamen. Sie wurden in einem muffigen, engen katholischen Kinderheim untergebracht, das von einer schwammigen ältlichen Irin geleitet wurde. Sister Margaret war immer schlecht gelaunt und ließ keine Gelegenheit aus, meinem Vater klarzumachen, dass er hier nur geduldet sei. Er war mit sechzehn Jahren der älteste Junge in diesem Heim, was sie gnadenlos ausnutzte, indem sie ihn zu jeder noch so schäbigen Drecksarbeit verdonnerte: Er war Hausmeister, Tellerwäscher, Kloputzer. Ohne Bezahlung, versteht sich. Um sich ein paar Shilling zu verdienen, trat er in den Dienst des Bruders der Heimleiterin – eines Jesuitenpaters. Wenigstens sein Job als Messdiener erinnerte ihn ein bisschen an zu Hause, die Rituale waren vertraut. Doch er fühlte sich einsam. Der Kontakt zu seiner Mutter und seinem Stiefvater war gänzlich abgebrochen, und er hatte keine Freunde. Er fing an zu rauchen. Nachts, wenn alle schliefen, schlich er sich hinaus in den kleinen, schmalen Garten des Heims, drehte sich Zigaretten und versuchte, mit seinem Gott zu reden, aber der machte sich rar. Oder vielleicht ging ihm einfach nur der Gesprächsstoff aus. Also dachte mein Vater darüber nach, was es außer Gott sonst noch geben könnte im Leben. Den Traum, Priester zu werden, hatte er noch nicht aufgegeben. Sein Stiefvater – der kluge, belesene, weltgewandte Mann – hatte ihn jedoch gewarnt, bei aller Liebe zu Gott nicht den Boden unter den Füßen zu verlieren. Dieser Boden war gerade ziemlich fremd und hart. Doch er folgte dem Rat seines Stiefvaters und entschloss sich, eine Lehre zu beginnen. Werkzeugmacher. Er lernte: Werkzeuge zu machen, besser Englisch zu sprechen, erwachsener zu werden. Ungefähr ein Jahr lang. Bis der Krieg England erreichte.

Mit der Gastfreundschaft der Briten war es von einem Tag zum anderen vorbei, und alle Deutschen, ob Juden oder Kommunisten, galten als feindliche Ausländer und mussten weg. Weit weg. Und so kamen mein Vater und sein Gott in ein Internierungslager in Kanada.

»Die Schule meines Lebens«, erklärte mein Vater mit einer Stimme, die mich schaudern ließ, weil sie so ganz anders war als die, mit der er mir gerade seine Geschichte erzählt hatte. Sein eben noch so weicher, ferner Blick war der Miene gewichen, die ich nicht mochte: fest und streng und autoritär. »Die Schule meines Lebens.« Die Schule, in der die Bibel gegen das »Kommunistische Manifest« eingetauscht wurde und die »Genesis« gegen Darwins »Entstehung der Arten«.

Die Geschichte, wie aus einem katholischen Juden ein Kommunist wurde, erzählte mein Vater am liebsten. Für mich war es die langweiligste Geschichte der

Welt. Sie handelte von langen Gesprächen mit alten Kommunisten. Es war eine Geschichte ohne Abenteuer, gespickt mit Worten, die ich nicht verstand: Marxismus, Klassenkampf, Revolution, Mission der Arbeiterklasse. Ich schaltete auf Durchzug. Ich war gerade mal sieben und hatte ganz andere Sorgen: »Papa, ich muss mal!«

Im Sommer fuhren wir auf die Insel Hiddensee und bezogen dort für vier Wochen einen Bungalow in einer Feriensiedlung für höhergestellte Parteifunktionäre. Meine Mutter bekam immer schlechte Laune, wenn wir dort ankamen.

»Seht euch diese Baracken an! Fehlt bloß noch der Lagerkommandant!« Sie wusste genau, dass ihre Sticheleien meinen Vater verletzten. Genauso wie ihr Aktionismus, nachdem wir angekommen waren. Bevor sie nämlich die Koffer auspackte, stellte sie die komplette Einrichtung um. Das war ihre Art, gegen die Uniformierung des Urlaubs zu protestieren und Individualität zu demonstrieren. Viel Spielraum hatte sie allerdings nicht für ihre kleine Rebellion, da die Zimmer des Bungalows so winzig waren, dass man die Wände vermutlich um die Möbel herum gebaut hatte. So konnte sie das Inventar lediglich einmal in Uhrzeigerrichtung verschieben und das Geschirr im Küchenschrank anders einräumen.

Begleitet wurde dieses sich Jahr für Jahr wiederholende Einzugsritual durch schlimme – mal englische, mal wienerische – Flüche, denen mein Vater sich unter dem Vorwand entzog, er werde im Dorf mal nach dem Rechten sehen, während meine Brüder und ich die Badesachen aus den Koffern wühlten und an den Strand flüchteten.

Wenn wir ein paar Stunden später zurückkamen, saß mein Vater rauchend vor dem Bungalow, während meine Mutter erschöpft auf dem Sofa lag und die obligatorische Erklärung abgab, im nächsten Jahr würden sie keine zehn Pferde mehr in dieses elende Lager bringen. Meine Brüder stießen sich grinsend in die Seite, und mein Vater schüttelte mit vorwurfsvoller Miene den Kopf. Und ich? Ich war zu klein, um zu verstehen, dass sie es nicht so meinte. Und es sollte ein paar Jahre dauern, bis ich begriff, dass es dieser Sarkasmus war, der sie lange davor bewahrte, bitter oder depressiv zu werden. Schwarzer Humor als Überlebensstrategie – bis auch das nichts mehr half.

Meine Mutter wollte nicht hier sein. Nicht in dieser tristen Feriensiedlung. Wenn wir spazieren gingen, schaute sie mit sehnsuchtsvollem Blick auf die schönen reetgedeckten Strandhäuser, die von Künstlern und Intellektuellen bewohnt wurden. Diese Leute lebten das Leben, das doch eigentlich ihr Leben hätte sein sollen. Das Leben einer Schauspielerin oder Sängerin. Ein leichtes, schönes, unbekümmertes Leben. So war es geplant. Davon hatte sie schon in London geträumt, als sie sich mit ihrer kleinen Theatertruppe Abend für Abend in eine Welt flüchtete, die mit dem grauen Leben im Exil nichts zu tun hatte. Theater spielen, um das Heimweh und die Fremdheit zu vergessen.

Dort hatte sie meinen Vater kennengelernt. Er kam zu jeder Vorstellung, trug immer denselben Anzug und saß immer in der dritten Reihe. In diesem Teil der Geschichte waren sich beide einig. Doch während mein Vater behauptete, er habe meine Mutter gleich am ersten Abend angesprochen und zum Wein eingeladen, dauerte es in der Version meiner Mutter Wochen, bevor es dazu kam.

Da stand er nach den Theatervorstellungen mit seinen Kumpels in der Ecke und schielte zu ihr hinüber. Schüchtern. Sie kannte ihn schon. Und sie kannte ihn anders. Bei den wöchentlichen Gemeinschaftsabenden der Emigranten stand er vorn und predigte das neue Deutschland, das sie alle nach dem Krieg aufbauen würden. Da war er nicht schüchtern. Er sprach mit fester Stimme und glaubte jedes Wort, das er sagte. Er war sehr überzeugend. Und er war schön mit seinem dunklen Haar, das ihm ins Gesicht fiel, wenn er zu leidenschaftlich gestikulierte. Er hatte Augen, die auch dann zu lächeln schienen, wenn er über ernste Dinge sprach. Und er sprach eigentlich immer über ernste Dinge. Meine Mutter verliebte sich in diesen Mann, der so anders war als die Jungs, die sie kannte. Er war genauso alt wie sie, gerade zwanzig. Doch er hatte die Ernsthaftigkeit eines Erwachsenen, der genau wusste, was er wollte.

Wenn er da vorn stand, sprach er mit großer Leidenschaft von Dingen, die sie eigentlich nicht interessierten. Was hatte sie mit Deutschland zu schaffen? Sie kam aus Wien, die deutschen Nazis hatten sie gedemütigt und ihre Familie auseinandergerissen. Die Träume dieses Mannes da vorn gingen sie nichts an, doch sie fühlte sich zu ihm hingezogen, und irgendwann sprach sie ihn einfach an.

»Hätte ich das nicht getan, wärst du jetzt nicht hier. Und ich auch nicht. Und das wäre vielleicht nicht das Schlechteste.« Sie schickte Scherzen wie diesem manchmal einen gespielten Seufzer hinterher und grinste. Ein Grinsen, das sofort die Dunkelheit aus ihren Worten zog. Das konnte sie gut.

Mein Vater liebte meine Mutter. Er heiratete sie, und ein halbes Jahr später wurde mein ältester Bruder geboren. Aber noch mehr als seine kleine Familie liebte mein Vater seinen Glauben an das Himmelreich auf Erden, das er in dem Land errichten wollte, das ihn um seine Jugend gebracht hatte. Deutschland. Der Krieg war zu Ende. Im Osten war die Sonne aufgegangen. Mein Vater und seine Freunde machten diese Sonne zu ihrem Symbol. Glaube, Liebe,

Hoffnung – das ging auch ohne Gott. Der Teufel sollte ihn holen. Und mein Vater sagte zu meiner Mutter:

»Komm mit, wir gehen nach Deutschland.«
»Was soll ich da, ich bin keine Deutsche.«
»Wir sind Kommunisten.«
»Ich komme aus Wien. Ich bin Jüdin. Ich geh nicht nach Deutschland.«
»Ich werde gehen. Und wenn du nicht mitkommst, bleibst du hier allein mit deinem Sohn.«

Sie weinte. Mein Vater ging nach Deutschland und ließ sie allein. Meine Mutter zog mit ihrem kleinen Sohn zu ihrer Schwester und ihrem Schwager. Sie antwortete nicht auf die langen Briefe, die ihr Mann aus Berlin schrieb und in denen er sie bat, doch zu kommen. Es sei so viel Hoffnung hier. Er schrieb ihr, wie schlecht es ihm gehe ohne sie und wie sehr er sie liebe. Ein Jahr ließ sie ihn warten. Ein Jahr litt sie. Dann folgte sie ihm mit ihrem Sohn.

Sie folgte ihm überallhin: in seine neue Partei, in seine neuen Funktionen, in fremde Städte. Mit jedem Umzug ließ sie ein Stück ihres alten Traumes zurück wie ein überflüssiges Möbelstück. Sie lernte mit der Maschine zu schreiben und wurde Sekretärin, sie lernte Französisch und wurde Dolmetscherin, sie lernte Artikel zu verfassen und wurde Journalistin. Etwa alle fünf Jahre schenkte sie ihrem Mann ein Kind. Nach dem ersten noch dreimal.

Sie hatten viel Arbeit, wenig Geld und noch weniger Zeit. Also schickten sie ihre Kinder fort. Zuerst meinen ältesten Bruder. Er war elf, als er auf das Internat einer Kadettenschule kam, die aus wilden und ungestümen Jungen tapfere Soldaten machen sollte.

Mein ältester Bruder hatte anfangs nichts dagegen. Er liebte Uniformen und ging manchmal sogar mit seinem Pioniertuch schlafen. Also zog er stolz die Uniform an, in der er so erwachsen aussah, fuhr in die andere Stadt und hörte zu spät, wie das Anstaltstor schwer ins Schloss fiel.

Bald schon schmerzten seine Glieder vom täglichen Drill und sein Herz vom Heimweh, und er bat seinen Vater, ihn wieder nach Hause zu holen.

»Ich möchte kein Kadett mehr sein.«

»Was willst du dann?«

»Ich möchte Schriftsteller werden.«

»Auch ein Schriftsteller muss lernen und diszipliniert sein.«

»Dazu muss ich aber nicht hierbleiben!«

»Die größten sozialistischen Schriftsteller sind durch die harten Schulen des Lebens gegangen und haben gelernt.«

»Ich will hier weg. Ich halte es nicht mehr aus.«

»Reiß dich zusammen!«

Mein Bruder riss sich zusammen und schrieb. Er baute sich mit Worten eine Welt, in der er leben konnte, und erfand Leute, mit denen er leben wollte.

Es war seine einzige Chance. Nach vier Jahren wurde die Kadettenanstalt geschlossen. Er war frei. Und schrieb weiter. Und wurde ein Schriftsteller. Ohne Disziplin.

DREI

An meinem sechsten Geburtstag versprach mir mein ältester Bruder, er würde mich heiraten, wenn ich achtzehn sei. Er trug seine schwere Lederjacke, die tief und warm knarzte, als er mich auf den Arm nahm. Ich wertete dieses vertraute Geräusch als Indiz dafür, dass er es ernst meinte, und glaubte ihm. Mein blöder jüngster Bruder erklärte mir noch am selben Tag, dass ich das vergessen könne, weil Brüder niemals ihre eigenen Schwestern heiraten dürften. Und dass mein ältester Bruder überhaupt ein Idiot sei, wenn er so eine Heulsuse und alte Petze wie mich nehme. Darauf schnappte ich mir den dicken Band »Chinesische Volksmärchen«, den mir meine Eltern zum Geburtstag geschenkt hatten, und zog ihm damit eins über, worauf er mir eine knallte. Ich rannte zu meiner Mutter und petzte, mein Bruder bekam eine Woche Stubenarrest.

Zu meinem siebten Geburtstag erschien mein ältester Bruder nicht. Ich erfuhr erst später, dass genau an diesem Tag sein Sohn geboren worden war. Die Mutter war eine schöne Sängerin mit kurzem Haar und großen dunklen Augen. Sie kam mit dem Baby vorbei, wiegte es im Arm und sang ihm ein Lied vor: »Benjamin, ich hab nichts anzuziehn. Mein letztes Kleid ist hin. Ich bin so arm.« Sie sang so schön – ich glaubte ihr und nahm meinem ältesten Bruder nicht mehr übel, dass er mich wohl nie heiraten würde. Allerdings nahm ich ihm übel, dass er sich offenbar nicht genug um sie kümmerte und sie deshalb nur ein einziges Kleid besaß. Ich konnte ihn nicht zur Rede stellen, weil er nicht kam. Sehr lange nicht.

Den Grund dafür erfuhr ich ausgerechnet von einem Jungen aus meiner Parallelklasse, den niemand leiden konnte. Er hieß Uwe und war ein elender Streber, der keine Gelegenheit ausließ, sich bei den Lehrern anzubiedern und andere zu verpfeifen: »Die Jungs sind mit den Mädchen im Schulgarten, und sie zeigen sich gegenseitig ihre Geschlechtsteile!« Ich hasste ihn. Und ich hasste ihn auch, weil er widerliches fettiges Haar hatte und seine Popel aß. Zu allem Überfluss wohnte Uwe auch noch in unserem Nebenhaus, und so passierte es hin und wieder, dass ich ihn auf dem Weg zur Schule am Hals hatte. So auch am ersten Tag nach den Sommerferien. Ich ging gerade an seinem Hauseingang vorbei, als er herauskam. Ich lief schneller, doch er holte mich ein.

»Warte doch mal!« Ich dachte nicht daran und lief schneller, doch er hielt mit mir Schritt.

»Stimmt das, was mein Vati sagt?«, keuchte er.

»Was denn?«, fragte ich und legte noch einen Zahn zu.

»Dein Bruder sitzt im Kittchen!«

Das war das Dümmste, was ich jemals gehört hatte. Und dass so ein Mist aus dem Mund dieses Idioten kam, wunderte mich nicht im Geringsten.

»So ein Quatsch!«

»Doch! Mein Vati hat das gesagt! Dein Bruder ist ein Landesverräter!«

Das Wort Landesverräter schrie er fast, und sein feistes Gesicht war inzwischen schweißnass und rot. Ob vor Anstrengung, weil er neben mir jetzt fast rennen musste, oder weil er wegen seiner Mitteilung so aufgeregt war, konnte ich nicht sagen. Und es war mir auch egal.

»Lass mich in Ruhe!«, herrschte ich ihn an und lief weg. Er holte mich nicht mehr ein. Vermutlich wollte er das auch gar nicht mehr.

»Landesverräter!« – für den Rest des Schulwegs tobte das Wort in meinem Kopf. Und es hörte auch nicht auf, als ich schon längst mit den anderen auf dem Schulhof stand, wo der Direktor beim obligatorischen Fahnenappell das Schuljahr eröffnete. »Landesverräter!«, rumorte es in meinem Schädel, als unsere Lehrerin in der ersten Stunde die Schulbücher verteilte und den Stundenplan an die Tafel schrieb. Eine quälend lange Stunde.

In der Pause suchte ich meinen jüngsten Bruder,

der auch in meine Schule ging. Ich fand ihn im Zeichensaal, wo er mit seinen Freunden in der Ecke stand und die Ferien auswertete. Als er mich sah, verdrehte er die Augen: »Was willst du denn hier?« Ich zog ihn zur Seite und erzählte ihm, was Uwe gesagt hatte.

»Ja, es stimmt. Er ist im Gefängnis. Aber er ist kein Verräter. Das klärt sich alles auf. Und jetzt hau ab in deine Klasse.«

Ich war erleichtert. Der Verräter war weg. Es würde sich aufklären. Als ich nach Hause kam, fragte ich meine Mutter.

»Dein Bruder hat einen schlimmen Fehler gemacht«, sagte sie. »Er hat Flugblätter verteilt und unser Land kritisiert. Das ist verboten.« Ich verstand gar nichts.

»Ist er ein Verbrecher?«

»Nein, aber was er getan hat, ist gegen das Gesetz. Deshalb ist er jetzt im Gefängnis.«

Mein Vater kam mit düsterer Miene von der Arbeit nach Hause, und ich wagte nicht, ihn anzusprechen.

1968. Die Welt war aus den Fugen. Die Söhne rebellierten gegen ihre Väter. Auch in dem Teil der Welt, wo es einmal die Vision vom schönen weiten blauen Himmel mit der aufgehenden Sonne gegeben hatte. Hier war der Blick der Väter starr geworden. Sie hatten ihre Träume mit der Zeit gegen Parteiprogramme eingetauscht. Sie hatten aufgehört, ihrem eigenen Volk zu trauen und die Türen und Fenster vernagelt. Die Luft war mit der Zeit immer dicker und muffiger geworden.

Im Land nebenan passierte etwas. Dort machten sie plötzlich die Fenster auf und ließen frische Luft herein. Doch die Männer, die ihre Träume vergessen hatten, wollten das nicht dulden und schickten Panzer in das Land. Die Fenster wurden wieder verriegelt. Aus der Traum. Vorbei.

Mein ältester Bruder fand das schlimm, traf sich mit seinen Freunden und schrieb Flugblätter: »Hände weg vom Roten Prag.« Sie hatten nichts gegen den Sozialismus. Sie wollten ihn, aber nicht so.

Nachts verteilten sie die Flugblätter in Berlin und verabredeten, sich gegenseitig nicht zu verraten, wenn einer von ihnen verhaftet würde. Sie trennten sich und warteten auf das Unvermeidliche. Einige von ihnen wurden noch in dieser Nacht festgenommen. Mein Bruder versteckte sich, wartete, ging zwei Tage später nach Hause und erzählte meinem Vater, was geschehen war. Doch der wusste schon Bescheid.

»Du musst dich stellen.«
»Ich weiß, aber das kann ich nicht.«
»Warum nicht?«
»Weil du es bist, der mir das sagt.«

Mein Bruder wurde verhaftet und wegen »staatsfeindlicher Hetze« zu zwei Jahren und drei Monaten Gefängnis verurteilt. Dort schrieb er in sein Tagebuch: »In der Einzelhaft muss man sechzehn Stunden am Tag nachdenken, wenn man keine Bücher hat und wenig Gedichte und Lieder auswendig kennt. Man muss nachdenken. Zuerst habe ich über Leute nachgedacht, aber das reichte nur für zwei Tage. Dann habe ich über den Grund nachgedacht, für den ich im Gefängnis war. Märtyrer, Kämpfer, Beleidigter – diese Rollen haben für zwei Tage Denkstoff gegeben. Dann musste ich über mich nachdenken, ich konnte nichts anderes tun auf dem Hocker. Und ich habe gemerkt, dass ich es zum ersten Mal tue.«

Mein Vater ging ihn nicht besuchen, meine Mutter tat es heimlich. Nach zweieinhalb Monaten ließ man meinen Bruder auf Bewährung frei und schickte ihn als Fräser in eine Fabrik. Vorher hatte man ihn schon von der Schule geworfen, an der er Film studierte.

Auch mein Vater musste Buße tun für seinen missratenen Sohn. Seine Partei schubste ihn von der Karriereleiter und schickte ihn für ein Jahr auf eine Schule nach Moskau, wo er gefälligst noch einmal die Grundlagen des Marxismus-Leninismus studieren und aus seinen Fehlern lernen sollte. Aus dem stellvertretenden Kulturminister wurde über Nacht ein ungezogener Schüler, den man nachsitzen ließ.

Er schrieb uns lange Briefe und erzählte von der Weite des Himmels und der Herzlichkeit der Menschen. Doch seine Sprache war hölzern.

Mein Vater fehlte mir nicht. Ich genoss die Wochenenden ohne Streit und Türenknallen. Mein ältester Bruder kam wieder öfter nach Hause und brachte seine neue Freundin mit. Mit ihr hatte er die Flugblätter verteilt, und auch sie hatte im Gefängnis gesessen. Sie ging mit mir spazieren und erzählte mir Witze wie einem Erwachsenen, dafür liebte ich sie.

Meine Mutter schien die Abwesenheit meines Vaters zu genießen. Manchmal ging sie abends weg und kam erst spät in der Nacht wieder. Sie räumte das Wohnzimmer um, kaufte neue Gardinen und hielt sich noch seltener als sonst in dem Raum der Wohnung auf, den sie ohnehin am meisten hasste: der Küche. Stattdessen ging sie mit meinem jüngsten Bruder und mir ins Restaurant, und wir konnten uns bestellen, was wir wollten.

Alle zwei Monate kam mein Vater für ein Wochenende nach Hause und brachte uns russisches Konfekt mit. Auch wenn er mir nicht gefehlt hatte, freute ich mich, wenn er kam. Allerdings fürchtete ich auch immer den Tag seiner Ankunft. Mein Vater war alles andere als begeistert vom neuen Aktionismus und der Großzügigkeit meiner Mutter, und es gab Krach. Doch meine Eltern waren klug genug, den Ärger nicht unnötig in die Länge zu ziehen. Mein Vater gab sich nachsichtig, meine Mutter einsichtig – nach einer Stunde hatten sich die Wolken verzogen, meine Mutter band sich die Schürze um und ging in die Küche.

Mein Vater nutzte diese Wochenenden, um viel Zeit mit meinem jüngsten Bruder und mir zu verbringen. Zu viel Zeit, und einmal sogar die falsche Zeit am falschen Ort, nämlich auf dem Spielplatz vor unserem Haus.

Mein jüngster Bruder war zwölf und besetzte mit seinen Kumpels an den Wochenenden immer die Klettergiraffe, die dadurch zur gesperrten Zone für alle anderen Kinder wurde. So auch an diesem verhängnisvollen Nachmittag. Neben der Klettergiraffe gab es ein Reck, an dem meine Freundinnen und ich herumturnten, als mein Vater angeschlendert kam. Er rauchte und sah uns eine Weile zu. »Das haben wir früher auch gemacht«, sagte er. »Ich will doch mal sehen, ob ich das noch kann.«

Mein Vater war sechsundvierzig Jahre alt und wog etwa fünfundachtzig Kilo, was für seine eher durchschnittliche Körpergröße eindeutig zu viel war. Meine Eltern hatten sich mit dem zunehmend behäbiger werdenden Sozialismus einen gewissen Wohlstandsspeck zugelegt. Er trat seine Zigarette aus, spuckte in die Hände, hängte sich an die Stange und begann, Schwung zu holen. Das jedoch erwies sich als schwieriger, als er erwartet hatte. Begleitet von einem schweren Keuchen, gelang es ihm irgendwann, seine Beine über die Stange zu werfen. Das Gelächter und die Gespräche auf dem Spielplatz waren inzwischen verstummt. Alle Kinder starrten herüber zu meinem dicken, jetzt kopfüber am Reck hängenden Vater. Ich hatte Angst und schaute hilfesuchend zu meinem Bruder, der gelangweilt die Schultern hob.

»Ich konnte sogar mal einen richtigen Abgang«, presste mein Vater mit rotem Kopf hervor und fing wieder bedenklich an zu schwingen. Ich hatte Angst. Ich weiß nicht, wovor ich mich mehr fürchtete: dass meinem Vater etwas zustoßen könnte oder dass er sich zum Gespött der Kinder auf dem Spielplatz machte. Wenige Sekunden später spielte das keine Rolle mehr. Er hatte sehr viel Schwung geholt, und mit einem tiefen Gottvertrauen, das nur jemand wie er haben konnte, löste er sich von der Stange. Doch die Gesetze der Physik ließen sich mit Gottvertrauen nicht außer Kraft setzen. Der schwere Körper schaffte die 180-Grad-Drehung in der Luft nicht, und mein Vater landete auf dem Rücken im Sand.

Die Jungen auf der Giraffe prusteten hinter vorgehaltenen Händen, nur das Gesicht meines Bruders war leichenblass geworden, und sein Mund stand offen. Mein Vater lag auf dem Rücken und rang nach Luft. Ich fing an zu weinen. Ich weinte aus Angst und Scham. Ich wollte zu ihm laufen, doch ich war wie gelähmt. Stöhnend und mit schmerzverzerrtem Gesicht rappelte er sich irgendwann auf, rieb sich den Sand von der Hose und schleppte sich schweigend davon. Ein Bild des Jammers. Demütigend und mitleiderregend zugleich.

Mein Vater thematisierte diesen Vorfall nicht mehr, und mein Bruder kommentierte ihn am Abend im Bett nur mit den Worten: »Der Alte ist ein Idiot!«

Fast ein Jahr nachdem mein Vater zweimal so unfreiwillig den freien Fall erlebt hatte, wurde er erneut von einem seiner Söhne enttäuscht. Diesmal war es mein mittlerer Bruder, sein zweitgeborener Sohn.

Er wäre nach der Geburt beinahe gestorben, so winzig klein und schwach war er. Seine Augen lagen so blank und groß in ihren Höhlen, dass sie fast herausgefallen wären. Dieser Bruder war unser aller Lieblingsbruder. Er war lustig und konnte auf den Händen gehen.

Wenn wir im Sommer an der Ostsee waren, wo Leute aus allen Ecken des Landes Urlaub machten, brauchte er keine fünf Minuten, um ihren Dialekt zu imitieren. Waren wir am Strand, lief er den Mädchen hinterher, als sei er ihr Schatten. Er ahmte ihren Gang und ihre Bewegungen nach und brachte sie und uns zum Lachen. Leute zum Lachen bringen – das war sein großes Talent, und das wollte er machen, wenn er erwachsen war. Doch vorher schickten meine Eltern ihn auf ein Internat. Sechs Jahre lang. Für meinen Vater, der selbst fast immer in Internaten und Heimen gelebt hatte, war das völlig selbstverständlich. Meine Mutter widersprach nicht. Das tat sie ohnehin immer seltener.

»Ich hab keine Lust mehr«, sagte mein mittlerer Bruder irgendwann, ging ohne Abitur von der Schule ab und verließ das Internat. Als er nach Hause kam, hielt ihm mein Vater einen langen Vortrag darüber, dass es im Kommunismus nicht darum gehe, ob jemand gerade Lust habe oder nicht. Es gehe um Verantwortung und Opferbereitschaft. Und er solle in sein Zimmer gehen und darüber nachdenken. Mein Bruder ging aber nicht in sein Zimmer, sondern kam in unseres und spielte für meinen kleinen Bruder und mich die Szene nach. Die Hände auf dem Rücken verschränkt, lief er mit gesenktem Blick hin und her und sprach in jenem leisen und bedrohlichen Ton, den wir von unserem Vater nur zu gut kannten und den wir fürchteten. Wir verstanden zwar nicht, worum es ging, aber wir lachten uns kaputt.

»Ich habe keine Lust mehr«, sagte mein mittlerer Bruder nach einem Monat bei der Armee und führte die Befehle nicht mehr aus. Man brachte ihn vor den Militärstaatsanwalt und verhörte ihn. »Ich habe einfach keine Lust mehr. Es gibt mir nichts«, sagte er. Man verurteilte ihn zu anderthalb Jahren auf Bewährung und versetzte ihn dafür zu den Bausoldaten in eine berüchtigte Kaserne, in der alle Soldaten landeten, die keine Lust mehr hatten.

Er schrieb seinem großen Bruder lange Briefe. Darin erzählte er ihm von seinem Wunsch, Schauspieler zu werden. Er schwärmte von Jean-Paul Belmondo, der im Film »Außer Atem« von einem hübschen amerikanischen Zeitungsmädchen verraten wird. Er schrieb von der süßen kleinen Protokollantin des Untersuchungsrichters, in die er sich verknallt hatte. Und er philosophierte darüber, dass man sich ständig ändern und überwinden müsse, damit das Leben nicht ende wie eine sich abkühlende Tasse Kaffee. »Sich freihändig zu bewegen ist nicht einfach, das sehe ich an Dir«, schrieb er. »Aber es ist das Schönste im ganzen Leben. Deswegen habe ich Dich lieb wie keinen anderen Menschen. Du bist für mich irgendwie ein roter Punkt in diesem scheiß Irrgarten.«

Mein mittlerer Bruder wurde Schauspieler und verliebte sich in eine Balletttänzerin aus Amerika. Sie hatte viele dunkle Locken und ein warmes schönes Gesicht. Er wollte, dass sie bei ihm blieb. Sie wollte, dass er mit ihr kam. Er blieb, sie ging. Er trank. Immer zu viel. Und danach noch mehr. Er war zornig und hatte Sehnsucht und lachte und trank.

»Wir werden umziehen«, sagte mein Vater, nachdem er aus Moskau zurückgekehrt war. »Die Partei schickt mich in eine andere Stadt, wo man mich dringender braucht als hier«, erklärte er uns. Die Wahrheit aber war: Sie brauchten ihn überhaupt nicht, sie bestraften ihn. Sie schoben ihn ab in die Provinz und setzten ihn auf den zweitklassigen Posten eines Zweiten Sekretärs der Partei in dieser Stadt, die dreihundert Kilometer weit weg war von hier. Karl-Marx-Stadt. Das Ende der Welt. Ich war zehn Jahre alt, und bevor ich auch nur einen Fuß in diese fremde Stadt gesetzt hatte, hasste ich sie schon. Am Sonntag vor unserem Umzug saß zum letzten Mal die ganze Familie am Tisch.

»Warum lässt du dir das gefallen, Vater?«, fragte mein ältester Bruder.

»Das fragst du mich? Ausgerechnet du?«

»Ja, das frage ich dich.«

Ich rutschte unruhig auf meinem Stuhl hin und her. Ich wusste, dass diese Unterhaltung kein gutes Ende nehmen würde. Mein Vater schaute streng, und mit der gefürchteten leisen und bedrohlichen Stimme sprach er:

»Du hast kein Recht, mich das zu fragen. Du weißt genau, dass das alles deinetwegen passiert.«

Ich schaute zu meiner Mutter, die meinen ältesten Bruder mit einem Blick anflehte, er möge diese Unterhaltung sofort beenden. Er tat es nicht.

»Ich weiß, dass das meinetwegen passiert. Das musst du mir nicht erklären. Aber warum lässt du dir das gefallen?«

»Sei still! Ich werde mit dir darüber nicht diskutieren. Du weißt ganz genau, was ich über deine konterrevolutionäre Haltung denke.«

Ich sah zu meinem mittleren Bruder, der mit bestechender Genauigkeit den verbissenen Gesichtsausdruck meines Vater imitierte und lautlos dessen Worte mitsprach. Ich musste mir ein Lachen verkneifen. Mein Blick wanderte zu meinem kleinen Bruder, der die Augen verdrehte und seinen »Es gibt nichts Langweiligeres auf der Welt als das Gequatsche des Alten«-Blick zur Schau stellen wollte, was ihm jedoch nicht so recht gelang.

»Sie wollen, dass ich für dein Verhalten die Konsequenzen trage. Sie haben recht, ich habe bei deiner Erziehung versagt.« Mein Vater sah bei diesen Worten auf seinen Teller, als spräche er mit dem Schnitzel darauf.

»Ha!«, rief plötzlich mein mittlerer Bruder. »Dann müssen sie dich doch eigentlich nach Sibirien schicken, bei meiner Erziehung hast du nämlich auch versagt.«

»Hört sofort auf!« Meine Mutter schmiss das Besteck auf ihren Teller, und das Flehen in ihrem Gesicht war einem wütenden Blick gewichen. »Und du …« – sie meinte mich – »gehst auf der Stelle in dein Zimmer.«

»Aber auf der Stelle«, äffte mein mittlerer Bruder ihren wienerischen Akzent nach. »Auf der Stelle gehen wird in dieser feinen Familie nämlich großgeschrieben.« Ich war schon an der Tür, als ich den Knall der Ohrfeige hörte, die meine Mutter ihm gab.

Diesmal schmiss ich die Türen. Ich war wütend, unglücklich und unendlich einsam. In meinem Zimmer legte ich die Schallplatte »Peter und der Wolf« auf. Die hörte ich sonst nur, wenn jemand dabei war, weil ich mich vor dem Wolf fürchtete. Doch jetzt nicht. Ich drehte so laut, dass ich die später knallenden Türen nicht hören konnte.

Wir verließen Berlin im August. Es regnete ununterbrochen, und meine Mutter fluchte den ganzen Tag. Sie hatte keine Lust wegzugehen. Wenn sie schon dazu verurteilt war, in einem Land zu bleiben, das sie nicht leiden konnte, dann doch wenigstens in einer Stadt, die ihr gefiel. Außerdem hatte sie zum ersten Mal einen Job, der ihr ein bisschen Spaß machte. Sie arbeitete in einer kleinen Redaktion beim Fernsehen, in der sie einigermaßen in Ruhe gelassen wurde.

In den Ferien nahm sie mich manchmal mit ins Büro, wo ich die meiste Zeit damit verbrachte, auf einer alten Schreibmaschine herumzuhämmern, die sie aus einem Schrank holte. Ich schnappte mir eine Zeitung und tippte sie ab. Wort für Wort, ohne den Sinn zu verstehen. Der interessierte mich auch nicht, ich tat es nur wegen dieses Geräusches – ein warmes, schönes, irgendwie kluges Geräusch. Dass ich es produzierte, gab mir ein erwachsenes Gefühl von Wichtigkeit. Musste meine Mutter telefonieren, unterbrach ich meine Arbeit und schaute nicht ohne Stolz auf das Blatt, das sich unter meinen Händen mit Text gefüllt hatte. Wenn sie eine Besprechung hatte, gab mir meine Mutter etwas Geld und schickte mich in die Kantine. »Aber du fährst nicht mit dem Paternoster, du nimmst die Treppe. Klar?« Ich nickte und hörte auf sie. Bis Frank kam. Frank war ein Jahr älter als ich und der Sohn einer Kollegin meiner Mutter. Er hatte unfassbar viele Sommersprossen und einen Topfschnitt. Aber er war ok.

»Bist du schon mal mit dem Paternoster oben lang gefahren?«, fragte er mich einmal.

»Nee, das ist doch verboten.«

»Na und? Ich bin schon mal.«

»Und?« In meiner Vorstellung legte sich die Paternosterkabine oben waagerecht, und man fuhr dann kopfüber wieder nach unten. Beängstigend.

»Macht Spaß. Los komm!«

Ich zögerte einen Augenblick, wollte aber vor diesem Jungen, den ich ziemlich gut fand, nicht als Feigling dastehen.

»Na gut.«

Wir sprangen in den Paternoster und fuhren. Mein Herz klopfte, und je mehr wir uns dem obersten Stockwerk näherten, desto schlimmer klopfte es und schien das bedrohliche Knirschen in der alten

Mechanik des Aufzugs zu übertönen. Dann waren wir oben, und nachdem ich gerade noch das Schild »Weiterfahrt ungefährlich« entziffern konnte, wurde es dunkel und das Knirschen beängstigend laut. Ich hätte gern nach Franks Hand gegriffen, doch ich traute mich nicht.

Es ging alles gut. Und Frank und ich fuhren noch sehr oft zusammen Paternoster. Ich liebte es, und für eine Weile bildete ich mir ein, auch Frank zu lieben. Doch das sollte er nie erfahren, denn jetzt regnete es, und ich stand am Möbelwagen, der mich von all dem wegbringen sollte. Es wäre schön gewesen, hätte da plötzlich ein Schild gehangen mit der Aufschrift »Weiterfahrt lebensgefährlich«. Doch es gab kein Schild.

VIER

Ich mochte unser neues Haus nicht. Mit seinen vier Etagen erschien es mir, verglichen mit unserem alten, das zehn Stockwerke hatte, winzig klein und eng. Außerdem stank es immer nach Katzenpisse. Ich habe das dazugehörige Tier nie gesehen, doch ich stellte es mir über die Maßen fett und hässlich vor. Ich mochte auch unsere neue Wohnung nicht. Sie roch fremd und seltsam nach dem grauen Kunststoffboden, mit dem sie ausgelegt war. Mein Vater hatte neue Möbel gekauft. Im Wohnzimmer stand eine dunkelbraune, glänzende Schrankwand und gegenüber eine neue Couch mit zwei riesigen Sesseln. Außer unserem Fernseher gab es hier nichts, was an unser altes Wohnzimmer erinnerte. Es war furchtbar.

Meine Mutter hatte die Wohnung in diesem Zustand offenbar schon gesehen, denn sie ging mit zur Schau gestellter Gleichgültigkeit durch die Räume. Es gab ein Schlafzimmer, in dem ich dann doch Teile unseres alten Lebens wiederentdeckte. Das Bett, die alte Kommode, einen Kleiderschrank.

Mein Bruder bezog das kleinste Zimmer der Wohnung. Und dort standen sie, die alten Regale aus unserem Wohnzimmer. Ich war erleichtert und gleichzeitig neidisch, denn eigentlich hätte ich gern dieses Zimmer gehabt. Es war klein und gemütlich. Meins war viel zu groß für mich, und obwohl meine alten Kinderzimmermöbel drinstanden, fühlte ich mich dort verloren.

Ich fürchtete mich vor dem ersten Schultag. Ich kannte niemanden, und der ungewohnte breite sächsische Dialekt der Leute hier verstärkte mein Fremdheitsgefühl. Es war nicht weit bis zu meiner neuen Schule. Man konnte sie von unserer Wohnung aus sehen: ein heller Neubau, der gar nicht mal so unfreundlich aussah im Vergleich zu meiner alten Schule, die schon Jahrzehnte keinen neuen Anstrich mehr gesehen hatte.

»Binde dir die Haare zusammen«, sagte meine Mutter. »Das sieht ordentlicher aus. Und versuche, nicht zu sehr zu berlinern – das mögen sie hier nicht.« Meine Mutter konnte es nicht leiden, wenn wir berlinerten. Doch sie sagte diesen Satz mit einem fast verschwörerischen Unterton.

Ich lief langsam an meinem ersten Schultag. Die anderen Kinder überholten mich. Manche schauten sich um und tuschelten. Ich war die Neue.

Am Eingang der Schule stand der Hausmeister – ein dünnes kleines Männchen, dem man nie zugetraut hätte, auch nur einen einzigen Stuhl anzuheben, ohne dabei zusammenzubrechen. Ich fragte ihn nach dem Lehrerzimmer. Er musterte mich misstrauisch. »Du bist wohl neu?« Ich nickte. »Hausschuhe dabei?« Ich verstand zwar seine Worte, doch den Sinn der Frage nicht, also schwieg ich verwirrt. »In der Schule werden Hausschuhe angezogen«, herrschte er mich an. Er hatte eine Fahne. »Im Keller sind die Regale. Wenn du keine Hausschuhe dabeihast, musst du barfuß gehen.« Ich nickte, ging an ihm vorbei, und weil er mir hinterherstarrte, zog ich meine Schuhe aus. Auf Strümpfen irrte ich durch das fremde Gebäude, dessen Gänge sich langsam leerten. Schließlich fand ich das Lehrerzimmer und auch meine neue Klassenlehrerin – eine hübsche, junge Frau, die sich mir lächelnd als Frau Reiter vorstellte, mich in meine neue Klasse begleitete und mir einen Platz neben einem Mädchen mit dicker Brille und roten Kirsch-Zopfhaltern zuwies.

In der Pause wurde ich von ein paar Mädchen umringt: »Du kommst aus Berlin?« Ich hatte während der gesamten ersten Stunde kein Wort gesagt, und auch die Lehrerin hatte mich nur mit meinem Namen vorgestellt. Dennoch schien sich die Information über meine Herkunft in kürzester Zeit herumgesprochen zu haben.

»Ja.«
»Kennst du den Alexanderplatz?«
»Da hab ich gewohnt.«
»Niemals!«
»Doch.«

Ich hatte keine Ahnung, warum sie diese Information so irritierte, und sollte erst später lernen, dass für die meisten Leute hier Berlin ein Ort war, auf den sie mit sehnsuchtsvollem Neid und schmallippiger Missgunst schauten wie auf eine ferne Oase in der Wüste. Ein Mädchen mit langem, dunklem Pferdeschwanz, das offenbar so etwas wie die Anführerin war, gab den anderen mit einer Kopfbewegung ein Zeichen, und sie ließen mich allein. Ich war erleichtert. Meine Banknachbarin blieb neben mir sitzen. »Ich glaube dir«, sagte sie und wurde meine beste Freundin.

»Du sollst in der Schule Hausschuhe tragen?« Meine Mutter war fassungslos. »Das ist demütigend!« Ich glaube, im Grunde war es ihr egal, ob ich Hausschuhe tragen musste oder nicht. Sie war dankbar für jedes Argument, das man ihr lieferte, um diese Stadt noch hassenswerter zu finden. Doch sie kaufte mir noch am selben Tag Hausschuhe, und am nächsten Morgen ging ich mit den anderen in den Keller und stellte meine Straßenschuhe ins Regal.

Der Keller war dunkel, eng und muffig, und ich verstand schnell, dass man gut daran tat, vor den anderen dort zu sein, weil das Gedränge und der Lärm da unten kaum auszuhalten waren. Außerdem entging man so den Händen der schlimmen Jungs, die uns Mädchen zwischen die Beine oder an die Brust fassten, während wir uns bückten, um die Schuhe zu wechseln. Dabei spielte es keine Rolle, ob die Mädchen schon eine Brust hatten oder noch nicht. So wie ich.

Ich lebte mich ein und gab mir Mühe, nicht aufzufallen. Das heißt, ich musste mir gar keine Mühe geben, da ich ohnehin nicht auffiel. Weder äußerlich noch durch meine Leistungen. Ich war in jeder Hinsicht unscheinbar und passte damit gut zum Durchschnitt der Klasse. Dass ich aus Berlin kam, hatten die anderen bald vergessen. Es war kein Thema mehr.

Sogar meine Sprache veränderte sich schleichend. Ich übernahm zunehmend sächsische Floskeln und schob beim Sprechen auch schon manchmal den Unterkiefer nach vorn, so dass die Vokale kaum noch klar und offen meinen Mund verließen. Ein Prozess, den meine Mutter mit großem Unbehagen beobachtete und den sie auf ihre sehr eigene Weise zu stoppen wusste. Denn noch mehr als das Berlinern hasste sie den breiten, unförmigen Dialekt, der hier gesprochen wurde. »Du stellst dich jetzt zehn Minuten vor den Spiegel und sprichst Hochdeutsch!« Eine sehr wirkungsvolle Methode – irgendwann war die Gefahr, dass das Sächsische komplett von meiner Sprache Besitz ergriff, gebannt. Für immer.

Ich verließ die Neubausiedlung, in der wir jetzt lebten, kaum. Im Gegensatz zu meinem Bruder. Er war inzwischen sechzehn und ging auf eine Erweiterte Oberschule in der Stadt. »In der Stadt« – das sagte man, wenn man hier draußen wohnte. Man fuhr zehn Minuten mit dem Bus, dann war man da. Doch dort gab es auch nichts zu sehen, die Stadt war hässlich. Dennoch beneidete ich meinen Bruder darum, jeden Tag von hier wegzukönnen. Ich stellte mir sein Leben interessant und bunt und abenteuerlich vor. Und das war es sicher auch, verglichen mit meinem. Er war plötzlich so erwachsen – wir stritten uns kaum noch. Stattdessen half er mir bei den Hausaufgaben, und ich bewunderte und beneidete ihn darum, schon so groß zu sein. Ich liebte die laute Musik, die aus seinem Zimmer drang. Er hörte Jimi Hendrix, Janis Joplin und die Stones und roch nach Zigaretten, wenn er nach Hause kam. Wenn ich am Wochenende in der Badewanne saß, setzte er sich manchmal zu mir, und wir redeten. Ich weiß nicht mehr, worüber, aber es war schön.

Er hatte eine Gitarre und brachte mir ein paar Harmonien bei. Wenn ich allein zu Hause war, ging ich manchmal in sein Zimmer, wo ich seine Platten auflegte. Ich zog den Zopfgummi raus, verwuschelte meine Haare, nahm die Gitarre, war Janis Joplin und sang »Me and Bobby McGee«. Ich wusste nicht, dass sie gar nicht Gitarre spielte, und was die Zeile »Freedom 's just another word for nothing left to lose« bedeutete, war mir egal.

Mein Leben in der neuen Stadt tröpfelte so dahin.

Ich gewöhnte mich an die Gegend und die Leute, und irgendwann fand ich das alles auch nicht mehr so schrecklich wie am Anfang. Die Tage folgten einem gleichförmigen Rhythmus. Das hatten sie vorher auch schon getan, doch hier in dieser viel zu rechteckigen Neubausiedlung mit ihren viel zu rechteckigen Häusern, die an viel zu geraden Straßen standen, wirkte auch das Leben irgendwie rechteckig und viel zu gerade.

Wenn ich nachmittags aus der Schule kam, knallte ich die Mappe in die Ecke und mich vor den Fernseher. Meine Eltern hatten es mir verboten, deswegen musste ich es tun. Für den Empfang des Westfernsehens hatte mein Vater ein Spezialgerät, das er tagsüber sorgsam in seinem Arbeitszimmer verschloss, damit ich nicht auf dumme Gedanken kam. Also zog ich mir alles rein, was das sozialistische Fernsehen um diese Zeit zu bieten hatte: Sprachkurse, Gymnastiksendungen, Konzerte mit ungarischen Kinderchören und polnische Partisanenfilme. Vor dem Fernseher erledigte ich notdürftig meine Hausaufgaben. Die Nachmittage waren wie Blei.

Manchmal kam meine Freundin vorbei, oder wir lungerten bei ihr zu Hause herum. Sie lebte allein mit ihrer Mutter und einem grünen Wellensittich, der »Guter Bubi« sagen konnte. Darüber hinaus hatte das Tier keinen Unterhaltungswert. Dennoch wünschte ich mir auch so einen.

Mein Vater hatte ein schlechtes Gewissen, weil er uns hierherverschleppt hatte, also machte er uns Geschenke. Einfach so, noch vor Weihnachten. Mein Bruder bekam ein tschechisches Tonbandgerät und ich einen blauen Wellensittich, den ich Rudi nannte. Meine Mutter hatte alles getan, um meinen Vater daran zu hindern, mir diesen Vogel zu schenken – ohne Erfolg. Rudi zog bei mir ein, und meine Mutter betrat mein Zimmer nur noch, wenn es sich nicht vermeiden ließ. Bald schon beneidete ich sie um dieses Privileg. Doch ich wohnte hier und war dem Vogel ausgeliefert. Rudi war eine lärmende Nervensäge, und wenn er Freigang hatte, schiss er die Regale voll und knabberte meine Bücher und Hefte an. Ich bereute meinen Wunsch zutiefst, so ein Tier besitzen zu wollen, und weihte meinen Bruder ein.

»Lass ihn einfach nicht mehr raus«, empfahl er mir. »Oder lass ihn ganz raus.« Ich verstand nicht.

»Käfigtür zu oder Fenster auf. Ist doch ganz einfach.«

Da ich irgendwann mal gehört hatte, dass Wellensittiche draußen nicht lange überleben würden, ließ ich ihn nicht mehr raus. Doch das war ein Fehler. Rudi wurde von Tag zu Tag wütender und begann, wie ein Besessener mit seinem Schnabel an den Gitterstäben zu zerren, während er abscheuliche Krächzlaute von sich gab. Irgendwann gab er auf, wurde krank und starb.

»Er hatte bestimmt Depressionen«, sagte mein Bruder beim Abendbrot. »Das passiert, wenn man Leute zu lange einsperrt.«

»Unsinn!«, herrschte mein Vater ihn an. Meine Mutter schwieg. Ich auch. Damit war das Thema Rudi erledigt. Es war meine Mutter, die ihn und seinen Käfig verschwinden ließ. Ich fühlte mich schuldig – jedoch nicht an Rudis Tod, sondern dafür, dass ich nicht traurig darüber war.

So verging der Herbst in der neuen Stadt. Ihm folgte der Winter, und mit ihm kam Weihnachten. Dieses Fest wurde in unserer Familie für gewöhnlich ohne großen Aufwand gefeiert. Wir hatten einen Weihnachtsbaum mit elektrischer Beleuchtung, behangen mit roten und grünen Kugeln und ein bisschen Lametta, und nach der Bescherung gab es Würstchen mit Kartoffelsalat. Auf das Absingen von Liedern und Aufsagen von Gedichten wurde ebenso verzichtet wie auf die Anwesenheit eines Weihnachtsmannes. Trotzdem war es irgendwie schön. Nachmittags liefen Märchenfilme im Fernsehen, und es roch gut. Außerdem kamen am nächsten Tag manchmal noch meine großen Brüder vorbei. Doch dieses erste Weihnachtsfest in der fremden Stadt war anders. Ich spürte schon am Vormittag, dass irgendetwas faul war. Oder besser: Ich hörte es. Aus der Küche drang schlechtgelauntes Tellerklappern, Töpfe lärmten auf dem Herd, und das Besteck ließ sich beleidigt in den Besteckkasten fallen. Meine Mutter war sauer.

Ich steckte vorsichtig meinen Kopf durch die Küchentür: »Kann ich dir was helfen?« Meine Mutter funkelte mich an. »Ja. Schleich dich!« – Seit wir hier lebten, benutzte sie immer öfter wienerische Floskeln. Ich verzog mich in mein Zimmer und war froh, dass mein Bruder nebenan die unbehaglichen Geräusche aus der Küche mit lauter, wütender Musik übertönte.

Ich holte die Weihnachtsgeschenke für meine Eltern aus dem Schrank. Meinem Vater hatte ich im Werkunterricht ein kleines Regal gezimmert, dessen Bestimmung selbst mir nicht ganz klar war. Es war schief, und ich hatte dafür eine Vier bekommen. Vermutlich würde es sofort in sich zusammenfallen, wenn man den Versuch unternahm, irgendetwas daraufzustellen.

Meine Mutter hatte sich einen kleinen Spiegel gewünscht, den sie über die Kommode im Schlafzimmer hängen könnte. Ich hatte mein Taschengeld zusammengekratzt und war ins Kaufhaus gegangen, wo ich etwas fand, das wie ein Spiegel aussah. Es war ungefähr so groß wie ein Zeichenblock und hatte auf der Spiegelfläche interessante Gravuren. Ich war mir sicher, dass sie sich darüber freuen würde.

Ich wickelte die Geschenke in Weihnachtspapier und verstaute sie wieder im Schrank. Dann ging ich ins Wohnzimmer und guckte Kinderfernsehen, bis mein Vater mit dem Baum nach Hause kam. Auch er hatte schlechte Laune, und ich suchte das Weite. Ich klopfte bei meinem Bruder an die Tür, er ließ mich hinein, ich warf mich auf sein Bett und sah ihm dabei zu, wie er seine Geschenke für unsere Eltern einpackte.

»Die Alten nerven, oder?«, sagte er.

»Ja.«

»Mach dir nichts draus. Die kriegen sich schon wieder ein.«

»Mama ist so komisch in letzter Zeit.«

»Das sind die Wechseljahre. Das geht vorbei.«

»Wann?«

»Keine Ahnung.«

Wir hörten Musik, spielten Dame und Mühle, und mein Bruder ließ mich gewinnen.

»Kaffeetrinken!« Der Ton, mit dem meine Mutter uns rief, verhieß nichts Gutes. Wir gingen ins Wohnzimmer, wo mein Vater gerade dabei war, mit großer Ernsthaftigkeit Lametta auf dem Weihnachtsbaum zu verteilen. Wir setzten uns an den Esstisch. Meine Mutter kam aus der Küche, stellte die Kaffeekanne auf den Tisch und setzte sich ebenfalls. Finster schaute sie zu meinem Vater hinüber. »Dieser Weihnachtsbaum ist ein Witz.« Mein Vater drehte sich um. »Wie bitte?« Meine Mutter nahm die Kaffeekanne und schenkte sich ein. »Ich sagte, dieser Weihnachtsbaum ist ein Witz.« Mein Vater wandte sich wieder seiner Tätigkeit zu und schüttelte den Kopf. »Dieser Baum ist so gut wie jeder andere.« Ich starrte auf meinen Kakao, der sich langsam mit einer widerlichen Hautschicht überzog.

»Er ist ein Witz. Genauso wie dieses blöde Fest.« Meine Mutter schaute meinen Bruder und mich an, als hätte sie uns erst jetzt bemerkt, zuckte entschuldigend mit den Schultern und versuchte ein Lächeln, das ihr allerdings auf halbem Weg verlorenging. Der Rücken meines Vaters spannte sich. Er versuchte, Fassung zu bewahren, doch in ihm tobte es. Er legte den letzten Lamettafaden über einen Zweig, kam betont langsam an den Tisch und setzte sich. »Dieses Fest ist so gut wie jedes andere. Es ist Weihnachten«, sagte er mit leiser, gepresster Stimme.

»Weißt du was?«, brach es plötzlich aus meiner Mutter heraus. »Dein scheiß Weihnachten mit deinem blöden elektrischen Baum und diesem ganzen verlogenen Tinnef kann mir gestohlen bleiben. Das hat mit mir nichts zu tun, und ich feiere das auch nicht mehr. Basta!« Mit diesen Worten stand sie auf, verließ den Raum, knallte die Schlafzimmertür hinter sich zu und schloss ab.

Betretenes Schweigen. Mein Vater zündete sich eine Zigarette an, nahm einen tiefen Zug, schaute mit leerem Blick aus dem Fenster und stieß langsam den Rauch wieder aus. Ich hätte alles darum gegeben, seine Gedanken lesen zu können. Mein Bruder gab mir mit einem Blick zu verstehen, dass wir besser nach nebenan gingen. Ich folgte ihm in sein Zimmer. »Die beruhigt sich schon wieder«, sagte er. Ich hatte einen Kloß im Hals.

Nach einer Stunde kam mein Vater ins Zimmer. »Ihr könnt rüberkommen«, sagte er. »Es ist alles in Ordnung. Wir machen jetzt Bescherung.«

Wir holten unsere Geschenke und gingen ins Wohnzimmer. Aus den Lautsprechern schallte uns das Weihnachtsoratorium entgegen, und alles schien plötzlich wie immer. Fast alles. Der Weihnachtsbaum … Irgendwie hatte es mein Vater fertiggebracht, die Lichterkette gegen echte Kerzen auszutauschen. Meine Mutter stand daneben und lächelte, als habe sie den ganzen Tag nichts anderes getan. Mein Bruder und ich sahen uns an. Erleichtert. Plötzlich war Weihnachten. Irgendwie.

Wir tauschten Geschenke. Mein Vater machte gute Miene zum bösen kleinen Regal, und meine Mutter betrachtete lange und von allen Seiten das Teil, das ich für einen Spiegel hielt. »Was um alles in der Welt soll ich mit einem Schnapstablett?«, fragte sie schließlich. Für einen Augenblick drohte die Stimmung wieder zu kippen. Doch bevor das geschah, schickte meine Mutter ihrem Satz ein seltsames Grinsen hinterher. »Ich werde schon einen Platz dafür finden«, erklärte sie. »Ich weiß auch schon, wo.« Ich sah das Schnapstablett nie wieder.

Wir aßen Würstchen mit Kartoffelsalat, und mein Vater behielt nervös den Weihnachtsbaum im Auge. Allerdings nicht in dem Moment, als er Feuer fing. Mein Bruder bemerkte es zuerst. »Ich glaube, der Baum brennt«, sagte er in einem fast belustigten Ton. Es war noch nicht schlimm, man hätte den brennenden Zweig ohne Probleme mit etwas Wasser löschen können. Doch mein Vater geriet sofort in Panik. Hastig langte er nach dem Löscheimer, den er vorsichtshalber unter dem Baum platziert hatte, richtete sich auf und brachte damit die Kiefer zu Fall, worauf auch die anderen Kerzen ihren Job erledigten. Dann ging alles sehr schnell. Meinem Bruder gelang es, den brennenden Baum auf den Balkon zu schleifen und dort zu löschen.

Das Desaster hinterließ ein paar hässliche Brand- und Wachsflecken auf dem neuen Teppich und einen milden, ja fast zufriedenen Ausdruck im Gesicht meiner Mutter. Nachdem wir die Spuren der Katastrophe beseitigt hatten, schaute sie auf die kümmerlichen Überreste des Baumes, der wie ein stummer Vorwurf an der Balkonbrüstung lehnte, und sagte trocken: »Ich kann mir nicht helfen, aber abgebrannte Weihnachtsbäume haben Charakter!«

Weihnachten ging vorbei und das Jahr auch. Nur der Winter zog sich kalt und grau in die Länge und machte die Nachmittage noch zäher und öder, als sie ohnehin schon waren. Ich hatte zu Weihnachten das Klappfahrrad bekommen, das ich mir gewünscht hatte. Doch ich durfte es noch nicht benutzen. Nagelneu und hellblau und glänzend stand es in meinem Zimmer wie eine Provokation. »Da haben sich die Alten ja mal wieder selbst übertroffen«, frotzelte mein Bruder und klärte mich darüber auf, dass Klappfahrräder spießig seien. »Man kann sie zusammenklappen und in den spießigen Kofferraum seines spießigen Autos packen und damit auf seine spießige Datsche fahren.« Ich verschwieg ihm, dass ich mir dieses Rad gewünscht hatte. Die meisten Mädchen in meiner Klasse hatten so eins, und ich wollte so sein wie sie. Ob das spießig war oder nicht, war mir egal.

Es wurde Frühling, und ich fuhr mit meinem neuen Rad durch die geraden Straßen der Neubausiedlung. Ich war nicht unglücklich. Für die Schule tat ich nicht mehr als nötig, die Leute in meiner Klasse akzeptierten mich, und mein Leben war normal und unkompliziert.

»Du solltest ein Hobby haben«, sagte mein Vater. »Vielleicht was mit Sport.« Hätte er mich gekannt, hätte er gewusst, dass Sport das Letzte war, das als Hobby in Frage kam. Ich hatte es in der zweiten Klasse mal mit Schwimmen versucht. Doch schon nach zwei Monaten flog ich aus dem Sportclub wieder raus: zu klein, kein Talent, kein Ehrgeiz. Ich war nicht traurig darüber.

»Wie wär's mit Eiskunstlauf?«, fragte meine Mutter, die sich mit meinem Vater offensichtlich verbündet hatte. »Ich habe mich erkundigt, es gibt hier in der Nähe einen Club. Da trainieren sogar die Weltmeister!« Damit hatten sie mich. Ich liebte Eiskunstlauf – das war kein Sport, das war schön. Ich bewunderte die anmutigen Tänzerinnen im Fernsehen und wünschte mir, an ihrer Stelle zu sein.

Meine Mutter ging mit mir in die Eissporthalle und meldete mich an. Nach vier Wochen hatte ich vom Training die Nase voll: kein Talent, kein Ehrgeiz, keine Lust. Ich ging nicht mehr hin. Stattdessen fuhr ich mit dem Fahrrad durch die Gegend, bis ich ein parkendes Auto übersah und mit Gehirnerschütterung, einem verstauchten Knöchel und ein paar Prellungen ins Krankenhaus kam.

Dort lernte ich Finke kennen. Finke hieß eigentlich Karsten Fink, doch alle nannten ihn Finke, selbst die Ärzte und Schwestern. Finke war ein großer, kräftiger Junge, hatte strohblondes Haar und sah ein bisschen aus wie die Recken in russischen Märchenfilmen. Er war schon dreizehn und lag bereits seit drei Wochen auf der Kinderstation. Er hatte sich das rechte Bein und ein paar Rippen gebrochen, und jedem, der neu eingeliefert wurde, erzählte er im Spielzimmer die Geschichte dazu. Finke konnte phantastisch erzählen, und sein Bericht wurde niemals langweilig, weil er ihm immer neue Details hinzufügte. Er tat das wohl, um jene unter uns, die die Geschichte schon gehört hatten, nicht zu langweilen.

Er war mit seinen Skiern in den tschechischen Bergen verunglückt, wo er mit seinen Eltern die Winterferien verbrachte. Das war die realistische Rahmenhandlung, die er mit solch dramatischen und halsbrecherischen Szenen füllte, wie es sie nicht mal im spannendsten Abenteuerfilm gab. Außerdem konnte er Witze erzählen wie kein anderer. Die Witze waren nicht besonders komisch, doch er erzählte sie so, dass uns die Bäuche vom Lachen wehtaten. Finke war toll. So toll, dass ich fast traurig war, als ich nach zwei Wochen wieder nach Hause musste.

»Ey du!« Ich stand in der Schlange beim Bäcker und kramte gerade mein Geld aus der Tasche, als mir jemand auf die Schulter tippte. Ich drehte mich um. Finke! Ich spürte, wie ich rot wurde.

»Wie geht's denn so?« Er grinste breit. Ich grinste unsicher zurück. Finke hatte mich im Krankenhaus nie beachtet. Ich war Teil seines Publikums – ich glaube, er kannte nicht mal meinen Namen.

»Was machst du denn hier?« In dem Augenblick, als ich sie aussprach, war mir schon bewusst, wie dämlich diese Frage war. »Hm …« Er machte ein nachdenkliches Gesicht. »Ich glaube, ich kaufe mir heute mal neue Augen. Meine funktionieren irgendwie nicht mehr so richtig.« Er verdrehte die Augen, schielte schlimm, und ich musste lachen. Finke lachte auch.

»Du wohnst bei mir gegenüber. Ich hab dich gesehen«, sagte er.

»Ach ja?«

»Ja. Und du hast einen großen Bruder, stimmt's?«

»Ja.«

»Ich hab eine große Schwester, aber die hat sie nicht mehr alle.«

»Aha.«

Ich wusste nicht, was ich sonst darauf sagen sollte. Doch das musste ich auch nicht, denn ich war die Nächste in der Bäckerschlange. Ich bezahlte, packte die Brötchen ein und wartete auf Finke. Wir liefen zusammen nach Hause.

»Wir werden bald von hier wegziehen«, sagte er.

»Ach ja? Wohin denn?«

»Nach Zypern, glaube ich.«

»Nach Zypern?«

»Hm … lass mich nachdenken«, sagte er und legte seine Stirn in Falten. »Nein. Nicht Zypern. Kongo oder Australien vielleicht.«

»Du spinnst ja vielleicht«, kicherte ich.

»Nein, im Ernst! Wir ziehen nach Berlin.« Ich blieb stehen. »Nach Berlin?«

»Ja. Toll, oder?« Ich fand es nicht toll. Finke zog

nach Berlin, und ich blieb hier – das war das Gegenteil von toll. Ich erzählte ihm, dass ich aus Berlin käme und dass ich wieder dorthin zurückwolle.

»Wir ziehen erst im Sommer um«, sagte er. »Bis dahin können wir Freunde sein. Und später kommst du nach, wenn du willst.« Ich wollte.

Finkes und mein Haus trennte ein Wäscheplatz, auf dem wir uns manchmal trafen und über alles Mögliche redeten. Hin und wieder verabredeten wir uns, wenn es dunkel war. Dann schauten wir aus unseren Fenstern und sandten uns mit Taschenlampen Signale hin und her. Bis es Ärger gab.

Es war schon sehr spät, als es an der Wohnungstür klingelte. Ich machte die Taschenlampe aus, schloss schnell das Fenster und legte mich ins Bett. Nichts geschah. Es klingelte wieder. Ich hörte die Schritte meiner Mutter im Flur.

»Ihre Tochter leuchtet mit der Taschenlampe in unser Schlafzimmer«, meckerte eine dicke Frauenstimme. Meine Mutter antwortete irgendetwas, doch ich verstand sie nicht.

»Nein!« Die Frau schien sehr ungehalten. »Sie hat genau in unser Schlafzimmer geleuchtet.« Jetzt wurde meine Mutter auch etwas lauter. »Was soll es denn in Ihrem Schlafzimmer schon Interessantes zu sehen geben, hm?«

»Das ist eine Unverschämtheit!«, blökte die Frau.

»Dann machen Sie doch Ihre blöden Vorhänge zu«, sagte meine Mutter und knallte der Frau die Tür vor der Nase zu. Stille. Ich hielt die Luft an. Meine Mutter stand im Flur. Ich wartete. Dann kam sie rein.

»Hast du den Verstand verloren?« So wütend hatte ich sie noch nie gesehen. »Reicht es nicht, dass wir hier in dieser elenden Stadt verschimmeln müssen? Musst du es noch schwerer machen, es hier auszuhalten?« Ich schwieg betroffen. »Red schon! Bist du verrückt geworden?«

Ich weiß nicht, woher sie kam – doch jetzt stieg auch in mir Wut hoch. »Ja«, presste ich hervor. »Ich bin verrückt geworden. Steckt mich doch in die Irrenanstalt, dann seid ihr mich los!«

»Jetzt werd nicht noch frech«, schrie meine Mutter. »Geh ins Bett und schlaf und lass mich in Frieden!« Dann knallte sie auch meine Tür zu. Von außen. Ich heulte.

Am nächsten Morgen sah ich meine Mutter nicht. Ich war nicht besonders unglücklich darüber. »Es geht ihr nicht gut«, sagte mein Vater am Frühstückstisch. »Das sind die Wechseljahre. Nehmt ein bisschen Rücksicht auf sie.« Er sah besorgt aus. Ich nickte.

Als ich aus der Schule kam, war meine Mutter zu Hause und legte Wäsche zusammen. »Hallo Mama.« Sie schaute auf. »Servus Süße.«

»Entschuldige wegen gestern«, sagte ich.

»Schon gut. Pass einfach besser auf, hörst du?«

»Mach ich … Geht's dir nicht gut?«

»Ach, es ist nichts. Du kommst in die Pubertät, und ich werde alt«, seufzte sie. »So ist das Leben, das wird schon wieder.«

Es wurde nicht wieder. Meine Mutter wurde launischer. Und sie wurde dicker. »Wenn ich so weiterwachse, könnt ihr mich bald bei den fetten Nilpferden im Tierpark besuchen. Grau und faul bin ich jetzt schon!« Und dann schmierte sie sich noch ein Knäckebrot. »Zum Abnehmen«, wie sie sagte. Wenn sie eine ihrer Hitzewallungen bekam, stöhnte sie: »Wenn ich so weiter schwitze, brauchen wir im Winter keine Heizung mehr. Stellt mich einfach in die Ecke, ich mach das schon.«

Meine Mutter war Redakteurin einer Lokalzeitung und mochte ihren Job nicht besonders. Manchmal hatte sie keine Lust, zur Arbeit zu gehen. Dann bat sie meinen Bruder, dort anzurufen und sie krankzumelden. Dafür schrieb sie uns ihrerseits Entschuldigungen, wenn wir keinen Bock auf Schule hatten. Mein Vater erfuhr nichts davon. Es war eine Art Geheimpakt.

So geheim wie die Flasche russischer Wodka, die ich irgendwann im Wäscheschrank in ihrem Schlafzimmer fand. Ich war erschrocken und erzählte meinem Bruder davon.

»Das erklärt einiges«, sagte er nachdenklich.
»Was denn?«
»Keine Ahnung. Aber es erklärt einiges.«
»Ist sie eine Trinkerin?«
»Quatsch! Hast du sie jemals betrunken gesehen?«
»Nein.«
»Wahrscheinlich nimmt sie manchmal einen zur Beruhigung. Wie eine Pille, verstehst du?«

Ich versuchte zu verstehen, war aber sehr beunruhigt, weswegen ich regelmäßig nachschauen ging, ob und wie schnell sich die geheime Flasche leerte. Sie leerte sich sehr langsam. So langsam, wie die Zeit verging.

Der Sommer kam und Finke ging. Er zog nach Berlin. Ich war traurig und vermisste ihn. Irgendwann schickte er mir eine Ansichtskarte, die den Fernsehturm zeigte: »Ich habe runtergespuckt. Sie haben in der Zeitung drüber geschrieben. Sonst ist hier auch nicht viel los.« Ich musste lachen und schrieb ihm eine Karte zurück, danach hörte ich nichts mehr von ihm. Finke war aus meinem Leben ausgezogen. Dafür zog etwas anderes in mein Leben ein.

»Eure Mutter ist krank«, sagte mein Vater eines Tages am Frühstückstisch. Er sagte es in seinem Alltagston, fast beiläufig. Mein Bruder biss von seinem Pflaumenmusbrötchen ab. »Was hat sie denn?«, fragte er kauend. Mein Vater schenkte sich Kaffee nach.

»Sie wissen es noch nicht genau. Sie bleibt für ein paar Tage im Krankenhaus und wird untersucht. Ich gehe nach der Arbeit bei ihr vorbei.«

»Wie geht es ihr, Papa?«, fragte ich ihn, als er abends nach Hause kam. Er setzte sich in den Sessel und zündete sich eine Zigarette an. »Es geht«, sagte er müde und schaute aus dem Fenster.

»Es geht«, sagte er auch am nächsten Tag und am übernächsten.

»Was hat sie denn nun?«, fragte mein Bruder.

»Da ist etwas in ihrem Körper, das da nicht hingehört«, erklärte mein Vater. »Sie schneiden es raus, und dann ist es wieder gut.«

Dann ist es wieder gut, dachte ich und war beruhigt.

»Können wir sie besuchen?«

»Vielleicht. Am Wochenende. Wir werden sehen.«

Das Wochenende kam, und mein Vater ging allein ins Krankenhaus.

»Es ist alles in Ordnung«, sagte er. »Sie braucht noch etwas Ruhe nach der Operation.« Ich glaubte ihm. Er konnte sehr überzeugend sein. Meinen Bruder allerdings überzeugte er nicht.

»Ich glaube, sie hat Krebs.«

Er kam in mein Zimmer und ließ sich auf mein Bett fallen.

»Der Alte weiß es, aber er will es nicht sagen. Oder er will es nicht glauben.«

»Er hat gesagt, sie wird wieder gesund.«

»Der sagt viel, wenn der Tag lang ist.«

Mein Bruder starrte an die Decke. Wir schwiegen. Ich wartete darauf, dass er irgendetwas sagte. Er blieb stumm. Ich war nicht zwölf Jahre alt und er nicht siebzehn – jetzt waren wir gleich alt.

Zwei Wochen später kam meine Mutter aus dem Krankenhaus, und mit ihr kehrte das Leben in unsere Wohnung zurück. Sie wirkte erholt. Ihre Haut war glatt und rosig, und der trostlose Wohlstandsspeck war weg. Sie sah plötzlich den alten Fotos ähnlich, die sie mir manchmal gezeigt hatte. Ihre Augen strahlten, ihre Gesten waren weich, und sogar ihr Humor war zurückgekehrt. »Ich bekomme jetzt Bestrahlungen, die sind teurer als ein Urlaub auf der Krim.« Und da war es wieder – das Lachen, das sie ihren dunklen Scherzen hinterherschickte, um sie heller zu machen. Wir grinsten, und mein Vater schüttelte den Kopf. Wie früher. Mein Vater hatte recht behalten. Alles war gut.

Zu meinem dreizehnten Geburtstag bekam ich eine Gitarre und meine ersten Jeans. Echte Jeans aus dem Westen. Ich war glücklich und fuhr damit im Sommer ins Ferienlager. Es war ein großes Lager mit Kindern aus der ganzen Welt. Man nannte es Pionierrepublik.

Ich gehörte zu einer Gruppe von Kindern, die zu

offiziellen Anlässen sprechen und singen sollten. Wir wohnten in einem Haus mit palästinensischen Kindern, die morgens und abends eine Stunde lang in Uniform exerzieren mussten, während sie laut und rhythmisch Kampfparolen riefen. Das beeindruckte mich und machte mir gleichzeitig Angst. Kleine Soldaten. Kleiner noch als mein ältester Bruder, als mein Vater ihn in die Kadettenanstalt gesteckt hatte. Ich lernte, auf Arabisch bis zehn zu zählen, und erfuhr, was auf Polnisch »Ich liebe dich« heißt.

Der Junge hieß Marek und war schon fünfzehn. Er war nicht viel größer als ich, etwas linkisch und sehr schüchtern. Genau wie ich. Beim Essen sah er verstohlen zu mir herüber. Nach einer Woche kam er an unseren Tisch und schenkte mir seinen Schokoladenpudding. Einfach so. Er lächelte und sagte nichts. Die Mädchen am Tisch kicherten, und wir beide wurden rot.

Am Abend war Disco, und er forderte mich zum Tanzen auf. Danach gingen wir miteinander. Ich war nicht verliebt, doch ich fand schön, dass er es war. Es machte mich erwachsen. Hand in Hand zogen wir durch die Gegend, gingen baden oder tranken am Kiosk Brause. Marek brachte mir die Vorhand beim Tischtennis bei, ich zeigte ihm ein paar Griffe auf der Gitarre. Wir redeten kaum miteinander – er sprach kein Deutsch, ich verstand kein Polnisch. Es war schön – bis zu jenem Abend, als er plötzlich anfing zu sprechen. Wir waren wieder spazieren gegangen, wie immer schweigend. Plötzlich blieb Marek stehen und hielt meine Hand fest. Er begann zu reden. Polnisch. Bestimmt fünf Minuten lang, ohne Pause. Ich verstand kein Wort. An seiner Erregung erkannte ich, dass er mir sehr wichtige Dinge sagte. Als er fertig war, sah er mich bedeutungsvoll an. Er erwartete wohl, dass ich auch etwas sagte, doch ich schwieg. Dann zog er mich zu sich heran und küsste mich. Sehr lange und sehr feucht – ich dachte, er hört nie mehr damit auf. Es fühlte sich an wie ein nasser warmer Waschlappen. Ich war enttäuscht. Er spürte das und ließ mich los. Auch für den Rest der Ferien. Ich glaube, er schämte sich. Und ich schämte mich auch. Wir gingen uns aus dem Weg. – Mein erster Kuss war eine Katastrophe. Doch ich sollte zwei Tage später noch einen bekommen.

Die palästinensischen Kinder bekamen Besuch von ihrem Palästinenserführer, und ich durfte ihn begrüßen und eine kleine Rede halten, die ich selbst schreiben sollte. Ich bekam einen Zettel, auf dem die Worte standen, die unbedingt darin vorkommen mussten: Kinder der Welt, Sozialismus, Frieden, Freundschaft, Solidarität und so weiter. Ich war aufgeregt, als ich meine Rede hielt. Der Palästinenserführer hatte lässig die Arme vor der Brust verschränkt und lächelte, während ihm übersetzt wurde, was ich sagte. Dann kam er auf mich zu, nahm mein Gesicht in seine Hände und küsste mich auf die Wange. Sein Kuss war trocken und kurz. Ich mochte den Mann, und ich war stolz, dass er mich offenbar auch mochte.

Die Sommerferien gingen zu Ende, und ich fuhr wieder nach Hause. Glücklich und voller Geschichten, die ich meinen Eltern und meinem Bruder erzählen wollte. Mein Vater holte mich vom Zug ab. Er sah blass aus und hatte Ringe unter den Augen. Ich ahnte, dass etwas nicht in Ordnung war, doch ich plapperte drauflos. Ich wollte ihm keine Gelegenheit geben, meine Ahnung zu bestätigen.

Unsere Wohnung war still, als wir nach Hause kamen, es war niemand da. Die Tür zum Zimmer meines Bruders stand offen. Sein Bett war weg, das Bücherregal war leer, und das Jimi-Hendrix-Poster fehlte. Er war ausgezogen, um in Leipzig zu studieren. Das hatte ich ganz vergessen.

»Die Alten gehen mir auf die Nerven, ich muss hier weg«, hatte er immer wieder gesagt. Doch mein Bruder sagte viel, wenn der Tag lang war. Ich hatte ihm nicht geglaubt. Ich wollte nicht. Und jetzt war er weg.

»Kann ich in sein Zimmer ziehen, Papa?«

»Ja.«

»Und wo ist Mama?«

»Im Krankenhaus.«

»Schon wieder?«

»Ja. Aber das wird wieder.«

Diesmal glaubte ich ihm nicht. Ich ging in mein Zimmer und packte meinen Koffer aus. Als ich damit fertig war, glaubte ich ihm immer noch nicht. Wir fuhren ins Krankenhaus.

»Erschrick nicht, wenn du sie siehst«, sagte mein Vater, als wir die Treppe zu ihrer Station hinaufstiegen. »Es ging ihr nicht so gut in den letzten Wochen.« Ich nahm mir vor, nicht zu erschrecken. Und ich erschrak nicht.

Das Zimmer roch nach ihrem Parfüm. Meine Mutter saß komplett angezogen an einem kleinen Tisch neben dem Krankenbett, sah in den Spiegel ihrer Puderdose und schminkte ihre Lippen. Sie sah aus wie eine Besucherin, nicht wie eine Patientin. Sie war schön, und ich wusste gar nicht, was mein Vater meinte. Sie schaute nur kurz auf, als wir hereinkamen, und fuhr mit ihrem Make-up fort. »Wenn ich so weitermache, könnt ihr mich bald beim Schönheitswettbewerb derer im Endstadium anmelden«, sagte sie, schaute noch einmal prüfend in den Spiegel und klappte die Puderdose zu. Ich wusste nicht, von welchem Wettbewerb sie sprach und wo sich das Endstadion befand, in dem er ausgetragen wurde. Ich war nur froh, dass es meiner Mutter offenbar besser ging als dem Gesicht meines Vaters. Der schüttelte leise den Kopf, küsste sie auf die Stirn und füllte die Schale auf dem Tisch mit frischem Obst – Weintrauben, Kirschen und Bananen.

»Hast du etwa wieder den schlimmen Sonderladen leergekauft?«, witzelte meine Mutter. »Sonderladen« – so nannte sie das Geschäft, in dem Parteifunktionäre Lebensmittel kaufen konnten, die es sonst nur unter dem Ladentisch gab. Sie wusste genau, dass sie meinen Vater mit diesem Satz traf. Er schimpfte oft über Genossen, die ihre Privilegien ausnutzten und jeden Tag in diesem Laden ihre Taschen mit exotischen Waren füllten. Er tat das nur sehr selten und zu besonderen Anlässen. Seine dichten Augenbrauen zogen sich für einen Moment zusammen, hinter seiner Stirn schien ein kleiner Krieg zu toben, den sein Mund schließlich gewann. »Es ist schon gut«, sagte er und versuchte ein Lächeln. Mein Vater war ein erbärmlicher Schauspieler.

»Und du, Süße?« Meine Mutter schaute mich an. »Komm her, lass dich anschauen!« Ich ging hin und ließ mich anschauen. Ich fühlte mich unwohl. Irgendetwas hier war so falsch wie die Farbe in ihrem Gesicht.

»Hast du was Schönes erlebt?«

»Ja, war schön.«

»Hast du dich verliebt?«

»Nö.«

»Dann muss es doch unfassbar langweilig gewesen sein, oder?«

Das war mein Stichwort, wieder plapperte ich los. Ich plapperte und plapperte und gab ihr das Foto, das den Palästinenserführer zeigte, wie er mein Gesicht in seinen Händen hält. Sie betrachtete belustigt das Bild: »Der hatte keine Ahnung, dass du jüdisch bist, oder?« Ich hatte keine Ahnung, was sie meinte. »Und du hast erst recht keine Ahnung«, sagte sie. Die Stationsschwester kam herein und bat uns zu gehen.

Wir fuhren nach Hause, und das Leben ging weiter. Die Schule fing wieder an. Meine Mutter blieb im Krankenhaus und hörte irgendwann auf, sich zu schminken, wenn wir kamen. »Mein Parfüm ist jetzt das hier«, sagte sie schlechtgelaunt und bedachte das Desinfektionsmittel auf ihrem Nachttisch mit angewidertem Blick. Ich war froh, als mein Vater mir eines Tages sagte, ich müsse nicht mit, es sei zu anstrengend für sie.

Ja, mein Leben ging weiter. Irgendwann ging ich sogar zu normalen Zeiten in den Hausschuhkeller und ließ mich von den Jungen begrapschen. Es war ein Spiel, und ich war schließlich schon dreizehn.

»Der Schuldirektor will mit dir sprechen, Papa«, sagte ich beim Abendbrot.

»Der Schuldirektor? Warum denn das?«

»Ich weiß nicht, hat er nicht gesagt. Er hat nur gesagt, dass er vorbeikommen und mit dir reden will.«

»Er will vorbeikommen? Das ist komisch. Hast du was angestellt?«

»Nö.«

Der Schuldirektor war ein dicker kleiner Mann mit Glatze, Schweißhänden und Fistelstimme. Niemand mochte ihn, auch die Lehrer nicht. Es ging das Gerücht, er habe den Posten an der Schule nur bekommen, weil seine Frau die Schwester irgendeines hohen Tieres im Parteiapparat sei.

»Guten Tag, Genosse Zweiter Sekretär«, zwitscherte er und streckte meinem Vater eilfertig die Hand entgegen. Der nahm sie, um sie sehr schnell wieder loszulassen und an seiner Hose trockenzuwischen, nachdem er den Dicken hereingebeten hatte. Ich hätte ihn warnen sollen.

Im Wohnzimmer bot er dem Direktor einen Stuhl an und setzte sich ebenfalls an den Tisch. Ich blieb stehen.

»Deine Tochter hier …«, flötete der Direktor und nickte gönnerhaft in meine Richtung, »… macht sich ausgesprochen gut in der Schule.« Ich wusste überhaupt nicht, wovon er sprach. Ich war gutes Mittelmaß, stand immer zwischen Zwei und Drei – von »ausgesprochen gut« konnte also nicht die Rede sein. Auch mein Vater schien einigermaßen überrascht. »Tatsächlich«, sagte er und sah mich dabei fragend an. Ich zuckte mit den Schultern.

»O ja, Genosse«, schleimte der Direktor. »Und ich habe mir Gedanken gemacht. Was hältst du davon, wenn wir sie Abitur machen ließen?«

»Abitur?« Mein Vater legte die Stirn in Falten. »Wenn ich nicht irre, werden nur drei oder vier der besten Schüler an die Erweiterte Oberschule geschickt, hat sich daran was geändert?«

»Natürlich nicht.« Der Direktor wirkte auf einmal verunsichert, und das süffisante Grinsen, das die ganze Zeit auf seinem Gesicht gelegen hatte, war verschwunden. »Ich dachte nur, du hättest Interesse daran, dass deine Tochter…«

»Ich habe kein Interesse daran, dass meine Tochter bevorzugt wird«, unterbrach mein Vater den Direktor und schaute ihn grimmig an. »Wenn sie nicht zu den Besten gehört, macht sie auch kein Abitur. So einfach ist das.«

Man konnte meinem Vater viel vorwerfen: Er war rechthaberisch, autoritär, engstirnig und dogmatisch – doch er war auch geradlinig und auf eine fast puristische Weise genügsam. Vetternwirtschaft und Filz waren ihm zuwider. Sein Chef, der Erste Sekretär, hatte sich vor kurzem ein großes Haus bauen lassen und es mit Geldern bezahlt, die ihm nicht gehörten. »So etwas macht man nicht«, hatte mein Vater gesagt. »Es ist unmoralisch.« Ich bewunderte ihn für diese Haltung und wollte sie mir merken. Und jetzt, da der blöde Direktor in unserer Wohnung saß und meinem Vater dieses Angebot machte, spürte ich einfach nur Genugtuung.

»Nichts für ungut«, sagte der Direktor kleinlaut,

als mein Vater ihm nicht die Hand zum Abschied gab, und ging.

In den Weihnachtsferien erlaubte mir mein Vater, meinen jüngsten Bruder in Leipzig zu besuchen. Ich fuhr das erste Mal allein mit dem Zug. Mein Vater hatte mir eine Platzkarte besorgt und begleitete mich ins Abteil.

»Pass auf dich auf«, sagte er, »und glaub nicht alles, was dein Bruder dir erzählt. Er hat mitunter etwas merkwürdige Ansichten.« Ich wusste nicht, was er damit meinte, doch ich nickte. »Na klar, Papa.«

Mein Bruder holte mich vom Bahnhof ab. Er hatte ganz kurze Haare, so kurz wie noch nie. Er sah interessant aus. So interessant wie noch nie. »Guck an! Meine kleine Schwelle wird erwachsen«, sagte er grinsend und nahm mich in den Arm. Wir fuhren mit der Straßenbahn zu seiner Wohnung, in der er mit einem hübschen Mädchen lebte, das genauso kurze Haare hatte wie er. Sie war lustig und sächselte nicht – ich mochte sie sofort.

Die Wohnung der beiden lag unter dem Dach eines uralten grauen Hauses mit morschen Treppen, die unter jedem Schritt ächzten. Sie bewohnten zwei kleine Zimmer und eine Küche, die nur dann einigermaßen warm wurde, wenn man alle Flammen des Herdes entzündete. Es gab ein fadenscheiniges rotes Plüschsofa, einen schweren Tisch und ein paar

Stühle, von denen keiner dem anderen glich. Auf dem Fußboden und dem Schreibtisch türmten sich Bücherstapel, die Fenster waren mit weißen Laken verhängt, an den Zimmerwänden hingen Plakate von französischen Filmen, und auch Jimi Hendrix war mit eingezogen.

Mein Bruder zeigte mir die Stadt und die Universität, an der er Germanistik studierte.

»Lange werd ich's in diesem Saftladen nicht aushalten«, sagte er.

»Wieso nicht?«

»Acht Stunden am Tag Rotlichtbestrahlung – da wird man doch weich in der Birne!«

»Rotlichtbestrahlung? Is'n das?«

»Marxismus-Leninismus, Politische Ökonomie – der ganze Scheiß.« Er winkte genervt ab. »Wie Staatsbürgerkunde bei dir in der Schule, nur schlimmer und öfter.«

Ich hatte seit ein paar Wochen Staatsbürgerkunde bei Frau Uhlig. Frau Uhlig war ein Wesen mit dünnem Haar, das durch das Klassenzimmer huschte wie ein Schatten. Schwer zu sagen, wie alt sie war – vielleicht dreißig, vielleicht auch fünfzig. Wenn sie mit der rechten Hand etwas an die Tafel schrieb, knabberte sie an den Fingernägeln ihrer linken. Sie erklärte uns die führende Rolle der Arbeiterklasse mit leisem, vorwurfsvollem Ton. Ich wusste also genau, wovon mein Bruder sprach. Wir setzten uns in ein kleines, verrauchtes Studentencafé in der Nähe des Universitätsgebäudes.

»Wie geht's zu Hause?«

»Geht so. Wie immer eigentlich.«

»Nervt der Alte sehr?«

»Der ist kaum da.«

»Und Mama?«

»Weiß nicht. Ich darf nicht mehr mit ins Krankenhaus.«

»Willst du denn?«

»Nein.«

Er zündete sich eine Zigarette an und blies den Rauch an die Decke. Wir schwiegen.

»Erzähl doch mal was«, sagte er irgendwann.

»Ich weiß nicht, es ist doch nichts weiter los.«

»Du hast bald Jugendweihe. Hast du dir was gewünscht?«

»Nö. Ich glaube, Papa will mit mir in die Sowjetunion.«

»Nicht schlecht. Da hast du's besser als ich damals.«

Mein Vater hatte meinem Bruder zu dessen Jugendweihe ein sehr merkwürdiges Geschenk gemacht. Er hatte ihm das Versprechen geschenkt, mit ihm innerhalb eines Jahres alle fünfzehn Bezirksstädte der DDR zu besuchen. Doch für meinen Bruder war das kein Versprechen, sondern eine Drohung. Er hatte recht – da hatte ich es besser.

Mein Bruder drückte seine Zigarette aus, zahlte, und wir gingen durch den kalten, grauen Nachmittag nach Hause. Seine Freundin hatte gekocht und die vierte Adventskerze angezündet. Wir setzten uns an den schweren Tisch, aßen Schnitzel mit Bratkartoffeln und guckten Kinderfernsehen. Am Abend sollte ein Film laufen, in dem mein mittlerer Bruder mitspielte. Eine kleine Rolle nur, aber eine sehr wichtige, wie er mir mal am Telefon erklärte. »Mit mir steht und fällt der ganze Film, weißt du«, flachste er. »Manche sagen allerdings, er fällt eher.«

In dem Film ging es um den Bewohner eines jüdischen Ghettos, der vorgibt, ein Radio zu besitzen. Er erzählt den Leuten, dass er gehört habe, die Russen kämen und dass der Krieg bald zu Ende sei. Mein Bruder spielte einen Rundfunkmechaniker, hatte einen Auftritt und musste genau sechs Sätze sagen. »Du musst mal darauf achten, wie lässig ich da an der Wand lehne und nichts tue mit meinem Gelben Stern. Das ist absolut oscarverdächtig!«

Jetzt saßen wir also hier bei meinem jüngsten Bruder in der Wohnung und würden meinen mittleren Bruder gleich in seinem Film sehen. Ich war aufgeregt und glücklich.

»Vielleicht ist es ja nicht so schlecht, dass du die Alte nicht mehr so oft siehst«, sagte mein Bruder plötzlich. Ich mochte es nicht, wenn er meine Mutter »Alte« nannte. Bei meinem Vater machte es mir nichts aus, weil er eben der Alte war. Doch bei meiner Mutter tat es mir weh.

»Warum denn?«

»Sie konnte nie viel mit dir anfangen.«

Die Freundin meines Bruders schaute ihn vorwurfsvoll an. »Lass sie in Ruhe«, sagte sie. »Hör auf, deiner Schwester solchen Blödsinn zu erzählen.«

»Wieso«, sagte mein Bruder schulterzuckend. »Ist doch wahr.« Er öffnete eine Flasche Bier, nahm einen großen Schluck und rülpste laut. Das machte er oft, und normalerweise hätte ich darüber gelacht und »du Schwein!« zu ihm gesagt. Doch irgendwas stimmte nicht.

»Wie meinst du das?«, fragte ich ihn.

»So, wie ich es sage. Sie liebt dich nicht. Du gehst ihr auf die Nerven. Das hat sie mir selbst mal gesagt.«

Ich starrte auf den Fernseher, in dem der Nachrichtensprecher tonlos die Meldungen verlas. Mein Bruder und ich hatten die Nachrichtensendung zu Hause oft mit Komikerschallplatten unterlegt und uns dabei totgelacht. Jetzt war es die Stimme meines Bruders, die jene des Sprechers ersetzte. »Als du neulich deine Tage bekommen hast, hat sie sich bei mir beschwert und gesagt: Jetzt geht das auch noch los.« Der Nachrichtenmann verzog keine Miene, als er diesen Satz sagte, schaute von seinem Blatt auf und mir direkt ins Gesicht.

»Hör endlich auf damit!« Seine Freundin war jetzt

sehr wütend. »Du tust ihr weh, merkst du das nicht, du Idiot?«

Er merkte es nicht, der Idiot. Und ich glaubte ihm nicht.

»Du spinnst ja«, sagte ich und versuchte, so ungerührt wie möglich zu klingen. Die Freundin meines Bruders war jetzt stinksauer.

»Du bist doch wirklich das Letzte. Du selbst kannst es kaum aushalten, wenn man dir eine unangenehme Wahrheit sagt, aber austeilen kannst du wie kein anderer.«

»Jetzt reg dich wieder ab! Sie wird's überleben«, sagte mein Bruder herablassend und verschwand im Nebenzimmer. Seine Freundin setzte sich auf die Lehne des Plüschsofas und legte ihren Arm um meine Schulter. Sie roch gut. Nach Pfefferminz und Tannenduft-Räucherkerzen. »Du kennst doch deinen Bruder«, sagte sie sanft. »Er ist manchmal so ungerecht. Er meint es nicht so.« Ich war froh, dass sie das sagte. »Ich weiß«, antwortete ich. »Und außerdem ist es nicht wahr.«

»Und außerdem ist es nicht wahr«, sagte sie.

Mein Bruder kam ins Zimmer zurück. Er trug ein geblümtes Sommerkleid, hatte eine Badekappe auf dem Kopf und schnitt schlimme Grimassen. »Seht mich an!«, rief er aus. »Ich bin der Vorsitzende der Sozialistischen Beklopptenpartei Deutschlands.« Ich prustete los. Wir lachten. Alle drei.

Und dann setzten wir uns vor den Fernseher und guckten den Film, in dem mein mittlerer Bruder wie versprochen sehr lässig mit seinem Gelben Stern an der Wand lehnte und seine sechs Sätze sprach. Er war der tollste Schauspieler, den ich je gesehen hatte.

Ich sprach mit meinem jüngsten Bruder nie mehr über das, was er mir gesagt hatte. Ich hatte keine Lust, es noch einmal zu hören, und außerdem war es nicht wahr.

Nach den Feiertagen fuhr ich wieder zurück. Mein Vater holte mich vom Bahnhof ab und erzählte mir, dass es meiner Mutter etwas besser gehe und wir sie besuchen könnten, wenn ich wolle. Wir fuhren ins Krankenhaus, doch sie schlief, als wir ankamen. Sie sah aus wie ein kleines Mädchen – ganz zart und zerbrechlich lag sie da und atmete ruhig und tief. »Lass uns gehen«, sagte mein Vater. Wir gingen.

Das Jahr ging auch. Es war das vierte, das ich in dieser Stadt verbracht hatte. Und es sollte das letzte sein.

FÜNF

»Leb wohl, meine Kleine.« Das hatte mein Vater noch nie zu mir gesagt. Er war kein pathetischer Mensch. Er war pragmatisch, rational. »Leb wohl« – das war ein Satz, der nicht in sein Vokabular passte. Ich war fast vierzehn, und es war spät, als er diesen Satz sagte. Er war nach Hause gekommen, ich hörte seine Schritte im Flur. Er ging vor meiner Tür auf und ab. Ich drehte mich zur Wand und stellte mich schlafend. Irgendwann kam er in mein Zimmer, setzte sich auf die Kante meines Bettes und schwieg. Mehrere Minuten saß er so. Schließlich seufzte er tief und sagte leise: »Leb wohl, meine Kleine.« Dann stand er auf und verließ mein Zimmer. Mein Herz schlug, ich hatte Angst. Etwas war falsch.

Es war plötzlich so still in der Wohnung. Ich stand auf und schlich durch den Flur zu seinem Arbeitszimmer. Die Tür stand einen Spalt offen, ich spähte hinein. Mein Vater saß an seinem Schreibtisch vor dem Fenster und schrieb etwas auf ein Blatt Papier. Er zerknüllte es, warf es in den Papierkorb und beschrieb ein neues Blatt. Diese Prozedur wiederholte sich einige Male, bis er irgendwann mit seiner Arbeit zufrieden zu sein schien. Er platzierte die beschriebene Seite sorgfältig vor sich auf der Tischplatte und erhob sich. Ich flüchtete in mein Zimmer und schloss leise die Tür. Atemlos lauschte ich. Mein Vater ging schweren Schrittes den Flur entlang und verließ die Wohnung. Ich lief in sein Zimmer, nahm das Blatt Papier von seinem Schreibtisch und las. Es war ein Abschiedsbrief. Er enthielt die Botschaft, dass mein Vater mit einem Konflikt, von dem ich nichts wusste und den ich nicht verstand, nicht länger leben wollte. Er bat mich, ihm zu verzeihen und meiner Mutter, die mit Krebs im Krankenhaus lag, zu sagen, dass er sie liebe.

Mein Vater wollte sich das Leben nehmen. Der Satz lärmte in meinem Kopf. Ich wusste, dass er im Tresor seines Büros eine Dienstpistole aufbewahrte – das hatte mir mein Bruder irgendwann erzählt. Also rannte ich zum Telefon und wählte die Nummer seines Büros. Ein diensthabender Wachmann meldete sich in breitem Sächsisch und mit korrekter Angabe seines Dienstgrades. Die Zeit, in der er das tat, hätte ich locker nutzen können, um selbst hinzufahren und nach dem Rechten zu sehen.

»Hallo, mein Vater ist der Zweite Sekretär. Ich glaube, er will sich was antun!«

»Nun mal ganz langsam, junges Fräulein. Und immer schön der Reihe nach. Wer …«

»Nein!«, fiel ich ihm ins Wort. »Mein Vater will sich umbringen, er hat einen Abschiedsbrief geschrieben. Sie müssen gucken, was er macht!«

»Wir müssen hier überhaupt nichts.« Er machte zwischen jedem seiner Worte eine unendlich lange Pause. »Immer mit der Ruhe, so schlimm wird's schon nicht sein. Ich gehe nachsehen, ob ich den Genossen finde.« Der Hörer wurde aufgelegt. Mechanisch legte ich meinen Hörer auch auf, ging ins Bett und zog mir die Decke über den Kopf. Es war drei Uhr nachts, und ich war allein. Unfassbar allein.

Eine Stunde später schloss jemand die Wohnungstür auf. Zwei fremde Männer standen vor der Tür. In ihrer Mitte mein Vater. Zerstört.

Auf meine Frage nach dem Warum antwortete er später einsilbig: »Da war nichts. Ich habe einen Fehler gemacht.« Er sagte diesen Satz in jenem leisen, bedrohlichen Ton, der weder Widerspruch noch Nachfrage duldete. Für mich hatte die Angelegenheit erledigt zu sein.

Erst nach seinem Tod erfuhr ich die ganze absurde Geschichte hinter diesem noch absurderen »Nichts«. Mein Funktionärsvater hatte sich an jenem Tag mit irgendwelchen Wichtigleuten aus der Parteiführung getroffen. Es ging um die Durchsetzung der Beschlüsse des soundsovielten Plenums der Partei. Nach der Arbeit gingen sie in eine Kneipe, aßen gut und tranken viel. Der Alkohol lockerte die Zunge meines Vaters. Er beanstandete dies und jenes, rieb sich an der Politik, die er doch durchsetzen sollte, nörgelte an diversen Beschlüssen herum und redete sich um Kopf und Kragen.

»Wer so redet, ist kein Kommunist«, sagte plötzlich der wichtigste der Wichtigmänner. Ein Wort gab das andere, die Männer schrien sich an, und schließlich knallte mein Vater sein Parteibuch auf den Tisch und verließ die sprachlose Runde. Er kam nach Hause und wollte Abschied nehmen. Er wollte sich das Leben nehmen wegen einer Partei, die ihn nicht zurückliebte. Das war die Geschichte.

Die Partei setzte ihn dafür ein zweites Mal auf die Strafbank. Sie warf ihm politische Unzuverlässigkeit vor und forderte ihn auf, sein unentschuldbares Verhalten in einer schriftlichen Stellungnahme minutiös zu schildern, zu begründen und Abbitte zu leisten. Also setzte sich mein Vater an seinen Schreibtisch und überführte sich auf zwölf engbeschriebenen Seiten der Überheblichkeit, der Arroganz, des Starrsinns, der Eitelkeit und des übertriebenen Ehrgeizes. Seinen Selbstmordversuch begründete er mit »politischem und persönlichem Versagen« und nannte sich »egoistisch und verantwortungslos«. Mein Vater, der große Funktionär, war auf einmal wieder der kleine Ministrant, den der Pfaffe vor die Tür schickte, weil der Kragen seines Chorhemdes dreckig war oder weil er das Messbuch hatte fallen lassen. Das zwölfseitige Pamphlet, das er jetzt schrieb, war keine Stellungnahme. Es war eine Beichte.

Seine Partei machte nach außen keine große Sache daraus. Skandale konnte sie sich nicht leisten. Also legte sie meinem Vater nahe, selbst um seine Entmachtung zu bitten. Und so schrieb er noch einen Brief, diesmal an den Vorsitzenden der Partei – seinen alten Jugendfreund, an dessen Seite er nach dem Krieg jener verheißungsvollen Zukunft mit aufgehender Sonne entgegengegangen war. Er bat darum, aus Gesundheitsgründen von seiner Funktion entbunden zu werden. Sein alter Jugendfreund las den Brief, nickte und wies seine Partei an, meinen Vater zum Vizepräsidenten einer Organisation zu machen, die die DDR von ihrer weltoffenen Seite zeigen sollte und die Freundschaftsgesellschaften in der ganzen Welt unterhielt. Mein Vater war eloquent, weltgewandt und sprach fließend Englisch – der Job passte zu ihm, er würde ihn gut machen. Der Riss in seiner Biographie blieb in den Akten, und die Wunde in seinem Leben blieb bei ihm.

Der Tag, an dem mein Vater mir die Nachricht überbrachte, dass wir wieder nach Berlin ziehen würden, war der schönste in meinem Leben. Bis dahin.

Die Zeit bis zu unserem Umzug verging schnell. Ich wurde vierzehn, der Frühling kam, und mein Vater war kaum noch da, weil er schon in Berlin arbeitete. Meine Mutter nahm er mit und legte sie in ein Krankenhaus in seiner Nähe. Mir schickte er Christa.

Christa war eine hochgewachsene Frau mit aschblondem, dauergewelltem Haar. Sie war Mitte vierzig und arbeitete als Sekretärin in einem der Büros, die mein Vater geleitet hatte. Der Plan meines Vaters sah vor, dass ich während der Woche bei ihr in der Stadt wohnte. Christa war ganz nett, doch ich hatte nicht die geringste Lust, bei ihr einzuziehen. Ich war schließlich kein Kind mehr, und außerdem genoss ich es, allein in unserer Wohnung zu sein. Doch dieses Argument würde bei meinem Vater nicht ziehen, also musste ich mir etwas einfallen lassen. Ich nahm mein Hausaufgabenheft und schrieb es voll mit Terminen für FDJ-Versammlungen, Arbeitsgemeinschaften, Jugendstunden und Mathe-Nachhilfe. Ich log, dass sich die Balken bogen, und es machte mir Spaß.

»Das geht immer bis abends«, erklärte ich und hielt ihm das Heft unter die Nase. »Und dann ist es dunkel. Ich will nicht im Dunkeln in die Stadt fahren, da hab ich Angst. Und dann muss ich ja auch immer so früh raus, weil der Bus doch …«

»Jaja, schon gut«, sagte er. »Aber versprich mir, dass ich mich auf dich verlassen kann!«

»Klar, Papa.«

Und er konnte sich auf mich verlassen. Ich kam nachmittags aus der Schule, schmiss meine Mappe in die Ecke und knallte mich vor den Fernseher. Das Zusatzgerät fürs Westfernsehen verschloss mein Vater inzwischen nicht mehr in seinem Arbeitszimmer. Er hatte andere Sorgen. Allerdings stellte ich sehr schnell fest, dass das Westprogramm nachmittags genauso öde war wie das im Osten, nicht mal das Testbild war interessanter.

Wir hatten uns darauf geeinigt, dass Christa einmal in der Woche vorbeikommen sollte, um nach dem Rechten zu sehen. Sie kam immer Mittwochabend und brachte jedes Mal selbstgemachte Buletten mit, aus denen das Fett troff, weswegen sie auch immer im Mülleimer landeten, sobald Christa wieder weg war. Sie ging einmal durch die Wohnung, die ich vorher notdürftig aufgeräumt hatte, schaute in den Kühlschrank und fragte, ob alles in Ordnung sei und ich irgendetwas brauchte. Es war alles in Ordnung, und ich brauchte nichts. Am Freitagabend kam mein Vater nach Hause und fuhr am Sonntagabend wieder weg.

Im Mai hatte ich Jugendweihe. Unspektakulär und leise. Mein jüngster Bruder kam aus Leipzig, mein Vater führte uns in ein teures Restaurant zum Essen aus und fuhr danach wieder nach Berlin. In den Ferien flog er mit mir in die Sowjetunion. Wir reisten mit einer Gruppe älterer Leute und besuchten Moskau, Leningrad und eine alte russische Stadt mit vielen Kirchen und Klöstern. Der Himmel war groß über dem Land, doch die Städte langweilten mich genauso wie die Leute in der Reisegruppe und der belehrende Ton meines Vaters, wenn er mir etwas erklärte. Ich wäre lieber zu Hause geblieben und war froh, als die Reise zu Ende war. Wir kehrten zurück, der Sommer kam, und dann zogen wir wieder nach Berlin. Endlich.

SECHS

Wir bezogen eine Vierzimmerwohnung im neunten Stock eines Hochhauses, in dem so viele Leute wohnten wie in einer kleinen Stadt.

Meine Schule lag vor der Haustür und mit ihr alle Annehmlichkeiten, die ich schon von der Neubausiedlung in Karl-Marx-Stadt kannte – also keine. Doch das war egal. So neu und unbekannt mir die Gegend auch noch war, in der ich jetzt lebte – ich war wieder zu Hause.

Ich kam in die neunte Klasse und war neugierig auf die Leute, die ich dort kennenlernen würde. Ich weiß nicht, ob es daran lag, dass in Berlin die Uhren anders und irgendwie schneller tickten als in Karl-Marx-Stadt, doch mir schien, als käme ich in eine Klasse mit Erwachsenen. Viele Jungs hatten lange Haare, und die meisten Mädchen waren schon Frauen und bewegten sich auch so. Ich kam mir fast zurückgeblieben vor und musste dringend etwas unternehmen. Ich kaufte mir Wimperntusche, zog die schwarzen Knautschlackstiefel meiner Mutter an und stopfte den Schaft, der um meine nicht vorhandenen Waden schlackerte, mit Socken aus. Die Stiefel machten mich ein paar Zentimeter größer, die Schminke drei Jahre älter – ich passte ins Bild und war zufrieden.

Unsere Klassenlehrerin war eine kleine, energische, aber nicht unfreundliche Frau. Bei ihr hatten wir Mathematik. Das andere Fach, das ich hasste, war Physik und wurde von Herrn Günther unterrichtet. Herr Günther war knapp über dreißig, groß und schlank und sah toll aus. Alle Mädchen waren in ihn verknallt. Auch ich. Doch sosehr ich mich auch anstrengte, ihm zu imponieren – ich kapierte den Stoff einfach nicht und bekam nur Dreien und Vieren. Wenn Herr Günther mich ansah, dann also meist mit einem Ausdruck der Missbilligung. Die Hoffnung, dass er sich in mich verlieben würde, gab ich schnell wieder auf. Außerdem hatte er eine schöne junge Frau mit rotem Haar, die ihn manchmal von der Schule abholte.

Die Tage flogen dahin – fast fühlte ich mich, als sei ich nie weg gewesen. Alles war leicht und hell. Nur manchmal vor dem Einschlafen legte sich dunkle Angst zu mir ins Bett. Meine Mutter würde sterben – daran gab es inzwischen keinen Zweifel mehr. Mein Vater wollte nicht, dass ich mit ins Krankenhaus kam, und ich fühlte mich schuldig, weil ich ihm dankbar war dafür. Ich wollte nicht sehen, wie meine Mutter immer mehr verschwand.

»Sie kommt nach Hause«, sagte mein Vater eines Tages. »Sie will sehen, wo wir wohnen. Ich hole sie am Sonntagnachmittag ab und bringe sie abends wieder zurück.« Er brachte sie nach Hause und führte sie langsam und vorsichtig durch die Wohnung. Als sie in mein Zimmer kam, huschte ein dünnes Lächeln über ihre blassen Lippen: »Wenn ich weg bin, räumst du gefälligst auf, Süße! Sonst komm ich nicht wieder.« Ich räumte auf, doch sie kam nicht wieder.

Kurz vor Weihnachten kehrte mein Vater aus dem Krankenhaus zurück und sagte: »Deine Mutter ist tot. Du musst morgen nicht in die Schule gehen, wenn du nicht willst.« Er nahm mich in den Arm und erwartete wohl, dass ich losheulte. Er wartete umsonst. Keine Sturzbäche von Tränen, keine ohnmächtige Verzweiflung. Nichts. Nur schwere Leere. »Deine Mutter ist tot« war ein Satz, der nichts beinhaltete. Ich schrieb an diesem Tag in meinen Kalender »Meine Mutter ist tot«. Ich weinte auch am Morgen darauf nicht. Ich las mir den Satz in meinem Kalender immer wieder durch. Ich sah mir die Bilder meiner Mutter immer wieder an. Ich spürte nichts und schämte mich.

Weihnachten fiel aus. Meine drei Brüder kamen, und wir saßen am Tisch. Mein Vater sprach von praktischen Dingen: wo die Beerdigung sein würde, wer von den Genossen die Rede halten würde, welche Musik … »Hör doch mal auf damit, Vater!«, unterbrach ihn plötzlich mein ältester Bruder. »Das ist doch jetzt alles nicht so wichtig.«

»So?«, sagte mein Vater lauernd. »Was ist denn dann wichtig, deiner Meinung nach?«

»Hast du dich mal gefragt, wie es ihr gegangen ist in den letzten Jahren?«

»Was meinst du damit?«

»Sie war unglücklich neben dir, hast du das nicht bemerkt?«

»Was willst du damit sagen?«

»Du hast sie kleingehalten und erpresst. Sie hatte überhaupt keine Chance.«

»Woher willst du das wissen? Hat sie dir das erzählt?«

»Das musste sie mir nicht erzählen, Vater. Es war nicht zu übersehen.«

Ich hätte alles darum gegeben, wieder das kleine Mädchen zu sein, das man vor dem großen Krach aus dem Zimmer schickte, doch ich war kein kleines Mädchen mehr und blieb sitzen. Mein Vater erhob sich vom Tisch, ging zum Fenster, sah hinaus und schwieg. Lange.

Plötzlich drehte er sich um, starrte meinen ältesten Bruder an und schrie: »Was bildest du dir überhaupt ein! Wann hast du sie denn zuletzt im Krankenhaus besucht? In Karl-Marx-Stadt warst du kein einziges Mal. Du hast nicht mal angerufen, um zu hören, wie es ihr geht. Du hast überhaupt kein Recht, mir Vorwürfe zu machen. Du am allerwenigsten!«

»Das kann schon sein, Vater«, sagte mein ältester

Bruder. »Das ändert aber nichts daran, dass es wahr ist.«

»Komm lass.« Mein mittlerer Bruder legte ihm die Hand auf den Arm. »Das bringt doch nichts. Lass uns gehen.« Meine drei Brüder standen auf, zogen sich ihre Jacken an, küssten mich und gingen. Als sie weg waren, ging ich in mein Zimmer, schmiss mich aufs Bett und heulte. Mein Vater kam irgendwann rein, streichelte mir über den Kopf und schwieg. Ich wünschte mir, es wären die Hände meiner Mutter, und konnte sehr lange nicht aufhören zu weinen.

Ein paar Tage später war die Beerdigung. Ein Funktionär hielt eine Rede, sie spielten einen traurigen Marsch, und die Urne meiner Mutter verschwand in der Erde. Wir fünf standen nebeneinander und gehörten zusammen. Für kurze Zeit.

»Komm rein!«, sagte mein ältester Bruder, und noch bevor ich die Wohnungstür wieder geschlossen hatte, war er schon durch den Flur entschwunden. Seit wir wieder in Berlin waren, besuchte ich ihn oft in seiner Wohnung in der Mitte der Stadt. Es war eine schöne Wohnung mit großen Zimmern, hohen Wänden und einem Erker. Im größten Zimmer standen zwei schwere, alte, braunlederne Sessel, aus denen man nie mehr aufstehen wollte. Statt einer Lampe hing eine Glühbirne von der Decke. An der nackten Wand über dem Schreibtisch standen Telefonnummern und Gedankenfetzen. Immer wenn mein Bruder telefonierte, kritzelte er dabei irgendetwas an diese Wand. Eine Schriftstellerwohnung.

Er hatte mir ein Heftchen mit seinen Gedichten geschenkt, das gerade in einer Reihe veröffentlicht worden war, die »Poesiealbum« hieß. Doch was darin stand, hatte so gar nichts mit den Kitschversen zu tun, die wir uns als Kinder früher in unsere Poesiealben geschrieben hatten.

Ich zog meinen Mantel aus und ging durch den langen Flur. Aus den Zimmern drangen Stimmengewirr und Musik. Überall saßen und standen Leute und redeten, rauchten, lachten und tranken. Einige von ihnen nickten mir zu und vertieften sich wieder in ihre Gespräche.

In der Küche fand ich die Freundin meines Bruders. Sie war Schauspielerin, hatte kurzes blondes Haar und wunderschöne tiefe Augen. Eine Zigarette lässig im Mundwinkel, stand sie am Herd und rührte in einem großen Topf.

»Linsen«, sagte sie, als sie mich sah. »Gerade fertig. Willst du?«

»Klar.« Ich setzte mich an den Küchentisch, sie stellte mir einen Teller hin und gab mir eine Kelle von den Linsen. »Wie geht's dir denn so?«, fragte sie und setzte sich zu mir. »Alles ok«, sagte ich. »Schule nervt, aber ist ja nächstes Jahr vorbei.« Sie nickte. »Und dann?« Ich zuckte mit den Schultern. »Weiß noch nicht.«

»Ach übrigens«, sagte sie, schnitt eine Scheibe Schwarzbrot ab und gab sie mir. »Da liegen ausgemusterte Klamotten drüben im Schlafzimmer. Kannst ja mal gucken, ob was für dich dabei ist.«

Ich brauchte dringend neue Jeans. Meine alten waren mir längst schon zu klein geworden, und meinen Vater konnte und wollte ich nicht darum bitten, mir von seinen Reisen eine neue Hose mitzubringen. Für ihn war das Tragen von Jeans Ausdruck einer Haltung, die er verurteilte. »Wir produzieren in unserem Land doch auch anständige Kleidung«, pflegte er kopfschüttelnd zu sagen. Von ihm hatte ich also nichts zu erwarten.

Ich aß die Linsen und das Brot, und die Freundin meines Bruders erzählte mir, dass sie gerade eine Prinzessin in einem Märchenfilm gespielt habe. »Eine Zicke, aber Zicken spielen macht Spaß«, sagte sie und zog an ihrer Zigarette. Es sah toll aus, wie sie rauchte – so cool wie ein Kerl und trotzdem elegant wie ein Filmstar. Ich hatte gerade mit dem Rauchen angefangen und studierte ihre Bewegungen ganz genau.

Als ich aufgegessen hatte, ging ich ins Schlafzimmer und durchwühlte die aussortierten Klamotten. Ich fand eine Levi's, die schon prima ausgeblichen, jedoch am Hintern ein bisschen eingerissen war. Ich probierte sie an, sie passte, und ich zog sie nicht mehr aus. Ich ging ins Wohnzimmer und lief zwischen den Leuten umher, von denen ich einige kannte. Die meisten waren Künstler – Schriftsteller, Schauspieler, Musiker. Mein ältester Bruder war umringt von jungen Männern und hübschen Mädchen. Er trug eines seiner weichen karierten Baumwollhemden und rauchte eine seiner filterlosen Westzigaretten. Er redete mit ernstem Gesicht über ernste Dinge, und die Leute hörten ihm mit ernsten Gesichtern zu. Ich stellte mich dazu und machte auch ein ernstes Gesicht. Ich kam mir sehr erwachsen vor. Neben mir stand ein gutaussehender Typ mit dunklen Locken und betrachtete mich grinsend von der Seite. »Du bist die kleine Schwester, oder?« Ich nickte und grinste zurück. Er bot mir eine Zigarette an, ich nahm sie und ließ mir von ihm Feuer geben. Ich ahnte, dass ich noch viel würde üben müssen, um so lässig zu rauchen wie die Freundin meines Bruders.

»Ich bin Valentin«, sagte der Lockenkopf, gab mir die Hand, und wir plauderten ein bisschen. Ich war froh, dass er mich nicht behandelte wie die kleine Schwester, sondern wie jemanden, der hierhergehörte. »Wir gehen später noch ins Kino«, sagte er schließlich. »In die Spätvorstellung im Babylon. Komm doch mit, wenn du willst.« Ich wollte, aber ich konnte nicht. Ich musste um zehn zu Hause sein, sonst würde mein Vater ausrasten.

»Geht leider nicht, ich bin noch verabredet«, log ich.

»Verstehe«, sagte Valentin. »Dann vielleicht ein andermal, ruf mich doch mal an.« Er schrieb mir seine Telefonnummer auf einen Zettel, klopfte mir freundschaftlich auf die Schulter und ging woanders hin.

Mit meinem Bruder sprach ich an diesem Abend nicht mehr, doch das war nicht schlimm. Ich hatte neue Jeans, und ich hatte meinen Spaß. Aus einer der herumliegenden Schachteln klaute ich mir ein paar Zigaretten und fuhr mit der S-Bahn zurück in mein anderes Leben. Im Fahrstuhl zog ich die Jeans aus und meine alte Hose wieder an.

»Wo kommst du jetzt her?« Mein Vater saß vor dem Fernseher und schaute die Spätnachrichten. »Es ist schon zehn nach zehn!« Ich erzählte ihm, ich sei mit einer Freundin im Jugendclub gewesen. Mein Vater mochte es nicht, wenn ich zu meinen Brüdern ging. Er machte sich Sorgen, sie könnten mich mit ihrem unordentlichen Leben und ihren noch viel unordentlicheren politischen Ansichten beeinflussen. Er machte sich zu Recht Sorgen.

»Du riechst nach Rauch«, sagte er. »Raucht ihr etwa?« Ich schüttelte den Kopf. »Nein, wir nicht. Aber die anderen.«

»Aha«, sagte mein Vater – ich wusste, dass er mir nicht glaubte.

»Ich geh schlafen«, sagte ich.

»Gut. Und lüg mich nicht an.«

»Klar. Gute Nacht, Papa.«

»Gute Nacht.«

Der neue Job meines Vaters brachte es mit sich, dass er selten zu Hause war. Ich hatte nichts dagegen, denn während er um die Welt reiste, konnte ich durch meine Pubertät fliegen – ungestört, aufgeregt, lässig und verwirrt. Das Leben meiner Brüder faszinierte mich, und ich nahm mir vor, später auch so zu leben wie sie.

Mein ältester Bruder schrieb Gedichte und kannte interessante Leute, mein mittlerer Bruder spielte Theater und drehte Filme, und mein jüngster Bruder studierte in Leipzig seiner Exmatrikulation entgegen. Ich war stolz, ihre kleine Schwester zu sein – auch wenn sie sich für mein Leben immer weniger zu interessieren schienen. Ich nahm es ihnen nicht übel.

Ich hatte noch keinen Freund, doch ich war immer verliebt. Am meisten liebte ich die chilenischen Jungs in meiner Nachbarschaft. Sie waren mit ihren Familien nach dem Putsch 1973 hierhergekommen. Sie hießen Pablo, Lautaro oder Carlos, hatten schwarzes Haar und glühende Augen. Wenn mein Vater nicht da war, lud ich sie oft zu mir nach Hause ein. Mein Vater hätte stolz auf mich sein können, wie ernst ich die Sache mit der Völkerfreundschaft und der Solidarität nahm. Doch ich erzählte ihm lieber nichts davon.

Unter den Lateinamerikanern gab es einen, der anders war. Er hieß Victor, kam aus Bolivien, war älter als die anderen und auch sehr viel ernster. Er flirtete nicht mit den Mädchen, sondern dachte über die Welt nach. Er liebte die deutsche Sprache, und ich hörte ihm gern zu, wenn er sie benutzte. Sie klang weich und schön aus seinem Mund. Victor war schon mit achtzehn ein Philosoph, seine Gedanken waren kompliziert, und ich verstand sie meistens nicht – doch ich bewunderte ihn. Und ich war stolz, als er mir sagte, dass ich das erste Mädchen sei, das er in der DDR kennengelernt habe. »Du bist die DDR für mich«, sagte Victor. Ich fand das seltsam und verstand erst später, dass er damit nicht dieses Land meinte, sondern etwas, das sich nach Zu Hause anfühlte.

Da war ich also die DDR, doch verliebt waren alle in Katja. Katja war etwas größer als ich, hatte eine tolle Figur, einen leichten Silberblick in ihren grauen Augen und eine Stimme wie feines Sandpapier. Sie war temperamentvoll und lustig, und wenn sie einen Raum betrat, schien er irgendwie heller zu werden. Wir waren Freundinnen. Es machte mir nichts aus, dass die Jungs vor allem ihretwegen zu mir nach Hause kamen. Katja wusste um ihre Wirkung, doch es schien ihr egal zu sein. »Die kann man doch alle nicht ernst nehmen«, pflegte sie zu sagen. »Ich warte lieber, bis ich einen richtigen Mann finde.« Wir waren fünfzehn, und es war ihr voller Ernst.

Katja lebte allein mit ihrer Mutter und war fasziniert von der Idee, diese mit meinem Vater zu verkuppeln. »Dann können die beiden zusammenziehen, und wir haben hier unsere Ruhe!« Wir malten uns aus, wie wir unsere künftige Wohnung einrichten würden. »Erstmal muss der ganze Spießermüll raus«, sagte Katja und zeigte auf die Schrankwand im Wohnzimmer. »Und die Gardinen und die hässlichen Tapeten müssen weg«, sagte ich. »Genau. Und dann machen wir jeden Tag eine Fete!« Wir waren berauscht von unseren Visionen.

Einmal berauschten wir uns auch ohne Visionen. Mein Vater war mal wieder auf Dienstreise und trieb sich irgendwo in Asien oder Afrika herum. Es war Freitagabend, wir saßen in meinem Zimmer auf dem Bett, hörten Musik und rauchten.

»Warst du schon mal so richtig betrunken?«, fragte Katja. Ich hatte manchmal bei meinem ältesten Bruder an einer Flasche Bier genippt, weil ich dachte, es sähe irgendwie erwachsen aus. Doch es hatte mir nicht geschmeckt. »Nein. Du?«

»Nur ein Mal. Bei meiner Jugendweihe«, sagte sie. »War aber nicht so toll. Wollen wir's mal probieren?«

»Klar, warum nicht.«

Wir legten unser Geld zusammen und fuhren mit dem Fahrstuhl nach unten. Am Eingang der Kaufhalle lungerten wie immer ein paar ältere Typen rum. Katja ging hin, sprach mit ihnen und drückte einem von ihnen unser Geld in die Hand. Er verschwand in der Kaufhalle und kam wenig später mit einer Flasche zurück.

»KiWi«, sagte Katja und öffnete die Flasche, als wir wieder oben waren. »Kirsch mit Whisky, Fruchtsaftlikör, 25%« stand auf dem Etikett. Sie hielt mir die Flasche vor die Nase – es roch nach Kirschen. Ich holte zwei Schnapsgläser aus der Schrankwand, Katja goss ein, und wir prosteten uns zu. »Auf den Sozialismus!«, sagte sie. »Auf den Sozialismus!« Das Zeug war süß und klebrig wie Sirup. Ich holte zwei größere Gläser, und wir mischten Cola dazu. Im Fernsehen lief ein Filmlustspiel, das »Seltsame Liebesbriefe« hieß und in dem zwei berühmte DDR-Schlagersänger die Hauptrollen spielten. Einer war klein und dick, der andere groß und schlank. Wir tranken und fanden beide blöd. Je mehr wir tranken, desto blöder fanden wir sie.

»Merkst du was?«, fragte Katja.

»Nö. Und du?«

»Nö.«

Die Flasche war halb leer, wir waren enttäuscht. »Vielleicht sollten wir noch was anderes trinken«, sagte Katja. Ich ging zur Schrankwand und öffnete das Schnapsregal, in dem mein Vater die Flaschen aufbewahrte, die er zu irgendwelchen Geburtstagen geschenkt bekommen hatte. Er trank fast nie. Ich entschied mich für eine angebrochene Flasche Rum.

Am nächsten Morgen wurde ich von schrillem Türklingeln geweckt. Mein Kopf schien nicht zu mir zu gehören, meine Zunge lag sauer und doppelt so groß wie sonst in meinem Mund, und meine Beine fühlten sich an wie mit Wasser gefüllte Gummischläuche, als sie mich zur Wohnungstür trugen. Draußen stand eine Frau, die ich nicht kannte: »Da ist etwas auf meinem Fensterbrett, das du dir unbedingt ansehen solltest«, sagte sie und schaute mich böse an. Ich hatte keine Ahnung, was die Frau von mir wollte.

»Was denn?«

»Das wirst du schon sehen, komm mit!«

Ich nahm den Wohnungsschlüssel, zog die Tür hinter mir zu und folgte der Frau. Sie trug eine viel zu pinkfarbene Kittelschürze, deren Anblick die Schmerzen in meinem Kopf mit jedem Schritt zu verdoppeln schien. Wir liefen eine Etage die Treppe hinunter, und sie schloss ihre Wohnung auf. Mir schlug der Geruch von heißem, nicht mehr ganz frischem Frittieröl entgegen. Tapfer lief ich der Kittelschürze hinterher. Ihre Wohnung sah genauso aus wie unsere, nur die Einrichtung war noch hässlicher.

Die Frau ging zum Fenster im Wohnzimmer und öffnete es. »Sieh dir das an«, sagte sie und trat zur Seite. Auf dem Fensterbrett klebten die Überreste des Schulessens von gestern. In meiner Speiseröhre kämpfte sich etwas nach oben, das sich nach Freiheit sehnte. Mit Mühe schickte ich es zurück.

»Pass auf, es ist ganz einfach«, sagte die Kittelschürze kühl. »Du gehst nach oben, holst einen Eimer und einen Lappen und machst das da weg. Und zwar sofort.« Sie schloss das Fenster wieder. Ich nickte und ging.

Zurück in der Wohnung, suchte ich nach Katja. Sie lag angezogen auf der Couch im Arbeitszimmer meines Vaters. Sie sah genauso blass und elend aus, wie ich mich fühlte. Ich erzählte ihr, was passiert war. »Scheiße«, stöhnte sie, schleppte sich ins Bad und kam nach fünf Minuten mit etwas mehr Farbe im Gesicht und einem Eimer Wasser in der Hand wieder heraus. Wir gingen zusammen nach unten und machten das Fensterbrett sauber.

Die Frau entließ uns mit dem großzügigen Versprechen, dass sie meinem Vater diesmal noch nichts von diesem Vorkommnis erzählen werde. Ich wunderte mich, dass sie wusste, in welchen Verhältnissen ich lebte und wer mein Vater war. Doch eigentlich war es mir auch egal. Wir gingen nach oben, beseitigten die Überreste unseres Experiments, und ich füllte die fast leere Rumflasche mit Wasser auf. Mein Vater kippte sie irgendwann weg, weil ihn die Farbe nicht mehr überzeugte.

Während ich noch mit den Ritualen des Erwachsenwerdens beschäftigt war, hatte mein ältester Bruder schon ein Buch geschrieben. Es handelte von unzufriedenen Arbeitern und von zornigen jungen Männern, die sich mit alten Antifaschisten über den Kommunismus stritten, an die Ostsee fuhren und die gleiche Frau liebten.

Es handelte von ihm und von seinem Land. Er liebte das Land, doch es machte ihm diese Liebe und das Leben schwer. Und weil er davon erzählte, wollte das Land seine Geschichten nicht haben. Der Verlag, zu dem er sie trug, verlangte Änderungen.

»So geht das nicht«, sagte der Verlag.

»So wie ihr das wollt, geht das aber auch nicht«, sagte mein Bruder und nahm sein Manuskript wieder mit. Zu Hause machte er den Fernseher an. Er sah ein Interview mit einem Sänger, den er kannte und der bei ihm um die Ecke wohnte. Der Sänger trug einen Schnauzbart, der ihn, selbst wenn er lächelte, traurig aussehen ließ. Als mein Bruder 1968 festgenommen worden war, hatte man in seiner Wohnung eine Schallplatte, zwei Tonbänder und neun Seiten mit Gedichten des Sängers beschlagnahmt. Die Lieder des Sängers waren in der DDR verboten, und er durfte nicht auftreten. Doch jetzt, dieses eine Mal, ließ man ihn in den Westen fahren. In einer großen Sporthalle in Köln sang er seine kritischen Lieder zur Gitarre. Er lächelte dankbar, kämpferisch und gerührt in den Saal und sehr professionell in die Fernsehkamera, die ihn filmte. Danach durfte der Sänger nicht mehr in die DDR zurück. Er habe seine staatsbürgerlichen Pflichten grob verletzt, stand am nächsten Tag in den Zeitungen.

Jetzt also sah mein Bruder den Sänger im Westfernsehen. Er gab ein Interview und sagte, er habe eine zu hohe Meinung von den Leuten gehabt, die ihn ausgebürgert hätten. Er habe nicht geahnt, dass es ihnen so schlechtgehe und dass sie sich so fürchten müssten. Nicht etwa vor ihm und seinen Liedern, sondern vor ihrem Volk.

Drei Tage nach dem Konzert schrieben einige DDR-Schriftsteller einen Offenen Brief an die Regierung. Sie baten darum, die Ausbürgerung des Sängers doch zurückzunehmen. Viele andere Schriftsteller und Künstler unterschrieben diesen Brief. Auch mein ältester Bruder. Danach trat er so wütend gegen einen Bauzaun, dass dieser umfiel. »Ich wollte hier nie einen Bauzaun umschmeißen«, erzählte er später. »Das hier ist kein Land für so was.«

Der Brief gegen die Ausbürgerung des Sängers wurde nicht veröffentlicht. Vielen, die ihn verfasst und unterschrieben hatten, verbot man das Wort oder sogar ihre Kunst, woraufhin manche von ihnen beschlossen, das Land zu verlassen. Einige ließ man gehen, andere nicht. Mein Bruder wollte nicht einfach so gehen, er wollte sein Buch in seinem Land veröffentlichen. Also bat er um ein Gespräch bei dem alten Jugendfreund meines Vaters – dem Vorsitzenden der Partei, die das Land regierte. Schließlich war er es gewesen, der die Fenster des Landes vor ein paar Jahren wieder einen Spaltbreit aufgemacht hatte. Es gab also Hoffnung. Für das Land ... und vielleicht auch für ihn und sein Buch. Er bekam einen Termin und nahm das Manuskript mit.

Die beiden Männer redeten ruhig miteinander. Über Gefängnisse, die beide von innen kannten, und über den Sozialismus, den beide wollten, von dem sie jedoch unterschiedliche Vorstellungen hatten. »Gib mir dein Buch«, sagte der Vorsitzende. »Ich sehe es mir an.« Eine Woche später bekam mein Bruder das Manuskript zurück. »Nein«, stand auf der ersten Seite. Und außerdem sei es für alle das Beste, wenn er ginge. An einem kalten Dezembermorgen des Jahres 1976 verließ mein Bruder mit seiner Freundin und deren kleiner Tochter das Land.

In Westberlin fanden sie bald eine Wohnung, und sein Buch erschien. Mit dem Buch erschienen auch die Journalisten, wollten Interviews und luden ihn ins Fernsehen ein.

»Erzähl uns, wie schlecht es dir drüben gegangen ist«, sagten sie.

»Ich habe ein Buch geschrieben«, antwortete mein Bruder. »Darüber will ich reden.«

»Sie haben dich ins Gefängnis gesteckt, das muss doch schlimm gewesen sein!«

»Im Gefängnis zu sein ist überall schlimm. Ich möchte lieber über meine Arbeit sprechen.«

»Du musst das Land doch hassen, das dich ins Gefängnis gesteckt und dein Buch nicht veröffentlicht hat«, sagten die Journalisten.

»Wenn ich eine Frau verlasse und ziehe ins gegenüberliegende Haus, dann lehne ich mich nicht aus dem Fenster und schreie: Die da drüben ist eine Sau«, sagte mein Bruder.

Die Journalisten waren enttäuscht, mein Bruder auch. Mein Vater saß vor dem Fernseher und rauchte.

Auch sein jüngster Sohn, der inzwischen einundzwanzig war und immer noch in Leipzig studierte, hatte gegen die Ausbürgerung des Sängers mit dem traurigen Schnauzbart protestiert. Man warf ihn von der Universität, und kurz darauf stellte er einen Ausreiseantrag. Er wollte nach Frankreich oder Österreich. Der Antrag wurde abgelehnt. Die Behörden informierten meinen Vater darüber: »Genosse, dein Sohn will das Land verlassen. Wir haben seinen Antrag abgelehnt.«

»Das ist richtig«, sagte mein Vater. »Er soll hierbleiben.«

Wenig später hatte er ein Gespräch mit seinem alten Jugendfreund, dem Vorsitzenden.

»Dein Sohn hat einen Ausreiseantrag gestellt, was sagst du dazu?«

»Was soll ich dazu sagen? Ich bin enttäuscht. Ich habe versagt.«

»Ich denke, wir sollten deinen Sohn gehen lassen.«

»Ich bin dagegen«, sagte mein Vater. »Er wird im Westen unter die Räder kommen. Er hat ja nicht mal was gelernt.«

»Wie du willst«, sagte der Vorsitzende. »Aber was ist eigentlich mit deinem Zweitgeborenen? Wie ich hörte, unterhält er Beziehungen zu einer Tänzerin aus Amerika.«

»Das ist vorbei«, sagte mein Vater schnell. »Sie hat unser Land verlassen.«

»Gut«, sagte der Vorsitzende. »Dann versuche, die beiden besser an unser Land zu binden.«

»Ja«, sagte mein Vater und wusste, dass er dieses Versprechen nicht würde halten können. Seine Söhne waren verloren. Aber ich war noch da. Die Jüngste – das Mädchen, das er sich immer gewünscht hatte. Ich würde ihn nicht enttäuschen. Noch nicht.

Nachdem mein Bruder in den Westen gegangen war, stürzte sich mein Vater in Arbeit, doch er verreiste nicht mehr so oft. »Ich habe zu wenig Zeit für dich« war der Satz, mit dem er das beim Abendbrot begründete. Ich fand das überhaupt nicht – im Gegenteil: Mehr Zeit mit meinem Vater zu verbringen war so ungefähr das Letzte, was ich mir wünschte. Ich hatte ihn lieb, aber ich war froh, wenn er weg war.

»Es muss einiges anders werden«, sagte mein Vater kauend. Ich mochte es nicht, wenn er mit vollem

Mund sprach. Es machte mich aggressiv. Manchmal hatte ich sogar das Gefühl, er nahm extra einen Bissen in den Mund, bevor er etwas sagte.

»Was soll denn anders werden?«, fragte ich genervt. »Es ist doch alles prima.« Und das stimmte sogar: Ich gab mir Mühe, ihm keine Probleme zu machen, pubertierte in seiner Gegenwart so gut wie gar nicht, und auch in der Schule lief es ganz gut. Sogar mein Physiklehrer schaute mich nicht mehr ganz so missbilligend an. Die Prüfungen der zehnten Klasse würde ich locker schaffen, und mit etwas Glück bekäme ich sogar einen der begehrten Plätze für eine Berufsausbildung mit Abitur. Ich wusste also nicht, was anders werden sollte.

Mein Vater nahm einen weiteren Bissen von seinem Brot: »Wir könnten interessante Ausstellungen besuchen oder ins Konzert gehen«, sagte er. »Und wir sollten mehr reden. Ich weiß ja gar nicht, was dich beschäftigt.«

»Nichts Besonderes«, wiegelte ich ab. Ich hatte keine Lust auf diese Art Unterhaltung – ich würde meinem Vater sowieso nicht sagen, was mich beschäftigte. Ich wusste ja, wohin das führte: War man politisch nicht seiner Meinung, musste man sich lange und ermüdende Vorträge anhören. Und wenn man widersprach, gab es Krach, und die Türen flogen. Also schwieg ich lieber und behielt meine Fragen und Wahrheiten für mich.

»Dein ältester Bruder hat unserem Land den Rücken gekehrt«, sagte mein Vater. »Was sagst du dazu?« Ich hatte immer gehofft, er würde mir diese Frage nicht stellen, und schaute betreten auf meinen Teller. »Ich weiß nicht … es ist nicht richtig«, hörte ich mich die Worte sagen, die ich nicht sagen wollte. »Stimmt, es ist nicht richtig«, sagte mein Vater. »Aber warum ist es nicht richtig?« Eingehend studierte ich die Brotkrümel auf meinem Teller. »Weil es sich lohnt, hier zu leben«, sagte ich nach einer Weile und fand diesen Satz gar nicht so blöd. Auch mein Vater schien ganz zufrieden zu sein und wechselte plötzlich das Thema.

»Hast du eigentlich einen Freund?«

»Nein. Warum?«

»Nur so. Du bist ja schließlich in dem Alter, wo man schon einen Freund hat.«

»Ja, aber ich hab keinen.«

»Würdest du mir denn sagen, wenn du einen hättest?«

»Na klar«, log ich. »Das ist gut«, sagte mein Vater, und in seiner Stimme lag Erleichterung. »Lass uns abräumen.« Ich war überrascht, dass er diese Unterhaltung plötzlich so schnell beendete. Und ein paar Tage später fand ich auch die Erklärung dafür.

Ich saß in meinem Zimmer und spielte Gitarre. Seit ein paar Monaten hatte ich Unterricht an der Musikschule und benutzte das Instrument oft als Ausrede, um nicht mit meinem Vater die langweiligen Abendnachrichten im Fernsehen schauen zu müssen. »Ich geh rüber, muss noch üben«, hatte ich auch an diesem Abend gesagt und mich in mein Zimmer verzogen. Ich übte gerade irgendeine Tonleiter, als er hereinkam. »Kommst du mal, bitte«, sagte er, »ich muss mit dir reden.« Ein wenig verwundert, warum er das nicht hier tun konnte, stellte ich die Gitarre zur Seite und folgte ihm ins Wohnzimmer.

»Setz dich!«, sagte er und bot mir eine Zigarette an. Es war das erste Mal, dass er das tat. Ich zögerte. »Nimm schon. Ich weiß doch schon lange, dass du rauchst.« Ich nahm eine Zigarette, er gab mir Feuer und zündete sich dann selbst eine an. Wir rauchten. Er schwieg. Ich wartete.

»Ich werde wieder heiraten«, sagte er plötzlich. Seine Stimme klang seltsam fremd, als er diesen Satz aussprach. Doch vielleicht kam mir das auch nur so vor, weil ich diesen Satz noch nie aus seinem Mund gehört hatte. Warum auch? Es war ein Satz, der nicht zu ihm passte. Und er beschrieb einen Vorgang, der idiotisch war. Meine Mutter war erst vor einem Jahr gestorben. Warum sollte er jetzt wieder heiraten? Als könne er meine Gedanken lesen, sagte mein Vater: »Ich weiß, deine Mutter ist erst ein Jahr tot, und es geht alles sehr schnell. Doch glaub mir, es ist besser so.« Ich verstand nicht, was genau daran besser sein sollte. Doch bevor ich ihn das fragen konnte, sprach er weiter. »Es ist besser, wenn ich verheiratet bin. In meiner Funktion ist es nicht gut, wenn man keine Frau hat.«

So langsam verstand ich, warum er dieses Gespräch nicht in meinem Zimmer führen wollte und warum er mir eine Zigarette gegeben hatte. Er wollte, dass ich erwachsen war. Er wollte, dass ich verstand. Er wollte sich meinen Segen holen.

»Du wirst sie kennenlernen, ihr werdet euch verstehen«, sagte mein Vater. Doch seine Worte klangen, als müssten sie ihn selbst noch überzeugen. Ich fühlte mich mit meiner Zigarette nicht so erwachsen wie sonst, wenn ich rauchte, und drückte sie in den Aschenbecher. Er sah mir dabei zu, doch es schien, als registrierte er das gar nicht. Er konzentrierte sich auf die Worte, die er jetzt sagen würde: »Sie ist Mitglied unserer Partei und leitet die Personalabteilung in einem Kombinat.« Mein Vater sprach in jenem geschäftsmäßigen Funktionärston, den ich überhaupt nicht leiden konnte. Er teilte mir mit, dass sie sechs Jahre jünger sei als er und eine erwachsene Tochter und einen fast erwachsenen Sohn habe.

»Wie hast du sie kennengelernt?«, fragte ich ihn.

»Über eine Heiratsannonce.«

»Wann denn?«

»Vor drei Monaten.«

»Aber dann kennst du sie doch kaum. Warum willst du eine Frau heiraten, die du kaum kennst?«

»Sie ist eine gute Genossin.«
»Liebst du sie?«
»Ich habe deine Mutter geliebt.«
Ich schweige.
»Du bist so still«, sagte mein Vater.
»Ich geh wieder üben«, sagte ich und ging in mein Zimmer.

Ich versuchte zu verstehen. Er würde diese Frau also nicht aus Liebe heiraten, sondern aus Angst vor der Einsamkeit. Er hatte sie sich angeschafft, wie man sich im Winter aus Angst vor der Kälte einen warmen Mantel anschafft.

Ich erinnerte mich, wie mein Vater mir mal einen Wintermantel gekauft hatte. Wir liefen durch das Warenhaus, und ich hatte Mühe, mit ihm Schritt zu halten. In der Mädchenmantel-Abteilung ließ er mir kaum Zeit, mich nach schönen Mänteln umzuschauen, geschweige denn sie anzuprobieren. Der künftige Mantel sollte ordentlich gefüttert sein, und die Größe musste stimmen. Aus welchem Material das Futter war und wie der Mantel sich anfühlte, war egal. So ähnlich hatte er sich jetzt also diese Frau angeschafft. Ob sie ihn in seinem Winter wärmen würde, konnte er allerdings noch nicht wissen.

Am nächsten Wochenende stiegen wir ins Auto, um die Frau zu besuchen. Sie hatte uns zum Essen eingeladen. Mein Vater war nervös, rauchte eine nach der anderen, und ich wusste nicht, was ich fühlen sollte. Ich war gespannt auf die Frau, doch ich war auch misstrauisch und unsicher.

Sie öffnete die Tür, lächelte und gab mir die Hand. Ihr Händedruck gefiel mir – er war fest und entschlossen. Sie bat uns, noch im Hausflur die Schuhe auszuziehen. Blöd, dachte ich, und zog meine Schuhe aus. Wir liefen über helle Teppichböden durch ihre sehr aufgeräumte Neubauwohnung. Es roch nach Reinigungsmitteln und gekochten Kartoffeln. Die Frau bat uns, Platz zu nehmen, holte das Essen aus der Küche, und dann aßen wir. Sie lächelte und nickte sehr viel, wenn mein Vater etwas sagte – ein bisschen zu viel, wie ich fand. Mich fragte sie nach der Schule und was ich so in meiner Freizeit täte. Ich antwortete höflich und in kurzen Sätzen. Sie nickte und lächelte.

»Ich bin froh, dass ihr euch versteht«, sagte mein Vater später im Auto. Ich schwieg.

Ein paar Monate später heirateten die beiden, und die Frau zog bei uns ein. Bald sah die Wohnung ähnlich aufgeräumt aus wie ihre und roch auch so. Jetzt lächelte die Frau nicht mehr so viel und nörgelte dafür umso mehr an mir herum. Es gab allerhand, was ihr nicht passte: meine Unordnung, meine Kleidung, mein Aussehen. Ich begann mich unwohl zu fühlen in ihrer Gegenwart.

Auf sehr subtile Weise gab sie mir zu verstehen,

dass ich nicht in ihre Welt passte. Sie sagte mir das nie ins Gesicht, doch sie ließ keine Gelegenheit aus, mich das spüren zu lassen: Mal reinigte sie geräuschvoll das Bad, nachdem ich geduscht hatte, ein andermal spülte sie mit leidender Miene noch einmal die Teller, die ich gerade abgewaschen hatte. Wenn ich Kartoffeln schälte, waren die Schalen zu dick, und so, wie ich Wäsche aufhängte, würde sie nie trocknen. Ich war unordentlich, ungeschickt und irgendwie unschön. Und genauso, wie sie es empfand, fühlte ich mich bald auch.

Ich flüchtete aus ihrer Welt, sooft es ging, und zog mich in meine zurück. Erst jetzt merkte ich, wie sehr meine Mutter mir fehlte, und ich war wütend, dass erst diese Frau kommen musste, damit ich um sie weinen konnte. Ich war wütend, und ich tat mir leid. Ich wollte meinen Brüdern davon erzählen, doch sie waren weit weg. Sie schienen wie aus meinem Leben gefallen zu sein – nicht erreichbar.

Ich dachte an das alte Märchen von den Wilden Schwänen, das mein ältester Bruder für eine Kinderschallplatte neu erzählt hatte. Darin ging es um einen König, der elf Söhne hatte und eine Tochter. Als die Königin starb, heiratete er eine neue Frau. »Alles muss anders werden«, sagte die Frau, die eine Hexe war. Sie verwandelte die Königssöhne in Schwäne und jagte die Prinzessin aus dem Schloss. Sie würde ihre Brüder nur erlösen können, wenn sie stumm eine Arbeit machte, bis ihre Finger bluteten. Die Prinzessin suchte die Schwäne, fand sie, flog mit ihnen um die Welt und nähte dabei schweigend und unter großen Schmerzen Hemden aus Brennnesseln. Ein junger Königssohn kam natürlich auch vor, die Söhne wurden erlöst, die böse Stiefmutter weggejagt, und am Ende war alles wieder gut.

Ich war schon zu alt für dieses Märchen, aber es war schön, und ich hörte die Platte manchmal, wenn ich traurig war. Eigentlich war die Stiefmutter in der Geschichte gar nicht so böse – sie schickte die gelangweilten und verwöhnten Königskinder in die Welt hinaus. Sie erlebten tolle Abenteuer und mussten lernen klarzukommen. Man konnte die Geschichte also so oder so verstehen. Ich konnte mir weiter leidtun oder in die Welt hinausgehen und Abenteuer erleben.

Und so ging ich in die Welt hinaus. Die Welt, in die ich ging, war eine sehr erwachsene Welt. Es war die Welt von Valentin, jenem Lockenkopf, den ich bei meinem ältesten Bruder kennengelernt hatte. Ich rief ihn an. »Klar erinnere ich mich an dich«, sagte er am Telefon nach kurzem Zögern. »Du bist die kleine Schwester.« Wir plauderten eine Weile, und schließlich lud er mich ein, am Wochenende mit ihm und ein paar Freunden ins Theater zu gehen. »Hamlet«, sagte er. Ach du Scheiße, dachte ich. Erwachsenwerden hatte offenbar seinen Preis. Ich war noch nicht oft im Theater gewesen. Oma Potsdam hatte mich manchmal mit in die Oper genommen, und mit der Klasse hatten wir ein paar Schulvorstellungen besucht, die ich nicht so besonders fand – ich hatte also keine Ahnung.

Ich fragte meine Freundin Katja, ob sie mitkommen wolle. »Ins Theater?«, sie verzog den Mund. »Ist doch öde. Lass uns lieber tanzen gehen!« Das wiederum fand ich öde.

»Ach komm doch mit«, bat ich sie und erzählte ihr von Valentin. »Er ist schon Mitte zwanzig und sieht toll aus!«

»Na gut«, sagte Katja und seufzte. »Weil du's bist. Was spielen sie denn?«

»Hamlet«, sagte ich.

»Ach du Scheiße!«

Ich holte Katja ab, und wir fuhren zusammen zur Volksbühne. Valentin stand mit zwei Kumpels vor dem Eingang und lachte uns entgegen. Katja stieß mich in die Seite: »Der sieht ja wirklich toll aus!«

Die Vorstellung war lang, und auch wenn ich die komplizierten Verstrickungen und Dialoge des Stücks nicht immer verstand – ich war freiwillig hier, also war ich auch fasziniert. Katja auch, allerdings mehr von Valentin als vom dänischen Prinzen. In der Pause wich sie ihm nicht mehr von der Seite und textete ihn zu.

Nach der Vorstellung gingen wir in die Theaterklause. Dort trank Katja zu viel, lachte zu laut und redete dummes Zeug. Ich ärgerte mich, dass ich sie mitgenommen hatte, und wurde das Gefühl nicht los, dass auch Valentin und seine beiden Freunde nicht so recht wussten, ob sie amüsiert oder genervt sein sollten.

»Ich glaube, er interessiert sich nicht für mich«, sagte Katja trunken und müde, als wir wieder in der Straßenbahn saßen. Sie legte ihren Kopf auf meine Schulter und schlief ein. Jetzt tat sie mir fast leid.

Die nächsten Male nahm ich sie nicht mehr mit in meine neue Welt – ich entdeckte sie allein. Ich besuchte Valentin fast jedes Wochenende. Wir gingen ins Kino und sahen Filme in Originalfassung, er nahm mich mit in Jazz-Konzerte und gab mir Bücher von französischen Existentialisten. Ich verstand die Filme kaum, Jazz war nicht meine Musik und existentiell war ich selber – dennoch genoss ich all das. Valentin nahm mich ernst. Ernster als meine Brüder mich jemals genommen hatten. Ihm konnte ich auch von der Frau erzählen, die jetzt meine Stiefmutter war. Er hörte mir zu. »Du bist die kleine Schwester, die ich niemals hatte«, sagte er manchmal, und ich war gern seine kleine Schwester.

»Wer ist eigentlich dieser Valentin«, fragte mein Vater irgendwann, als ich mit ihm und der Frau beim Essen saß. Ich hatte keine Ahnung, woher er von Valentin wusste – ich hatte ihm nichts erzählt.

»Er ist ein Freund«, sagte ich.

»Ein Freund … soso.« Mein Vater runzelte die Stirn. Die Frau lehnte sich in ihrem Stuhl zurück und verschränkte die Arme vor der Brust. Sie sah irgendwie erwartungsvoll aus, das irritierte mich.

»Ich denke, du solltest dich mehr um die Schule kümmern, anstatt mit Leuten befreundet zu sein, die gegen uns sind«, sagte mein Vater.

»Wieso gegen uns?«

»Dein sogenannter Freund hat einen Ausreiseantrag gestellt.«

»Was?«

»Jetzt tu doch nicht so, als wenn du das nicht wüsstest«, mischte sich die Frau mit scharfem Ton ein. In ihrem Blick jedoch lag eine seltsame Genugtuung. Sie sah aus, als gefiele ihr gut, was hier gerade passierte.

»Nein, das habe ich nicht gewusst«, sagte ich, und es war die Wahrheit. Ich hatte mich mit Valentin oft über Politik unterhalten und wusste, dass er sehr kritisch war, doch er hatte nie davon gesprochen, dass er die DDR verlassen wolle.

»Woher weißt du das denn?«, fragte ich meinen Vater.

»Das spielt doch jetzt keine Rolle«, sagte er kalt. »Ich will nicht, dass du dich noch mal mit ihm triffst. Du bleibst an den Wochenenden künftig zu Hause.«

»Das kannst du nicht machen, Papa. Ich bin sechzehn!«

»Und wie ich das kann!«

Ich stand auf, lief in mein Zimmer und schmiss die Tür hinter mir zu. Es blieb still. Minutenlang. Dann hörte ich meinen Vater im Flur. Er ging mit schnellen Schritten vorbei in sein Arbeitszimmer, kam zurück und riss meine Tür auf.

»Wir waren noch nicht fertig miteinander«, brüllte er. In der Hand hielt er einen dicken Briefumschlag, den er jetzt auf meinen Tisch knallte. Ich erschrak. Das waren die Briefe an meinen ältesten Bruder. Manchmal, wenn ich traurig war oder mich einsam fühlte, schrieb ich ihm. Ich berichtete ihm, wie es mir ging und was ich so erlebte. Ich beklagte mich über meine Stiefmutter und hatte ihm auch von Valentin erzählt. Es war eine Art Tagebuch, nur hatte es einen Adressaten. Ich wagte es nicht, diese Briefe abzuschicken, weil mein Bruder ja im Westen lebte und ich meinem Vater keinen Ärger machen wollte.

»Was hast du dazu zu sagen?«, schrie mein Vater. So wütend und außer sich hatte ich ihn lange nicht erlebt. Ich schwieg. Ich fühlte mich ertappt und schuldig, dabei hatte ich doch eigentlich nichts getan. Ich hatte ein Geheimnis, na gut. Aber war das ein Verbrechen? Und andererseits: Wie kam er an diese Briefe, ich hatte sie doch gut versteckt?

»Vielleicht erklärst du mir mal bitte, was das soll?« Mein Vater versuchte, seine Fassung wiederzufinden. Seine Stimme wurde ruhiger. »Bitte, erklär es mir!«

Ich wusste nicht, was ich sagen sollte, und hatte einen Kloß im Hals. Mein Vater sah mich an, und plötzlich wurden seine Züge fast weich. »Warum sprichst du nicht mit mir über all das. Warum muss ich das so erfahren?«

»Entschuldige, Papa. Es tut mir leid.«

Wir schwiegen. Hinter ihm tauchte plötzlich die Frau in der Tür auf. »Es ist wirklich unerhört, wie du deinen Vater behandelst«, sagte sie spitz. »Er sorgt sich um dich, versucht dir alles recht zu machen, und du fällst ihm so in den Rücken. Schämst du dich nicht?« Mein Vater drehte sich zu ihr um. »Lass uns das bitte alleine klären«, sagte er. Sie drehte sich beleidigt um und ging. Mein Vater schloss die Tür und setzte sich auf mein Bett. Er sah erschöpft aus.

»Ich dachte, wir hätten Vertrauen zueinander«, sagte er müde. »Bitte mach das doch nicht kaputt.«

»Das will ich nicht, Papa. Es tut mir leid.«

Wir schwiegen.

»Woher weißt du von den Briefen?«, fragte ich ihn schließlich.

»Sie hat sie gefunden«, sagte er und deutete mit einer Kopfbewegung zu meiner Zimmertür. »Sie hat ein Englisch-Wörterbuch gesucht, hat sie gesagt.«

»Glaubst du ihr?«

»Ich weiß nicht … Ich weiß, dass ihr Probleme miteinander habt. Aber versuch doch bitte, es nicht schwerer zu machen, als es ist, ja?« Ich nickte. Mein

Vater stand auf, ging aus dem Zimmer und schloss leise die Tür. Ich fühlte mich ohnmächtig.

Am Wochenende fuhr ich zu Valentin und erzählte ihm, was geschehen war. »Hast du wirklich einen Ausreiseantrag gestellt?«, fragte ich ihn.

»Ja, hab ich.«

»Woher wissen die das?«

»Woher wohl«, sagte Valentin schulterzuckend. »So wie deine tolle Stiefmutter dich ausspioniert, ist sie vermutlich bei der Stasi.«

Ich zuckte auch mit den Schultern, doch mein Unbehagen wuchs. Ich besorgte mir eine verschließbare Stahlkassette, in der ich von nun an alles aufbewahrte, was ich vor der Frau verbergen wollte. Die Kassette selbst versteckte ich nicht. Ich ließ sie wie eine offene Provokation auf meinem Schreibtisch stehen. Den Schlüssel dazu trug ich immer bei mir. »Muss das sein?«, fragte mein Vater, als er die Kassette sah. Doch er ließ es geschehen.

Die Frau begegnete mir von jetzt an kalt und feindselig. Ich ging ihr aus dem Weg, so gut es ging, doch es sollte nicht mehr lange dauern, bis aus Unbehagen und Trotz offene Feindschaft wurde.

Bis dahin hatte ich anderes zu tun. Ich büffelte für die Abschlussprüfungen. Wenn ich die nicht in den Sand setzte, würde ich nach den Ferien meine Lehre beginnen und hätte nach drei Jahren neben dem Facharbeiterbrief auch das Abitur in der Tasche. Es gab nur zwei Berufe, für die es noch freie Plätze gab: Handelskaufmann oder Schriftsetzer. Ich entschied mich für Schriftsetzer, strengte mich an, lernte, bestand die Prüfungen und bekam den Ausbildungsplatz.

Für die Sommerferien suchte ich mir einen Job in der Glühlampenfabrik. Vier Wochen lang stand ich um fünf Uhr früh auf, schleppte mich mit den anderen grauen Gestalten ins Werk und ging um drei wieder nach Hause. Mein Vater war stolz auf mich. Er hatte sich immer gewünscht, dass eins seiner Kinder mal »richtig arbeiten« gehen würde. Und zwar freiwillig.

Ich tat es nicht freiwillig, sondern wegen des Geldes. Ich verdiente ganz gut, und obwohl die Arbeit eintönig und anstrengend war, gab sie mir das Gefühl von Unabhängigkeit. Dabei lernte ich ein paar der anderen grauen Gestalten kennen – Frauen und Männer, die ihr ganzes Leben offenbar nie etwas anderes getan hatten, als in dieser Fabrik zu arbeiten, und die vermutlich auch nie etwas anderes tun würden. Mein ältester Bruder hatte über sie geschrieben, als er nach dem Gefängnis als Fräser arbeitete. Er hatte sogar Tagebuch geführt. Ich fragte mich, wie er das konnte. Ich war nach den Schichten fix und fertig und wollte nicht mal fernsehen.

Mein ältester Bruder hatte mir über Valentin das

Buch geschickt, das im Westen veröffentlicht worden war. Darin las ich seinen fiktiven Briefwechsel zwischen einem Arbeiter und seinem Direktor.

Der Arbeiter hatte keine Lust mehr zu arbeiten und bat den Direktor, ihn für ein Jahr zu beurlauben und ihm weiter das Gehalt zu schicken. Der Direktor war damit nicht einverstanden, er forderte den Arbeiter auf, sofort wieder in der Fabrik zu erscheinen. Der Arbeiter lehnte ab und schlug dem Direktor stattdessen vor, im folgenden Jahr unentgeltlich und auch an den Wochenenden zu arbeiten. Damit würde die Fabrik sogar Gewinn machen. Der Direktor antwortete, dass das alles nicht gehe. Auch er wolle manchmal nicht arbeiten und müsse morgens im Bett weinen. Er habe jetzt wirklich keine Geduld mehr mit ihm. Der Briefwechsel endete schließlich mit dem letzten Brief des Arbeiters aus einer geschlossenen Weberei. Er stellte fest, dass sich mit seinem Aufenthalt dort die Fortführung des Briefwechsels erübrigt habe.

Ich las die Geschichte und musste grinsen. Ich hatte einen Kollegen in der Fabrik, der auch davon träumte, ein ganzes Jahr lang Urlaub zu machen. Der dicke Zeisig. Er war fünfzig, hatte eine Frau, drei Kinder, wog ungefähr zwei Zentner und baute in seiner Freizeit Flaschenschiffe. Er träumte davon, die berühmtesten Segelschiffe der Welt nachzubauen. Er zeigte mir ein Bild von der »Wasa« – einem schwedischen Kriegsschiff, das schon bei seiner Jungfernfahrt gesunken war, wie er mir erklärte. »Zweidecker«, schwärmte er und strich zärtlich über das Foto. Ich konnte mir beim besten Willen nicht vorstellen, wie er mit Fingern, die so dick waren wie kleine Gurken, eine filigrane Takelage auf einem Modellschiff bauen wollte.

»Drei Masten, zehn Segel – ein stolzes Schiff und ein hartes Stück Arbeit. Das schaff ich wohl in diesem Leben nicht mehr«, seufzte er und steckte das Foto wieder in seine Brieftasche.

»In diesem Leben nicht mehr« – das war ein Satz, den der dicke Zeisig oft gebrauchte. In diesem Leben höre er nicht mehr mit dem Rauchen auf, gebe es kein vernünftiges Essen mehr in der Kantine, bewege sich in diesem Land sowieso nichts mehr, und die hübsche Hoffmann aus der Qualitätskontrolle interessiere sich in diesem Leben auch nicht mehr für ihn. Ich mochte den dicken Zeisig, und als ich mich nach vier Wochen von ihm verabschiedete, sah er mich traurig an und sagte: »In diesem Leben werden wir uns wohl nicht mehr wiedersehen.« Er sollte recht behalten, denn kurz darauf begann mein neues Leben.

SIEBEN

Die Werkstatt und die Berufsschule befanden sich in der Mitte der Stadt. Ich würde endlich wieder in meiner alten Gegend sein und dort erwachsen werden, wo ich klein gewesen war. Wenn ich aus der S-Bahn stieg, sah ich sogar meine alte Schule und unser Wohnhaus am Alexanderplatz. Es war perfekt, und ich nahm gern den langen Weg auf mich. Er konnte gar nicht lang genug sein, um Abstand zwischen mich und dieses inzwischen so fremde, enge Leben im Hochhaus zu bringen.

Ich mochte das alte Gebäude, in dem ich in den nächsten drei Jahren viel Zeit verbringen würde. Es roch nach Papier, Druckfarbe und heißem Leim. Die Setzerei-Werkstatt befand sich im vierten Stock, und neben den alten Setzkästen, Schriftregalen und Druckpressen gehörte zu ihrem Inventar auch eine dünne, gebeugte Gestalt, die einem Fellini-Film hätte entsprungen sein können. Herr Klemmt hatte rabenschwarzes, dichtes Haar und dicke Brillengläser, die seine ohnehin schon hervorquellenden Augen um das etwa Zwanzigfache vergrößerten. Wenn er nicht gerade vor seinem Setzkasten stand, huschte er geräuschlos durch die Gänge der Setzerei und brabbelte dabei pausenlos zusammenhangloses Zeug, das kein Mensch verstand. Anfangs machten wir uns noch lustig über »das Klemmt«, doch irgendwann schien die Silhouette dieses Faktotums von der Werkstatt absorbiert worden zu sein – wir nahmen ihn nicht mehr wahr.

Im Gegensatz zu den Lehrern, die leider schwer zu ignorieren waren. Chemie hatten wir beim alten Schormüller. Er unterrichtete im Kommandoton, und es hielt sich hartnäckig das Gerücht, er sei ein hohes Tier bei der Wehrmacht gewesen. Unser Physiklehrer war der rothaarige Rambusch, der immer irgendwie schief guckte und schief ging, weshalb er nur »der Schräge« genannt wurde.

Mathematik hatten wir bei Lehmann, der morgens vermutlich eine Stunde im Bad brauchte, um seinen schwarzen Schnurrbart in Schwung zu bringen, und in Russisch wurden wir von Sloboda unterrichtet, dessen rote Nase und Triefaugen von dem zweifelhaften Spaß kündeten, den er sich nach der Arbeit gönnte.

Und dann gab es noch Mister Wunderlich, der Englisch gab und seinem schönen Namen alle Ehre machte. Mister Wunderlich war ein liebenswerter, kauziger älterer Herr, der immer denselben grauen Anzug unter demselben grauen Mantel trug und immer denselben grauen Hut an dieselbe Stelle auf dem Fensterbrett des Unterrichtsraumes legte. Er liebte die englische Sprache und verwandte sehr viel Leidenschaft darauf, uns an dieser Liebe teilhaben zu lassen. Leider gelang ihm das kaum – wir waren zu ignorant und zu dumm, ihm dieses Geschenk zu machen.

Ich fand es toll, in eine Klasse zu kommen, in der sich niemand kannte. Alle waren gleich – es gab noch keinen Wortführer und keinen Klassentrottel. Doch das war schnell geklärt, und auch ich wusste bald, mit wem ich befreundet sein wollte: mit Susi und Stefan. Susi kam aus dem Norden und wohnte im Lehrlingswohnheim. Ich mochte ihren Dialekt und ihre spröde Wildheit, unter der manchmal große Traurigkeit lag. Stefan war lustig. Während des Unterrichts karikierte er mit wenigen Strichen unsere Lehrer und ließ seine Werke durch die Klasse wandern, was unsere Laune merklich hob und die unserer Lehrer im selben Maß verschlechterte.

Manchmal ging ich mit Stefan nach der Schule in die S-Bahn-Klause unterm Bahnhof. Da rauchten wir und diskutierten uns die Köpfe heiß. Ich redete gern mit ihm – er war nicht nur lustig, sondern auch klug. Manchmal jedoch machte mir der Zynismus Angst, mit dem er das Weltende beschwor. »Das Volk ist dumm. Es wird an seiner Dummheit zugrunde gehen«, sagte er mit einer Entschiedenheit, die mich fast wütend machte. »Das Volk ist nicht dumm!«, widersprach ich. »Und warum willst du klüger sein als das Volk?«

»Ich bin es einfach. Das ist eine Tatsache. Und irgendwann wirst du sehen, wie recht ich hatte.«

Ich musste lachen, doch ich glaubte ihm nicht.

Obwohl die Schule, in der wir lernten, eine ganz normale Berufsschule für Druckereiberufe war, tummelten sich hier die Kinder mehr oder weniger bekannter Künstler, Wissenschaftler und Parteifunktionäre. Die Tochter des Filmministers ging mit dem Sohn des Gerichtsmediziners, der saß neben der Tochter der Modefotografin, die mit dem Filius des Schauspielers befreundet war, und der verliebte sich in die Tochter des Verlegers, die ihm dann doch den Sohn des Philosophen vorzog, auf den es so gut wie alle Mädchen der Schule abgesehen hatten. Doch der wiederum liebte meine wilde, traurige Freundin Susi. Und die war die Tochter eines Tischlers in einem Kaff bei Schwerin. Der Sohn des Philosophen war ein Poet und schickte ihr zarte Gedichte in schönen Briefumschlägen.

Poeten gab es ohnehin eine Menge an meiner Schule. Eines Tages veröffentlichten sie sogar ein kleines Buch. Es trug den Titel »Heute erst habe ich aufgeblickt« und enthielt neben Gedichten auch Illustrationen und Zeichnungen, die andere künstlerisch begabte Lehrlinge beigesteuert hatten.

Ich war künstlerisch nicht begabt und hatte auch sonst keine besonders herausragenden Talente. Durch meinen Gitarrenunterricht hatte ich es zu einer gewissen Fertigkeit auf dem Instrument gebracht und nahm Gesangsstunden – doch auch auf diesem Gebiet bestach ich eher durch gefälliges Mittelmaß. Um trotzdem irgendwie dazuzugehören, schloss ich mich einer kleinen Band an. Wir trafen uns zweimal in der Woche im Lehrlingswohnheim und spielten Songs amerikanischer Folkbands nach, deren Texte wir uns mühevoll von schlechten Kassettenmitschnitten abhörten. Wir taugten nichts, doch wir hatten Spaß. Ich hatte Spaß.

An den Wochenenden organisierten wir in einem kleinen Kellerclub künstlerische Abende, bei denen die Poeten ihre Gedichte vortrugen und wir ambitionierte musikalische Einlagen lieferten. Hin und wieder luden wir richtige Schriftsteller oder Liedermacher ein, hingen an ihren Lippen und diskutierten mit roten Köpfen über das, was wir gehört hatten.

Nur zu Hause war es nicht gut. Da war die Frau, und die Frau war schlimm. Seit der Geschichte mit den Briefen an meinen ältesten Bruder gab sie sich nicht mehr viel Mühe, ihre Verachtung vor mir zu verbergen. Allerdings nur, wenn mein Vater nicht dabei war. In seiner Anwesenheit machte sie meist nur ein leidendes Gesicht, das meinem Vater bedeuten sollte, wie schwer sie es hatte. Vielleicht hatte er ihr nach dem Vorfall damals die Meinung gesagt, vielleicht hatte er sie einfach nur gebeten, mich in Ruhe zu lassen und Frieden zu geben. Er sagte es mir nicht. Und im Grunde war es mir auch egal. Doch das sollte sich bald ändern.

Meinem Vater war es in letzter Zeit nicht besonders gutgegangen. Er hatte Asthma, und sein Arzt hatte ihm eine vierwöchige Kur verordnet, zu der er widerwillig gefahren war. Ich war also vier lange Wochen mit der Frau allein.

Kaum war mein Vater weg, schloss sie das Schlafzimmer ab. Sie tat das aus purer Gehässigkeit – offenbar wollte sie mir das Gefühl geben, ausgeschlossen zu sein. Doch ihr abgeschlossenes Schlafzimmer berührte mich ebenso wenig wie die Tatsache, dass es im Kühlschrank auf einmal nur noch die Wurst gab, die ich eklig fand, und dass auf der Wäscheleine plötzlich kein Platz mehr für meine Klamotten war.

Einmal nur vergaß sie, die Schlafzimmertür zu verschließen. Sie war einkaufen gegangen, die Tür stand offen, und ich betrat das Zimmer. Es war so aufgeräumt wie die ganze Wohnung, und es roch wie überall nach klinischen Reinigungsmitteln. Gelangweilt öffnete ich den Kleiderschrank. Ich wusste, dass mein Vater der Frau ein paar Dinge meiner Mutter geschenkt hatte – vor allem Kleider und Schmuck. Doch ich wusste nicht, wie viel es war, und hatte auch keine Ahnung, warum er das getan hatte. Die Frau trug die Sachen meiner Mutter nicht und legte auch den Schmuck nicht an. Nicht etwa aus Pietätsgründen, sondern vermutlich nur, weil ihr die Kleider nicht passten und sie den Schmuck nicht mochte. Es genügte ihr, die Dinge zu besitzen.

Und da hingen sie nun, die Sachen meiner Mutter: Blusen, Jacken, Pullover, Kleider, Mäntel, Tücher. Und da stand sie, ihre Schmuckschatulle. In dem Augenblick, da ich sie öffnete, befielen mich Trauer und Wut und ein Gefühl, das ich bisher noch nicht kannte – ein heißes, seltsam lustvolles Gefühl: Rachsucht.

Atemlos und wie von Sinnen begann ich, mir die Sachen meiner Mutter anzuziehen. Alles übereinander: die Blusen über das Kleid, darüber die Pullover und Jacken. Ich zog ihren schweren Wintermantel über und schlang mir ihre Tücher um den Hals – der Geruch ihres Parfüms hing noch leise darin und machte mich nur noch wütender. Schließlich hängte ich mir noch ein paar Ketten um und knipste mir Ohrringe an. Ich schwitzte – doch die Hitze kam von innen. Ich betrachtete mich im Spiegel. Ich sah lächerlich aus – eine traurige, zornige, dicke Comicfigur. Doch ich war zufrieden. Sehr zufrieden.

Ich malte mir gerade aus, wie großartig es sein würde, die Frau in diesem Aufzug zu provozieren, als ich ihren Schlüssel in der Wohnungstür hörte. Ich lief in den Flur und baute mich dort auf. Um meine rebellische Pose zu unterstreichen, versuchte ich die Hände in die Hüfte zu stemmen, was mir allerdings wegen der vielen Klamottenschichten nicht gelang. Doch das war gar nicht nötig – mein Aufzug verfehlte seine Wirkung auch so nicht. Als die Frau mich sah, entglitten ihre Gesichtszüge, und sie sah für ein paar Sekunden unfassbar dämlich aus. Doch sie fing sich schnell und setzte ihr kaltes Maskengesicht wieder auf. Dabei verschwanden ihre ohnehin schon dünnen Lippen gänzlich in ihrem fahlen Gesicht. Und dann holte sie aus und schlug mir ins Gesicht. Sehr hart. Es tat weh, doch ich mochte diesen Schmerz. Er war verdient, und er war gewollt. Zum ersten Mal war diese Frau wirklich aufrichtig zu mir. Ich war froh. Die Fronten waren jetzt klar. Der Feind zum Feind erklärt. Ich hatte gewonnen. Es ging nicht um den Triumph. Es ging um mein Leben.

Nachdem ich in meinem Zimmer die Sachen meiner Mutter wieder ausgezogen, sorgsam zusammengelegt und auf den Schreibtischstuhl meines Vaters gelegt hatte, packte ich meinen Koffer und ging. In einer Telefonzelle wählte ich die Nummer, die mein Vater mir gegeben hatte. Er meldete sich sofort.

»Papa, ich ziehe ins Lehrlingswohnheim.«

»Was? Warum denn das?«

»Einfach so.«

»Was ist denn schon wieder los?« Seine Stimme klang gereizt.

»Nichts. Es geht einfach nicht mehr.« Meine Stimme klang auch gereizt.

»Gut. Aber wenn ich zurück bin, kommst du wieder!«

»Jaja«, sagte ich. »Ich muss los.«

»Ja, aber darüber reden wir noch.«

»Klar.«

»Pass auf dich auf.«

»Mach ich.«

Ich wartete, bis er aufgelegt hatte, dann steckte ich eine neue Münze in den Apparat und rief im Lehrlingswohnheim an. Im Zimmer von Susi war noch ein Bett frei. Zwanzig Mark im Monat mit Frühstück und Abendbrot – das konnte ich mir locker leisten. Auf der Einverständniserklärung, die ich am nächsten Tag mitbringen sollte, fälschte ich die Unterschrift meines Vaters und fühlte mich dem Erwachsensein wieder ein Stück näher. Allerdings war meine Vorstellung davon romantischer als die Realität: Nachtruhe um zweiundzwanzig Uhr, strikte Ordnung und Disziplin – mit einem unguten Gefühl unterschrieb ich die Hausordnung. Erst als Susi mir mit verschwörerischem Blick ihren illegalen Zweitschlüssel für die Haustür zeigte, wurden meine Zweifel zerstreut.

Das Wohnheim war ein normales Mietshaus in Prenzlauer Berg und stand in derselben Straße, in der auch mein mittlerer Bruder wohnte. Er hatte inzwischen Frau und Kind und ein Engagement am Theater. Seine Welt schien in Ordnung, doch das war sie nicht.

Wir trafen uns in der Kneipe an der Ecke. Er bestellte sich ein Bier und einen Korn, ich trank Tee. Er erzählte mir von seinem kleinen Mädchen und seiner wunderschönen Frau, der hellen Tänzerin. Wieder eine Tänzerin, dachte ich. Was hat er nur immer mit Tänzerinnen? Sie drehen sich und fliegen weg von ihm, wenn er zu oft auf den Händen läuft. Das hatte die dunkle Tänzerin auch getan.

»Was ist mit der dunklen Tänzerin aus Amerika«, fragte ich ihn. »Die hast du doch so geliebt?«

»Ja«, sagte er und bestellte sich noch ein Bier. Und dann erzählte er. Die dunkle Tänzerin kam aus Oregon und wollte ihn nach ihrer Ausbildung an der Ballettschule dorthin mitnehmen. Sie träumten von einem gemeinsamen Leben und wollten heiraten. Dreimal stellten sie einen Antrag. Jedes Mal ließ man sie drei Monate warten, dann kam die Ablehnung.

»Ich habe den Alten gefragt, ob er uns hilft«, sagte mein Bruder, als er den dritten Schnaps hinunterstürzte. »Er hat mir die kalte Schulter gezeigt.«

Als die dunkle Tänzerin schwanger wurde, trafen sie sich mit einem Mann, der meinen Bruder für viel Geld in den Westen schmuggeln würde. Viel Geld, das sie nicht besaßen, und gefährlich war es auch. Sie verwarfen die Idee. Die Tänzerin ging ins Krankenhaus und unterbrach die Schwangerschaft. Dann ging sie zurück nach Oregon.

»Du wolltest gar nicht mit, oder?«, fragte ich ihn.

»Ich hab sie so geliebt«, sagte mein Bruder beim

vierten Bier. »Aber was soll ich in Amerika. Ich bin Schauspieler und brauche meine Sprache.«

Nach dem fünften Schnaps sagte er: »Komm, ich zeig dir mein wunderschönes kleines Mädchen.« Während wir die Straße hinuntergingen, lag sein Arm schwer auf meiner Schulter. Er schloss die Tür auf und legte mit verschwommenem Blick den Zeigefinger auf den Mund. »Ganz still«, flüsterte er. »Sonst wacht sie auf.« Das kleine Mädchen schlief. »Sie ist schön, oder?«, sagte er, legte sich auf die Couch und schlief sofort ein. Ich ging ins Wohnheim zurück, und irgendwann schlief auch ich.

Auch mein jüngster Bruder war plötzlich wieder in der Nähe. Er war aus Leipzig zurückgekehrt und lebte mit einer Schauspielerin zusammen, die mit ihren blonden Zöpfen und kajalumrahmten Augen irgendwie französisch aussah. Sie hatte einen Sohn von vierzehn Jahren, mit dem mein Bruder Russisch übte und zur Musik von AC/DC und den Stones Luftgitarre spielte.

Wie mein größter Bruder konnte auch er witzige Geschichten für Kinder erfinden und machte sie zu Theaterstücken und Hörspielen. Die Figuren in seinen Märchen träumten oft davon, anders zu sein, als von ihnen erwartet wurde. Die Hexe wollte keine Hexe mehr sein und der Wolf nicht mehr der böse Wolf. Seine Geschichten handelten von Wünschen und davon, wie man leben möchte. Die Kinder fanden die Märchen toll, und die aufgeklärten Erwachsenen schauten sich wissend an.

»Ist ja alles schön und gut«, sagte mein Bruder. »Aber ich will, dass sie sich auch bei meinen anderen Geschichten wissend anschauen. Ich will, dass sie sagen: Seht an, er ist ein großer Schriftsteller. Er ist genauso gut wie sein großer Bruder, der in den Westen gegangen ist.« Doch die Leute sagten immer nur: Seht an, er will genauso gut sein wie sein großer Bruder, der in den Westen gegangen ist. Das machte ihn traurig und wütend, und manchmal sagte er: »Wenn sie wüssten, was für ein Idiot mein großer Bruder ist.« Und dann legte auch er seine Verdrossenheit in tiefe Gläser.

Auf der anderen Seite der geteilten Stadt lebte mein ältester Bruder und blieb fremd. Zwar konnte er jetzt schreiben und arbeiten, bekam Preise und verdiente gut, doch er blieb der Dichter aus dem Osten, der Sohn des Funktionärs, der Dissident. »Sie verstehen nicht, worum es geht«, sagte er im Fernsehen, und seine Lederjacke knarzte. »Ich will nicht, dass Sie mich gut finden, weil ich im Osten verboten war. Ich will, dass Sie mich gut finden, weil ich ein guter Schriftsteller bin«, sagte er. »Das Thema eines Schriftstellers ist doch nicht das Land, in dem er lebt, sondern das Problem, das er hat.«

Das Problem, das ich gerade hatte, war vergleichsweise klein. Mein Vater wollte, dass ich wieder nach Hause kam. Doch nichts lag mir ferner. Mir ging es sehr gut, mein Blick war weiter geworden, und ich hatte keine Lust zurückzugehen.

»Wir müssen uns treffen«, sagte mein Vater irgendwann am Telefon.

»Ich bin fast achtzehn, Papa.«

»Du bist siebzehn, doch darum geht es jetzt nicht. Wir müssen uns treffen.«

Wir verabredeten uns in einem Café unterm Fernsehturm. In der U-Bahn überlegte ich mir eine Strategie, mit der ich meinen Vater von seiner fixen Idee, mich nach Hause zu holen, abbringen wollte. Ich würde ihm zunächst ungefragt vorjammern, wie streng die Hausordnung im Wohnheim sei, und mit leidvoller Miene den Verlust meiner Privatsphäre beklagen. Mein Vater würde glauben, er habe leichtes Spiel. Dann würde ich jedoch einräumen, dass ich viel selbständiger geworden sei und auch mit meinem Geld besser haushalten könne. Damit sah ich ihn entwaffnet. Erst wenn gar nichts mehr ginge, würde ich auf die Tränendrüse drücken und die Böse-Stiefmutter-Karte spielen. Ich hoffte, das nicht tun zu müssen, denn die Frau war mir inzwischen egal. Ich wollte einfach nicht mehr zurück, weil ich nicht mehr zurückwollte. Ich war stolz auf meine Strategie. Und ich war stolz auf mich. Allerdings nicht sehr lange.

»Es wird eine Trennung geben«, sagte mein Vater nüchtern.

»Eine Trennung?«

»Ja.«

»Warum denn?«

»Sie tut Dinge, die ich nicht vertreten kann.«

»Was für Dinge denn?«

»Dinge, die man als Genossin nicht tut.« Ich wusste, wie schwer es meinem Vater fiel, über Gefühle zu sprechen, doch dieser geschäftsmäßige, kühle Funktionärston ging mir auf die Nerven.

»Was macht sie denn?«

»Das spielt jetzt keine Rolle. Wir werden in eine andere Wohnung ziehen.«

»Wir?«

»Du und ich. Ich habe schon alles organisiert.«

Er sagte den Satz mit einer Entschiedenheit, die mein schönes Argumentationsgebäude, das ich mir in der U-Bahn aufgebaut hatte, in sich zusammenfallen ließ. Es taugte nichts mehr. Mein Vater hatte das letzte Wort. Wie immer.

Ein paar Wochen später zog ich aus dem Wohnheim aus und kehrte zu meinem Vater zurück. Die neue Wohnung lag im siebzehnten Stock eines Hochhauses, das mit dem davor identisch war und nur ein paar hundert Meter weiter stand. Ich war unglücklich, denn plötzlich war ich wieder so weit weg von allem – von meinen Brüdern, meinen Freunden, meinem freien, bunten Leben und dem Erwachsensein. Erst als ich meinem Vater in langwierigen Verhandlungen ein paar mehr Rechte abgetrotzt hatte, ging es mir wieder besser. Eines der Rechte sah vor, dass ich an den Wochenenden wegbleiben konnte, so lange ich wollte. Da mein Vater nach der Trennung von der Frau wieder mehr arbeitete und öfter verreiste, dehnte ich dieses Recht großzügig auf die ganze Woche aus.

Mit meinen Freunden, zu denen außer Susi und Stefan inzwischen auch noch der dicke Wanja und der schüchterne Uli gehörten, flog ich durch die Nächte der Stadt. Wir hockten in verqualmten Kneipen oder Clubs, gingen in mehr oder weniger öffentliche Konzerte und tanzten uns bei selbstorganisierten Diskotheken in der Schule die Haare nass.

Und dann kam Martin. Stefan und der dicke Wanja brachten ihn manchmal mit. Die Jungs wohnten in derselben Gegend und waren zusammen zur Schule gegangen. Martin war schon neunzehn, er sah gut aus. Mehr als sein Aussehen imponierte mir allerdings sein Gang. Martin ging nicht, er schlenderte. Und weil er groß und schlank war, sah es so aus, als liefe er viel langsamer als die anderen. Damit strahlte er eine Lässigkeit aus, die mir gefiel. Doch Martin schien sich nicht für mich zu interessieren, und auch ich verschwendete nicht viele Gedanken an ihn, weil er ohnehin eine andere Liga war als ich – davon war ich überzeugt.

Irgendwann tauchte Martin auch bei einer unserer Schuldiscos auf. Ich tanzte gerade mit dem schüchternen Uli, als er in den Raum geschlendert kam und sich zu den anderen Jungs gesellte. Er grinste mich an und nickte, ich grinste und nickte zurück. Der Abend war lustig wie immer und verging wie im Flug. Als ich auf die Uhr sah, war es schon weit nach Mitternacht. Ich musste mich beeilen, wenn ich die letzte S-Bahn noch kriegen wollte. Ich verabschiedete mich von meinen Freunden und ging.

Es war Freitagnacht und der Bahnsteig voller Leute. Ich setzte mich auf die Bank und wartete. Und dann schlenderte Martin den Bahnsteig entlang. Lässig wie immer. Ein paar Meter von mir entfernt blieb er stehen, er hatte mich offenbar nicht gesehen. Die S-Bahn kam, ich stieg ein. Martin auch. Ich setzte mich. Er setzte sich schräg hinter mich. Wenn ich aus dem Fenster sah, konnte ich ihn sehen. Er las in einem Buch. Ich rechnete damit, dass er am Bahnhof Ostkreuz aussteigen würde, denn um nach Hause zu kommen, musste er mit einer anderen Linie weiterfahren.

Ostkreuz. Viele Leute stiegen aus, er blieb sitzen. So wie ich. Doch er schien mich immer noch nicht zu sehen. Seltsam, dachte ich und behielt ihn weiter im Auge. Dann kam mein Bahnhof. Ich ging zur Tür und wartete, bis der Zug einfuhr. Martin blieb sitzen. Ich öffnete die Tür und stieg aus. Auf der Treppe hörte ich Schritte und drehte mich um. Es war Martin. Sogar Treppen konnte er lässig hinunterschlendern. Er schaute in eine andere Richtung und schien mich immer noch nicht erkannt zu haben. Ich ging weiter. Er blieb hinter mir und überholte mich auch nicht. So liefen wir fünf Minuten lang – immer etwa zehn Meter Abstand zwischen uns. Es war komisch. Plötzlich war er neben mir.

»Na du?«

»Na?«

»Hier wohnst du also.«

»Ja.«

»Ich bring dich noch nach Hause, ok?«

»Ok.«

»Hast du am Wochenende schon was vor?«, fragte er mich vor meiner Haustür.

»Nö.«

»Gut.«

Und dann gingen wir miteinander. Oder besser: Martin schlenderte neben mir. Viel mehr machten wir nämlich nicht. Wir küssten uns manchmal und waren wahrscheinlich auch verliebt, doch irgendetwas fehlte. Vielleicht war ich noch zu schüchtern oder vielleicht wollte Martin auch gar nicht mehr, doch wir fragten uns das nicht. Wir verstanden uns gut und redeten viel. Dabei stellten wir fest, dass unsere Eltern sich kannten. Auch er war das Kind jüdischer Emigranten, die sich im englischen Exil kennengelernt hatten und als Kommunisten nach Deutschland zurückgekehrt waren. Das verband uns. Doch im Gegensatz zu mir hatte sich Martin viel mehr mit seinen jüdischen Wurzeln beschäftigt als ich. Er wusste alles über die Geschichte und die Traditionen des Judentums und empfahl mir Bücher von Lion Feuchtwanger und Elias Canetti. Martins Mutter mochte mich, und ich glaube, sie fand es gut, dass wir zusammen waren. Vielleicht auch, weil sie meinen Vater mochte. »Ach wie schade«, sagte sie enttäuscht, als sie hörte, dass wir nicht mehr zusammen waren.

Ich erfuhr es an meinem achtzehnten Geburtstag, den ich bei Martin feierte. Er kochte tolle Sachen, schlenderte lässig durchs Zimmer, schenkte uns Wein ein, und als auch er irgendwann genug getrunken hatte, erklärte er mir, dass er ab jetzt nicht mehr mit mir gehe, sondern mit einem Mädchen aus meiner Parallelklasse. Ich weinte. Ich ließ mich trösten. Ich hatte einen Kater, doch der ging vorbei. Martin und ich blieben Freunde.

Der Sommer kam und mit ihm eines der größten Probleme, die ich bis dahin zu lösen hatte. Ich musste meinen Vater davon überzeugen, dass es überhaupt kein Problem sei, wenn ich mit meinen Freunden drei Wochen lang durch Ungarn trampte, und ich musste ihm dabei verschweigen, dass ich in Budapest meinen ältesten Bruder treffen würde. Seit er vor drei Jahren in den Westen gegangen war, hatte mein Vater kein Wort mehr über ihn verloren.

Ihn anzulügen, war eigentlich nicht das Problem – das hatte ich schon oft getan, und ich gehörte auch sonst nicht gerade zu den ehrlichsten Menschen, die ich kannte. Doch jetzt hatte ich ein schlechtes Gewissen. Ich wollte ihn nicht in Schwierigkeiten bringen und ahnte, dass er sie bekäme, wenn ich mich mit meinem abtrünnigen Bruder im Ausland träfe. Doch andererseits: na und? Ich war volljährig – ich konnte machen, was ich wollte. Und dann wiederum: Seit der Trennung von der Frau ging es meinem Vater nicht besonders. Nicht etwa, weil er sie vermisste, sondern weil sie ihm sogar aus der Entfernung noch das Leben schwermachte. Sie hatte ja nicht nur bei uns zu Hause herumspioniert, sondern erledigte diesen Job auch anderswo zur vollsten Zufriedenheit der Staatssicherheit. Dabei schoss sie gern übers Ziel hinaus und verbreitete die absurdesten Gerüchte und Lügen über jeden, der ihr nicht passte. Und dazu gehörte inzwischen eben auch mein Vater. – All das machte ihn müde, deshalb wollte ich ihn nicht enttäuschen.

Zu meiner Überraschung hatte mein Vater überhaupt nichts dagegen, dass ich mit meinen Freunden durch Ungarn trampen wollte. Er gab mir sogar ein sehr großzügiges Taschengeld, so dass ich mein Erspartes nur für Campingausrüstung und Zugfahrkarte würde ausgeben müssen. Noch einmal quälten mich Gewissensbisse und das Gefühl, ihn zu hintergehen – doch das Abenteuer, das vor mir lag, war größer und heller.

Wir waren sechs Leute: Martin und seine neue Freundin, Stefan, der schüchterne Uli, Susi und ich. Unser Zug fuhr nach Mitternacht und war brechend voll. Es waren Ferien, und Ungarn war das Paradies – nicht nur wegen der tollen Landschaft, sondern auch weil man dort Klamotten, Platten und Bücher bekam, die es bei uns nicht gab. Ungarn war der Westen des Ostens – dafür würden wir gern zwölf Stunden in den engen Gängen des Zuges kampieren. Wir fanden Platz im Übergang zwischen zwei Waggons. Immer wenn die Klotür geöffnet wurde, schlug uns übler Geruch entgegen. Wir neutralisierten ihn, indem wir uns mit viel Rotwein betäubten, und erst, als es fast schon dämmerte und der gesamte Zug zur Ruhe gekommen war, fanden auch wir ein bisschen Schlaf.

Übermüdet und grau fielen wir in Budapest aus dem Zug und schleppten uns aus dem Bahnhof. Wurden wir eben noch von widerlichem Gestank gepeinigt, waren es jetzt unerträgliche Mittagshitze und das Wissen, dass wir noch lange nicht am Ziel waren, denn unser Zeltplatz lag vor den Toren der Stadt. Unsere Stimmung war gereizt, doch wir sprachen nur das Nötigste – schließlich war das hier der Beginn eines großen Abenteuers, und jede Demonstration schlechter Laune wäre ein Armutszeugnis gewesen.

Nachdem wir eine halbe Stunde umhergeirrt waren, fanden wir schließlich den Bus, der uns an unser Ziel bringen sollte. Wir waren fast die Letzten, die sich mit ihren schweren Rucksäcken hineinzwängten. Im Bus war es etwa zehn Grad heißer als draußen, und der Geruch von Motoröl und Benzin mischte sich auf unangenehme Weise mit den Ausdünstungen der eng aneinandergepressten Körper. Ich war dem Heulen nah, und auch aus den Gesichtern meiner Freunde sprang nicht gerade überbordende Heiterkeit. Doch wir hielten durch, und nach einer Stunde waren wir da und taumelten mit den anderen aus dem Bus. Von einer Sekunde zur nächsten wechselte unsere Stimmung vom Rande der Verzweiflung in lichte Hoffnung. Angekommen. Endlich! Wir grinsten uns an und schlugen unsere Zelte auf.

Auf dem Campingplatz herrschte babylonisches Sprachengewirr. Neben Deutsch hörte man vor allem Englisch, Französisch und Holländisch. Neben uns zelteten ein paar Kölner, die wir BRD nannten. Die BRD kam jeden Abend vorbei und borgte sich Lebensmittel von uns, weil sie immer klamm war. Frankreich, das zwei Zelte weiter lag, half uns mit Flickzeug für Susis Zelt aus, dessen Dachnaht beim Aufbau gerissen war, und Holland von schräg gegenüber weihte uns in die Geheimnisse des süßlichen Duftes ein, der von ihnen herüberwehte und den wir nicht zu deuten wussten. Wir hatten Spaß.

Am Tage fuhren wir in die Stadt, ließen uns durch die Straßen und Geschäfte treiben, die so viel bunter waren als unsere. Wir lungerten in Cafés herum, dösten auf den Wiesen der Margareteninsel dem Abend entgegen und kauften auf dem Markt alles, was wir zum Leben brauchten, und noch mehr Wein, den wir abends tranken, um dann müde und glücklich in unseren Zelten zu verschwinden.

Am vierten Tag machten wir uns auf den Weg in den Süden. Wir teilten uns in Zweiergruppen und verabredeten uns für den Abend auf dem nächsten Campingplatz. Wir folgten der üblichen Anhalter-Praxis: Das Mädchen stellte sich an die Straße, hielt den Daumen raus, bis ein Auto hielt, und erst, wenn der Fahrer angehalten hatte, kam der Junge hinter dem Gebüsch oder aus dem Straßengraben hervor. Manchmal gaben die Autofahrer Gas, wenn sie die Jungs entdeckten – ob aus Enttäuschung oder Angst, würden wir nie erfahren.

Der Erste, der uns mitnahm, fuhr einen klapprigen alten Fiat, war ein schweigsamer Handwerker im

Blaumann und schmiss uns zehn Kilometer weiter im nächsten Dorf wieder raus.

Der Nächste war ein dicker kleiner Österreicher, der hinter dem Lenkrad seines riesigen Benz kaum zu sehen war. Auch er machte Anstalten, sofort weiterzufahren, als er Stefan entdeckte, doch er war nicht schnell genug. Er stellte sich als Josef vor und erklärte uns, er mache »in Sanitärporzellan«. Obwohl Josef schwerer Asthmatiker war, rauchte er fast ununterbrochen. Nach jeder Zigarette nahm er einen tiefen Zug aus seinem Asthmaspray, um sich danach gleich die nächste anzuzünden. Genauso wie er rauchte, redete er auch. Hektisch, in kurzen hysterischen Sätzen. Er täte das hier nicht zu seinem Vergnügen, meckerte er. Aber man müsse ja zeigen, dass man Anstand habe. Wir schwiegen höflich. Woher wir denn kämen, fragte er. Aus Berlin. Ach ja, Berlin. Da sei er früher auch oft gewesen. Er sagte das in einem schwärmerischen Ton, den ich nicht nachvollziehen konnte.

»Wir sind aber aus Ostberlin«, sagte ich. Stefan, der auf dem Beifahrersitz hockte, drehte sich um und gab mir mit einem Blick zu verstehen, dass ich besser die Klappe halten sollte. Und er hatte recht. Die Information, dass wir aus der DDR kamen, hatte uns in diesem Land bis jetzt nicht besonders viel genützt. Hier wurde offen oder versteckt mit Devisen gehandelt, und wer die nicht hatte, war ein Gast zweiter Klasse.

»Ach so, Ostberlin«, sagte Josef in einem leicht angewiderten Ton. Ich sah im Rückspiegel, wie er das feiste Gesicht verzog und sich sein Blick verdüsterte. »Dann seid ihr wohl Kommunisten, wie?« Er schickte dieser Frage ein nervöses Kichern hinterher. Was für ein Idiot, dachte ich und wäre gern ausgestiegen. Doch der Dicke hatte versprochen, uns bis zur nächsten Stadt mitzunehmen. Also schwieg ich grimmig, und auch Stefan antwortete nicht und starrte aus seinem Beifahrerfenster.

»Kommunisten also…« Josef ließ nicht locker und zündete sich die nächste Zigarette an. »Mein Onkel hat solchen wie euch gezeigt, wo's langgeht!«

»Was wollen Sie denn damit sagen?« Stefan saß plötzlich sehr aufrecht und schaute Josef herausfordernd an. »Was ich damit sagen will? DAS will ich damit sagen«, antwortete der und fuhr sich mit dem rechten Zeigefinger über den fetten Hals. Ich kurbelte das Fenster nach unten und atmete tief ein.

»Was Sie nicht sagen!« Stefan wandte sich mit gespielter Begeisterung dem Dicken zu. »Was hat Ihr Onkel denn Schönes gemacht?«

»Rottenführer in Mauthausen«, sagte der Dicke ungerührt.

»O, da sind Sie bestimmt sehr stolz auf ihn, was?« Stefan schien Spaß an dieser Unterhaltung zu finden.

»Das kannst du aber laut sagen, Junge! Und nicht

nur Kommunisten! Juden, Asoziale, Homos, Zigeuner – alles!«

»Toll!«, rief Stefan. »Und was macht Ihr Onkel heute so?«

Josef nahm einen tiefen Zug aus seiner Asthmapumpe. »Sie haben ihn verurteilt, die Verräter. Lebenslänglich!«

»Ach herrje«, Stefan spielte den Mitfühlenden. »Der Arme!« Jetzt musste ich mir doch das Lachen verkneifen. Der Dicke schien nicht zu merken, dass Stefan sich über ihn lustig machte. »Ja, wem sagst du das«, stöhnte er. »Aber unser Tag wird kommen«, fügte er pathetisch hinzu.

»Sicher doch«, sagte Stefan. »Das wird er. Und Sie können ja eigentlich als leuchtendes Vorbild vorangehen und schon mal anfangen, oder?« Josef guckte verwirrt und fingerte nach einer neuen Zigarette. »Wie meinst du das?«, fragte er.

»Ganz einfach«, erklärte Stefan und lehnte sich zu ihm hinüber. Ich hielt die Luft an und ließ den Dicken nicht aus den Augen. »Ich bin Kommunist und meine Freundin da hinten ist Jüdin. Zwei auf einen Streich sind doch ein guter Anfang, oder?«

Josefs Gesicht nahm plötzlich einen debilen Ausdruck an und färbte sich rot. Ich hätte einiges darum gegeben zu erfahren, was jetzt in seinem widerlichen Schweinskopf vorging. Doch nein – eigentlich wollte ich es lieber nicht wissen, eigentlich wollte ich hier raus. Und ich war froh, dass der Dicke in diesem Moment offenbar eine ähnliche Idee hatte. Er fuhr rechts ran und schrie: »Raus!«

»Klar doch, Kamerad«, sagte Stefan fröhlich, stieg aus und ließ sich von mir unsere Rucksäcke reichen. Dabei stieß ich »aus Versehen« die große Flasche Limonade um, die zwischen meinen Füßen gestanden hatte. Sie hinterließ eine große klebrige Pfütze und würde bei der Hitze bald zu gären und zu stinken anfangen. Ich hätte gern noch etwas Gehässiges beim Aussteigen gesagt, doch mir fiel wie immer nichts ein. Erst als wir die Autotüren heftiger als nötig zugeknallt hatten und der Dicke davonbrauste, schrie ich ihm »Nazischwein!« hinterher.

Wir luden unsere Rucksäcke auf und liefen los. Es war Mittag, und die Landstraße glühte und flirrte. Die wenigen Autos, die jetzt unterwegs waren, hielten nicht, und bis zum nächsten Ort waren es etwa zwanzig Kilometer. Ich trottete hinter Stefan her und betrachtete gelangweilt die Blechtasse, die an seinem Rucksack hing und bei jedem seiner Schritte hin- und herbaumelte. Ich hatte Durst und ärgerte mich jetzt, dass ich aus niederen Rachegelüsten meine schöne Limonade geopfert hatte. Meine Laune verschlechterte sich zunehmend, und als ich gerade anfangen wollte, Stefan die Schuld für alles zu geben, hielt ein VW-Bus mit Hamburger Kennzeichen. Vorne ein Mann und eine Frau, hinten zwei lärmende kleine Mädchen. Auch sie wollten in den Süden. An die Adria.

»Aus Ostberlin?«

»Ja.«

»Grau, oder?«

»Geht so.«

Sie gaben uns Wasser und frisches Obst aus ihrer Kühlbox und brachten uns bis zu unserem Zeltplatz.

Wir waren die Ersten dort, suchten uns ein schattiges Plätzchen unter einem Baum, schlugen unser Zelt auf und gingen ins nächste Dorf, um einzukaufen. Als wir wiederkamen, waren auch die anderen da. Wir fielen uns in die Arme, als hätten wir uns eine Woche nicht gesehen, aßen und tranken viel und krochen irgendwann in unsere Schlafsäcke.

Am nächsten Morgen schlürften wir unseren Kaffee und berieten, ob wir weiterfahren oder bleiben sollten. Wir hatten keinen Plan, und wir genossen es, keinen Plan zu haben. Ich wusste nur, dass ich eine Woche später in Budapest sein müsste, um meinen ältesten Bruder zu treffen. Bis dahin ließ ich mich mit den anderen durch das Land treiben.

Das Leben auf der Straße war meistens leicht und unbeschwert. Einmal wurden wir festgenommen, weil wir zu nah an die jugoslawische Grenze gekommen waren. Es gab nicht wenige, die diesen Weg gingen, um in den Westen abzuhauen. Also brachte man uns auf die Polizeistation, durchsuchte unsere Sachen und verhörte uns. Nach ein paar Stunden ließ man uns ziehen, und wir hatten wieder ein Abenteuer erlebt.

In Pécs gingen wir in die Kathedrale, in Harkány ins Thermalbad und in Szeged klauten wir in einem deutschsprachigen Buchladen Kafka, Hesse und Sigmund Freud. Wir sahen nicht ein, warum wir für ein Buch, das im Westen drei Mark kostete, hier mehr als das Zehnfache in Ostwährung bezahlen sollten. Das war schließlich Weltliteratur, die uns zustand und die es zu Hause nur unter dem Ladentisch gab.

Szeged war eine schöne Stadt, wir beschlossen, länger hierzubleiben. Der Besuch im Buchladen wurde zur schönen Tradition. Die Gefahr, von den Verkäufern wiedererkannt zu werden, war gering, denn der Laden war immer überfüllt. Am letzten Tag war ich so kaltblütig, dass ich mein Diebesgut nicht mal mehr versteckte, sondern offen ins Freie trug.

Abends auf dem Zeltplatz tranken wir schweren Wein und zeigten uns unsere leichte Beute. Es ging uns gut. Es war uns eigentlich nie besser gegangen. Wir trafen Leute, die wir mochten und mit denen wir Adressen tauschten, anderen gingen wir lieber aus dem Weg. Wir stritten uns darum, wer einkaufen und wer abwaschen musste. Wir waren eine verschworene Gemeinschaft und gingen einander auf die Nerven. Und dann trafen wir Ineke.

Ineke war schon Mitte zwanzig, kam aus Utrecht und war allein unterwegs. Sie erzählte uns, dass sie jedes Jahr für vier Wochen allein durch die Welt reise.

»Warum?«, fragte ich sie.

»Ich studiere Liebe«, sagte sie grinsend und mit einer Selbstverständlichkeit, als hätte ich sie nach der Uhrzeit gefragt. Ich mochte ihre Stimme, die immer ein wenig heiser klang. Und ich mochte ihren weichen holländischen Akzent.

»Kann man Liebe studieren?«

»Na klar, man kann alles studieren.«

»Und was hast du bis jetzt rausgefunden?«

»Noch nicht viel«, sagte Ineke. »Deshalb bin ich ja hier.«

Ich verstand sie nicht immer, doch ich mochte sie. Wir alle mochten sie. Und der schüchterne Uli mochte sie besonders. Bis jetzt war er in mich verknallt gewesen. Das war mir unangenehm, weil er mich immer so bedeutungsvoll und leidend anschaute und ich mir dabei so bedeutungslos und oberflächlich vorkam. Eine Zeitlang hatte er mir in der Berufsschule ein schwarzes Schreibheft zugesteckt. Darin führte er eine Art Tagebuch in Briefen, die ich beantworten sollte. Ich tat ihm den Gefallen, wurde jedoch auch dabei nie das Gefühl los, ich sei oberflächlich und seelenlos. Jetzt also schaute er Ineke mit seinen traurigen Augen an. Er wich kaum von ihrer Seite, hing an ihren Lippen und notierte ihre Sätze in eines seiner schwarzen Hefte. Sie ließ es geschehen, manchmal nahm sie ihn mit in ihr Zelt.

Am Abend bevor ich nach Budapest aufbrach, schenkte mir Ineke ein dünnes Buch.

»Falls dir Freud zu anstrengend wird«, sagte sie.

»Die Kunst des Liebens?«

»Genau.«

Am nächsten Morgen packte ich meinen Rucksack. Es war ein komisches Gefühl. Zwar freute ich mich darauf, meinen Bruder nach drei Jahren endlich wiederzusehen, doch ich wäre auch gern weiter mit meinen Freunden durch die Gegend gezogen. Wir umarmten uns zum Abschied, und Stefan begleitete mich noch bis zum Ausgang des Campingplatzes. »Pass auf dich auf«, sagte er. »Und nimm keine Schokolade von Fremden!«

Als erfahrene Alleinreisende hatte Ineke mir empfohlen, mich auf der Landstraße zwar als Mädchen zu erkennen zu geben, meine Weiblichkeit allerdings auch nicht zu sehr herauszustellen. Da ich meine Weiblichkeit ohnehin nicht gerade für besonders herausstellenswert hielt, entschied ich mich für das wallende Hippiekleid, das ich auf einem Markt geklaut hatte.

Bis nach Budapest waren es etwa einhundertsiebzig Kilometer, mit etwas Glück würde ich mit nur einem Auto dorthin kommen. Doch ich hatte kein Glück. Die Autos fuhren an mir vorbei, und nach einer halben Stunde stand ich immer noch da. Als ich gerade meinen Rucksack aufladen und ein Stück laufen wollte, hielt ein Ford mit ungarischem Kennzeichen. Der Fahrer war ein etwa vierzigjähriger Mann mit Kassengestell und akkuratem Haarschnitt. Er öffnete das Fenster der Beifahrertür und sah mich fragend an. »Budapest?«, fragte ich, er nickte. Ich packte meinen Rucksack auf die Rückbank und pflanzte mich neben ihn. Der Mann sprach offenbar weder Englisch noch Deutsch, und mein ungarisches Vokabular beschränkte sich auch nur auf die nötigsten Floskeln – also schwiegen wir. Er suchte im Radio einen Musiksender, ich schaute aus dem Fenster und ließ die Landschaft an mir vorüberfliegen. Es ging mir gut, bis ich plötzlich seine Hand auf meinem linken Knie spürte – ganz leicht und fast schüchtern nur, doch deutlich genug, um mich in leichte Panik zu versetzen. Was für ein Klischee, dachte ich. Ich hätte mir nicht vorstellen können, dass eine Szene, die ich hundertmal in irgendwelchen Filmen gesehen hatte, tatsächlich Realität werden könnte. Doch der Mann neben mir ging offenbar auch gern ins Kino und hatte sich jetzt vorgenommen, die Hauptrolle in seinem eigenen blöden Film zu spielen.

Ich zog mein Knie unter seiner Hand weg und rutschte ein Stück näher an die Beifahrertür. Er legte seine Hand wieder ans Steuer und drehte das Radio lauter. Ich versuchte aus den Augenwinkeln sein Gesicht zu sehen, doch da gab es nichts zu entdecken.

Der Mann schaute ungerührt und konzentriert auf die Straße, als sei nichts geschehen. Ich wusste nicht, ob er seinen Plan fallengelassen hatte oder sich eine neue Strategie überlegte, aber ich hatte auch nicht die geringste Lust, das herauszufinden. Also gab ich ihm zu verstehen, dass ich aussteigen wollte. Der Mann zuckte mit den Schultern, hielt an, ich stieg aus, nahm meinen Rucksack, knallte die Tür zu, er gab Gas und fuhr weg. Ich atmete tief ein und wieder aus und spürte erst jetzt, dass meine Knie zitterten.

Ich setzte mich an den Straßenrand und überlegte gerade, wie ich es anstellen sollte, nicht wieder im Auto eines solchen Idioten zu landen, als ein Pritschenwagen neben mir hielt. Der Fahrer war ein großer, schwerer Glatzkopf, und neben ihm saß ein halbwüchsiger Junge – offenbar sein Sohn.

»Budapest?«

»Budapest!«

Der Fahrer stieg aus, gab mir die Hand, stapelte die Gemüsekisten hinten so, dass ich komfortabel sitzen konnte, wuchtete meinen Rucksack nach oben und fuhr los. So hatte ich mir das vorgestellt. Jetzt imitierte das Leben die Kunst auf eine Weise, die mir gefiel. Ich ärgerte mich ein bisschen, dass niemand von meinen Freunden oder meiner Familie mich so sehen konnte.

In Budapest setzten mich Vater und Sohn bei der Adresse ab, die ich ihnen auf einem Zettel gezeigt hatte. Es war das Haus, in dem Tamás wohnte – ein ungarischer Schriftstellerfreund meines ältesten Bruders. Die beiden hatten sich in Ostberlin angefreundet, und als mein Bruder im Westen war, hatte er ein paar Gedichte und Geschichten von Tamás für einen deutschen Verlag bearbeitet.

Ich stieg die Treppen hinauf und klingelte an der Wohnungstür. Niemand öffnete. Ich klingelte wieder. Nichts. Ich legte mein Ohr an die Tür und lauschte. Kein Geräusch. Ich schaute auf die Uhr. Es war zwei Uhr nachmittags – vielleicht war ich zu früh. Ich stellte meinen Rucksack ab und setzte mich auf die Stufen. Ich würde einfach hier sitzen bleiben, bis sie kämen, lange würde das bestimmt nicht dauern. Doch ich hatte Hunger, und meine Wasserflasche war auch fast leer. Also lud ich mir den Rucksack wieder auf und trat hinaus auf die Straße. Brennende Hitze schlug mir entgegen. Eine Hitze, die ich durch den Fahrtwind auf der Ladefläche des Obstautos gar nicht gespürt hatte. Ich lief ein Stück und suchte einen Imbiss oder einen Lebensmittelladen. Doch um diese Zeit hatten die Läden geschlossen, und der einzige Kiosk in der Gegend wurde von lauten Männern umlagert. Ich überlegte, was ich tun sollte. Ich wusste nicht, wo mein Bruder sich aufhielt – das würde ich erst von Tamás erfahren. Also blieb mir nichts anderes übrig als zu warten, bis er zurückkäme.

Ich ging in eine Telefonzelle, suchte im Telefonbuch nach der Nummer von Tamás, fand sie und rief an. Keine Antwort. In dem Maße, wie der Schweiß an mir hinunterrann, stieg Unruhe in mir auf. Wenn nun irgendwas schiefgelaufen war? Wenn der Freund meines Bruders gar nicht wusste, dass ich heute kam? Ich verwarf den Gedanken wieder und redete mir ein, dass schon alles gut würde. Ich verließ die Zelle wieder und trottete zu dem Kiosk, an dem noch immer die Männer standen und tranken. Ich zwängte mich zwischen ihnen durch und kaufte zwei belegte Brötchen, eine Packung Kekse und eine große Flasche Wasser. Die Männer kommentierten meine Anwesenheit mit bierschwerem Atem und machten sich lustig über mich. Es war mir egal. Ich bezahlte und sah zu, dass ich wegkam. Ich lief ein Stück, fand einen kleinen Platz unter Bäumen, setzte mich auf eine Bank, aß und trank und fühlte mich besser, bis mich plötzlich eine dunkle Ahnung befiel. Ich holte meinen Kalender raus, blätterte zum heutigen Datum, und tatsächlich: Ich hatte mich im Tag geirrt, ich war einen Tag zu früh in Budapest! Heute war Montag, und die Adresse von Tamás hatte ich erst für den nächsten Tag notiert. Ich fluchte – das war mal wieder so typisch! Doch was sollte ich jetzt machen? Zurück zu meinen Freunden nach Szeged? Absurd! Doch wenn bei Tamás niemand öffnete, musste ich mir für die Nacht anderswo eine Bleibe suchen. Vielleicht wüssten meine Brüder, in welchem Hotel sich mein ältester Bruder aufhielt? Ich müsste eine Post suchen und sie anrufen.

Ich packte mein Zeug wieder zusammen, fragte auf der Straße nach der Post, und man zeigte mir den Weg. Am Schalter für die Ferngespräche stand eine lange Schlange, es gab nur zwei Zellen. Ich ging wieder. Die Nachmittagshitze war inzwischen unerträglich, also schlurfte ich zurück zum Haus von Tamás. Dunkler kühler Hausflur, und vielleicht war ja inzwischen jemand zu Hause. Fehlanzeige.

Ich setzte mich auf die Stufen und dachte nach. Eine dicke Frau kam die Treppe herauf und sah mich misstrauisch an. Ich machte ihr Platz, sie murmelte irgendwas, seufzte tief und vorwurfsvoll und verschwand ein Stockwerk höher hinter ihrer Wohnungstür. Ich schaute auf die Uhr. Es war halb fünf, ich musste mir etwas einfallen lassen.

Ich stieg die Treppe hinauf bis zum Dachboden. Die Tür war unverschlossen, also ging ich hinein. Die Luft war stickig und roch nach modrigem Holz und Vogelscheiße. Durch eine dreckige Dachluke fiel ein bisschen Tageslicht. Ich suchte einen Lichtschalter, fand ihn auch, doch das Licht funktionierte nicht. Also wühlte ich in meinem Rucksack nach der Taschenlampe. Sie war natürlich ganz unten – auch das war typisch. Leise fluchend stopfte ich die Klamotten, die inzwischen auf dem staubigen Boden herumlagen, wieder in den Rucksack und sah mich um: Kartons mit alten Zeitungen und Flaschen, ein paar alte Stühle und ein Tisch, eine Matratze, die diesen Namen nicht mehr verdiente, ein offenbar kaputter Kühlschrank und eine rostige Blechwanne, die zur Hälfte mit muffigem Wasser gefüllt war. Als ich nach oben schaute, wusste ich auch, warum … Das hier war ein Dachboden wie jeder andere – außer den paar Tauben, die ihre beißenden Spuren hinterließen, hatte er kaum Besucher. Also beschloss ich, hier zu übernachten. Aus Möbeln und Kisten baute ich mir einen kleinen Verschlag, rollte dahinter Isomatte und Schlafsack aus, setzte mich auf einen der Stühle und zündete mir eine Zigarette an. Meine Augen hatten sich inzwischen an das Halbdunkel gewöhnt, und auch der Gedanke, die Nacht hier zu verbringen, war gar nicht mehr so schlimm. Von draußen hörte ich eine Kirchenglocke – sie schlug fünf. Ich überlegte, wie ich jetzt noch die Zeit totschlagen könnte. Ich war zwar erschöpft, doch zum Schlafen noch nicht müde genug.

Ich rollte Isomatte und Schlafsack wieder ein, versteckte sie mit meinem Zelt und ein paar schweren Gegenständen aus dem Rucksack in einer dunklen Ecke des Bodens hinter ein paar herumliegenden alten Holzplanken und ging. Unten klingelte ich noch einmal an Tamás' Wohnungstür, keiner da. Ich verließ das Haus und lief die Straße hinunter, diesmal in die andere Richtung. Mein Orientierungssinn war unfassbar schlecht – ich hatte das Talent, mich auch in den übersichtlichsten Gegenden hoffnungslos zu verlaufen. Außerdem hatte ich keinen Stadtplan, also tat ich besser daran, mich nicht allzu weit von dieser Straße zu entfernen.

Es war immer noch sehr heiß, auf der Straße hatte der Feierabendverkehr eingesetzt, und die Leute hasteten mit angespannten Gesichtern an mir vorbei. Ich kam mir plötzlich sehr verloren vor und sehnte mich zu meinen Freunden zurück. Doch es half nichts – ich war jetzt hier und musste klarkommen. Also kam ich klar, setzte mich in ein Café, bestellte mir einen Mokka und holte eines der Bücher aus dem Rucksack, die ich in Szeged geklaut hatte. Ich versuchte zu lesen, aber ich konnte mich nicht konzentrieren. Ich sah mich um. Am Nebentisch saß eine Frau mit einem Baby auf dem Schoß und versuchte, es mit Kuchen zu füttern. Das Baby drehte den Kopf weg. Es hatte keinen Hunger. Ich hatte auch keinen Hunger.

Ich ging zur Toilette, wusch mir das Gesicht mit kaltem Wasser, setzte mich wieder hin und trank meinen Kaffee. Das Kind auf dem Schoß der Frau fing jetzt an zu quengeln, und auch meine Laune wurde nicht unbedingt besser. Ich verlangte die Rechnung und verließ das Café. Ich lief noch ein Stück die Straße hinauf und ging dann auf der anderen Seite zurück, bis ich wieder vor der Post stand. Drinnen warteten jetzt nicht mehr so viele Leute. Ich schrieb die Telefonnummern meiner Brüder auf einen Zettel und stellte mich an. Zwanzig Minuten später sprach ich mit meinem jüngsten Bruder. Er sagte, er habe keine Ahnung, wo mein ältester Bruder sei, und es interessiere ihn auch nicht. Er klang gereizt. Ich ließ mich mit der Nummer meines mittleren Bruders verbinden. Seine Freundin, die helle Tänzerin, meldete sich. »Er ist nicht da«, sagte sie. »Er dreht oder er säuft. Wahrscheinlich beides.« Sie legte auf, ich bezahlte am Schalter und ging.

Draußen lief ich noch eine Weile durch die Gegend, bis es acht war, dann kehrte ich zum Haus zurück und klingelte wieder an Tamás' Tür. Keine Antwort. Doch inzwischen war es mir egal. Jetzt wollte ich nur noch schlafen. Ich stieg zum Dachboden hinauf, holte meine Sachen aus dem Versteck, rollte meinen Schlafsack wieder aus, legte mich hin und schlief sofort ein.

Ein paar Stunden später war ich hellwach. Die Kirchturmuhr schlug zweimal. Mir war heiß und mein Kopf tat weh. Ich machte die Taschenlampe an, schlüpfte aus meinem Schlafsack und trank etwas Wasser. Zwei Uhr. Ich verfluchte mich, dass ich mich so früh schon hingelegt hatte.

Der Dachboden machte Geräusche. Es knackte

und knarrte ununterbrochen im Gebälk, und je mehr ich mich darauf konzentrierte, desto lauter wurde es. Ich werde nie wieder einschlafen können, dachte ich und tat mir leid. Ich fühlte mich unendlich einsam und hätte auf diesen Teil des Abenteuers jetzt nur zu gern verzichtet. Ich wühlte in meinem Rucksack nach einem Buch. Es war ausgerechnet Hesses »Schön ist die Jugend«. Ich las ein bisschen von seinem leichten, bunten, letzten Sommer vor dem Erwachsenwerden und ließ mir von ihm erklären, dass eine schlaflose Nacht immer eine lästige Sache sei. Man werde leicht ärgerlich und denke ärgerliche Dinge. Man solle einfach »seinen Willen brauchen und Gutes denken«. Klugscheißer, dachte ich. Aber ich konnte es ja mal probieren. Also legte ich das Buch weg, rollte mich wieder in den Schlafsack, machte das Licht aus, dachte an Gutes und Schlechtes, stand wieder auf, lief herum, bekam Angst, überlegte, ob ich doch lieber zum Bahnhof gehen sollte, wo alle heimatlosen Weltengänger schliefen, wenn sie keine Bleibe hatten, verwarf den Gedanken, legte mich wieder hin, las, dachte Gutes und Schlechtes, und nachdem die Kirchturmuhr noch zweimal geschlagen hatte, schlief ich wieder ein.

Im Morgengrauen kam die Taube. Sie gurrte dümmlich vor sich hin. »Schnauze«, sagte ich und zog mir den Schlafsack über die Ohren. Der Vogel verstummte kurz, um wenig später nur noch lauter und hysterischer zu gurren. Die Turmuhr schlug fünf.

Ich pellte mich wieder aus meinem Schlafsack und stand auf. Die Taube schwieg. Ich lief über den Dachboden, durch den jetzt das fahle Licht der Dämmerung kroch. Keine Spur von der Taube. Vielleicht war sie wieder abgehauen oder schlief hier irgendwo. Ich legte mich wieder hin, und als ich gerade eindöste, war sie wieder da und quatschte. Ich schmiss einen meiner Turnschuhe dahin, wo ich sie vermutete. Doch es hatte keinen Sinn – nach einer kurzen Pause fing sie beleidigt von vorne an.

Es reichte mir, mein Kopf dröhnte, und ich brauchte frische Luft. Ich stand auf, versteckte meine Sachen wieder hinter den Holzplanken und verließ den Dachboden.

Es war noch nicht mal sechs und die Straße fast menschenleer. Ich ging zu dem kleinen abgelegenen Platz, setzte mich auf dieselbe Bank wie gestern und schloss die Augen. Die Luft war mild und weich, ein paar Vögel zwitscherten, und nur hin und wieder fuhr ein Auto vorbei. Ich legte mich auf die Bank, bettete meinen Kopf auf den Rucksack und schlief ein. Eine Stunde später wurde ich von einem kleinen dicken Mann mit Hut und Aktentasche geweckt, der heftig gestikulierend auf mich einredete. Ich nahm meine Sachen und trollte mich.

Ich ging zu dem Kiosk, bei dem ich mir gestern etwas zu essen gekauft hatte. Er hatte schon geöffnet. »Jó napot«, sagte ich und zeigte auf die große Flasche Wasser und ein Brötchen. Ich bezahlte und wollte gerade gehen, als der Besitzer mich ansprach.

»Német?« Ich nickte überrascht.

»Gut«, sagte der Verkäufer, schob seine Schiebermütze nach hinten und grinste. »Dann können wir ja Deutsch sprechen.«

»Woher weißt du, dass ich Deutsche bin?«, fragte ich ihn.

»Ostdeutsche«, korrigierte er mich. »Weiß nicht … ich hab's eben gewusst. Ihr zeigt immer auf alles und seid so schüchtern, dabei kenne ich euch auch anders.« Und dann erzählte er mir, dass er ein paar Jahre in Karl-Marx-Stadt gearbeitet habe. Karl-Marx-Stadt … Ich konnte es nicht fassen. In der Neubausiedlung, in der ich damals lebte, gab es einen Block, in dem nur ungarische Gastarbeiter wohnten. Besonders auf uns Mädchen übte dieses Wohnheim eine magische Anziehungskraft aus. Die jungen Männer, die dort lebten, sahen viel besser aus als unsere pickligen Klassenkameraden. Sie kamen aus dem Süden und waren erwachsen. Verstohlen und erregt liefen wir manchmal an dem Haus vorbei und kicherten, wenn die Ungarn uns hinterherpfiffen. Ich erzählte es ihm, und er hörte belustigt zu.

»Genau da habe ich gewohnt«, sagte er. »Darauf

müssen wir trinken!« Er goss heißen Kaffee aus seiner Thermoskanne in eine Tasse und reichte sie mir. »Ich bin László.« Wir stießen an und redeten über die alten Zeiten, die wir nur hundert Meter voneinander entfernt erlebt hatten. Nur waren seine alten Zeiten so ganz anders als meine. Wir staunten. Alle beide.

Schließlich berichtete ich ihm von meinem Irrtum und der schlimmen Nacht, die ich hinter mir hatte.

»Manchmal geht das Leben komische Wege«, sagte Laszlo nachdenklich. Er sei auch mal einen Tag zu früh angekommen und habe seine Freundin mit einem anderen erwischt. Das sei der Grund gewesen, warum er in die DDR gegangen sei. »Ich musste weg«, sagte er. »Einen Strich machen, verstehst du?« Ich verstand.

László schlug mir vor, meine Sachen vom Dachboden zu holen und zu ihm in den Kiosk zu bringen. »Und wenn der Freund deines Bruders nicht wiederkommt, kannst du bei uns schlafen, wenn du willst.« Ich schaute ihn fragend an, er zeigte auf seinen Ehering: »Drei Jungs!«, sagte er stolz. Ich bedankte mich bei ihm und ging. Es war ein schönes Gefühl, plötzlich jemanden in dieser Stadt zu kennen.

Zurück auf dem Dachboden, pinkelte ich in eine der Ecken, in der ich vorher die Taube vermutet hatte, wusch mich notdürftig mit dem Wasser aus einer der Flaschen, putzte mir die Zähne, packte meine Sachen zusammen und ging die Treppe hinunter. Vor Tamás' Wohnung blieb ich stehen und lauschte. Ich glaubte, etwas zu hören, doch es war noch zu früh, um zu klingeln. Ich würde später wiederkommen.

Ich stellte meinen Rucksack bei László unter und ließ mir von ihm den Weg zum Stadtwäldchen erklären, wo ich mich in den Schatten legte und durch den Vormittag döste, bis mir langweilig wurde. Ich kehrte zu Tamás' Haus zurück, ging die Treppe rauf und klingelte. Es öffnete mir ein etwas untersetzter Mann mit dunklem, verwüstetem Haar und Vollbart. Er sah müde aus und schaute mich griesgrämig an. Ich wünschte ihm auf Ungarisch einen guten Tag, und nachdem ich meinen Namen gesagt hatte, hellte sich seine Miene etwas auf. »Ja, natürlich«, sagte er auf Deutsch. »Komm rein.«

Ich betrat einen langen, engen Flur, an dessen hohen Wänden zu beiden Seiten Bücherregale standen, die bis zur Decke reichten und sich dort auf bedrohliche Weise einander zuneigten. Ich zog instinktiv den Kopf ein. Tamás bemerkte es, lächelte und erklärte mir, dass hier noch niemand von Weltliteratur erschlagen worden sei. »Obwohl das bestimmt nicht der schlechteste Tod ist«, fügte er hinzu. Von irgendwo rief eine weibliche Stimme etwas auf Ungarisch. Tamás antwortete ihr und schob mich in eines der Zimmer, die vom Flur abgingen. Kurz darauf erschien eine kleine Frau, stürzte auf mich zu und umarmte mich, als sei ich die verlorene Tochter, die nach Jahren der Ungewissheit endlich zurückgekehrt war. Ich gab mir keine Mühe, mich aus ihrer Umarmung zu befreien. Die Frau war weich und warm und roch nach Kaffee. Viel zu früh ließ sie mich wieder los. »Du bist bestimmt hungrig«, sagte sie. Ich war nicht hungrig. »Willst du was trinken?« Ja, Kaffee. Sie flog aus dem Zimmer.

»Setz dich doch«, sagte Tamás. »Hattest du eine gute Reise?« Ich überlegte kurz, ob ich ihm von meiner Nacht auf dem Dachboden erzählen sollte, ließ es aber bleiben. Ich nickte nur und ließ mich in das große, schwere Sofa sinken. Tamás' Frau kehrte mit Kaffee zurück, wir redeten über dies und das, und schließlich fragte ich sie nach meinem Bruder.

»Wir haben ihn gestern vom Flughafen abgeholt«, sagte Tamás. »Er wohnt im Gellért.« Er rief im Hotel an, ließ sich verbinden und reichte mir den Hörer. Es war komisch, die Stimme meines ältesten Bruders in einem fremden Land zu hören. Komisch und schön. Wir verabredeten uns im Hotel.

»Ist es nicht absurd«, sagte Tamás. »Da wohnt ihr in derselben Stadt nur ein paar Kilometer voneinander entfernt und müsst in ein fremdes Land reisen, um euch zu sehen. Das ist doch absurd!« Ja, es war absurd, doch so war es nun einmal.

Ich ließ mir von Tamás den Weg erklären, sog noch einmal die Wärme aus der Umarmung seiner

Frau und verabschiedete mich. Ich lief zum Kiosk, holte meine Sachen, bedankte mich bei Lászlo und musste ihm versprechen, noch mal vorbeizukommen, bevor ich wieder nach Hause fuhr.

Der Bus brachte mich über die Donau auf die andere Seite der Stadt. Am Ufer des Flusses und am Fuß des Gellért-Berges lag das Hotel – riesengroß und vornehm und sehr einschüchternd. Ich holte tief Luft, und als sei es das Selbstverständlichste von der Welt, schlenderte ich mit meinem Riesenrucksack und einem, wie ich fand, sehr lässigen Gesichtsausdruck an dem Portier vorbei, der mir eilfertig die hohe messingumrahmte Glastür aufhielt.

Eben hatte ich noch auf einem dreckigen Dachboden gehockt, jetzt lief ich über die glänzenden Marmorböden eines Hauses, in dem die Zeit stillzustehen schien. Schwere Kronleuchter hingen von den Decken und tauchten die Hotelhalle in warmes Licht, in edlem Mobiliar saßen gutgekleidete Leute und redeten mit gedämpften Stimmen, und Hotelpagen in dunkelblauen Livrees und mit schiefen Kappen glitten geräuschlos mit dem Gepäck der Reisenden durch die Halle. Ich kam mir vor wie in einem der alten Filme, die Oma Potsdam so gern im Fernsehen geschaut hatte.

Ich ging zur Rezeption, wo der Concierge gerade einem älteren Ehepaar mit weißem Pudel lächelnd die Zimmerschlüssel aushändigte. Dann wandte er sich mir zu. Sein Lächeln erstarb, seine linke Augenbraue hob sich, und er ließ seinen Blick über mein ungekämmtes Haar, mein nicht mehr so ganz frühlingsfrisches T-Shirt und meine straßenstaubigen Jeans gleiten. Mit einem einzigen Blick gelang es ihm, dass ich mich noch schmutziger fühlte, als ich ohnehin schon war. Das hatte bisher nur meine Stiefmutter geschafft.

Ich nannte ihm den Namen meines Bruders und bat ihn darum, ihn anzurufen und ihm zu sagen, dass seine Schwester da sei. Er blätterte betont langsam in seinem Empfangsbuch, griff zum Telefonhörer und rief an. Während er mit meinem Bruder sprach, legte er seinen Kopf arrogant nach hinten und gab so den Blick auf das erstaunliche Innenleben seiner Nasenlöcher frei. Ein widerlicher Anblick.

»Ihr Herr Bruder kommt gleich«, sagte der Concierge herablassend, während er den Hörer wieder auflegte. »Danke«, äffte ich seinen Tonfall nach, wandte ihm den Rücken zu und ließ mich vielleicht etwas zu entspannt in einen der roten Samtsessel fallen. Ich hatte die Last meines Rucksacks unterschätzt und wäre um ein Haar mit dem Sessel umgekippt. Kurz darauf erschien mein Bruder in der Hotelhalle. Ich winkte, er schaute etwas irritiert und kam dann auf mich zu.

»Ich hätte dich fast nicht erkannt«, sagte er, und ich war mir nicht sicher, ob das mit meinem Alter oder meinem momentanen Zustand zu tun hatte. Mein Bruder nahm mir den Rucksack ab, und ich folgte ihm zum Fahrstuhl. Als wir an der Rezeption vorbeikamen, nahm ich mir aus der großen Messingschale mit dem frischen Obst zwei Äpfel und warf dem Concierge einen arroganten Blick zu. Er notierte gerade angelegentlich etwas in sein Empfangsbuch und schien mich zu ignorieren, doch um seine schmalen Lippen meinte ich ein leichtes Zucken zu erkennen.

»Wann musst du wieder zurück?«, fragte mich mein Bruder im Fahrstuhl.

»Übermorgen.«

In den verspiegelten Wänden des Aufzugs sah ich, dass sich auf seinem Hinterkopf an einer kleinen Stelle das Haar zu lichten begann, und auch seine Geheimratsecken machten sich wichtiger als noch vor drei Jahren. Er war jetzt vierunddreißig, fast doppelt so alt wie ich. Und als könne er meine Gedanken lesen, sagte er: »Du bist jetzt achtzehn, oder?«

»Genau. Und du musst mich heiraten. Hast du versprochen!«

»Hab ich das?«

»Ja, an meinem sechsten Geburtstag.«

»Hm.«

Wir stiegen aus dem Fahrstuhl und liefen über die dicken Teppiche des Hotelflurs bis zu einer Tür. Er klopfte an, und seine Freundin öffnete. Sie trug einen Bademantel, hatte ein Handtuch um den Kopf geschlungen, und in ihrem Mundwinkel klemmte eine Zigarette – lässig wie immer.

»Da bist du ja«, sagte sie, nahm die Zigarette aus dem Mund und küsste mich auf die Wange.

Die beiden bewohnten ein riesengroßes, helles Zimmer mit Jugendstilmöbeln, schwerelosen Stoffen vor hohen Fenstern und Blick auf die Donau. Mein Bruder setzte meinen Rucksack ab, ging zu einem kleinen Tischchen, auf dem diverse Flaschen standen, und goss sich einen Whisky ein.

»Willst du auch?«

»Klar.«

Er füllte noch ein Glas, gab es mir, und wir stießen an. »Auf den sterbenden Kapitalismus!«, prostete er. Ich grinste und nippte und schluckte und genoss die brennende, süße, rauchige Wärme, die sich in meiner Kehle ausbreitete.

»Kann ich bei euch baden?«

»Ich lass dir die Wanne ein«, sagte die Freundin meines Bruders und verschwand im Bad.

»Weiß der Alte, dass du hier bist?«, fragte mein Bruder.

»Ich glaube nicht.«

»Er wird's erfahren.«

»Von mir aus.«

»Ist dir das egal?«

»Ja«, log ich.

»Entweder du lügst, oder du bist mutiger als ich«,

sagte mein Bruder, leerte mit einem tiefen Schluck sein Glas und füllte es nach. »Ich hatte oft Angst vor dem Alten, du nicht?«

»Doch, manchmal.«

Ich war froh, als seine Freundin sagte, die Wanne sei voll. Aus meinem Rucksack holte ich die letzten sauberen Klamotten, die ich noch hatte, und verschwand im Bad. Dort legte ich mich in das heiße, duftende Wasser, schloss die Augen und lauschte den gedämpften Stimmen, die von nebenan an mein Ohr drangen. Es war seltsam, die eigene Sprache zu hören und sie nicht zu verstehen. Ich wusch mir die Haare, duschte, trocknete mich ab und zog mich an. Dann ließ ich das dreckige Wasser ab, machte die Wanne sauber und verließ das Bad.

Mein Bruder und seine Freundin saßen entspannt in den Sesseln, tranken und rauchten. Ich setzte mich dazu, ließ mir von der Freundin meines Bruders ein Glas Sekt geben und rauchte auch. Ich erzählte ihnen von meiner Nacht auf dem Dachboden.

»Hattest du keine Angst?«, fragte mich die Freundin meines Bruders.

»Doch.«

Das Telefon klingelte. Mein Bruder hob den Hörer ab. »Ja, komm hoch«, sagte er und legte auf. »Er ist da«, sagte er zu seiner Freundin.

Kurz darauf klopfte es, und ein Mann trat ein. Es war der Dichter mit der weiten Stirn. Ich kannte ihn von Fotos und aus dem Fernsehen – er war berühmt, seine Stücke wurden im Osten und im Westen gespielt. Mein ältester Bruder hatte oft von ihm gesprochen. Der Dichter mit der weiten Stirn hatte ihm damals geholfen, sein erstes Buch im Westen zu veröffentlichen. Sie waren Freunde.

Die beiden Männer umarmten sich, und der Dichter küsste die Freundin meines Bruders auf die Stirn. Dann kam er zu mir, gab mir die Hand und schaute mich durch seine dunkelgerahmte Brille mit freundlichen Augen an.

»Die kleine Schwester«, sagte er.

»Ja.«

»Das macht nichts, ich werde dich vermutlich trotzdem adoptieren.« Ich lächelte verlegen und mochte ihn. Er setzte sich auf einen Stuhl und zündete die Zigarre an, die in seiner linken Hand erkaltet war. Mein Bruder schenkte ihm einen Whisky ein.

»Wie geht es dir?«, fragte der Dichter meinen Bruder.

»Gut. Ich arbeite. Doch es ist auch schwer.«

»Warum ist es schwer?«

»Mir fehlen die Widerstände. Im Osten waren die Wände aus Beton, im Westen sind sie aus Gummi. An denen prallt alles ab.«

Der Dichter mit der weiten Stirn nickte und zog an seiner Zigarre. »Deshalb bin ich nicht in den Westen gegangen«, sagte er. »Und ich kann ja auch in der

DDR schreiben, was ich will – sie denken immer, das verstünde sowieso niemand.« Er nippte an seinem Glas. »Und es ist nicht das Schlechteste, mit je einem Bein auf beiden Seiten der Mauer zu stehen.«

Der Dichter mit der weiten Stirn sprach mit ruhiger Stimme, und manchmal wirkte es fast so, als versteckte er sich hinter seiner Brille und dem dicken Zigarrenrauch. So, als wollte er verschwinden hinter seinen eigenen Worten. Sie redeten über Politik, Anarchie und Kunst. Ich verstand nicht immer den Sinn ihrer Worte, doch ich hörte ihnen gern beim Nachdenken zu. So verging der Nachmittag, und irgendwann kam die Frau des Dichters. Sie war eine hochgewachsene bulgarische Schönheit mit einem schweren Knoten im Haar. Auch sie arbeitete am Theater, übersetzte und inszenierte. Sie begrüßte uns und schaute mit leichtem Vorwurf auf das Glas in der Hand ihres Mannes. »Du solltest auch mal was essen«, sagte sie. »Gute Idee«, rief die Freundin meines Bruders bestens gelaunt und berauscht vom Sekt in ihrer Hand, und auch ich spürte in meinem Kopf ein leichtes, wohliges Flirren. Wir verließen das Zimmer und stiegen in den Fahrstuhl. Der Dichter mit der weiten Stirn stand vor seiner Frau und drohte ihr scherzhaft mit dem Finger. Das sah lustig aus, weil er kleiner war als sie und nach oben schauen musste. Ich lachte. Wir lachten. Sogar mein Bruder lachte. Wir gingen ins Hotelrestaurant und aßen etwas.

»Sie haben hier ein Schwimmbad – so was hast du noch nicht gesehen«, raunte mir die Freundin meines Bruders zu. »Aber ich muss mir einen Badeanzug kaufen. Kommst du mit?« Wir beide verließen das Restaurant und gingen in einen Klamottenladen, in dem man nur mit Westgeld bezahlen konnte.

»Willst du was?« Ich schüttelte den Kopf. »Ach komm«, sagte sie. »Such dir was aus! Wir haben Geld.«

»Ich brauche nichts«, sagte ich und bereute diesen Satz sofort, denn der Laden war voller Sachen, die ich sehr gut hätte gebrauchen können. Die Freundin meines Bruders kaufte sich einen schwarzen Badeanzug, und wir kehrten ins Hotel zurück. Unterwegs erzählte sie mir von dem Film, in dem sie eine Hauptrolle gespielt hatte und der jetzt einen Preis nach dem anderen gewann. Der Film erzählte die Geschichte eines kleinen Jungen, der an seinem dritten Geburtstag beschließt, nicht mehr zu wachsen. Der Junge hieß Oskar – genauso wie der Preis, für den der Film nominiert werden sollte.

»Ich sollte eine Nacktszene spielen, wollte ich aber nicht, und sie mussten sich was einfallen lassen, damit es trotzdem so aussah, als wäre ich nackt«, erzählte die Freundin meines Bruders, als wir im Hotel unsere Badesachen anzogen.

»Hast du eigentlich einen Freund?«

»Ich hatte einen, aber das ist vorbei.«

»Hattest du Liebeskummer?«

»Ein bisschen.«

»Ein bisschen?« Sie zündete sich eine Zigarette an und steckte sie in ihren rechten Mundwinkel, um eine Flasche Sekt zu öffnen. »Wie geht denn das?«

»Ich weiß nicht, es war nicht so schlimm.«

»Dann war es keine Liebe«, erklärte sie, während sie zwei Gläser füllte. »Na ja, manche Leute brauchen ein ganzes Leben, um die große Liebe zu finden«, sagte sie mit gespieltem Pathos. »Sieh mich an!« Ich sah sie an. Sie war nur ein paar Jahre älter als ich, Mitte zwanzig ungefähr. Doch sie hatte schon eine sechsjährige Tochter aus der Zeit, bevor sie meinen Bruder traf.

Sie nahm eines der Gläser und trank es aus, bevor der Sekt aufhörte zu schäumen. Ich nippte an meinem und erzählte ihr, dass ich außer ein bisschen Fummeln und Knutschen noch keinen Sex hatte.

»Macht dir das Sorgen?«

»Na ja, ich bin immerhin schon achtzehn.«

»Na und? Ist doch völlig normal. Streng dich bloß nicht an, dann macht's keinen Spaß.«

Wir leerten unsere Gläser und gingen ins Schwimmbad des Hotels. Um das türkisfarbene Becken standen majestätische Säulen, durch die Glaskuppel fiel mildes Licht, und wir glitten leicht durch das schimmernde, weiche Wasser.

Später gingen wir in die Bar, wo mein Bruder und der Dichter mit der weiten Stirn rauchten, tranken und redeten. Mein Bruder erzählte von dem Stück, an dem er gerade arbeitete. Es handelte von dem Dichter Georg Heym, der mit nur vierundzwanzig Jahren in der Havel ertrank, als er seinen Freund retten wollte, der beim Schlittschuhlaufen in das Eis eingebrochen war. »Er hatte auch einen autoritären Vater«, sagte mein Bruder. »Und er hatte auch ein zerrissenes Herz.« Der Dichter mit der weiten Stirn hörte ihm aufmerksam zu und nickte beifällig.

»Wie ist es für dich, im Westen Theater zu machen«, fragte er.

»Sie müssen immer über alles reden«, antwortete mein Bruder. »Vor allem die Frauen. Sie müssen alles zerreden. Ich würde so gern probieren, aber sie müssen immer wieder diskutieren. Sie sagen: Wir sind hier nicht im Osten, wo man uns Vorschriften macht. Wir reden hier über alles. Das macht mich krank.«

Der Dichter mit der weiten Stirn zog an seiner Zigarre, hüllte sich in eine warme Wand aus Rauch und sagte: »Die Tragödie der Theaterleute im Westen ist, dass sie Haufen von Wissen auftürmen und nicht wissen, was sie damit anfangen sollen. Also flüchten sie sich in Diskussionen statt zu arbeiten. Doch vielleicht ist es auch eine Komödie.« Den beiden Männern zuzuhören gab mir das Gefühl, als säße man selbst im Theater.

Am nächsten Tag ging ich mit meinem Bruder spazieren.

»Wie geht es dem Alten?«

»Nicht so gut, glaub ich.«

»Warum nicht?«

»Die Frau, mit der er verheiratet ist, macht ihm das Leben schwer.«

»Welche Frau?«

»Du weißt das gar nicht?«

»Nein. Welche Frau?«

Seit mein ältester Bruder im Westen war, hatten wir kaum Kontakt. Meine Briefe hatte ich ja nie abgeschickt, und wenn ich bei meinen anderen Brüdern war, telefonierten wir meist nur sehr kurz.

Ich erzählte ihm die Geschichte von der Frau. Er legte den Arm um meine Schulter und hörte zu. Wir liefen über die Donau, als sie meine Briefe aus dem Zimmer stahl, im Café ohrfeigte sie mich, weil ich in den Sachen meiner Mutter vor ihr stand, und in der Markthalle erzählte sie herum, dass mein Vater sich nur von ihr getrennt hätte, weil er mit mir ein Verhältnis habe. Mein Bruder ließ mich los und blieb stehen.

»Das hat sie wirklich gesagt?«

»Ja.«

»Und er?«

»Wir sind weggezogen.«

»Und er hat sich scheiden lassen?«

»Noch nicht.«

»Warum nicht?«

»Weil eine Scheidung nicht richtig wäre in seiner Funktion, sagt er.«

»Seine scheiß Partei und sein scheiß Katholizismus werden ihn noch umbringen.«

Wir gingen weiter.

»Spricht er manchmal von mir?«

»Nein.«

»Meinst du, ich sollte ihn mal anrufen?«

»Ich weiß nicht. Vielleicht.«

»Ja. Vielleicht.«

Am Abend führte uns Tamás in ein kleines Kino, in dem man an Tischen saß und rauchen konnte. Wir schauten »Fellini's Casanova«. So surreal wie der Film war auch die Szenerie an diesem Ort. Ambitionierte Kunststudenten in schwarzen Rollkragenpullovern saßen zwischen ältlichen Damen mit Pelzkragen. Eine Kaugummi kauende Kellnerin mit zu kurzem Röckchen unter der zu langen Servierschürze brachte die Getränke, und als die Vorstellung begann, setzte sie sich zu einem der jungen Männer, der offenbar ihr Freund war. Bis zum Ende des Films knutschten sie. Ich mochte den Film nicht besonders. Er war so künstlich und lang, und meine Augen brannten vom Rauch.

Nach der Vorstellung gingen wir in die Hotelbar. Mein Bruder bestellte Whisky, wir tranken und rauchten, und ich hörte ihnen zu, wie sie sich über Filme unterhielten und darüber, welche Geschichten man erzählen sollte. Mein Bruder schrieb gerade am Drehbuch für seinen ersten eigenen Film. Eine Geschichte über eine Verbrecherbande aus dem Berlin der Nachkriegszeit. Eine wahre Geschichte. Seine Freundin würde eine Hauptrolle spielen. Sie tranken darauf. Sie tranken sehr viel darauf. Als es mir zu viel wurde, ging ich schlafen.

Ich wachte auf, als mein Bruder und seine Freundin trunken und schwer ins Zimmer kamen. Sie fielen auf ihr Bett und schliefen sofort ein. Es dämmerte schon. Ich stand auf, zog mich an und schlich mich raus.

Der Bus brachte mich über die Donau zurück in die Straße, wo Tamás wohnte. Ich ging zum Kiosk. László war gerade dabei, die Pakete mit den Tageszeitungen hineinzutragen.

»Da bist du ja wieder.«

»Ich fliege heute zurück.«

László goss dampfenden Kaffee aus seiner Thermoskanne und reichte mir den Becher.

»Nimmst du was mit? Ein Andenken?«

Ich dachte an die geklauten Bücher in meinem Rucksack und grinste.

»Ja, irgendwie schon.«

»Gut«, sagte László. »Andenken sind wichtig. Ich zum Beispiel habe das hier.« Er zog ein zusammengefaltetes Papier aus seiner Brieftasche und gab es mir. Es war eine Ansichtskarte des Marx-Monuments in Karl-Marx-Stadt. Sie war schon grünstichig und ziemlich lädiert. Der Falz ging genau durch den Schädel des Philosophen.

»Wenn du den mal wieder siehst, grüß ihn von mir«, sagte László und steckte die Karte wieder ein.

»Ich glaube nicht, dass ich den so schnell wiedersehe.«

Ich trank meinen Kaffee aus und wir verabschiedeten uns. Später ärgerte ich mich, dass ich ihn nicht nach seiner Adresse gefragt hatte. Ich hätte ihm gern eine Ansichtskarte geschrieben. Einfach so.

Es war noch immer zu früh, um ins Hotel zurückzukehren. Mein Bruder und seine Freundin schliefen sicher noch, und ich würde mich langweilen. Also ließ ich mich durch die Stadt treiben und sah ihr beim Aufwachen zu. Sie war mir nicht mehr so fremd wie gestern und ließ zu, dass ich in ihr verschwand.

Im Schaufenster eines Ladens sah ich ein Gestell, mit dem man kleine Kinder auf dem Rücken tragen konnte. Der Laden war noch geschlossen, also setzte ich mich in ein nahes Café, zählte mein ungarisches Geld und bestellte mir Palatschinken mit Schokoladensoße und sehr viel Sahne. Dann ging ich in den Laden, kaufte das Tragegestell und kehrte ins Hotel zurück. Mein Bruder und seine Freundin waren gerade aufgestanden und schlichen wortkarg und vorsichtig aneinander vorbei.

»Ich muss bald los«, sagte ich. Mein Bruder holte einen Stapel Schallplatten aus seinem Koffer.

»Such dir aus, was du willst«, sagte er. – Pink Floyd, Bob Dylan, Randy Newman – alles meins. – Dann drückte er mir noch einen Hundertmarkschein in die Hand. »Für Jeans oder so.«

»Danke!«

»Schon gut.«

Mein Bruder und seine Freundin brachten mich mit dem Taxi zum Flughafen, winkten mir von der Aussichtsplattform zu, ich winkte zurück, stieg in die Maschine und flog in mein altes Leben zurück. Reich und glücklich.

»Wie war's?«, fragte mein Vater, als ich zurückkam.

»Schön.«

»Mehr nicht?«

»Nö. War schön.«

»Gut. Und wo hast du das da her?« Er zeigte auf die Schallplatten, die zwischen den Klamotten auf meinem Bett lagen.

»Die hab ich da gekauft.«

»Aha«, sagte mein Vater in einem Ton, der mich beunruhigte. Mein Herz klopfte schneller. Er nahm die Platte von Bob Dylan in die Hand und betrachtete sie.

»Blonde on Blonde? Komischer Titel … Und der junge Mann hier sieht ziemlich wütend aus«, sagte er und hielt mir das Cover vor die Nase. »Doch wütende junge Männer scheinen ja modern zu sein.«

Er legte die Platte wieder zurück und ging aus dem Zimmer. Ich atmete aus. Entweder er wusste von nichts, oder er ließ sich nichts anmerken. Egal. Ich würde den Teufel tun, das herauszufinden.

Am nächsten Tag wollte ich meinen mittleren Bruder besuchen, um ihm das Tragegestell für sein Kind zu geben. Die helle Tänzerin öffnete mir, das kleine Mädchen auf dem Arm.

»Er ist nicht da«, sagte sie. »Willst du reinkommen?«

Ich folgte ihr in die Küche. Sie setzte das Kind in sein Stühlchen und kochte Tee. Ich machte Faxen, und das Mädchen lachte mit den Augen meines Bruders.

»Wir sehen ihn kaum noch«, sagte die helle Tänzerin. »Er dreht oder schläft, und dazwischen trinkt er zu viel.«

»Was dreht er denn?«

»Einen Film über eine Schlagersängerin, die mit ihrem Leben nicht klarkommt, glaub ich.«

»Eine Schlagersängerin?« Ich dachte sofort an den schlimmen Film, den ich mit meiner Freundin Katja im Fernsehen gesehen hatte, als wir uns das erste Mal betranken, um uns später auf dem Fensterbrett der Nachbarin darüber zu beschweren. Die helle Tänzerin zielte mit einem Löffel Brei, der die Farbe von blasser Leberwurst hatte, auf den Mund des kleinen Mädchens. Ich trank schnell einen Schluck Tee und konzentrierte mich auf den Mund der hellen Tänzerin, der sich auf wundersame Weise gleichzeitig mit dem des Kindes öffnete.

»Ja, eine Schlagersängerin«, sagte sie. »Er hat für die Rolle sogar Saxophon gelernt. Da hat er nicht getrunken, das war schön.«

»Und jetzt trinkt er?«

»Ich weiß nicht. Vielleicht trinkt er auch nicht. Er dreht ja. Da darf man doch nicht trinken, oder?«

»Nein. Bestimmt nicht.«

Sie nickte und öffnete den Mund, worauf das kleine Mädchen ebenfalls nickte und seinen Mund öffnete. Die helle Tänzerin versenkte einen weiteren Löffel Brei darin.

»Wenn du willst, pass ich mal auf euer Kind auf.«

»Danke«, sagte sie. »Und danke für das Trageding.«

Ich trank meinen Tee, schnitt dem Kind noch ein paar Grimassen, bis es wieder mit den Augen meines Bruders lachte, und verabschiedete mich.

»Sieh an, die Weltreisende«, sagte mein jüngster Bruder, als er mir die Tür öffnete. »Geh schon mal rein, ich hol mir nur ein Bier. Willst du auch eins?«

»Nee, Bier schmeckt mir nicht«, sagte ich.

Er verschwand in die Küche, ich ging ins Zimmer und warf einen Blick auf das Blatt, das in seine Schreibmaschine gespannt war. Da stand nur eine Zeile: »Die Kellner kommen und gehen. Wir bleiben.« Witzig, dachte ich.

Mein Bruder kam zurück mit einer Flasche Bier in der Hand. »Ich weiß noch nicht, was das wird«, sagte er, als er mich lesen sah. »Vielleicht ein Theaterstück oder ein Hörspiel oder ein Roman oder ein Film. Vielleicht auch nur ein Gedicht. Aber eigentlich ist es auch egal, weil sie es sowieso nicht veröffentlichen, die Arschlöcher.«

Ich holte »Das Schloss« von Franz Kafka aus meiner Tasche und gab es ihm. Es war eines der Bücher, die ich in Szeged geklaut hatte. Ich hatte es doppelt – das war mir im Eifer des Gefechts gar nicht aufgefallen.

»Kannst du behalten«, sagte mein Bruder, nachdem er einen kurzen Blick darauf geworfen hatte. »Hab ich schon.« Er nahm einen Schluck aus seiner Flasche und fragte mich, wie es in Budapest gewesen sei. Ich erzählte ihm vom Dachboden, von Tamás und László, vom Dichter mit der weiten Stirn und bestellte ihm schließlich Grüße von meinem ältesten Bruder.

»Quatsch«, sagte er gereizt. »Du kannst mir doch nicht erzählen, dass der jemanden grüßen lässt. Der ist doch viel zu sehr damit beschäftigt, sich selbst zu grüßen.«

»Du bist ungerecht.«

»Du hast doch keine Ahnung.«

Er hatte recht. Ich hatte keine Ahnung, die Grüße waren erfunden, und ich war beleidigt, weil er mein Geschenk nicht wollte. Ich ging. Und langsam ging auch der Sommer. Inzwischen waren meine Freunde aus Ungarn zurückgekommen, und wir ließen uns durch die letzten Ferientage treiben. Wir fuhren mit der S-Bahn aus der Stadt, badeten in schimmernden Seen, lasen in unseren gestohlenen Büchern, und abends gingen wir tanzen oder saßen in verrauchten Kneipen und redeten dummes Zeug. Alles war wie immer. Alles war leicht.

Im September begann das letzte Jahr vor dem Ernst des Lebens. Ich würde Abitur machen und meine Lehre beenden. Noch hatte ich keine Idee, was ich danach tun wollte. Doch die meisten von uns hatten keine Idee, also war ich nicht beunruhigt.

Die Tage wurden kühler und kürzer, und bald stand ich wieder früh um sechs mit all den anderen grauen Figuren fröstelnd auf dem Bahnsteig, um mich dann in die überfüllte und nach kaltem Rauch stinkende S-Bahn schieben zu lassen, die mich zur Berufsschule brachte.

»Ey du!« Jemand tippte mir auf die Schulter. Ich

drehte mich um. Da stand ein großer, kräftiger Bursche mit strohblondem, langem Haar und grinste mich breit an.

»Finke!«

»Du sagst es.«

»Was machst du denn hier?«

»Hm, lass mich nachdenken«, sagte er und legte seine Stirn in Falten. »Ich glaube, ich reise heute mal zu meinen Ländereien und sehe nach dem Rechten.«

Ich lachte. Er war immer noch der Alte.

»Du musst jetzt achtzehn sein, oder?« Ich nickte.

»Und du zwanzig.«

»So ist es. Wollen wir heiraten?«

»Klar. Wann?«

»Am Wochenende.«

»Gute Idee.«

Wir verabredeten uns, und er stieg aus. Finke. Unglaublich. Mein Grinsen verschwand erst, als ich in der Schule war.

Am Wochenende trafen wir uns nachmittags in einem Café am Alexanderplatz, in dem sich gern Musiker, Künstler und verkrachte Existenzen die Zeit vertrieben. Finke war Autoschlosser und spielte Bass in einer Band.

»Wir sind grottenschlecht, aber das sind wir dafür richtig gut«, sagte er.

»Wie heißt denn deine Band?«

»Mal so, mal so. Wir ändern das ungefähr wöchentlich.«
»Und wie heißt sie jetzt gerade?«
»Walter und die Komplikationen.«
»Und was macht ihr für Musik?«
»Wir spielen bloß nach.«
»Was denn so?«
»Stones und so.«

Wir redeten bis in die Nacht, dann brachte Finke mich nach Hause, gab mir die Hand, und wir verabredeten uns für das nächste Wochenende. Finke. Unglaublich. Mein Grinsen verschwand erst, als ich eingeschlafen war.

Am nächsten Wochenende besuchte mich Finke zu Hause. Er kam abends mit dem Fahrrad und brachte eine Flasche Rotwein mit. Ich führte ihn ins Wohnzimmer, wo mein Vater Zeitung las. Finke reichte ihm die Hand. Mein Vater blickte über seine Lesebrille nach oben, schaute Finke argwöhnisch an und nickte nur kurz. Dann widmete er sich wieder seiner Lektüre. Mir war unwohl. Es war das erste Mal, dass ich in seiner Anwesenheit Besuch von einem Jungen hatte.

Ich holte aus der Küche zwei Gläser und einen Korkenzieher, und wir gingen in mein Zimmer. Ich legte Pink Floyd auf, Finke öffnete die Flasche, füllte die Gläser, und wir stießen an. Wir saßen auf meinem Bett und hörten Musik. Plötzlich stand mein Vater in der Tür.

»Die Musik ist zu laut«, sagte er unwirsch. »Ich hab zu arbeiten.«

Ich stand auf und drehte den Ton etwas leiser. Mein Vater ging.

»Bisschen gestresst, dein alter Herr, was?«

»Bisschen ist gut.«

»Was hat er denn?«

»Keine Ahnung.«

Wir lasen die Texte der Songs mit: »And I am not frightened of dying, any time will do, I don't mind.«

»Hast du Angst vorm Tod?«, fragte ich Finke.

»Nö. Man merkt ja nicht, dass man tot ist, oder?«

»Stimmt.« Wir schwiegen und hörten weiter zu.

Mein Vater rief meinen Namen. Ich ging ins Wohnzimmer.

»Wie lange gedenkt der junge Mann denn zu bleiben?«, fragte er grimmig.

»Keine Ahnung. Er ist ja gerade erst gekommen.«

»Die Musik ist immer noch zu laut.«

»Sie ist nicht laut, Papa.«

»Mach leiser!«

Ich ging wieder in mein Zimmer.

»Tot sein ist nicht schlimm«, sagte Finke, als sei ich nicht weg gewesen. »Aber sterben ist scheiße.«

»Ja. Und zu erleben, wie jemand stirbt, ist auch scheiße.«

»Deine Mutter, oder?«

»Ja.«

»Meine auch. Vor drei Wochen.«

»Oh. Tut mir leid.«

»Schon gut.« Finke nahm meine Hand. Ich ließ es geschehen.

Mein Vater schrie meinen Namen. Ich ging ins Wohnzimmer. Er saß vorm Fernseher und schaute Nachrichten.

»Ihr trinkt da Wein«, sagte er, ohne sich umzuschauen.

»Ja und?«

»Sollte dem jungen Mann da was passieren, wenn er betrunken Fahrrad fährt, übernehme ich nicht die Verantwortung!«

»Du musst keine Verantwortung übernehmen, Papa. Er ist erwachsen.« Ich drehte mich um, lief aus dem Zimmer, rief aus dem Flur: »Und ich übrigens auch!«, und knallte meine Tür zu. Mein Vater brüllte meinen Namen. Ich ließ ihn brüllen.

»Was ist denn mit dem los?«, fragte Finke.

»Ich hab keine Ahnung. Ich glaube, er ist eifersüchtig.«

»Ach du Scheiße. Dann geh ich vielleicht besser, oder?«

»Ja, vielleicht ist das besser. Tut mir leid, das ist mir so peinlich.«

»Schon gut, muss es nicht. Du kannst ja nichts für deinen Alten. Sehen wir uns morgen?«

»Klar.«

Finke zog seine Jacke an, ich brachte ihn zur Tür, er umarmte mich und gab mir einen Kuss auf die Wange. Im Wohnzimmer saß mein Vater vor dem Fernseher und rauchte.

»Du hast es geschafft, jetzt ist er weg!«

»Werd nicht frech«, sagte er schneidend.

»Du hast ihn vergrault, Papa!«

»Lass mich in Ruhe.«

»Und so vergraulst du mich auch!«

»Du sollst mich in Ruhe lassen.«

Ich ging in mein Zimmer und drehte die Musik laut. Am Ende der Platte war es in der Wohnung still und dunkel. Mein Vater war schlafen gegangen. Ich überlegte, ob ich am nächsten Tag noch mal versuchen sollte, mit ihm zu reden. Doch ich ließ es bleiben. Es war alles gesagt. Mein Vater würde bald wieder verreisen, und dann konnte ich sowieso machen, was ich wollte.

Finke und ich sahen uns bald täglich und ließen unsere Hände kaum noch los. Und schließlich kam auch die Nacht, die gut für uns war und wir gut füreinander. Drei Monate lang, dann wurde meine Liebe blass. Einfach so. »Ich hab mir so was schon gedacht«, sagte Finke traurig. »Das passiert mir immer wieder. Vielleicht sollte ich anfangen, eigene Lieder zu schreiben. Dieses Stones-Nachgeäffe hält auf die Dauer keine Frau bei mir.«

Als das Jahr zu Ende ging, ließen wir uns los.

Das alte Jahrzehnt endete unaufgeregt. Ich feierte mit meinen Freunden, wir tranken auf den Ernst des Lebens und auf eine leuchtende Zukunft, fielen trunken in unsere Betten und schliefen unsere Köpfe leer.

Im Januar ging ich zur Premiere des Films, in dem mein mittlerer Bruder mitspielte. Es war der Film über eine Sängerin, die davon träumt, gewollt und geliebt zu werden. Auf der Bühne und im Leben. Mein Bruder spielte den Saxophonisten der Band, mit der die Sängerin durch das kleine Land tingelte. Seine Rolle war wichtig, und er spielte sie so, dass mir die Luft wegblieb. Das da war er. Er musste es gar nicht spielen – er war dieser lustige und wütende und verzweifelte Junge mit dem Saxophon. Ich liebte ihn.

Als der Abspann lief, klatschten die Leute sehr lange. Die Schauspieler und der Regisseur – ein großer, dunkler Mann – gingen auf die Bühne und lachten. Mein Bruder sah glücklich aus, ich war stolz auf ihn.

Der Film lief wochenlang im Kino, immer ausverkauft. Mein Bruder erzählte, dass er vielleicht mit nach Westberlin fahren dürfe, wenn der Film bei der Berlinale gezeigt würde.

»Er läuft sogar im Wettbewerb«, sagte er. »Ich bekomme bestimmt den Preis für die beste Anmache.«

»Die, wo du sagst: Heute isses so weit, dass wir bumsen?«

»Genau.«

An einem Sonntagmorgen Anfang Februar klingelte das Telefon. Mein Vater und ich frühstückten gerade und redeten über irgendwelche organisatorischen Dinge, da er am nächsten Tag wieder verreisen würde. Er stand auf und nahm den Hörer ab.

»Ja?«

Ich konnte nicht hören, wer in der Leitung war und auch nicht, was die Stimme sagte. Ich sah nur die Schultern meines Vaters, die plötzlich nach vorn fielen.

Manchmal spielt uns das Gehirn seltsame Streiche. In der Erinnerung bilden wir uns ein, etwas gewusst zu haben, bevor es eingetreten ist. Und genauso ging es mir. Noch bevor mein Vater irgendetwas sagte, meinte ich zu wissen, dass meinem mittleren Bruder etwas zugestoßen war. Etwas Schlimmes.

Mein Vater stand da, und während die Stimme am anderen Ende sprach, straffte sich sein Rücken wieder.

»Ja«, sagte er.

»Ich muss morgen trotzdem nach Japan fliegen«, sagte er.

»Ich weiß nicht«, sagte er.

Dann legte er den Hörer auf und kam zurück an den Tisch. Sein Gesicht war kreidebleich und wie versteinert.

»Was ist?«, fragte ich.

»Er ist tot«, sagte er.

»Wieso?«, fragte ich.

»Sie wissen es nicht. Er hat getrunken. Sie wissen es nicht.«

Er zündete sich eine Zigarette an. Seine Hände zitterten. »Ich muss trotzdem morgen nach Japan fliegen.«

»Musst du nicht.«

»Doch. Das ist wichtig.«

Ich ging in mein Zimmer und legte mich unter die Bettdecke. Ich zitterte. Ich stand wieder auf, ging ins Bad und ließ heißes Wasser in die Wanne. Ich zog mich aus und stieg hinein. Das Wasser war so heiß, dass es kaum auszuhalten war. Doch ich wollte es aushalten und tauchte langsam ein, bis es mich ganz bedeckte und nur mein Gesicht noch draußen war. Meine Ohren füllten sich mit Wasser, ich hörte nur noch das Klopfen und Pulsieren in meinem Körper. Seltsam, was so ein Körper für Geräusche macht, dachte ich. So, als habe er mit der Welt da draußen gar nichts zu tun. Zu dem warmen Pochen in meinem Körper kam ein kurzes, dumpfes Klopfen, das nicht dazugehörte. Ich tauchte auf, mein Vater stand vor der Tür.

»Ist alles in Ordnung?«

»Ja.«

»Kommst du raus?«

»Gleich.«

Ich glitt wieder ins Wasser und hörte dem Pulsieren weiter zu, tauchte ganz unter und hielt die Luft an, bis ich nicht mehr konnte. Dann stieg ich aus der Wanne, trocknete mich ab und zog mich an.

Mein Vater saß im Wohnzimmer und rauchte. Er hatte offenbar nicht damit aufgehört, seit ich gegangen war. Als er mich sah, drückte er die Zigarette aus, kam auf mich zu und nahm mich in den Arm. So standen wir und schwiegen. Ich konnte nicht weinen, ich war leer. Schon wieder.

Am nächsten Tag flog mein Vater nach Japan.

Längere Zeit war nicht klar, woran mein Bruder gestorben war. Es gab nicht wenige Leute, die mutmaßten, er habe sich das Leben genommen. Meine Brüder und ich glaubten nicht daran. Und mein Vater sowieso nicht. Irgendwann bekamen wir es in nüchternen Zahlen und schwarz auf weiß: Mein Bruder hatte sich aus dem Leben getrunken.

»Hör dir das an«, sagte mein ältester Bruder am Telefon. »Star des Ostberliner Berlinale-Films vergiftet sich! – Das schreiben sie in dieser widerlichen Dreckszeitung. Und sie schreiben, dass ich in Italien Urlaub mache. Verrückt, oder?«

»Ja«, sagte ich. »Kannst du denn kommen?«

»Ja. Sie lassen mich für einen Tag rein.«

Am Morgen der Beerdigung ging ich zu meinem jüngsten Bruder. Mein Vater war inzwischen aus Japan zurückgekehrt, hatte noch in seinem Büro zu tun und wollte von dort zum Friedhof kommen.

Die Wohnung war voller Leute. Die Freundin meines Bruders gab den Gästen Kaffee. Sie rauchten und redeten mit gedämpften Stimmen, manche lachten.

»Es wird alles voller Stasi sein«, sagte einer.

»Mal sehen, wer sich so blicken lässt«, sagte ein anderer.

»Wir müssen los«, erklärte mein jüngster Bruder, und wir brachen auf. Als wir mit dem Auto an einem großen Hotel in der Karl-Marx-Allee vorbeikamen, sagte mein Bruder zum Fahrer, er solle anhalten.

»Warum willst du anhalten?«

»Ich muss was erledigen.«

Er stieg aus und verschwand im Intershop vor dem Hotel. Zehn Minuten später kam er zurück und stieg wieder ein.

»Was hast du da gemacht?«, fragte seine Freundin.

Er zog eine neue Levi's unter seinem Mantel vor und grinste.

»Hast du die etwa geklaut?«

»Klar. Das war jetzt dran«, sagte mein Bruder. »Strafe muss sein.«

»Strafe? Für wen?«

»Egal. Das war jetzt einfach dran.«

Mein Vater wartete schon vor dem Friedhof und schaute nervös auf die Uhr, als er uns kommen sah. Neben ihm stand mit bleichem Gesicht die helle Tänzerin.

»Ihr seid spät«, sagte er. Er und mein jüngster Bruder umarmten sich flüchtig. Der Platz vor der Friedhofskapelle war voller Leute, manche davon kannte ich. Etwas abseits standen allerdings auch diverse Gestalten, die nicht hierherpassten und die von den Anwesenden mit abschätzigen Kommentaren und scheelen Blicken bedacht wurden. Staatssicherheit.

Es herrschte eine angespannte und doch seltsam erwartungsvolle Atmosphäre. Wäre dies nicht eine Beerdigung gewesen, hätte man auch glauben können, die Leute seien zu einer Premiere gekommen.

Dann kam mein ältester Bruder. Die Leute tuschelten, die Stasitypen spannten ihre Rücken. Sie gaben sich keine besondere Mühe, nicht aufzufallen.

Mein ältester Bruder kam auf uns zu, gab der hellen Tänzerin die Hand und umarmte mich und meinen jüngsten Bruder. Dann stand er vor meinem Vater. Er zögerte kurz, dann umarmte er auch ihn. Die Leute tuschelten, und die Stasitypen schauten zum Friedhofstor, vor dem ein Mann aus dem Taxi stieg. Der Regisseur. Er war aus Westberlin gekommen, wo sein Film bei der Berlinale gefeiert und geliebt wurde. Er kam zu uns, umarmte meine Brüder und mich und reichte meinem Vater die Hand.

»Dein Sohn war ein wundervoller Mensch, und er war sehr begabt.« Mein Vater nickte und schwieg.

Es gab keine Zeremonie und keine Musik. Der Sarg meines Bruders wurde aus der Kapelle getragen, wir gingen hinterher, und am Grab las ein Schauspieler ein Gedicht, das der Dichter mit der weiten Stirn ausgesucht hatte. Es handelte davon, dass der Tod etwas Beruhigendes habe, dass man jedoch die Sache mit dem Jüngsten Gericht nicht so ernst nehmen dürfe. Die Leute machten ernste und wissende und traurige Gesichter, und manche hantierten mit Taschentüchern. Den meisten glaubte ich ihre Trauer nicht, doch ich beneidete sie um ihre falschen Tränen. Ich hatte keine. Schon wieder nicht.

Nach der Beerdigung verließen wir den Friedhof, und mein Vater verabschiedete sich von seinen Söhnen.

»Ich wollte nicht, dass dieser Sohn vor dir stirbt«, sagte mein ältester Bruder.

»Das verstehe ich nicht«, antwortete mein Vater.

»Doch, ich glaube, dass du das sehr gut verstehst. Aber egal. Es war gut, dich zu sehen, Vater.«

Sie gaben sich die Hand.

Mein Vater erwartete, dass ich mit ihm ging. Wir könnten etwas essen gehen, und dann müsse er ins Büro.

»Ich hab keinen Hunger.«

»Dann bringe ich dich nach Hause.«

»Musst du nicht. Du kannst mich am Bahnhof rauslassen.«

»Gut.«

Ich stieg in die S-Bahn und fuhr zurück zur Wohnung meines jüngsten Bruders. Dort saßen die gleichen Leute wie morgens, nur tranken sie jetzt keinen Kaffee, sondern Schnaps. Irgendwann stiegen wir wieder in ein Auto und fuhren zum Dichter mit der weiten Stirn. Er wohnte in einem großen Neubaublock gegenüber vom Tierpark. Das Haus war hässlich, die Wohnung war schön. Groß und hell mit guten Stühlen aus Stahlrohr und Leder.

Auch dort waren viele Leute und rauchten und tranken. Der Dichter mit der weiten Stirn kam irgendwann zu mir und fragte mich, wie es mir gehe.

»Es geht«, sagte ich.

Er nickte, zog an seiner Zigarre und hüllte uns beide in eine rauchige Wand. »Manchmal ist es ganz gut, allein zu sein, wenn Leute um einen sind.«

Wir unterhielten uns ein bisschen, er fragte mich, wie mir der Film gefalle, in dem mein mittlerer Bruder mitgespielt habe. »Eigentlich ganz gut«, antwortete ich und hatte plötzlich das Gefühl, etwas Interessantes sagen zu müssen, weil ich so langweilig war.

»Ich fand ihn nur manchmal etwas unrealistisch.«

»Was meinst du damit?«

»Ich weiß nicht. Als die Sängerin an der Bar von diesem Geschäftsmann angemacht wird, seine Brille nimmt, sie zerbricht und in seine Jacke steckt ... Das fand ich irgendwie unrealistisch.«

»Hm«, sagte der Dichter mit der weiten Stirn. »Wenn du das findest, ist es wohl so.«

Ich hätte mich ohrfeigen können. Ich kam mir pubertär und dämlich vor. Und das war ich auch.

Als ich später in der S-Bahn saß, dachte ich an meinen mittleren Bruder. Ich hatte die ganze Zeit nicht an ihn gedacht. Jetzt tat es weh. Sehr.

ACHT

Es tat auch am nächsten Tag weh und am übernächsten und am Tag danach, doch das Leben ging weiter. Ich musste für die Prüfungen lernen und meine Facharbeiterarbeit schreiben. Ich musste mit meinen Freunden rumhängen und meinen neunzehnten Geburtstag feiern. Ich musste mich getrieben fühlen und zu Tode langweilen. Und außerdem musste ich mir langsam überlegen, was nach all dem aus mir werden sollte.

»Warum studierst du nichts Praktisches?«, fragte mein Vater. »Du könntest Ingenieur werden.«

Eine leuchtende Karriere als Ingenieur? Ich? Niemals! Ich wollte lieber irgendwas Unpraktisches tun wie zum Beispiel Sprachen erforschen und um die Welt reisen oder einfach den ganzen Tag tolle Bücher lesen und übersetzen. Also ging ich zur Universität und informierte mich über ein Studium.

»Sie wollen Sprachen erforschen und um die Welt reisen oder einfach den ganzen Tag tolle Bücher lesen und übersetzen? Ihr Bruder ist doch in den Westen gegangen. Daraus wird wohl nichts.«

Gut. Dann eben Musik. Ich ging zur Musikhochschule und sang ihnen was vor.

»Sie wollen Sängerin werden? Sie treffen die Töne, doch Sie haben kein Talent. Daraus wird wohl nichts.«

Desillusioniert ging ich in den Buchladen am Alexanderplatz, um mir einen Studienführer zu kaufen. Drinnen tummelten sich wie immer jede Menge Tagestouristen aus dem Westen, um ihr letztes Ostgeld loszuwerden.

Am Regal mit der politischen Literatur stand ein großer schlaksiger Typ mit langen Haaren und Nickelbrille, blätterte in einer Broschüre und lächelte irgendwie abseitig. Er sah genauso aus wie John Lennon, und ich liebte John Lennon.

Ich stellte mich unauffällig neben ihn und tat so, als studiere ich die Buchrücken im Regal. Dabei versuchte ich den Titel der Broschüre zu entziffern, die er las: »IX. Parteitag der SED«. Wäre ich nicht so schüchtern gewesen, hätte ich laut losgeprustet. Der Typ sah aus wie der größte Rebell und Popstar, den ich kannte, und las hier freiwillig das Zeug, mit dem man uns im Staatsbürgerkundeunterricht in die Verzweiflung trieb – der konnte das nicht ernst meinen. Doch er meinte es ernst. Irgendwann klappte er die Broschüre zu, griff in die Hosentasche seiner Jeans, zählte Kleingeld ab und ging zur Kasse. Ich überlegte kurz, dann vertagte ich die Erforschung meiner Zukunftspläne und folgte ihm. So etwas hatte ich noch nie gemacht, doch es roch nach Abenteuer, und dieser Lennon-Typ faszinierte mich.

Vor dem Buchladen zögerte er einen Augenblick, sah sich um und wandte sich dann nach links. Ich folgte ihm in einiger Entfernung. Er schlenderte am Fernsehturm vorbei und überquerte die Straße in Richtung Markthalle. Ich studierte seine Bewegungen. Er ging nicht wie ein Tourist, und doch wie ein Fremder. Er bewegte sich lässig, und trotzdem staunend – man sah ihm an, dass er nicht hierhergehörte.

Lennon ging in die Markthalle und verlangte am Tabakstand ein Päckchen Karo. Ich stellte mich ein Stück abseits und schaute zu. Wieder griff er in seine Hosentasche und zählte Kleingeld ab. Hinter der Kasse stand eine fahlgesichtige Frau in Kittelschürze, nahm ihm das Geld ab, zählte ebenfalls und schüttelte den Kopf.

»Das sind fünf Pfennig zu wenig«, meckerte sie. »Die Zigaretten kosten eins sechzig!«

»Oh, das tut mir leid«, entschuldigte sich Lennon sehr höflich. »Dann nehmen Sie die Zigaretten doch bitte wieder zurück.«

»Das geht nicht«, plusterte sich die Schürzenfrau auf. »Das ist jetzt schon gebongt!«

Lennon griff wieder in die Hosentasche und reichte der Kassiererin eine Münze. Die stutzte kurz, sah sich um, und dann polterte sie los: »Sie denken wohl, ich hab sie nicht mehr alle, oder was? Ich nehm doch hier kein Westgeld! Was bilden Sie sich überhaupt ein, junger Mann? Packen Sie das mal schön wieder weg!«

Lennon sah sehr irritiert aus und steckte sein Geld beschämt wieder ein, als ihm eine Frau mit hochgetürmtem, blondiertem Haar von hinten auf die Schulter tippte: »Ich denke, ich kann Ihnen helfen«, sagte sie in verschwörerischem Ton und zog ihn etwas beiseite. Sie zog ihr Portemonnaie aus der Handtasche, holte eine Münze raus, säuselte irgendetwas, worauf Lennon ihr Geldstück gegen eines der seinen tauschte. Er ging wieder zur Schürzenfrau und drückte ihr die Münze in die Hand. »Fünfzig Pfennig, bitte schön«, sagte er grinsend. »Könnte ich jetzt bitte meine Zigaretten bekommen?« Die Kassiererin stöhnte geräuschvoll, warf der Blondine einen giftigen Blick zu und händigte Lennon das Päckchen Karo und das Wechselgeld aus, worauf mein neuer Freund diesen Ort des Grauens sehr schnell wieder verließ. Ich musste aufpassen, dass ich ihn im Markthallengetümmel nicht aus den Augen verlor.

Draußen schaute er auf die Uhr und lief entschlossenen Schrittes zurück zum Alexanderplatz. Ich war gespannt, was er jetzt tun würde.

Er lief in Richtung des Hauses, in dem ich die ersten zehn Jahre meines Lebens verbracht hatte, und blieb vor dem »Haus des Lehrers« stehen. Einfach so. Mir blieb nichts weiter übrig, als an ihm vorbeizugehen. Er bemerkte mich nicht. Ich verschwand hinter der Ecke des Hochhauses und blieb ebenfalls stehen. Was um alles in der Welt wollte er hier? Hier gab es doch nichts. War er vielleicht verabredet? Ich war ihm nun schon so lange gefolgt, da konnte ich jetzt nicht einfach gehen. Ich spähte um die Ecke.

Lennon öffnete die Schachtel Zigaretten, nahm sich eine raus, tippte sie cool nach Bogart-Art auf seinen Handrücken und schüttelte verwundert den Kopf, als ihm der Tabak aus der viel zu locker gestopften Ostzigarette auf die Hand rieselte. Er drückte ein bisschen darauf herum, steckte sie sich in den Mund und zündete sie an. So stand er, rauchte und wartete. Hin und wieder schaute er auf die Uhr, lief ein bisschen hin und her, rauchte wieder und schaute wieder auf die Uhr. Ich wurde langsam ein wenig unruhig. Er nicht. Er holte die Broschüre, die er vorhin im Buchladen gekauft hatte, aus der Tasche und las darin. Dann sah er wieder auf die Uhr und rauchte eine weitere Zigarette.

Ich dachte kurz daran, zu ihm zu gehen und ihn nach der Uhrzeit zu fragen, doch mir fehlte der Mut. Es schien mir wie eine Lüge. Und es war eine Lüge. Ich nahm mir ein Herz und lief auf ihn zu, fing seinen Blick, grinste ihn an und lief an ihm vorbei. Ich traute mich nicht zurückzuschauen. Erst als ich am U-Bahnhof war, drehte ich mich um. Lennon stand da und rauchte. Ich lief die Treppe hinunter, stieg in die U-Bahn und fuhr weg. Immer dieses Kommen und Gehen, dachte ich. Immer diese verpassten Gelegenheiten.

Am Tag darauf ging ich wieder in den Buchladen, kaufte einen Studienführer, blätterte lustlos darin herum und traf schließlich eine Entscheidung.

»Ich werde nicht studieren«, sagte ich am Abend zu meinem Vater.

»Gut. Aber was willst du dann tun?«

»Ich werde arbeiten gehen.«

Das Gesicht meines Vaters hellte sich auf. Er hatte mir oft zu verstehen gegeben, dass ihm meine Zukunftspläne zutiefst missfielen. Künstler und Intellektuelle – davon hatte er in seiner Familie mehr als genug, und man wusste ja, wohin das führte.

»Das ist eine gute Entscheidung«, sagte er anerkennend. »Ich bin stolz auf dich.«

Ich überlegte kurz, ob ich ihn fragen sollte, worauf genau er stolz war. Da ich jedoch einen ermüdenden Vortrag über die Rolle der Arbeiterklasse beim Aufbau des Sozialismus befürchtete, behielt ich die Frage für mich. Er hielt den Vortrag trotzdem. Als er fertig war, klopfte er mir auf die Schulter und erklärte mir noch einmal, wie stolz er auf mich sei.

Ich würde also Teil der Arbeiterklasse sein – das fühlte sich komisch, aber nicht falsch an. Vor allem hatte die Paukerei ein Ende, vielleicht sogar für immer. Mit diesem entspannten Gefühl ging ich durch das Abitur und legte die Facharbeiterprüfung ab. Es lief gut, und an einem schönen Tag im Juni ging meine Kindheit zu Ende. Ich trauerte ihr nicht nach.

Meine Freunde und ich trampten an die Ostsee. Wir schwammen im Meer, machten abends Feuer und schauten verklärt in die Glut. Wir wussten, dass es unser letzter gemeinsamer Sommer sein würde, doch wir sprachen nicht darüber. Wir fuhren zurück in die Stadt, danach sahen wir uns kaum noch.

Nur mein bester Freund Stefan blieb in meiner Nähe. Wir trampten aus der Hitze Berlins in den Regen von Prag. Es goss ununterbrochen, unser Zelt schwamm schon am ersten Tag und unsere Laune auch. Wir drückten uns in Kaffeehäusern herum und hielten uns stundenlang an einem Glas Cola fest. Sobald der Regen nachließ, zahlten wir und streunten missmutig durch die Stadt, bis der nächste Regen kam.

Einmal flüchteten wir in ein Hotel. Die Empfangshalle wurde bevölkert von Männern in Anzügen. Sie standen rauchend in kleinen Gruppen zusammen und redeten mit ernsten Gesichtern. Sie sprachen Englisch, offenbar nahmen sie an einem Kongress teil, der im Hotel stattfand. Wir schlichen uns unbemerkt an ihnen vorbei, gingen die Treppe zum ersten Stock hinauf und schlenderten den Flur entlang. Stefan verschwand auf der Herrentoilette, und ich sah mich bei den Damen um. Dort wusch ich mich und tauschte meine nassen Klamotten gegen trockene aus dem Rucksack.

Wir gingen wieder hinunter in die Empfangshalle,

die inzwischen menschenleer war. An der Wand stand ein Tisch mit belegten Brötchen, Kaffee, einer angebrochenen Flasche französischem Cognac und einer noch versiegelten Stange englischer Zigaretten. Ich überlegte nicht lange und ließ Cognac und Zigaretten in meinem Rucksack verschwinden. Stefan schaute sich nervös um und schüttelte dann grinsend den Kopf.

»Das Volk ist dumm«, sagte ich achselzuckend. »Das hast du selbst mal gesagt.«

»Was hat das damit zu tun?«

»Wenn die das Zeug hier so rumliegen lassen?«

»Das heißt doch nicht, dass du's einfach mitnehmen kannst. Bist du doof?«

»Ich habe den Kapitalismus geschädigt, ich kann nicht doof sein.«

Wir schnappten uns noch ein paar belegte Brötchen für den Weg und machten, dass wir wegkamen.

Mit dem Nachlassen des Regens besserte sich auch unsere Laune. Dennoch beschlossen wir, am nächsten Tag zurückzufahren. Eine Nacht mussten wir noch überstehen. Wir überstanden sie im Waschraum des verlassenen Campingplatzes. Dort breiteten wir unser Zelt zum Trocknen aus, wickelten uns in unsere Schlafsäcke, tranken französischen Cognac und rauchten englische Zigaretten. Es hätte schlimmer sein können.

Zurück in Berlin, umarmten wir uns und gingen

unserer Wege. Stefans Weg führte in die Armeekaserne, meiner in die Setzerei einer großen Tageszeitung.

Mein Herz klopfte, als ich die Werkstatt betrat. Die Luft war stickig, es roch nach heißem Metall und Maschinenöl. Ich sah die Rücken der etwa zehn Männer, die zu beiden Seiten des Raumes an den Setzmaschinen saßen. Manche ganz gerade und gespannt, andere lässig zurückgelehnt. Ihre Hände tanzten über die Tastaturen, als folgten sie einer eigenen Choreographie. Die Arme der Maschinen hoben und senkten sich fast gutmütig, und mir gefiel das Geräusch, das sie machten – sie klapperten freundlich und atmeten warm. Meine Angst schwand.

»Na, Mädchen?« Neben mir stand plötzlich ein großer, bulliger Mann und sah mich scheel von der Seite an. »Wer hat dich denn hier ausgesetzt?«

»Ich soll hier heute anfangen.«

»Anfangen? Hier? Dazu bist du doch noch viel zu klein!« Der Bullige grinste schief und führte mich zu einem kleinen, drahtigen Mann, der an einem großen Tisch in der Mitte der Werkstatt stand. Er kontrollierte eine in Blei gegossene Zeitungsspalte, die ihm einer der Männer gerade gebracht hatte.

»Meister«, sagte der Bullige. »Wir haben ein Kind bekommen – es ist ein Mädchen!«

Der Meister hob den Kopf und musterte mich mit

hochgezogenen Augenbrauen. »Du bist die Abiturientin, oder?«

Ich nickte.

»Willst wohl mal die Arbeiterklasse studieren, was?«

»Nö, ich will hier bloß arbeiten.«

»Hast du das gehört, Dieter?«, wandte sich der Meister an den Bulligen. »Sie will hier bloß arbeiten!«

»Bloß?«

»Ja,« seufzte der Meister. »Das hat sie gesagt.«

Auch der Bullige schüttelte traurig den Kopf, ging und verschwand hinter seiner Maschine.

»Na dann«, sagte der Meister, wieder an mich gewandt. »Schichtbeginn ist um sechs, Mittagspause halb zwölf, Feierabend halb drei und die Garderoben sind hinten durch, um die Ecke.« Er beugte sich wieder über seine Arbeit, und ich meinte den Anflug eines Grinsens auf seinem Gesicht zu erkennen.

In der Garderobe tauschte ich meine Klamotten gegen eine Latzhose und ein Baumwollhemd, steckte meine Haare hoch, verschloss den Spind mit einem Vorhängeschloss, das ich mitgebracht hatte, und kehrte in die Setzerei zurück.

»So«, sagte der Meister und begutachtete meine Arbeitskleidung. »Das ist in Ordnung. Aber die Haare müssen ab.«

»Was?«

»Die müssen ab. Oder siehst du hier irgendwen mit langen Haaren?«

»Aber ich hab sie doch hochgesteckt.«

»Hochgesteckt reicht nicht, die müssen ab. Vorschrift! Oder, Jan?«

Ein etwas jüngerer Mann hatte sich zu uns gesellt, zog eine Zigarette hinter dem Ohr hervor und klemmte sie zwischen seine Lippen, die von einem dünnen schwarzen Bart umrahmt waren.

»Stimmt«, sagte er und nickte beifällig. »Die Maschine skalpiert dich, wenn die Haare da reinkommen.«

Es schnürte mir die Kehle zu.

»Der Kollege ist für den Arbeitsschutz zuständig«, erklärte mir der Meister ungerührt. »Er wird dich einweisen, bevor du hier anfängst, bloß zu arbeiten.«

Ich folgte dem Bärtigen in eine ruhige Ecke der Setzerei, wo er sich die Zigarette anzündete, mir die Arbeits- und Brandschutzvorschriften erklärte und mich unterschreiben ließ.

»Mütze reicht«, sagte er schließlich. »Oder so ein hässliches Haarnetz. Aber Mütze ist besser.«

Mir fiel ein Stein vom Herzen.

»Sie werden es dir nicht leichtmachen«, sagte der Bärtige. »Sie machen es niemandem leicht, der hier anfängt. Und du bist ein Mädchen, dich werden sie besonders gern verarschen.«

»Danke.«

»Kein Problem«, sagte der Bärtige, gab mir ein hässliches Haarnetz und begleitete mich zurück zum Meister. Der führte mich zu einem Techniker, den er Klaus nannte und aufforderte, mich einzuweisen.

Der Techniker war wortkarg und zeigte mir die Handgriffe an der Setzmaschine. »Sie nennen sie das achte Weltwunder«, murmelte er. Mehr sagte er nicht. Ich war froh, dass er nicht redete.

In der Mittagspause folgte ich den Männern in die Kantine und setzte mich zu ihnen an den Tisch. Die meisten ignorierten mich, nur ein paar von ihnen kommentierten meine Anwesenheit mit mehr oder weniger witzigen Bemerkungen, zu denen ich mehr oder weniger grinste. Es war nicht schlimm.

Nach der Pause ließ mich der Meister an der Maschine üben. Manchmal kam einer der Männer vorbei, sah mir über die Schulter oder half mir, wenn ich mich blöd anstellte.

»Du wirst dich schon einleben«, sagte ein Dicker.

»Der Meister ist kein Unmensch«, sagte einer mit Brille.

»Vergiss nicht deinen Einstand«, sagte einer mit Glatze. Ich hole aus der Kantine zehn Eis für alle, worauf mich die Männer auslachten und mir erklärten, dass das wohl ein Witz sei und sie unter einem Einstand etwas anderes verstünden.

Ich hole aus der Kantine eine Flasche Wodka und stieß mit ihnen an.

»Zum Kollektiv gehörst du erst, wenn du die Norm bringst«, sagte der Meister.

»Zum Kollektiv gehörst du erst, wenn du mit ihnen nach der Schicht einen trinken gehst«, flüsterte mir der Bärtige zu. Ich folgte seinem Rat, ging mit den Männern nach der Schicht einen trinken, wobei ich nur einen trank und sie ein paar mehr. Am nächsten Tag kaufte ich mir eine Mütze, und nach zwei Wochen gehörte ich zum Kollektiv.

Ich fühlte mich wohl mit meinem neuen Leben. Es war anstrengend, doch es machte Spaß. Ich verdiente mein eigenes Geld und hatte das Gefühl, etwas Nützliches zu tun, auch wenn ich den Inhalt der Zeitung, die ich da setzte, zum großen Teil langweilig fand. Die Männer brachten mir bei, dass man am besten und schnellsten arbeitete, wenn man den Kopf ausschaltete.

»Dann machst du auch die wenigsten Fehler«, sagte der Bärtige. Also schaltete ich den Kopf aus und dachte an meiner Maschine über andere Dinge nach. Zum Beispiel über eine eigene Wohnung.

Es wurde Zeit, dass ich zu Hause auszog, also ging ich nach Feierabend auf Wohnungssuche. Die meisten leerstehenden Wohnungen gab es in Prenzlauer Berg. Wenn man eine fand und dem Wohnungsamt meldete, hatte man die Chance, sie zu bekommen, vorausgesetzt, sie war in einem schlechten Zustand, und man verpflichtete sich, sie selbst instand zu setzen.

In einem Hinterhof fand ich sie: ein großes Zimmer, Küche mit Duschkabine und das Klo eine halbe Treppe tiefer.

Ich ging zum Wohnungsamt – ein paar Wochen später unterschrieb ich den Mietvertrag und bekam die Schlüssel.

Die Wohnung lag im vierten Stock, und es gab einiges zu tun: Die Tapeten hingen in mehreren Schichten von den Wänden, die Fenster waren undicht, und irgendein Idiot hatte hässliches Linoleum auf die Dielen geklebt. Ich war handwerklich unbegabt, doch das hier wollte ich alleine schaffen.

Meinem Vater erzählte ich noch nichts davon – ich hatte Angst, ihn zu enttäuschen. Manchmal sprach er davon, wie schwer es ihm fallen würde, mich eines Tages gehen zu sehen. »Du bist ja meine letzte Hoffnung«, sagte er dann. Ich fand es schlimm, seine letzte Hoffnung zu sein, doch ich wollte sie ihm nicht nehmen. Also hielt ich den Mund.

Ich ging zu meinem jüngsten Bruder, um mir eine Leiter zu borgen. Er erzählte mir von einem Kinderhörspiel, das er geschrieben hatte. Es handelte davon, dass plötzlich alle Uhren verschwinden. Ein Mann vermisst seine Armbanduhr, die Wurstverkäuferin hat plötzlich Zeit, ihre eigene Wurst zu kosten, und dem Bäcker verbrennen die Brötchen. Die Zeit bleibt stehen, die Welt ist aus den Fugen.

»Es geht um wunderliche Zeiten, in denen die Wunder nicht alle werden«, sagte mein Bruder und nahm einen Schluck aus seiner Bierflasche. Dann beschwerte er sich über die Idioten, die ihn nur Kinderhörspiele machen ließen und seine ernsten Sachen nicht haben wollten.

Meinem ältesten Bruder schien es besserzugehen. Er hatte im Westen inzwischen seinen ersten Gedichtband veröffentlicht. Das Buch hieß wie das Gedicht, das er an einem 27. September geschrieben hatte. An diesem Tag wurde das Freizeichen im westdeutschen Telefonnetz in einen Dauerton geändert – ein belangloser Vorgang an einem bedeutungslosen Tag. Auch mein ältester Bruder tat an diesem Tag nichts Besonderes und schrieb auf, was er alles nicht getan hatte. Die Literaturkritiker fanden dieses Gedicht über die Bedeutungslosigkeit sehr bedeutend. Ein großer Dichter, sagten sie und gaben meinem Bruder einen Preis dafür.

»Ich habe Gedichte geschrieben, die sind nicht schlechter als seine«, sagte mein jüngster Bruder.

»Ich mag deine Kinderhörspiele lieber als seine Gedichte«, sagte ich. »Die verstehe ich wenigstens.«

Mein Bruder lächelte müde, gab mir die Leiter, und ich ging.

In der Wohnung riss ich mein schlechtes Gewissen mit der Tapete von den Wänden. Ich hatte mir ein Kofferradio gekauft, hörte einen amerikanischen Sender und ließ mir von Neil Young, Bruce Springsteen und Marvin Gaye den Rhythmus vorgeben. Wenn ich abends nach Hause kam, waren die Schuldgefühle wieder da, und ich kam mir vor, als führte ich ein Doppelleben.

»Wie läuft's bei deiner Arbeit?«, fragte mein Vater.

»Gut.«

»Und sonst?«

»Nichts weiter.«

»Was machst du am Wochenende?«

»Nichts Besonderes, ich helfe einem Kollegen beim Renovieren.«

»Irgendwann wirst du deine eigene Wohnung renovieren«, seufzte mein Vater. Ich fühlte mich beschissen, drehte in meiner Wohnung das Kofferradio laut und riss zu Led Zeppelin und AC/DC wütend das Linoleum von den Dielen.

Es war inzwischen Winter geworden, ich hatte mir Kohlen besorgt, und es machte mir Spaß, den Kachelofen zu heizen. Davon hatte ich immer geträumt. Ich genoss die Wärme, die ich selbst produziert hatte, und war stolz auf mich.

An einem Tag im Dezember spielte der amerikanische Sender nur noch John Lennon. Der Moderator hatte Tränen in der Stimme. Ich saß in meiner Wohnung und konnte es nicht fassen.

Nachdem ich den letzten Müllsack in den Hof geschleppt hatte, beschloss ich, meinem Vater die Wahrheit zu sagen. Doch der hatte zunächst ein anderes Problem: »Jetzt bist du erwachsen, hast eine gute Arbeit – wie stellst du dir eigentlich deine politische Entwicklung vor?«

Auch das noch. Ich hatte geahnt, dass auch diese Unterhaltung irgendwann kommen würde, und ich hatte keine Lust darauf. Politik interessierte mich nicht besonders, und die »Tagesschau« langweilte mich genauso wie die »Aktuelle Kamera« oder die Berichte in der Zeitung, die ich in meine Setzmaschine hämmerte. Ich fand, dass es viel Ungerechtigkeit in der Welt gab, und war mit dem Sozialismus im Großen und Ganzen einverstanden. Manchmal hielt ich mich deshalb für oberflächlich und dumm. Meine Brüder hatten schließlich im Gefängnis gesessen, bei der Armee rebelliert oder waren von der Uni geworfen worden. Ich hingegen hatte keine besonders markanten oder gar provokanten Ansichten und fiel nicht weiter auf. Das störte mich nicht, denn mein Leben war auch so interessant genug. Doch mein Vater schien sich zu sorgen, dass auch ich auf Abwege geraten könnte, und wünschte sich nichts sehnlicher, als dass ich Mitglied der Partei würde. Er sprach es nie offen aus, doch das musste er auch nicht – ich wusste es. Und er wusste, dass ich es wusste.

»Meine politische Entwicklung ist in Ordnung,

Papa«, wiegelte ich ab. »Mach dir keine Sorgen.« Mein Vater sah mich prüfend an. »Ich denke, du weißt, was von dir erwartet wird«, sagte er in jenem autoritären Ton, den ich verabscheute.

»Ja klar.« Ich hatte keine Lust auf Streit – den würde ich sowieso verlieren. Nein, eigentlich hatte ich Angst davor. Ich fühlte mich unwohl und in die Enge getrieben. Auf der anderen Seite quälten mich meine Schuldgefühle, weil ich ihn mit der Wohnung hinterging. Ich hatte etwas gutzumachen.

»Ich werde einen Antrag stellen, dass sie mich in die Partei aufnehmen«, sagte ich und hasste mich für meinen Opportunismus.

»Ich bin sehr stolz auf dich«, sagte mein Vater strahlend und klopfte mir wieder auf die Schulter. »Das ist ein großer Schritt.« Ja. Ein großer Schritt. Fragt sich nur, wohin.

»Ich habe übrigens eine Wohnung gefunden.«

»Was hast du?«

»Eine Wohnung. Ich renoviere sie gerade.« Ich hörte mir selbst ungläubig zu.

»Du hast eine Wohnung?« Mein Vater war fassungslos. »Warum hast du mir nichts davon gesagt?«

»Ich hab mich nicht getraut.«

Mein Vater sackte in sich zusammen und sah auf einmal sehr alt aus.

»Es tut mir leid, Papa.«

»Weißt du was«, sagte mein Vater. »Das Schlimme

ist ja nicht, dass du ausziehen willst. Dafür habe ich doch Verständnis. Schlimm ist, dass du mir nicht vertraust und mich belügst.«

»Ich hab dir doch die Wahrheit gesagt.«

»Du belügst mich auch in anderen Dingen.«

Ich schwieg. Ich dachte an Ungarn und die Briefe an meinen ältesten Bruder. Ich dachte an all die Dinge, die ich meinem Vater schon verheimlicht oder vorgegaukelt hatte. Er hatte recht, und ich fühlte mich elend.

»Egal.« Mein Vater straffte sich wieder. »Du hast dich entschieden, und du bist auf einem richtigen Weg. Zeigst du mir deine Wohnung?«

Mein Vater. Ich machte seinetwegen den größten Kompromiss meines bisherigen Lebens – doch irgendwie war er es auch wert. Das dachte ich in diesem Augenblick. Doch ich glaubte mir kein Wort. Wir fuhren zu meiner Wohnung.

»Das ist ein Dreckloch«, sagte mein Vater. »Hier kann man nicht leben.«

»Das ist kein Dreckloch, ich muss sie nur renovieren. Und sie kostet bloß dreißig Mark.«

»Das ist kein Grund. Hier kann man nicht leben. Ich werde dir eine andere Wohnung besorgen.«

»Ich will keine andere Wohnung, Papa.«

»Du wirst hier nicht einziehen.« Der schneidende Ton, der keinen Widerspruch duldete und mit dem er jeden in seine Grenzen wies, der sich ihm in den

Weg stellte – da war er wieder. Und er sollte recht behalten. Noch bevor das Jahr zu Ende ging, hatte mein Vater eine Wohnung besorgt. Wir fuhren durch einen grauen Schneetag in eine Neubausiedlung, die noch weiter weg war als das Haus, in dem ich mit meinem Vater lebte. Am Ende der Welt. Die Wohnung lag in einem Haus, das gerade fertig geworden war – es roch noch nach Mörtel und Tapetenkleister.

»Und?« Mein Vater sah mich erwartungsvoll an. »Was sagst du?«

»Hier kann ich nicht leben.«

»Was?«

»Ich krieg hier keine Luft, Papa. Ich will hier nicht wohnen.«

»Ich begreife das nicht«, sagte mein Vater und schüttelte traurig den Kopf. »Ich dachte, ich mach dir eine Freude. Jeder andere wäre froh, eine solche Wohnung zu haben. Viele warten Jahre darauf.« Er tat mir leid. »Na gut, Papa. Ich nehme die Wohnung.« Er atmete auf.

Ich nahm die Wohnung, doch ich zog nicht ein. Stattdessen setzte ich eine Annonce in die Zeitung und bot sie zum Tausch an. Kurz darauf hatte ich zwei Zimmer mit Ofenheizung, Bad und Balkon in Pankow.

Mein Vater wütete, war traurig und wütete nochmals – ich hielt es aus, und irgendwann war es gut. Den Schlüssel für die andere Wohnung brachte ich zurück zum Wohnungsamt und trug mein Kofferradio glücklich in mein neues Zuhause.

Auch hier musste ich renovieren. Unter den Tapetenschichten klebten ganze Jahrgänge des »Völkischen Beobachters« wie Pech an der Wand. Ich strich weiße Farbe darüber, doch die Druckerschwärze war stärker und suppte braun durch. Fluchend fuhr ich in ein Malergeschäft und kaufte die billigste Mustertapete. Die wollte ich verkehrt herum an die Wände kleben, um sie dann zu streichen. Doch so weit sollte es nicht kommen, denn die Tapeten fielen wieder ab. Ich gab den dreckigen Nazizeitungen die Schuld daran und teilte diese Erkenntnis am nächsten Tag mit den Kollegen.

»Blödsinn«, polterte der Bullige. »Es ist die Tapete! Was klebst du die auch verkehrt rum dran, das hält doch nie!«

»Ich schätze, es ist der Leim«, erklärte der Bärtige und fuhr sich mit den Fingern nachdenklich durch seine dünnen Flusen unterm Kinn.

»Nur mit Abitur hat noch keine Tapete gehalten«, schloss der Meister die Unterhaltung. »Wir sehen uns das am Wochenende mal an.«

Sie kamen am Wochenende, sahen es sich an, und am Sonntagabend war meine Wohnung renoviert. Eine Woche später halfen sie mir beim Umzug. Mein Vater hatte zwei Kisten Bier besorgt und gab sich kumpelhaft. Es war mir peinlich, doch meinen Kollegen schien das zu gefallen. Als die Möbel und Kisten im Umzugsauto verstaut waren, verabschiedete ich mich von meinem Vater. Er sah alt aus.

»Kommst du mich besuchen?«, fragte er.

»Ja klar.«

»Wann?«

»Nächstes Wochenende?«

»Gut. Pass auf dich auf.«

»Mach ich.«

Er gab mir die Hand. Sie war groß und warm, und ich versuchte mich daran zu erinnern, wann ich sie zuletzt so gespürt hatte. Es fiel mir nicht ein, es war zu lange her.

Am Abend saß ich zwischen meinen Kisten, rauchte, trank Rotwein, hörte Pink Floyd und stellte mir vor, ich würde gefilmt. In meiner Phantasie entsprach ich jedem Klischee von Jugend und Unabhängigkeit, das ich kannte. Nur die Ausstattung war falsch, denn ich befand mich noch immer im Inventar meiner Kindheit. Ich lehnte mit dem Rücken am Schlafzimmerschrank meiner Eltern und schaute auf die Regalbretter, auf denen schon die Schulbücher meiner Brüder gestanden hatten. Ich mochte diese Möbel nicht, sie passten nicht in mein neues Leben, und für sentimentale Gefühle war ich zu jung. Irgendwann würde ich sie rausschmeißen. Alle.

Nur mein Bett hatte ich nicht mitgenommen. Ich konnte meinen Vater überzeugen, es zu behalten für den Fall, dass ich mal bei ihm übernachten würde. Er kaufte mir die Erklärung ab, und ich besorgte mir eine große, erwachsene Schaumstoffmatratze. Auf der saß ich nun und trank mit mir auf meine Zukunft. Die Musik war gut, die Nacht war weich, und bevor der Abspann zu meinem Film lief, war ich eingeschlafen.

Am nächsten Morgen wurde ich durch das Kreischen der Türklingel aus dem Schlaf gerissen. Ich fror, und in meinem Kopf hing schwer der Inhalt der Rotweinflasche, die neben der Matratze stand. Sie war leer.

Ich zog einen Pullover über und schleppte mich zur Tür. Draußen stand eine schwere, weißhaarige Frau und musterte mich. Der Ausdruck auf ihrem feisten Gesicht wechselte binnen Sekunden von Neugier zu Verachtung.

»Guten Morgen«, schrillte sie mit einer Stimme, die irgendwie gar nicht zu ihrer Gestalt passen wollte. Es klang, als sei ein dünner zänkischer Vogel in diesem Körpermassiv eingesperrt. »Guten Morgen«, antwortete ich und versuchte ein Lächeln, doch mein Gesicht schlief noch.

»Hinrich!« Der dünne Vogel hatte einen sehr scharfen Schnabel, der sich böse in meinen Kopf bohrte. »Ich wohne nebenan. Und ich habe heute Nacht kein Auge zugetan.«

Ich ahnte, dass die nächsten Sekunden über mein

Schicksal in diesem Haus entscheiden würden, und zwang mein Gesicht jetzt doch zu einer Art Lächeln. »Das tut mir leid«, sagte ich höflich. »Ich wusste nicht, dass die Wände hier so dünn sind.«

»Die Wände sind nicht dünn«, keifte die Dicke. »Ihre Musik ist zu laut! Es gibt hier eine Hausordnung. Kommen Sie gleich zu mir, dann kriegen Sie die! Außerdem müssen Sie sich ins Hausbuch eintragen, das ist Vorschrift.« Sie bedachte mich mit einem weiteren bösen Blick und verschwand hinter ihrer Wohnungstür. Frau Hinrich also. Na toll. Doch die Dicke und ihr blöder Vogel würden warten müssen.

Ich ging in die Küche, kochte mir einen Kaffee und setzte einen großen Topf Wasser auf den Herd, um mich zu waschen. Ich heizte die Öfen, räumte ein paar Kisten aus, wusch mich, zog mich an, machte mir noch einen Kaffee, setzte mich auf einen Stuhl, rauchte und fühlte mich besser. Dann klingelte ich bei der Nachbarin. Sie öffnete mir und schaute mich vorwurfsvoll an. Ich folgte ihr ins Wohnzimmer. Es roch nach Bohnerwachs und altem Blumenkohl, und es war völlig überheizt.

»Setzen Sie sich!«, befahl die Dicke. »Ich hole das Hausbuch.« Ich hatte keine Lust, mich zu setzen, also blieb ich stehen und sah mich um. Das Wohnzimmer war vollgestellt mit dunklen alten Möbeln, die den Sauerstoff aus der Luft zu saugen schienen. An den Wänden hingen schwere deutsche Landschaften, und auf einer Kommode standen inmitten einer Versammlung aus hässlichen kleinen Porzellanhunden zwei Fotos. Eines zeigte ein Hochzeitspaar, das andere einen Mann in Uniform, trauerumflort. Darüber hing eine liebevoll gerahmte Urkunde, die einem SS-Panzergrenadier namens Erich Hinrich den Besitz des Eisernen Kreuzes II. Klasse bescheinigte. Und zwar im Namen des Führers. Erich Hinrich. Was für ein bescheuerter Name.

»Was machen Sie denn da?«, hörte ich die meckernde Stimme der Frau hinter mir. »Sie sollten sich doch setzen.«

Ich setzte mich, die Dicke ließ sich stöhnend auf einen Stuhl fallen und schob mir ein vergilbtes Heft hin. »Da tragen Sie sich jetzt ein. Wenn Sie Besuch bekommen, der über Nacht bleibt, ist mir das mitzuteilen und ebenfalls einzutragen. Westbesuch muss ich der Polizei melden. Verstanden?« Ich schwieg und trug mich ein. »Nach zweiundzwanzig Uhr keine Ruhestörung mehr, sonst zeige ich Sie an. Und alle zwei Wochen sind Sie mit der Treppe dran.« Sie drückte mir die Hausordnung in die Hand, und ich ging. Als ich in meiner Wohnung war, riss ich die Balkontür auf, als könnte ich dadurch die Wohnung nebenan lüften.

Den Rest des Tages verbrachte ich damit, Möbel zu rücken, Kisten auszuräumen und Regale zusammenzubauen. Am Nachmittag ging ich ins Malergeschäft, um Farbe für den schmutzig gelben Küchenschrank zu kaufen, den die Vormieterin dagelassen hatte.

»Dunkelgrün? Ausverkauft!«, polterte der schwammbäuchige Verkäufer und versprühte dabei einen großen Teil seines Speichels auf meinem Gesicht. »Alle wollen sie Dunkelgrün, weiß der Henker, was die daran finden!« Er schüttelte den Kopf, und noch bevor er seinen Mund zu einer erneuten Spuckattacke öffnen konnte, hatte ich ihm den Rücken zugewandt.

»Ich glaub, ich hab noch ein paar Büchsen von dem Zeug zu Hause«, hörte ich plötzlich eine andere Stimme hinter mir. Es war eine Stimme, die ich unter Tausenden erkannt hätte. Eine Stimme, so rau wie feines Sandpapier. Katjas Stimme. Ich drehte mich um und dachte für eine Sekunde, ich hätte mich geirrt. Katja hatte dunkles Haar. Das Mädchen, das jetzt vor mir stand, war blond. Doch die grauen Augen mit dem leichten Silberblick waren dieselben, und ihr Lachen war es auch. »Wenn du willst, kannst du gleich mitkommen«, sagte sie. Ich wollte.

»Stehen dir gut, die blonden Haare«, sagte ich, als wir in der U-Bahn saßen.

»Findest du? Ich mag die nicht.«

»Warum hast du's dann gemacht?«

»Aus Liebeskummer, aber der wächst ja wieder raus. Hier, guck mal.« Sie fuhr mit dem Finger über ihren Scheitel, der schon dunkel war. »Man kann dabei zusehen, wie der Mist verschwindet. Zwei Zentimeter in zwei Monaten, spätestens in einem Jahr bin ich wieder die Alte.«

Katjas Wohnung lag im zweiten Stock eines Hinterhofs und war genauso geschnitten wie die Wohnung, in die ich gezogen wäre, hätte mein Vater mir nicht einen Strich durch die Rechnung gemacht. Ihr Zimmer sah aus, wie Katja war: chaotisch, bunt und mit einem Hang zum Kitsch. An den Wänden hingen Schwarzweißfotos, die irgendwie nicht in diese schrille Umgebung passten. Es waren Bilder von tristen Fabrikhallen, Häuserruinen und Landschaften, aus denen jedes Leben gewichen zu sein schien. Dazwischen immer wieder Porträts von Katja.

»Die sind alle von ihm«, sagte sie. »Er ist Fotograf. Willst du Kaffee?«

»Klar.« Ich folgte Katja in die Küche, deren Wände in einem so alarmierenden Rot gestrichen waren, dass ich die Augen kurz zusammenkneifen musste. Vor dem Fenster thronte ein schwerer, dunkelgrün lackierter Tisch – jenes Dunkelgrün, das ich auch für meinen Küchenschrank im Sinn hatte. Ich setzte mich und sah mich um. Auch hier hingen überall die Fotos ihres Exfreundes.

»Warum habt ihr euch eigentlich getrennt?«

»Er hat mich verlassen und ist zu seiner Familie zurückgegangen.«

»Er ist verheiratet?«

»Ja, zwei Kinder.«

»So alt schon?«

»Total alt. Zweiunddreißig.«

»Aber du wolltest doch immer einen reifen Mann.«

»Der war nicht reif. Der war nur alt.«

Sie brühte Kaffee in zwei großen Tassen auf, stellte sie auf den Tisch und setzte sich.

»Stört es dich nicht, die Fotos immer zu sehen? Sie müssen dich doch an ihn erinnern«, fragte ich sie.

»Ach, ich sehe die gar nicht mehr. Und außerdem ... sie bringen Farbe in mein graues Leben, findest du nicht?«

Wir lachten, schlürften unseren Kaffee und erzählten, wie es uns ergangen war, seit wir uns nicht mehr gesehen hatten. Katja hatte eine Tischlerlehre begonnen und sie hingeschmissen, weil sie doch lieber Modedesign an der Kunsthochschule studieren wollte. Sie hatte Talent und bestand die Aufnahmeprüfung, brach das Studium nach einem Jahr allerdings wieder ab, als ihr klarwurde, dass ihre Entwürfe niemals in die sozialistische Produktion gehen würden. Danach hielt sie sich mit diversen Aushilfsjobs über Wasser, bis sie schließlich beim Einräumen der Regale in einer Kaufhalle ihren Fotografen traf, der jede Menge Künstler kannte, für die sie jetzt Bühnenklamotten entwarf und nähte. Ich bewunderte sie.

»Und du?«, fragte sie. »Was willst du noch so machen?«

»Ich hab keine Ahnung. Vielleicht Musik. Vielleicht auch nicht. Ich weiß noch nicht.«

»Und die Liebe?«

»Kommt und geht.«

Wir redeten noch eine Weile und beschlossen, im Sommer zusammen an die Ostsee zu fahren. Katja gab mir die Büchsen mit der grünen Farbe, ich ging nach Hause und strich noch in der gleichen Nacht den Küchenschrank. Danach fühlte ich mich weniger blass und schlief zufrieden ein.

Am nächsten Morgen begutachtete ich stolz mein Werk. Bis auf die Farbnasen, die ich beim Streichen übersehen hatte, sah der Schrank ganz gut aus. Erst als ich die Schubladen öffnen wollte, schwand meine gute Laune. Ich bekam sie nicht auf. Sie klebten so fest in den Fächern, als sei das ihre Bestimmung. Ich war zu faul gewesen, sie rauszunehmen, und hatte sie geschlossen, bevor die Farbe trocken war. Typisch, dachte ich, nahm ein Messer, löste die Schubladen und beschloss, die hässlichen Spuren meiner Arbeit später zu beseitigen. Ich ahnte, dass ich es nie tun würde.

Bevor ich an diesem Tag zur Spätschicht ging, heftete ich einen Zettel mit meinem Namen an die Tür. Als ich in der Nacht von der Arbeit zurückkam, war der Zettel verschwunden. Ich war zu müde, um mich lange darüber zu wundern, und legte mich ins Bett.

Am Morgen darauf befestigte ich meinen Namen erneut an der Tür und ging zum Bäcker. In der Schlange standen nur alte Leute, und auch auf der Straße lief ich an mehr oder weniger grauen und gebeugten Gestalten vorbei. Mir war, als bewegte ich mich durch das Szenenbild eines düsteren Science-Fiction-Filmes, in dem ich die einzige Überlebende einer von Jugend entvölkerten Welt spielte. Es war gespenstisch. Auf der Treppe begegnete ich einer leisen alten Frau, die mit ihrem ebenso schweigsamen Dackel zu ihrer Wohnung hinaufschlich. Ich wünschte ihr einen guten Tag, sie lächelte still und nickte. Mit einem Schaudern schloss ich die Wohnungstür hinter mir.

Kurz darauf klingelte es. Vor der Tür stand die dicke Hinrich, mein Namensschild zwischen ihren fetten Fingern.

»Was soll das sein?«, blaffte sie mit spitzer Stimme und hielt mir den Zettel vor die Nase.

»Das ist mein Namensschild. Stimmt damit was nicht?«

»Das kann man wohl sagen! Der Name gehört über die Klingel und muss ordnungsgemäß befestigt werden! Das ist Vorschrift!«

»Aha«, sagte ich und nahm der Dicken den Zettel aus der Hand. »Mach ich heute Nachmittag. Wiedersehen.« Ich lächelte, so freundlich es ging, und machte die Tür vor ihrer Nase zu.

»Und einen Fußabtreter hat sie auch noch nicht«, hörte ich sie im Hausflur schnauben, dann fiel ihre Tür ins Schloss. Ich las mir die Hausordnung durch, und als ich nichts über Namensschilder fand, heftete ich meinen Namen wieder draußen an die Tür. Ihr Waffen-SS-Mann hatte seinen Krieg nicht gewonnen, ihren würde sie auch verlieren. Gutgelaunt fuhr ich zur Arbeit und erfüllte zum ersten Mal die Norm.

»Du bist schnell, aber deine Fehlerquote ist hoch«, sagte der Meister. »Bilde dir also nichts drauf ein. Und hör auf, das Zeug zu lesen, was du setzt, sonst machst du nicht nur Fehler, sondern glaubst den Mist irgendwann auch noch.«

Am Wochenende fuhr ich zu meinem Vater. Ich hatte noch einen Wohnungsschlüssel, doch ich klingelte. Er öffnete mir die Tür, und das Erste, was ich registrierte, war die Furche zwischen seinen dichten Augenbrauen, die schon immer schlechtes Wetter hinter seiner hohen Stirn verhieß.

»Warum klingelst du?«, fragte er kühl. »Du hast einen Schlüssel.«

»Ich wohne hier nicht mehr, Papa.«

»Du bist meine Tochter. Du kannst den Schlüssel benutzen.«

»Ja. Entschuldige.«

»Schon gut.« Mein Vater ging in die Küche, ich folgte ihm, setzte mich an den Tisch und sah ihm zu, wie er Kaffeewasser aufsetzte.

»Was gibt's Neues?«, fragte er.

»Nichts weiter.«

»Nichts weiter also.« Ich konnte sein Gesicht nicht sehen, doch ich fühlte, wie sich die Falte tiefer in seine Stirn eingrub. »Ich dachte, du rufst mal an zwischendurch.«

»Ich habe kein Telefon.«

»Es gibt Telefonzellen.«

»Die meisten sind kaputt.«

»Unsinn!«

Ich schwieg. Mein Vater setzte sich und zündete sich eine Zigarette an.

»Wir haben uns eine Woche nicht gesehen, da muss es doch irgendwas Neues geben?« Missmutig blies er den Rauch an die Decke. »Meine Nachbarin ist eine Naziwitwe«, sagte ich, weil mir nichts anderes einfiel.

»Wieso?«

»An ihrer Wand hängt ein Bild eines Typen von der Waffen-SS.«

»Aha.«

»Und sie ist eine blöde Kuh.«

Der Wasserkessel pfiff, mein Vater stand auf und goss das heiße Wasser in die Kaffeekanne. »Du bist schon wie deine Brüder«, sagte er müde, stellte die

Kanne auf den Tisch und holte zwei Tassen aus dem Küchenschrank. »Die sind auch immer sehr schnell mit ihrem Urteil über andere Leute.«

»Du kennst diese Frau überhaupt nicht, Papa«, sagte ich trotzig. »Und überhaupt … Du bist doch auch nicht anders.« In dem Augenblick, da ich diesen Satz sagte, bereute ich ihn schon. Ich hatte meinem Vater noch nie auf solche Weise widersprochen. Er starrte mich an, als sei ich eine Fremde.

»Wie meinst du das?«

Ich senkte meinen Blick und schwieg. Mein Vater stellte die Tassen auf den Tisch und setzte sich. »Wie du das meinst, hab ich gefragt«, wiederholte er und drückte die Zigarette in den Aschenbecher. Ich saß steif auf meinem Stuhl, umklammerte den Sitz, starrte auf die Tischplatte, und dann sprach es aus mir: »Du urteilst auch schnell über andere Leute und bist ungerecht, und wenn jemand anderer Meinung ist als du, ist er gegen dich, und du machst, dass ich Sachen tue, die ich nicht will, weil ich Angst vor dir habe.« Ich hörte mir selbst atemlos zu. Was redete ich da? Und warum? Mein Herz klopfte, und ich wagte nicht, meinen Vater anzusehen.

Er sagte nichts. Draußen fuhr eine Straßenbahn vorbei, irgendwo lief ein Fernseher, und unter dem Stuhl, an den ich mich klammerte, klebte ein harter, alter Kaugummi. Vermutlich war der sogar von mir.

»Angst?«, sagte mein Vater nach einer Weile. Seine Stimme klang heiser. »Du hast Angst vor mir?«

Langsam hob ich den Kopf. Sein Gesicht war grau. Erst jetzt bemerkte ich, dass er unrasiert war. Die tiefe Furche zwischen seinen Brauen war verschwunden, stattdessen lag jetzt seine Stirn in Falten, was es nicht gerade besser machte.

»Naja«, sagte ich leise. »Du bist oft so hart.«

»Was willst du damit sagen?«

Ich starrte wieder auf den Tisch und studierte das Muster auf der Tischdecke, die meine Stiefmutter irgendwann gekauft hatte – ein hässliches Wachstuch mit kitschigem Blumenmuster. Warum hatte er die immer noch?

»Ich hab dich was gefragt.«

Mein Kopf war leer.

»Wieso bin ich hart?«

»Ich weiß nicht«, sagte ich stockend. »Als dein Sohn gestorben ist … da bist du am nächsten Tag einfach weggefahren.«

»Das musste ich.«

»Nein«, sagte ich und schaute meinen Vater an. »Du hättest hierbleiben müssen.«

»Du kannst mir glauben, dass ich lieber hiergeblieben wäre.«

»Bist du aber nicht.«

Jetzt war er es, der nach unten starrte und die hässlichen Blumen auf der Tischdecke studierte.

»Du verstehst das nicht.«

Ich spürte, wie die Leere aus meinem Kopf wich und einem klaren Gedanken Platz machte.

»Stimmt, das verstehe ich nicht«, sagte ich fest. Mein Vater hob den Kopf. Da war sie wieder, die tiefe Furche zwischen seinen Brauen.

»Du bist unverschämt.«

»Ich bin kein Kind mehr. Du redest mit mir, als wär ich noch ein Kind.« Mein Vater stand auf, ging zum Fenster, schaute hinaus und schwieg.

»Warum bist du weggefahren, Papa?«

»Manchmal muss man persönliche Interessen hinter gesellschaftliche Erfordernisse stellen«, sagte mein Vater kühl. Wie ich diesen Ton hasste, dieses schulmeisterliche Funktionärsgewäsch. Plötzlich hielt ich den alten Kaugummi, der unter meinem Sitz geklebt hatte, in der Hand.

»Dein Sohn ist gestorben. Und ich bin deine Tochter.« Mein Vater stand da, ungerührt und kalt.

»Papa!«

Eisiges Schweigen.

»Siehst du«, sagte ich. »Du bist hart.«

Mein Vater drehte sich um und sah mich an. »Vielleicht bin ich hart.« Seine Stimme war tonlos. »Aber ich habe eine Verantwortung der Partei gegenüber.«

Ich versuchte, meinen Daumennagel in den Kaugummi zu kerben, doch es gelang mir nicht. Das Ding war steinhart.

»Du und deine Partei«, sagte ich leise und starrte wieder auf die Tischdecke.

»Wie bitte?«

»Du und deine Partei«, wiederholte ich etwas lauter und sah meinen Vater an. »Die war dir ja immer wichtiger als alles andere.«

»Dein Ton gefällt mir nicht«, sagte er schneidend. »Und außerdem ist es ja wohl auch deine Partei, oder?«

Ich schwieg.

»Ich rede mit dir!«

»Es ist nicht meine Partei. Ich bin da nur deinetwegen drin.«

»Wie bitte?«

»Ich bin da reingegangen, weil du es von mir erwartet hast und weil ich zu feige war, es nicht zu tun.«

Die Augen meines Vaters verengten sich.

»Das ist nicht dein Ernst, oder?«

»Doch. Warum sollte ich denn freiwillig in eine Partei gehen, wegen der du dich beinahe umgebracht hättest?« Ich konnte es kaum fassen, dass ich es war, die das sagte. Doch diese Stimme gehörte mir.

Das Gesicht meines Vaters gefror, er hob den Arm und holte aus. Ich erschrak und zog den Kopf ein. Er ließ den Arm wieder sinken. Ich hatte meinen Vater schon manchmal so gesehen, wenn er mit meinen Brüdern stritt. Er hatte nie zugeschlagen, es war immer bei der drohenden Geste geblieben. Dies war das erste Mal, dass er die Hand gegen mich erhob. Ich spürte, wie sich meine Kehle zusammenzog. Mir war zum Heulen. Ich hatte Angst. Ich wollte weg.

Mein Vater setzte sich an den Tisch und schaute mich mit leeren Augen an.

»Was mache ich bloß falsch?« Ich wusste, dass er von mir keine Antwort darauf erwartete, und schwieg.

»Ich habe gedacht, du wärst anders als deine Brüder.«

Vor einer Minute hätte mich dieser Satz noch stolz gemacht, denn alles, was mein Vater an seinen Söhnen verurteilte, bewunderte ich an ihnen. Vor einer Minute fühlte ich mich ihnen noch verwandter denn je. Doch jetzt war mein Mut wie weggeblasen, und ich wünschte mir, dieses Gespräch würde nicht stattfinden.

»Es tut mir leid, Papa.«

»Was tut dir leid?«

»Dass ich dich enttäuscht habe.«

»Du hast Angst vor mir, und das ist meine Schuld.«

»Ich habe keine Angst vor dir. Und das mit der Partei habe ich nicht so gemeint.«

»Der Kaffee wird kalt«, sagte er monoton. »Willst du Kaffee?«

»Ja.«

Er füllte unsere Tassen und bot mir eine Zigarette an. Ich nahm sie, er gab mir Feuer, und wir rauchten schweigend.

»Ist es denn so schlimm, in der Partei zu sein?«, fragte er mich schließlich.

»Schlimm nicht, aber Spaß macht es auch nicht gerade.«

»Das ist ja auch nicht Sinn der Sache.«

Schade eigentlich, wollte ich sagen, doch ich verkniff es mir. »Ich weiß«, sagte ich stattdessen kleinlaut und hoffte, dass mein Vater es dabei bewenden ließ. Er tat mir den Gefallen und wechselte das Thema.

»Was hältst du davon, wenn wir im Sommer zusammen in den Urlaub fahren?«

Auch das noch.

»Da will ich mit einer Freundin schon an die Ostsee.«

»Ach so. Na dann.«

»Aber wir können ja vielleicht mal am Wochenende …«

»Lass gut sein«, unterbrach er mich. »Ich habe schon verstanden.«

Na toll, dachte ich. Er tut sich leid, und ich habe ein schlechtes Gewissen.

»Dann komme ich dich am nächsten Wochenende wieder besuchen, ja?«

»Gut«, sagte er. »Hast du heute noch was vor, oder bleibst du zum Abendbrot?«

Ich blieb, wir aßen, sahen fern und redeten nicht mehr viel an diesem Abend.

»Ich werde mich darum kümmern, dass du ein Telefon bekommst«, sagte mein Vater, als er mich zur Tür brachte. Mir war unwohl. Einerseits freute ich mich, da man für gewöhnlich jahrelang warten musste, bis man ein Telefon bekam. Andererseits würde ich für meinen Vater dann Tag und Nacht erreichbar sein und könnte nicht mehr kaputte Telefonzellen dafür verantwortlich machen, dass ich mich so selten meldete.

»Du findest doch Leute blöd, die ihre Privilegien missbrauchen, Papa. Ist das nicht dasselbe?«

»Nein. Das ist etwas anderes. Und zerbrich dir nicht meinen Kopf.«

Ich beschloss, die Vorteile eines Telefons interessanter zu finden als die Nachteile, und zerbrach mir nicht mehr seinen Kopf.

Das Jahr ging zu Ende, ich verbrachte das Weihnachtsfest mit meinem Vater, Silvester mit meinen Freunden, und im März bekam ich ein Telefon. Ich ging zur Telefonzelle in meiner Straße, warf eine 20-Pfennig-Münze ein und wählte meine Nummer. Der Ton in der Leitung klang ganz normal, doch das hier war mein Ton meines Telefons in meiner Wohnung. Ich legte den Hörer neben den Apparat und rannte nach Hause. Als ich ankam, klingelte es nicht mehr. Ich wählte die Nummer meines jüngsten Bruders.

»Der Alte hat dir ein Telefon besorgt? Das hätte er für mich nie getan.«

»Ich bin ja auch immer lieb. Kommst du zu meinem Geburtstag?«

»Du wirst zwanzig, oder?«

»Ja.«

»Dann kriegst du Kohle von ihm.«

»Ich weiß. Hat er mir schon gesagt. Die Lebensversicherung. Kommst du nun?«

»Klar komme ich.«

An meinem Geburtstag lud mich mein Vater zum Essen ein und überreichte mir feierlich die Versicherungspolice. Siebentausendzweihundert Mark, unfassbar viel Geld.

»Ich hoffe, du lässt dich nicht dazu verführen, das Geld aus dem Fenster zu werfen.«

Ich hatte keine Ahnung, was er damit meinte. Es gab hier nicht allzu viel, wofür ich Geld aus dem Fenster hätte werfen wollen. Jedenfalls nicht dieses Geld. Außerdem verdiente ich ganz gut. Ich bedankte mich und fuhr zur Spätschicht.

»Zwanzig Jahre«, sagte der Meister. »Da haben wir uns aber ein Fläschchen verdient, was?«

Ich kaufte in der Kantine eine Flasche Wodka und stieß mit den Männern an.

»Auf die Jugend!«, polterte der Bullige.

»Wenn ich noch mal so jung wäre, würde ich hier in den Sack hauen«, grübelte der Bärtige.

»Sie wird auch nicht mehr lange bleiben«, prophezeite der Meister.

Am Wochenende feierte ich. Ich hängte einen Zettel an die Haustür, auf dem ich die Nachbarn in meinem Haus um Nachsicht bat, wenn es an diesem Abend vielleicht etwas lauter würde. Obwohl ich erst um zwei von der Spätschicht gekommen war, stand ich früh auf, heizte die Öfen, räumte die Wohnung auf, ging einkaufen, schleppte Getränkekästen, machte Buletten und Kartoffelsalat, stellte Brot, Wurst, Käse und Kuchen auf den Küchentisch, und als ich fertig war, dämmerte es noch nicht einmal. Es war erst halb fünf, die ersten Gäste würden nicht vor acht kommen. Ich war erschöpft und aufgeregt, und als ich mich gerade auf die Couch legen wollte, um mich auszuruhen, klingelte das Telefon. Katja.

»Hast du was dagegen, wenn ich ein paar Freunde mitbringe?«

»Wie viele denn?«

»Weiß nicht, fünf oder sechs oder so.«

»Klar. Aber sag ihnen, sie sollen was zu trinken mitbringen.«

»Ok, mach ich.«

Ich legte mich hin und versuchte, etwas zu schlafen. Es ging nicht, also machte ich den kleinen Kofferfernseher an, den ich mir gerade vom Geld meines Vaters gekauft hatte. Im Westen berichteten sie von einer Frau, die in einen Gerichtssaal gestürmt war und dort den Mörder ihrer Tochter erschossen hatte, und im Osten lief ein Fußballspiel. Ich ließ es laufen und döste ein, bis es an der Tür klingelte. Die dicke Hinrich.

»Ab zweiundzwanzig Uhr hat hier Ruhe zu sein!«, keifte der böse dünne Vogel aus dem unübersichtlichen Gebirge ihres Körpers. »Ich rufe die Polizei, wenn es zu laut wird.«

»Na klar, Frau Hinrich«, erwiderte ich, »aber rufen Sie nicht zu laut, sonst erschrecken Sie noch die Nachbarn.« Ich machte die Tür vor ihrer Nase zu. »Unverschämtheit!«, hörte ich sie blaffen.

Inzwischen war es sechs. Ich duschte, zog mich an und setzte mich wieder vor die Glotze. Die Nachrichten im Osten warnten vor einer drohenden Konterrevolution in Polen, und im Westen gewann gerade Borussia Dortmund gegen Bayer Leverkusen. Die Leute im Stadion tobten, doch meine Minuten tröpfelten zäh vor sich hin. Irgendwann klingelte es, Stefan stand vor der Tür. Ich hatte ihn noch nie in Uniform gesehen und musste mir ein Lachen verkneifen.

»Jaja, ich weiß«, seufzte er. »Ich hab nur Ausgang, aber wenn du mich reinlässt, ziehe ich mein Menschenkostüm an, versprochen.«

Er zog sich um, wir setzten uns in die Küche, und ich machte ihm ein Bier auf.

»Was machst du da eigentlich bei der Armee?«

»Kompanieschreiber«, sagte Stefan und nahm einen großen Schluck. »Langweilig und harmlos, entspricht also voll und ganz meiner Persönlichkeit.« Er rülpste laut.

»Was schreibst du denn da den ganzen Tag?«

»Ach, Bürokrempel eben. Essen bestellen, Waffen bestellen – was so anliegt. Und du so?«

»Ich bin Teil der Arbeiterklasse und ein wertvolles Mitglied unserer sozialistischen Gesellschaft.«

»Respekt«, Stefan grinste. »Aber ich hab auch nichts anderes von dir erwartet.«

Ich goss mir ein Glas Wein ein, wir tranken, rauchten und erzählten uns alte Geschichten. Wie alte Leute, dachte ich.

Es wurde dunkel, und meine Gäste kamen. Oder besser: Katjas Gäste. Sie hatte mein Angebot, ein paar Leute mitzubringen, sehr großzügig gedeutet, und schon bald hatte ich in dem Gewühl Mühe, meine eigenen Freunde wiederzufinden.

»Wer sind die alle?«, fragte der schüchterne Uli.

»Ich habe keine Ahnung.«

»Es sind viel zu wenig Frauen hier«, beschwerte sich der dicke Wanja. »Du darfst nie zu wenig Frauen einladen, das verdirbt die Stimmung.«

»Du bist doch schon mit schlechter Laune hergekommen«, wandte ich ein. »Was ist denn los?«

»Ach, frag nicht«, der dicke Wanja winkte traurig ab. »Weiber eben.«

»Wem sagst du das«, mischte sich mein jüngster

Bruder ein. Es war inzwischen so voll, dass ich gar nicht bemerkt hatte, wann er gekommen war. »Frauen sind komische Vögel. Ich werde ihnen mein nächstes unveröffentlichtes Gedicht widmen. Wo steht das Bier, Schwesterchen?«

»Auf dem Balkon.«

Ich ging in die Küche, wo Katja umringt war von Leuten. Sie leuchtete, sie war das Zentrum, das war schon immer so. Wo sie auftauchte, war das Leben, neben ihr verblasste ich. Das hier war ihr Fest, und ich war nur Gast. Sie konnte nichts dafür, so war sie eben. Doch ich war eifersüchtig.

»Weißt du, wo das Bier steht?« Neben mir stand ein blasser Typ mit rotblonden Haaren und einer bemerkenswert großen Nase.

»Auf dem Balkon.«

»Danke«, sagte er. »Und wer bist du?«

»Ich wohne hier.«

»Ach, dann bist du die Freundin von Katja?«

»Genau.«

»Sie sagte, du kannst singen und Gitarre spielen.«

»Geht so.«

»Ich bin Gitarrist in einer Band, und unsere Sängerin hat aufgehört, weil sie schwanger ist. Hast du Lust?«

»Was macht ihr denn für Musik?«

»Wir spielen nach. Folk und so. Wenn du willst, gebe ich dir eine Kassette, hab eine dabei.« Ohne eine

Antwort abzuwarten, zog er die Kassette aus der Jacke und gab sie mir. »Steht meine Telefonnummer hinten drauf, wenn's dir gefällt, kannst du dich ja melden.«

»Mach ich«, sagte ich und steckte die Kassette in meine Hosentasche.

»Ich hol mir ein Bier, willst du auch eins?«

»Nee danke.«

Der Gitarrist verschwand, ich goss mir Wein ins Glas und stellte mir vor, ich sei auch nur zu Besuch bei diesem Fest. Ich ging durch die Wohnung und versuchte, mit fremden Augen zu sehen. Eine nichtssagende Wohnung, phantasielos und langweilig – es war deprimierend. Und deprimierend war auch, dass mich kaum jemand vermissen würde, wenn ich jetzt ginge. Ich wurde von Schwermut und Selbstmitleid ergriffen, nahm meine Jacke und verließ die Wohnung. Draußen war es kalt, es nieselte. Ich schlug den Kragen hoch, lief zur Telefonzelle, ging hinein und wählte meine Nummer. Es läutete fünfmal, bis jemand abnahm. »Hallo?«, rief eine Stimme. Ich musste den Hörer von mir weghalten, weil es so laut war.

»Hallo«, antwortete ich und verlangte mich zu sprechen.

»Wen?«, rief die Stimme am anderen Ende. Ich wiederholte meinen Namen. »Warte mal.« Der Hörer wurde weggelegt. Ich wartete. Nach etwa einer Minute meldete sich eine andere Stimme.

»Hallo?«

Ich legte auf, verließ die Zelle wieder und ging spazieren. Ich versuchte, etwas Bedeutsames zu denken, um mir nicht so lächerlich vorzukommen. Meine drei Brüder hatten schon so wichtige Dinge getan, als sie in meinem Alter waren. Sie hatten rebelliert, um ihre Träume ins Leben zu holen. Und ich? Ich lebte so dahin und machte einen Kompromiss nach dem anderen. Keine Leidenschaft für nichts. Stattdessen rief ich in meiner eigenen Wohnung an. Grotesk. Der Regen wurde stärker, und ich fror, also lief ich zurück. Der Versuch, mich weniger erbärmlich zu fühlen, war gründlich misslungen.

Vor meinem Haus stand ein Polizeiauto. Das hatte mir gerade noch gefehlt. Meine trüben Gedanken waren wie weggeblasen, ich rannte und nahm zwei Stufen auf einmal zu meiner Wohnung. An der Tür standen zwei Polizisten und wollten gerade klingeln.

»Ich wohne hier«, sagte ich atemlos. Die beiden Männer drehten sich um und schauten mich überrascht an. »Das heißt, Sie sind die Mieterin dieser Wohnung?«, fragte der eine.

»Ja, ich wohne hier«, wiederholte ich. Ich wusste, dass die blöde Hinrich von gegenüber durch den Spion stierte.

»Gegen Sie liegt eine Beschwerde vor«, erklärte der Polizist. »Nächtliche Ruhestörung.« Sein Kollege nickte eifrig, als könne er damit die Wirkung der Worte des anderen noch bekräftigen.

»Tut mir leid«, sagte ich mit einem Lächeln, von dem ich hoffte, dass es schüchtern wirkte. »Wir machen gleich leiser.«

»Tun Sie das!«, sagte der Polizist streng und gab seinem Kollegen mit einem Blick zu verstehen, dass für ihn die Angelegenheit damit erledigt sei. Die Männer gingen. Ich überlegte kurz, ob ich bei der dicken Hinrich klingeln sollte, ließ es aber bleiben. Ich war sicher, dass sie sich ohnehin schon genug ärgerte, dass die Polizisten nicht meine Wohnung gestürmt und mich mitgenommen hatten. Ich ging hinein, kämpfte mich durch den Flur und drehte die Musik leiser.

»Wo warst du denn?« Stefan lehnte mit einer Bierflasche an der Balkontür und rauchte. »Ich hab dich gesucht, ich hau nämlich gleich ab.«

»Ich musste mal telefonieren, und hier war's zu laut.«

Stefan trank aus und stellte die Bierflasche ab. »Dann geh ich mich mal wieder militarisieren«, sagte er, nahm seinen Rucksack und verschwand in Richtung Bad.

Ich ging in die Küche. Katja saß auf dem Schoß eines großen, schwarzhaarigen Mannes, hatte ihren Arm um seine Schultern gelegt und flüsterte ihm gerade etwas ins Ohr. Irgendjemand hatte die Musik im Wohnzimmer wieder laut gedreht. Ich ging zurück. Mein Bruder saß auf der Erde und studierte ein Plattencover. Ich machte den Plattenspieler aus.

»Was ist denn mit dir los?«, fragte er.

»Die Polizei war gerade hier, meine Nachbarin hat sich beschwert.« Ich nahm ihm die Plattenhülle aus der Hand und steckte die Schallplatte hinein.

»Na und? Du wirst dich doch wohl nicht von so ein paar blöden Bullen einschüchtern lassen, oder?«

»Ich hab keine Lust auf Ärger.«

»Du bist langweilig, Schwesterchen.«

»Ich weiß. Außerdem bin ich müde.«

Stefan kam in Uniform und begleitet von mehr oder weniger witzigen Kommentaren ins Zimmer, um sich zu verabschieden. Ich brachte ihn zur Tür und setzte mich dann mit einem Glas Wein zu meinem Bruder auf den Boden. Er zog an seiner Zigarette und schaute sich im Zimmer um.

»Du schleppst auch immer noch deine Kindheit mit dir rum, oder?«

»Wieso ›auch‹?«

»Ich habe manchmal das Gefühl, ich bin seit zehn Jahren kein Jahr älter geworden. Ich bin jetzt fünfundzwanzig und benehme mich wie fünfzehn.«

»Wieso?«

»Keine Ahnung, ist eben so.« Mein Bruder seufzte. »Ich verliebe mich auch immer in Frauen, die älter sind als ich.«

»Schon wieder neu?«

»Ja, schon wieder neu.«

Seit ich die Musik ausgemacht hatte, leerte sich

die Wohnung langsam. Auch Katja hatte schon den Mantel an, als sie im Arm des großen schwarzhaarigen Mannes in der Tür erschien. Sie löste sich von ihm und kam schwankend zu uns herüber.

»War schön bei dir«, sagte sie und grinste schief. »Bisschen voll, aber schön.«

»Du bist auch bisschen voll, aber schön«, sagte mein Bruder.

»Jaja, quatsch du nur.« Katja umarmte mich und wankte zurück zu ihrem Begleiter. Mit ihr verließen auch die meisten ihrer Freunde meine Wohnung.

Auf der Couch fläzte der dicke Wanja und hielt einem Mädchen mit langen geflochtenen Zöpfen einen Vortrag über Frank Zappa, und der schüchterne Uli saß auf einem Stuhl und blätterte in einem Bildband. Ich legte die Schallplatte von Billy Cobham auf, die ich geschenkt bekommen hatte. Mein Bruder fingerte seine letzte Zigarette aus der Schachtel, knüllte die Packung zusammen und zielte auf meinen Papierkorb. »Kann ich heute Nacht bei dir schlafen?« Er traf nicht.

»Na klar«, sagte ich und gab ihm Feuer. »Wie früher.«

Wir schwiegen und hörten Musik. Irgendwann gingen auch der dicke Wanja und das Zopfmädchen. Der schüchterne Uli stellte den Bildband ins Bücherregal und verabschiedete sich ebenfalls.

Ich ging in die Küche. Irgendjemand hatte aufgeräumt, das Geschirr und die Gläser abgewaschen, die Aschenbecher geleert und die Flaschen zusammengestellt. Ich öffnete das Fenster und atmete die kalte Nachtluft ein. Es hatte aufgehört zu regnen. Mein Kopf tat ein bisschen weh vom Rauch und vom Wein, doch es war nicht schlimm. Eigentlich war sogar alles gut, und ich war auch nicht mehr traurig. Ich gab meinem Bruder eine Decke, putzte mir die Zähne und sah nicht in den Spiegel.

»Weißt du noch, was sie gemacht hat, wenn sie uns ins Bett gebracht hat?«, fragte mein Bruder, als er neben mir lag. Natürlich wusste ich das noch. Jeder immer ein Wort: Ab – jetzt – ist – Ruhe.

Als ich ein paar Tage nach meinem Geburtstag Wäsche waschen wollte, fand ich in der Tasche meiner Jeans die Kassette, die der Gitarrist mit der großen Nase mir gegeben hatte. Ich legte sie in meinen Kassettenrekorder. Eine zarte Mädchenstimme sang ein Lied, das ich aus dem Radio kannte. Es gefiel mir. Und mir gefiel die Idee, Sängerin einer Band zu sein. Zwar hatte ich schon ein paar Mal vor Leuten gesungen, doch so allein auf der Bühne, fühlte ich mich immer irgendwie verloren. Die Stimme des Mädchens war einschüchternd schön, und obwohl ich wusste, dass ich nicht annähernd so gut singen konnte, rief ich den Gitarristen mit der großen Nase an.

Die drei Jungs, die außer ihm zur Band gehörten,

saßen auf der Couch in seinem Wohnzimmer und musterten mich skeptisch. Ich war aufgeregt, und meine Hände schwitzten, als ich die Gitarre aus dem Koffer holte.

»Hast du denn schon mal vor Publikum gesungen?«, fragte mich der Gitarrist mit der großen Nase und stellte mir einen Stuhl hin.

»Ein paar Mal«, antwortete ich. »Aber nichts Besonderes.«

»Na, dann lass mal hören«, sagte ein etwas untersetzter Typ mit Vollbart, lehnte sich lässig zurück in das Sofapolster und verschränkte die Arme vor der Brust. In der Mitte saß ein blasser Seitenscheitel, der sich mehr für meine Gitarre zu interessieren schien als für mich. Er beugte sich vor, studierte fingerknabbernd den Aufkleber im Schallloch, um sich dann mit gelangweiltem Blick ebenfalls zurückzulehnen. Nur der Langhaarige neben ihm grinste mich breit an. Ich schaute zu dem Gitarristen mit der großen Nase, der neben dem Sofa stand. Er nickte mir zu, ich rieb meine verschwitzten Hände an meiner Hose trocken und fing an zu spielen. Das erste Lied war ein irischer Protestsong mit viel Stacheldraht und einer zarten Melodie, deren Töne mir jedoch manchmal abhanden kamen. Beim Singen studierte ich die Schuhe der Jungs: normale Schuhe, Turnschuhe, Kletterschuhe – nichts Besonderes. Als ich fertig war, sah ich auf. »Das war doch ganz gut«, sagte der Gitarrist mit der großen Nase, und die anderen nickten zustimmend. »Hast du noch einen? Vielleicht was Deutsches oder so?«

Ich spielte einen Song, den ich selbst geschrieben hatte – pennälerhafte Liebeslyrik über Nächte, die sich mit dem Mond vermählten, und irgendetwas, das wie Pergament zerriss. Schlimm. Doch wenigstens war die Musik nicht so übel. Diesmal schloss ich die Augen beim Singen und öffnete sie erst wieder beim Schlussakkord. Die vier Jungs sahen nicht unzufrieden aus, lediglich um die Lippen des Langhaarigen zuckte ein belustigtes Grinsen.

»Gehst du mal kurz raus, wir müssen uns beraten«, sagte der Gitarrist mit der großen Nase. Ich ging in den Flur und wartete. Nach ein paar Minuten riefen sie mich wieder herein. »Bist dabei, wenn du willst«, sagte der Untersetzte. »Und dieser deutsche Song … war der von dir?«

»Nur die Musik«, log ich. »Der Text ist von einem Freund.«

»Der war gut. Hat dein Freund noch mehr geschrieben?« Er schien die Frage wirklich ernst zu meinen.

»Ich weiß nicht. Ich habe keinen Kontakt mehr zu ihm.«

»Schade«, mischte sich jetzt auch der Seitenscheitel ein. »Wir könnten ein paar eigene Songs gebrauchen.«

»Ach, ist doch egal«, winkte der Langhaarige ab. »Lass uns ein Bier trinken gehen und die Sache besiegeln. Hast du Lust?«

»Klar«, sagte ich, packte meine Gitarre wieder in den Koffer und ging mit ihnen ein Bier trinken.

An den folgenden Wochenenden probten wir. Der Gitarrist mit der großen Nase jobbte manchmal als Aufsicht in einer kleinen Galerie, deren Hinterzimmer wir als Proberaum nutzen durften. Die Band hatte keine Ordnung. Nach jedem Song wurden die Instrumente gewechselt oder getauscht. Jeder spielte alles, es gab mehrere Sänger und keinen Chef – das gefiel mir. Ich mochte die Jungs, und sie schienen mich auch zu mögen.

Als wir genug geprobt hatten, luden wir unsere Instrumente und die Verstärker in den Kombi des Langhaarigen und spielten unsere schöne, harmlose Musik in Clubs und bei Familienfesten. Es machte Spaß. Ich war in einer Band, meine Wochenenden waren bunt, und ich war glücklich.

Anders mein Vater. Ihm gefiel nicht, was ich tat. Er war überzeugt davon, dass er mich nun auch verloren hatte. Jedoch sagte er mir das nicht offen, sondern strafte meine Berichte aus dem Musikerleben mit demonstrativem Desinteresse. Das verletzte mich, und er wusste das. Abgesehen von seinem Argwohn, war er beleidigt, dass er mich nun noch seltener sah als vorher. Er sprach es nicht aus, doch das musste er auch nicht. Er wusste genau, dass ich ein schlechtes Gewissen hatte, und er tat nichts dafür, etwas daran zu ändern.

Zwischen den Wochenenden und den immer seltener werdenden Besuchen bei meinem Vater ging ich arbeiten. Ich war an der Maschine inzwischen routiniert, und wenn Schulklassen durch die Setzerei geführt wurden, um zu erfahren, wie eine sozialistische Tageszeitung entstand, stellte mich der Meister gern als leuchtendes Beispiel für eine junge, weibliche Arbeiterpersönlichkeit vor. Die meisten Schüler verstanden seine Ironie nicht, nur ein paar kicherten.

Auch die Gruppe langweilig gekleideter Männer, die er eines Tages durch unsere Werkstatt schleuste, bemerkte nicht, dass er sich über sie lustig machte, als er auf mich zeigte und sagte: »Diese junge Frau hier kann zehnmal schneller ENTWICKELTE SOZIALISTISCHE GESELLSCHAFT setzen, als mancher hier im Raum diese Worte einmal fehlerfrei buchstabieren könnte!« Einige der Männer guckten irritiert, andere nickten wissend.

Und sie blieben. Es gab einen Parteitag, über den unsere Zeitung berichten musste. Und weil die Partei Sorge hatte, dass wir die Berichterstattung sabotieren könnten, postierte sie hinter jeder Setzmaschine einen Aufpasser. Zwar wurden uns die Männer nicht als Mitarbeiter der Staatssicherheit vorgestellt, doch wir wussten, dass sie es waren.

Der Typ, der mir zugeteilt wurde, war vielleicht Anfang dreißig, trug eine bräunliche Hose mit Bügelfalte und einen blassgrüngestreiften Pullover, in den der Schweißgeruch irgendwie schon eingewebt schien. Dieser Geruch war sein treuer Begleiter, und sein Träger war meiner. Nur in den Pausen gesellte er sich zu seinen Kollegen und besetzte mit ihnen in der Kantine einen Tisch in unserer Nähe.

»Ignoriert sie und macht eure Arbeit«, hatte der Meister uns eingebläut. »Wir wollen doch nicht, dass sie bei ihrer Arbeit Spaß haben, oder?«

Es fiel mir schwer, den Mann an meiner Maschine zu ignorieren. Zwar nahm ich seinen Schweißgeruch irgendwann nicht mehr war, doch das unangenehme Gefühl im Rücken blieb. Es war ein Gefühl, als würde es ziehen – nicht stark, doch unablässig. Lästig. Trotzdem tat er mir irgendwie leid. Er musste den ganzen Tag da stehen und hatte nichts zu tun. Ich fragte mich, woran er wohl dachte und was er erzählte, wenn er nach der Schicht von der Arbeit nach Hause kam und seine Frau ihn fragte, wie sein Tag gewesen sei. Doch vielleicht hatte er auch gar keine Frau, ging nach Feierabend in seine kleine Einzimmer-Neubauwohnung und war einsam. Ich nahm mir vor, bei nächster Gelegenheit nachzuschauen, ob er einen Ehering trug. Ich setzte meinen Text, brachte die fertige Spalte zum Meister und kehrte zu meiner Maschine zurück. Da stand mein Bewacher und hielt seine Hände vor dem Unterleib verschränkt wie ein Fußballer vor dem Freistoß – ich konnte nicht sehen, ob da ein Ring war, und musste mir etwas anderes einfallen lassen, um es herauszufinden.

Irgendwann musste ich eine neue Bleistange in den Schmelzkessel meiner Maschine hängen. Die Stangen waren ziemlich schwer, es erforderte einige Geschicklichkeit, sie zu befestigen. Ich tat so, als hätte ich große Mühe damit, und mein Plan ging auf. Mein Bewacher eilte mir zu Hilfe, nahm mir die Stange ab und hängte sie ein. Er trug keinen Ehering. Ich bedankte mich, und er nickte höflich. Eigentlich sah er gar nicht so übel aus. Hätte er nicht die falschen Klamotten, die falsche Frisur und den falschen Beruf gehabt … wer weiß.

Während der nächsten Tage musste ich keine Bleistange mehr einhängen, er erledigte das. Bis zu dem Tag, da er nicht mehr erschien. Vielleicht war er krank geworden oder wurde woanders gebraucht – im Grunde wäre es mir egal gewesen, wenn er nicht durch einen Typ ersetzt worden wäre, der mir noch unangenehmer im Nacken saß. Er roch zwar nicht nach Schweiß, doch dafür nach unfassbar schlechtem und vermutlich ebenso billigem Rasierwasser. Ich hatte das Gefühl, meine Nasenschleimhäute würden verätzt, so penetrant stank das Zeug. Also atmete ich fortan durch den Mund und hängte meine Bleistangen wieder selber ein.

Am Ende der Woche gab es Ärger. Einer meiner Kollegen hatte den Satz »Der Parteitag trat in die Mittagspause« durch die Bemerkung »Es gab Erbsensuppe« ergänzt. Der Korrektor hatte in dem Satz keinen Fehler gefunden, der Redakteur hatte ihn überlesen, und die Zeitung ging in den Druck. Der Übeltäter bekam ein Disziplinarverfahren, wurde streng gerügt und musste eine Stellungnahme schreiben. Darin erklärte er, dass Erbsensuppe doch sehr nahrhaft sei und sich die Leser der Zeitung bestimmt darüber freuten, dass die Genossen beim Parteitag das Gleiche zu essen bekämen wie die werktätige Bevölkerung in der Betriebskantine. Daraufhin wurde ihm auch die Parteitagsprämie gestrichen. Wir legten zusammen, er bekam die Prämie von uns, und es war in Ordnung.

In Ordnung fand ich auch, dass ein paar Wochen später der Name meines ältesten Bruders in der Zeitung erschien, für die ich arbeitete. Fünf Jahre nachdem er das Land verlassen hatte, sprach das Land wieder über ihn – allerdings ohne zu erwähnen, dass er es verlassen hatte.

Mein Bruder hatte einen Film gemacht, der überall gute Kritiken bekam und jetzt zu einem großen

Festival nach Cannes eingeladen war. Doch während die Zeitungen im Westen den Film als ein »deutsches Kinoereignis« lobten, wurde der Name meines Bruders von meiner Zeitung nur in einer kurzen Notiz erwähnt.

Der Film erzählte die Geschichte einer Jugendbande, die kurz nach dem Zweiten Weltkrieg in Berlin ihr Unwesen trieb. Die Stadt war verwundet und geteilt, das Chaos gebar Anarchie, und die Anarchie gebar Verbrechen. Der Chef der Bande war erst siebzehn und wollte sein wie Al Capone. Er überfiel Banken und raubte Geschäfte aus, bis es schiefging und er zum Tode verurteilt und durch das Fallbeil hingerichtet wurde.

Mein Bruder war in Cannes und rief mich ein paar Stunden vor der Premiere an. »Hörst du den Hubschrauber?«, rief er ins Telefon. »Er fliegt über die Stadt und zieht ein Transparent mit meinem Namen hinter sich her. Das ist doch verrückt. Bin ich noch der Dissidentendichter aus Ostberlin, oder bin ich jetzt ein berühmter Regisseur?« Ich wusste nicht, was ich sagen sollte, und er erwartete auch keine Antwort darauf.

»Weiß der Alte, dass mein Film hier läuft?«
»Es steht in der Zeitung, bestimmt weiß er es.«
»Meinst du, ich sollte ihn anrufen?«
»Ich weiß nicht.«
Im Hintergrund lärmte der Hubschrauber.

»Nein, ich werde ihn nicht anrufen. Er soll mich anrufen.«

»Wird er nicht.«

»Ja, ich weiß.«

Mein Vater sah im Fernsehen den Hubschrauber, der über die Stadt flog und den Namen seines Sohnes hinter sich herzog. Er sah seinen Sohn, wie er in der grellen Sonne der Côte d'Azur Fragen über seinen Film beantwortete. Während er sprach, bewegte mein Vater unmerklich die Lippen, als würde er die Worte mitsprechen. So, als habe er Angst, sein Sohn könnte den Text vergessen. Doch er rief ihn nicht an.

Der Film meines Bruders bekam in Cannes keinen Preis, aber dafür in Bayern. Im Fernsehen sah ich, wie der stiernackige und rotgesichtige bayerische Ministerpräsident meinem Bruder eine Porzellanfigur und einen Scheck überreichte. Der trat ans Mikrophon und erklärte, warum er den Preis und das Geld aus den Händen eines Mannes annahm, dessen politische Haltung der seinen entgegengesetzt sei. »Es ist ein Widerspruch«, sagte mein Bruder. Doch genau darum gehe es ja auch in seinem Film. »Es geht um Kriminalität als reinste Form des Aufbegehrens gegen Macht und Geld. Es ist ein Film gegen den Staat, den ich mit dem Geld des Staates gemacht habe.« Im Saal wurde es unruhig, die Leute tuschelten, das stete Lächeln im roten Gesicht des stiernackigen Ministerpräsidenten gefror, und mein Herz klopfte schneller. Mein Bruder redete ungerührt weiter.

»Ich nehme das Geld aus den Händen des Staates, gegen den ich arbeite. Das ist ein Widerspruch, doch ich brauche das Geld, um meinen nächsten Film machen zu können, mit dem ich Widersprüche wie diese beschreiben will. Denn die Widersprüche sind die Hoffnung.« Das Murmeln im Saal wurde lauter. »Ich danke der Filmhochschule der DDR für meine Ausbildung«, sagte mein Bruder. Aus dem Murmeln wurden Pfiffe und Buh-Rufe. »Geh doch wieder rüber in den Osten!«, rief jemand. Unbeeindruckt vom Tumult wiederholte mein Bruder den Satz. »Ich danke der Filmhochschule der DDR für meine Ausbildung. Ich danke den Verhältnissen für ihre Widersprüche und den Helden meines Films für ihr Beispiel.« Mein Bruder verließ das Rednerpult, der stiernackige Ministerpräsident trat ans Mikrophon und bedankte sich mit einem süffisanten Grinsen im feisten Gesicht bei meinem Bruder dafür, dass er sich als lebendiges Beispiel der bayerischen Liberalität zur Verfügung gestellt habe. Applaus. Abgang. Nach dem Eklat teilte die bayerische Regierung meinem Bruder mit, dass sie ihn nicht länger als Gast betrachte und er seine Hotelrechnung gefälligst selbst bezahlen solle. Der Staat war eingeschnappt, mein Bruder hatte gewonnen, und ich bewunderte ihn.

»Hast du deinen Bruder im Fernsehen gesehen?«,

fragte mein Vater am Telefon. »Also das mit dem Staat und den Widersprüchen – das war mir zu hoch«, sagte er. »Doch dass er sich bei der DDR bedanken würde, hätte ich ihm nicht zugetraut.«

»Er hat sich bei der Filmhochschule bedankt.«

»Jaja.«

»Wirst du ihn anrufen?«

»Warum sollte ich?«

»Um ihm zu gratulieren.«

»Nein.«

»Warum nicht?«

»Hat er mir gratuliert, als ich den Karl-Marx-Orden bekommen habe?«

»Weiß nicht.«

»Hast du mir gratuliert?«

»Nein.«

»Siehst du?«

Ich schwieg betreten. Ich wusste ja nicht einmal, dass mein Vater diesen Orden bekommen hatte. Und selbst wenn ich es gewusst hätte – es hätte mich nicht interessiert.

Zum ersten Mal legte mein Vater den Hörer früher auf als ich.

NEUN

Es wurde wieder Sommer – ein unerträglich heißer und drückender Sommer, durch den sich die Leute mit jedem Tag langsamer bewegten. An den Wochenenden zwängten sie sich in ihre glühenden Autos oder stiegen in überfüllte S-Bahnen, um die Seen zu bevölkern, die am Stadtrand lagen. Sie bildeten sich ein, dort glücklich zu sein, und vielleicht waren sie es auch. Ich war es nicht, denn ich war allein, und der Sommer verachtete die Einsamen – davon war ich fest überzeugt. Deshalb hielt ich mich von ihm fern, blieb an meinen freien Tagen zu Hause, ließ die Rollos herunter, spielte auf meiner Gitarre dunkelgraue Moll-Akkorde und wünschte mir den Herbst.

Mein Wunsch ging in Erfüllung – in der Nacht, bevor ich mit Katja an die Ostsee fahren wollte, fing es an zu regnen. Ich zog die Rollos hoch, öffnete alle Fenster, setzte mich im Schlafanzug auf meinen Balkon und ging erst ins Bett, als der Wind kam und mir den Regen ins Gesicht trieb.

»So eine Scheiße«, fluchte Katja, als wir am nächsten Morgen auf dem Bahnhof standen und auf unseren Zug warteten. »Hast du den Wetterbericht gehört?«

Es hatte die ganze Nacht geregnet, die Temperaturen waren stark gefallen, und die Aussichten waren mies. »Na und«, sagte ich. »Hauptsache raus hier.«

Unser Zug kam, wir stiegen ein und fanden zwei Plätze in einem Raucherabteil, das bereits von einer Familie mit zwei kleinen Jungen besetzt war. Die Mutter schälte gerade einen Apfel und schaute nur kurz auf, als wir unsere Rucksäcke in die Gepäckablage hievten. Der Vater rauchte und starrte unverhohlen auf Katjas Hintern, während seine Söhne sich laut und in breitem Sächsisch darum stritten, wie viele Stationen es noch bis zur Ostsee seien.

Katja fläzte sich in den Sitz und warf den beiden Jungen vernichtende Blicke zu. Der Zug setzte sich in Bewegung, die Frau verteilte die Apfelstücke dekorativ auf einem Pappteller, stellte ihn auf den kleinen Tisch unter dem Fenster, wischte das Messer mit einem Tuch ab, klappte es zusammen und steckte es in ihre Handtasche. Dann vertiefte sie sich in die Lektüre einer Illustrierten.

Ihr Mann blies gelangweilt Ringe in die Luft, die seine Söhne fasziniert mit den Blicken verfolgten, während sie sich die Apfelstücke in den Mund schoben.

»Wohl Berliner«, wandte sich der Familienvater schließlich an Katja. Obwohl mich der Typ nicht im Geringsten interessierte, kränkte es mich, dass er mich ignorierte.

»Wollen Sie das von mir wissen oder von meinen Titten, die Sie die ganze Zeit anstarren?«, fragte Katja und prüfte dabei gelangweilt den Zustand ihrer Fingernägel.

Der Mann wurde rot und schaute weg, seine Söhne vergaßen zu kauen, und die Frau ließ ihre Zeitschrift sinken. Sie bedachte erst meine Freundin und dann ihren Mann mit einem feindseligen Blick, dann seufzte sie und verschwand wieder hinter der Illustrierten. Eisiges Schweigen legte sich zwischen die Rauchschwaden im Abteil, die die Jungs stumm mit den Händen zu zerteilen begannen, bis sie von ihrer Mutter zur Ordnung gerufen und zum Stillsitzen verurteilt wurden. Der Mann drückte seine Zigarette in den Aschenbecher, verschränkte die Arme vor der Brust und schloss die Augen. Nach ein paar Minuten war er eingeschlafen, und seinem geöffneten Mund entwichen stakkatoartige, nikotingetränkte Schnarchlaute.

»Ich muss hier raus«, raunte ich Katja zu. »Kommst du mit?«

»Ja, gleich«, flüsterte sie. »Ich muss das Elend bloß noch dokumentieren.« Sie stand auf, zog ihren Rucksack von der Ablage, holte den Fotoapparat raus und knipste den schnarchenden Schläfer. Die beiden kleinen Jungs hockten mit angezogenen Beinen auf ihren Sitzen und kicherten. Die Frau ließ ihre Zeitschrift sinken, sah uns entnervt an, schaute zu ihrem

Mann, rollte mit den Augen und seufzte noch einmal tief, um sich dann wieder in ihre Lektüre zu versenken.

Wir nahmen unsere Sachen und verließen das Abteil. Ich schloss die Tür so geräuschvoll, dass der Familienvater aus dem Schlaf schreckte und verwirrt um sich sah. »Idiot«, sagte ich. »Wichser«, sagte Katja.

Der Zug war voll, es gab keine Plätze mehr, also stellten wir uns in den Raum zwischen den Waggons. Es stank nach Gülle, und ich war nicht sicher, ob der Geruch von den Feldern kam, an denen wir gerade vorbeifuhren, oder aus den Toiletten. Ich schaute aus dem Türfenster, durch dessen verdreckte, schlierige Scheiben die flache Landschaft da draußen noch trostloser wirkte, als sie ohnehin schon war. Ich presste meine Stirn an die Scheibe und schloss die Augen. Der monotone Rhythmus des Zuges legte sich in meinen Kopf. Ich dachte an nichts und verlor jedes Zeitgefühl. Erst als der Zug seine Fahrt verlangsamte und mit quietschenden Bremsen in einen Bahnhof einfuhr, kam ich wieder zu mir. Ich trat zur Seite, um Leute ein- und aussteigen zu lassen. Katja hockte auf dem Boden und las. Als der Zug sich in Bewegung setzte, versuchte ich mich wieder in diesen angenehmen Zustand der Leere zurückzuversetzen. Es gelang mir nicht. Ich holte einen Apfel aus dem Rucksack und nagte ein Mondgesicht hinein.

Das hatte ich als Kind manchmal gemacht, wenn mir langweilig war. Ich hatte mich dann mit dem Apfel unterhalten, bis mich auch das langweilte. Dieser Apfelkopf blieb jedoch stumm, also aß ich ihn auf und schnippte den Stiel zu Katja. Ich verfehlte sie und schaute aus dem Fenster. Es hatte wieder angefangen zu regnen, und ich sah zu, wie die Tropfen in waagerechten Rinnen von der Scheibe getrieben wurden. Mich fröstelte, ich zog meine Jacke an, setzte mich neben Katja, betrachtete die Schuhe der Leute, die an uns vorbeigingen, und zählte ihre Träger.

Der Zwölfte trug ein Paar zerschlissene, ehemals weiße Turnschuhe und blieb plötzlich vor uns stehen. Ich sah nach oben. Die Schuhe gehörten zu einem Parka mit Pferdeschwanz – nicht besonders groß, nicht besonders kräftig, nicht hässlich, nicht hübsch. Er wäre mir auf der Straße nicht aufgefallen. Er sah genauso aus wie ein Zwölfter.

»Katja?«

Meine Freundin schaute auf und kniff die Augen zusammen, als hätte sie Mühe, den Mann zu erkennen. Doch plötzlich klärte sich ihr Gesicht, und sie strahlte.

»Hans!« Sie sprang auf und fiel ihm um den Hals, als sei er gerade aus dem Krieg zurückgekehrt. Ich erfuhr, dass die beiden zusammen an der Kunsthochschule studiert und sich jahrelang nicht gesehen hatten. Hans hatte Bildhauer werden wollen, musste seinen Traum aber wegen einer chronischen Sehnenscheidenentzündung begraben und gab jetzt Zeichenkurse an der Volkshochschule. Er war mit Freunden auf dem Weg in das kleine Ostseedorf, in dessen Nähe auch wir unsere Ferien verbringen würden. Ich freute mich. Ich mochte diesen Zwölften, und mir gefiel der feste Händedruck, mit dem er sich von mir verabschiedete.

Als unser Zug in den Bahnhof fuhr, regnete es immer noch. Wir holten unsere Fahrräder aus dem Gepäckwagen, luden unsere Rucksäcke auf und fuhren los. Es waren nur zwanzig Kilometer bis zu unserem Dorf, doch wir hatten Gegenwind, und der kalte Regen peitschte uns ins Gesicht – wir kamen nur mühsam auf der Landstraße voran. Immer wenn ein Auto an uns vorbeiraste und uns vollspritzte, brüllte Katja ihm üble Flüche hinterher. Es waren viele Autos, und meine Freundin kannte viele Flüche.

Klatschnass und durchgefroren kamen wir an. Katja hatte den Tipp für dieses Quartier von einem Freund bekommen, allerdings hatte er ihr offenbar verschwiegen, was uns erwarten würde. Die Vermieterin – eine vergrämte Frau unbestimmten Alters – führte uns zu einem Schuppen, der von hohen Kiefern umstanden war. Er beherbergte zwei Betten, einen Tisch mit zwei Stühlen, einen Schrank, ein Waschbecken und einen Gaskocher, der auf einem wackligen Regal stand. Es gab ein winziges Fenster, durch das sich eine vage Ahnung von Tageslicht quälte, und der Geruch nach modrigem Holz erinnerte mich an den Dachboden, auf dem ich in Budapest eine Nacht verbracht hatte.

»Plumpsklo is da draußen«, sagte die Frau und wies mit ihrem schlechtgelaunten Finger in eine unbestimmte Richtung. »Und Klopapier is nich.« Sie kassierte die Miete im Voraus, legte den Schlüssel auf den Tisch und verschwand.

Wir setzten unsere Rucksäcke ab, zogen unsere nassen Klamotten aus, legten sie über die Stühle und tauschten sie gegen trockene Sachen. Dann legten wir uns auf die Betten und starrten die Decke an, von der eine nackte Glühbirne baumelte.

»Es ist besser als gar kein Dach überm Kopf«, sagte Katja.

»Und zehn Mark pro Nacht ist geschenkt«, sagte ich.

»Und woanders ist Krieg«, sagte Katja.

»Und da draußen ist das Meer«, sagte ich.

»Genau.« Katja sprang auf. »Lass uns hier abhauen und ans Meer gehen!«

Der Regen hatte inzwischen nachgelassen, es tröpfelte nur noch. Wir nahmen unsere Räder und fuhren die abschüssige Landstraße hinunter ins Dorf. Katja schmetterte ein Lied, in dem branntweintolle und heimatlose Seeräuber den Himmel anheulten, er möge ihnen doch die See lassen. Sie konnte nicht besonders gut singen, doch das spielte keine Rolle. Sie tat, wozu sie Lust hatte. Sie konnte einfach nur sein, ohne darüber nachzudenken, wer sie gerade war. Ich schaute immer nach, wer ich war, und meist gefiel mir nicht, was ich sah. Ich beneidete sie.

Und dann standen wir am Meer. Es war genauso, wie es sein sollte: Der Wind zauste die grauen Wellen, Möwen schrien, und es roch nach Seetang. Der Strand war fast menschenleer, wir liefen ein Stück, und als es wieder anfing zu regnen, kehrten wir um, setzten uns in eine Kneipe, bestellten Grog und tranken uns in einen leichten Rausch. Ich klaute vom Kneipenklo eine Rolle Toilettenpapier, und als es Abend wurde, fuhren wir zurück, legten uns in unsere Betten und schliefen sofort ein.

Am nächsten Morgen regnete es zwar nicht mehr, doch der Himmel war bleiern. Wir blieben liegen, bis uns der Hunger aus den Betten trieb, dann fuhren wir wieder ins Dorf, kauften Brötchen, Wurst und Kakaomilch, setzten uns auf eine Bank an der Dorfstraße, frühstückten und beobachteten schweigend die Leute, die an uns vorübergingen.

»Kein Material«, seufzte Katja nach einer Weile und zündete sich eine Zigarette an. Sie hatte recht: Die Männer, die an uns vorbeigingen, taten dies meist an der Seite von Frauen. Oder sie waren alt. Oder hässlich. Oder alles zusammen. Kein Material.

Wir schlenderten durch den Ort und gingen in

einen Laden, der den üblichen maritimen Kitsch feilbot: Bernsteinschmuck, Teddys in Matrosenanzügen, gläserne Quallen-Aschenbecher, Keramik mit Strandmotiven, Muschelzeug. Es war voll, denn die Leute hatten bei dem Wetter nichts Besseres zu tun, als ihr Geld für sinnlosen Ostseekram auszugeben.

Ich blätterte gerade gelangweilt in einem Buch mit »Inselgeschichten«, als plötzlich Katjas raues Lachen durch den Laden schallte. Ich stellte das Buch weg und ging zu ihr. Drei Männer standen bei ihr, einen davon kannte ich. Es war Hans, der Zwölfte. Die anderen beiden schienen die Freunde zu sein, mit denen er hier Ferien machte – ein großer Kerl mit Babygesicht und ein kleinerer mit Nickelbrille und dünnen blonden Strähnen, die er sich in ein paar Jahren vermutlich über die Glatze kämmen würde.

Wir standen eine Weile in der Gegend herum, redeten über dies und das und verabredeten uns schließlich für den Abend in der einzigen Diskothek des Ortes.

Der Laden war eine teergedeckte Baracke, deren Fassade irgendein talentloser Streber mit Fachwerk bemalt hatte. Die Innenwände waren mit Holzfurnier getäfelt, und von der Decke hingen hässliche Leuchter, die den Raum und die Gesichter der Leute, die an den Tischen saßen, in fahles Licht tauchten. Über der Bar baumelte eine Kette mit bunten Glühlampen, von denen etwa die Hälfte nicht funktionierte. Hinter der Diskothek mit der Aufschrift »Disco 2000« hantierte ein dicklicher Vollbart, während sich auf der Tanzfläche, die von einer unkoordiniert blinkenden Lichtorgel bestrahlt wurde, zwei Mädchen gelangweilt zu Kim Carnes' »Bette Davis Eyes« bewegten.

Es war noch zu früh und wir waren noch zu nüchtern, um das alles nicht deprimierend zu finden. Also gingen wir an die Bar und bestellten zwei Gin Tonic. »Ist ja wirklich gar kein Material«, erklärte Katja, nachdem sie ihren Blick einmal durch den Raum hatte streifen lassen. Wir suchten uns einen freien Tisch ganz weit hinten und beobachteten die trostlose Szenerie.

Eine Stunde und zwei Gläser später war es nicht mehr ganz so schlimm. Unsere Augen hatten sich an das Licht gewöhnt, der Raum wirkte etwas weniger unwirtlich, und auch die Tanzfläche hatte sich inzwischen gefüllt.

»Wollen wir tanzen?«, fragte Katja. Ich hatte es immer albern gefunden, wenn Mädchen miteinander tanzten, weil sie es meist nur taten, um die Aufmerksamkeit der Jungs auf sich zu lenken. Ich fand das blöd. »Keine Lust«, sagte ich. In diesem Augenblick betraten Hans der Zwölfte und seine beiden Freunde den Raum und schauten sich suchend um. Katja winkte ihnen, sie holten sich was zu trinken und setzten sich zu uns. Und dann war es so, wie es immer war: Katja leuchtete und redete und lachte laut. Sie war die Sonne. Die Leute schauten zu uns herüber – die Männer begehrlich, die Frauen kühl. Katja schien es gar nicht zu bemerken. Ihre Wangen glühten, sie genoss den Abend und den Gin, und ich beneidete sie um ihre Leichtigkeit.

»Ich hol mir noch was zu trinken, willst du auch was?« Hans war aufgestanden und deutete auf das leere Glas in meiner Hand. »Ich komme mit«, sagte ich, worauf Katja kurz innehielt, mich mit einem seltsam erstaunten Blick ansah, um sich sofort wieder in ihren sprudelnden Monolog zu vertiefen.

Wir ließen am Tresen unsere Gläser füllen und gingen vor die Tür. Hans bot mir eine Zigarette an, ich nahm sie, er gab mir Feuer, wir rauchten und redeten belangloses Zeug über schlechtes Wetter, schlechte Musik und schlechtgestopfte Zigaretten aus schlechtem bulgarischen Tabak. Dann schwiegen wir. Wir taten das mit dem sicheren Gefühl, dass alles gesagt war. Es war gut. Der Gin lag als warmes Wohlbehagen in meinem Kopf und ließ die Gedanken weich kommen und gehen.

»Ich hau gleich ab und gehe noch zu einem Kumpel«, sagte Hans irgendwann. »Er hat das Ferienhaus seiner Tante für sich und feiert da Geburtstag. Hast du Lust mitzukommen?« Ich hatte Lust.

Wir gingen wieder hinein. Die Luft war zum Schneiden, und der DJ bediente sich inzwischen aus der untersten Disco-Schublade. Die Masse war trunken, die Tanzfläche voll und mittendrin Katja. Selbstvergessen drehte sie sich und warf den Kopf hin und her. Ich versuchte, ihr ein Zeichen zu geben, doch sie sah mich nicht. Ich wartete, bis die Musik vorbei war, dann drängelte ich mich zu ihr durch und zog sie zur Seite.

»Was ist denn los?« Ihre Augen waren glasig, sie war schon ziemlich hinüber. »Hans will noch woanders hin, kommst du mit?«

Sie schaute mich an wie eine Fremde. »Na, ihr scheint euch ja toll zu verstehen.«

»Was ist denn mit dir los?«

»Was soll mit mir los sein, nichts ist los.«

»Kommst du nun mit oder nicht?«

»Nein, ich komme nicht mit«, sagte sie kühl und verschwand in der tanzenden Menge. Meine Freundin war beleidigt. Ich zögerte einen Augenblick, verscheuchte einen Anflug von Schuldgefühl, holte meine Jacke und ging mit Hans dem Zwölften und seinen beiden Freunden. Mein Fahrrad ließ ich stehen.

Das Haus stand hoch über dem Meer und hatte Fenster, die bis zum Boden reichten. Es war ein Haus, wie ich es nur aus amerikanischen Filmen kannte, in denen schöne Paare in weißen Leinenklamotten Arm in Arm und barfuß am Strand entlangliefen und schicksalhafte Sätze sagten.

Die Tante des Freundes schien viel Geld zu haben.

Geld, mit dem man sich Dinge kaufen konnte, die man in unserem piefigen Schrankwandland nicht ohne weiteres bekam. Bauhausmöbel, leichte helle Stoffe, ein paar ausgesuchte Antiquitäten, einen Flügel, einen Kamin und an den Wänden die Originale eines Malers, dessen Namen Hans mit großem Respekt aussprach.

Die Leute, die sich durch die erlesene Einrichtung dieses Hauses bewegten, passten nicht hierher. Es wirkte, als hätte jemand eine ganze Komparserie versehentlich in die falsche Kulisse bestellt. Es waren Leute wie Hans: Langhaarige in Jesuslatschen, Mädchen in Sackkleidern, Studenten und verkrachte Existenzen. Auch die Musik war falsch. Im richtigen Film wäre vermutlich dezenter Jazz gelaufen – hier übte sich John Lennon gerade in einer Art Urschrei-Therapie und beschwor dabei seine Mutter.

Hans schien die meisten Leute zu kennen, und während er sich unterhielt, durchstreifte ich die Räume auf der Suche nach etwas Trinkbarem. Auf einem kleinen Tisch standen eine angebrochene Weinflasche und ein leeres Glas – ich füllte es und nahm es mit auf die Terrasse. Dort standen ein paar Leute, die mit sehr ernsten Gesichtern gerade ein schlimmes Endzeitszenario entwarfen. Sie sprachen über die Neutronenbombe und den NATO-Doppelbeschluss und dass die Russen auch nicht besser seien und man auch hier auf die Straße gehen müsse, um etwas zu tun.

Ich setzte mich etwas abseits in einen der Liegestühle und hörte ihnen zu. Einer der Männer sah mich, zögerte kurz und kam schließlich zu mir herüber.

»Hallo«, sagte er. »Wer bist du denn?« Aus der Art, wie er mich fragte, schloss ich, dass er der Gastgeber sein musste. Also stellte ich mich vorsichtshalber mit meinem ganzen Namen vor und sagte, dass ich mit Hans gekommen sei.

»Hast du etwa was mit dem Schriftsteller zu tun, der jetzt im Westen ist?«

»Er ist mein Bruder.«

»Ich wusste gar nicht, dass er eine Schwester hat.«

»Wissen die wenigsten.«

»Das ist ja toll«, sagte er und musterte mich plötzlich um einiges interessierter als eben noch. Dann reichte er mir die Hand.

»Matthias. Ich bin der Gastgeber.«

»Herzlichen Glückwunsch zum Geburtstag.«

»Ich hab alles von deinem Bruder gelesen.«

»Aha.«

So stolz es mich auch machte, dass mein Bruder inzwischen berühmt war, so sehr nervte es mich, wenn mich Leute aus diesem Grund auf einmal interessant fanden. Und das war jetzt nicht anders. Außerdem war der Typ unsympathisch und hatte lange schmutzige Zehennägel. Ich wurde einsilbig, und irgendwann zog er ab.

Ich zündete mir eine Zigarette an, trank und hörte

dem Meer zu, das gutmütige Wellen ans Ufer trieb. Der Wind war mild und roch nicht mehr nach Regen. Es ging mir gut, und irgendwann schlief ich ein.

»Ach da bist du, ich hab dich überall gesucht.« Hans.

Ich hatte keine Ahnung, wie lange ich geschlafen hatte. Ich war benommen, und mir war kalt.

»Es ist gleich drei. Ich glaube, ich hau ab. Kommst du mit?«

»Ja.«

Das Haus war inzwischen fast leer, die meisten Leute waren schon gegangen und die wenigen, die noch da waren, würden auch nicht mehr lange durchhalten. Janis Joplin kämpfte gerade verzweifelt gegen einen Sprung in der Platte. »Honey, cry, cry … Honey, cry cry … Honey, cry, cry …« Bis zu ihrem »Baby« kam sie nie. Es war ein aussichtsloser Kampf, den Hans beendete, indem er den Plattenspieler ausschaltete.

Wir verließen das Haus und liefen schweigend hinunter ins Dorf. Die Diskothek hatte schon geschlossen.

»Soll ich dich noch nach Hause bringen?«
»Musst du nicht. Ich hab ja das Fahrrad.«
»Ach so. Na dann.«
»Na dann.«

Ich fuhr mit dem Rad nach Hause. Es dämmerte schon. Katja lag komplett angezogen bäuchlings auf ihrem Bett und schlief wie ein Stein. Ich zog mich aus, legte mich hin, und irgendwann schlief ich auch.

Am nächsten Morgen redete sie nicht mit mir. Sie war schlimm verkatert und ignorierte mich. Ich beschloss, sie in Ruhe zu lassen, nahm mein Fahrrad und fuhr durch die Gegend. Als ich mittags zurückkam, war sie nicht da. Auf dem Tisch lag ein Zettel: »Bin namenlos und betrinke mich.«

»Namenlos« war die Kneipe, in der wir gestern schon gesessen hatten. Katjas Hang zur Melodramatik ging mir auf die Nerven, doch irgendwie tat mir meine Freundin auch leid. Ich setzte mich wieder auf mein Rad und fuhr ins Dorf. Katja saß am Tresen der Kneipe, trank Sekt, ich setzte mich zu ihr und bestellte einen Kaffee.

»Ich hab mir Sorgen gemacht«, sagte sie nach einer Weile.

»Warum hast du dir Sorgen gemacht?«

»Du bist die ganze Nacht nicht gekommen. Da hab ich mir eben Sorgen gemacht.«

»Ist doch Quatsch. Du warst betrunken und hast in deinen Klamotten geschlafen.«

»Du hast doch keine Ahnung.«

Schweigen.

»Dein Hans heißt übrigens Hans-Uwe.«

»Er ist nicht mein Hans.«

Schweigen.

»Er heißt Hans-Uwe. Aber das soll keiner wissen.«

»Warum erzählst du's mir dann?«

Schweigen.

»Hans-Uwe ist doch ein scheiß Name, findest du nicht?«

»Ja. Irgendwie schon.«

Schweigen.

»Hast du mit ihm geschlafen?«

»Quatsch.«

Schweigen.

»Mann, bist du langweilig«, sagte Katja.

»Ich weiß«, seufzte ich. »Das sagen alle.«

Meine Freundin lachte ihr heiseres Lachen, und es war wieder gut. Wir tranken aus, bezahlten, und als wir auf die Straße traten, schien die Sonne, als sei sie nie weg gewesen. Wir holten unsere Badesachen und fuhren zum Strand. Von da an taten wir das jeden Tag. An den Abenden trafen wir uns mit Hans und seinen Freunden, spielten mit ihnen Skat oder »Mensch ärgere dich nicht«, und in der Nacht bevor wir wieder nach Berlin zurückfuhren, ging ich mit Hans und schlief mit ihm. Wir blieben zwölf Wochen zusammen. Als wir feststellten, dass wir nicht verliebt genug waren, ließen wir uns wieder los.

Der Sommer verblasste, ich bestellte Kohlen für den Winter, und dann kam mein ältester Bruder über die Grenze. Ein bedeutender DDR-Dichter, dessen Stimme im Osten wie im Westen gehört wurde, hatte ihn zu einem Treffen eingeladen, bei dem Künstler und Intellektuelle aus beiden Teilen Deutschlands über den bedrohten Frieden reden sollten. Die Welt war inzwischen bis an die Zähne bewaffnet, und die Angst vor der Apokalypse war groß.

Genau fünf Jahre war es her, dass mein ältester Bruder das Land verlassen hatte. Mein jüngster Bruder und ich holten ihn vom Grenzübergang ab. Mein ältester Bruder wirkte angespannt und schien sich nicht besonders zu freuen, uns zu sehen. »Was machen wir jetzt?«, fragte er. »Können wir einen Kaffee trinken oder so was?«

»Gute Idee«, sagte mein jüngster Bruder. »Ich kenne einen ganz guten Laden in der Nähe.«

»Ich will nicht in deinen Laden. Lass uns auf den Fernsehturm fahren.«

»Wir können die S-Bahn nehmen.«

»Was du nicht sagst!« Mein ältester Bruder war gereizt. »Ich war nur fünf Jahre weg – du kannst davon ausgehen, dass ich mich hier noch einigermaßen auskenne.« Mein jüngster Bruder schwieg beleidigt. Es war seltsam: Wenn die beiden zusammen waren, wirkte mein jüngster Bruder so kindisch in seinem Bemühen, von unserem ältesten Bruder ernst genommen zu werden und es ihm recht zu machen. Das war jetzt nicht anders, und mein ältester Bruder gab sich nicht viel Mühe, seinen Widerwillen zu verbergen.

Es war eine seltsame Hassliebe, die die beiden miteinander verband. Sie waren Konkurrenten – beim Schreiben, beim Kampf um die Anerkennung unseres Vaters, sogar wenn es um unseren toten mittleren Bruder ging. Jeder nahm für sich in Anspruch, er sei der Lieblingsbruder gewesen, es war so lächerlich. Mich hingegen nahmen beide nicht besonders ernst. Sie liebten mich, wie man eben eine kleine Schwester liebt, die nicht erwachsen wird. Ich war und blieb die Kleine, das Mäuschen – ich hatte mich daran gewöhnt. Nur wenn sie sich stritten und einer den anderen mal wieder nicht leiden konnte, wurde ich interessant, und sie beschwerten sich bei mir übereinander. Ich liebte beide auf gleiche Weise und fand ihre Eifersucht und ihr Konkurrenzgehabe kindisch.

Nun saßen wir also da oben im Fernsehturm und schauten hinunter auf die Stadt, die von hier oben groß und weit und ungeteilt aussah. »Es ist doch mal ganz gut, so draufzugucken«, sagte mein ältester Bruder. »Dann tut der Riss auf einmal gar nicht mehr so weh, und die eigene Heuchelei relativiert sich auch.«

»Was meinst du damit?«, fragte mein jüngster Bruder.

»Du glaubst doch nicht wirklich, ich bin hier, weil ich dringend mal über den Frieden reden müsste. Man weiß doch, dass bei einem solchen Jahrmarkt der Eitelkeit nichts Vernünftiges rauskommt. Ich bin hier, damit sie mir ein Visum in meinen DDR-Pass stempeln und ich endlich wieder ganz normal in das Land reisen kann, aus dem ich komme. Ich werde sonst sentimental, und das hat dieses Land hier auch nicht verdient.«

Wir tranken unseren Kaffee aus und fuhren wieder hinunter.

»Kann ich bei dir übernachten?«, fragte mich mein ältester Bruder, bevor wir uns trennten. Ich nickte.

»Du kannst auch bei mir schlafen«, sagte mein jüngster Bruder.

»Nein, lass mal.«

So ein Kindergarten, dachte ich.

»Er ist ein arrogantes Arschloch«, sagte mein jüngster Bruder, als wir wieder allein waren. »Viel Spaß mit dem Idioten!«

Ich fuhr nach Hause und schaltete den Fernseher ein. In den Nachrichten brachten sie einen Bericht von dem Treffen, an dem mein Bruder teilnahm. Mein Vater rief an.

»Hast du ihn gesehen?«

»Ja.«

»Was sagt er?«

»Nichts Besonderes. Er will seinen Pass verlängern lassen, glaube ich.«

»Ich weiß. Die Genossen haben mich darüber informiert. Wo übernachtet er?«

»Bei mir.«

»Hältst du das für eine gute Idee?«

»Er übernachtet nur hier, Papa.«

»Ich verstehe dich nicht. Aber du musst ja wissen, was du tust. Wiederhören.« Mein Vater legte den Hörer auf.

Spät in der Nacht kam mein Bruder zu mir. Er war betrunken.

»Ich habe mich in die DDR verliebt«, sagte er und ließ sich auf meine Couch fallen. »Sie war schön.« Nein, er war nicht betrunken – er hatte den Verstand verloren. »Sie hatte langes schwarzes Haar.« Er war doch betrunken. »Die DDR stand in dieser Bar hinterm Tresen und war wunderschön. Ich habe ihre Telefonnummer. Morgen ruf ich sie an.« Er war betrunken und hatte den Verstand verloren. Er brabbelte noch irgendetwas von Stasi vor dem Haus, dann schlief er ein. Ich deckte ihn zu, ging zum Fenster und sah hinaus. Parkende Autos, leere Straße, sonst nichts. Ich ging ins Bett.

Am nächsten Morgen machte ich uns Frühstück. Es war schön und unkompliziert. Wir redeten über Musik, er erzählte mir, dass er im Radio ein Lied gehört habe, das ihm nicht mehr aus dem Kopf gehe und das er unbedingt haben müsse. »Es war ein Schlager von so einem Mädchen mit kurzen Haaren.« Als er mir den Refrain vorsang, musste ich mir das Lachen verkneifen. Mein Kitschbruder, unglaublich.

»Sind sie noch da?«, fragte er und deutete mit dem Kopf in Richtung Fenster.

»Die Stasi? Ich weiß nicht.«

»Gestern waren sie die ganze Zeit da. Wovor haben die bloß solche Angst?«

»Keine Ahnung. Vielleicht denken sie, du willst mich in den Westen schmuggeln.«

»Ach, für dich interessieren die sich doch nicht.«

Ich wusste, dass er recht hatte, trotzdem verletzte mich die Art, wie er es sagte. Ich schwieg.

Wir fuhren zum Plattenladen am Alexanderplatz, wo ich ihm die Single der Schlagersängerin kaufte. Dann gingen wir in einen Intershop, und er schenkte mir ein Album von den Doors. Vor dem Hotel, in dem das Friedenstreffen stattfand, verabschiedeten wir uns. Am Abend fuhr er wieder nach Westberlin.

Im Jahr darauf starb Oma London. Sie war sehr alt geworden, und obwohl ich sie inzwischen zehn Jahre nicht mehr gesehen hatte, war ich mir sicher, dass ihr Sterben von der gleichen kühlen Eleganz war wie ihr Leben. Die Nachricht von ihrem Tod erschütterte mich nicht besonders – diese Frau war für mich nie mehr gewesen als eine unnahbare, schöne alte Dame, die gut roch. Meine Mutter hatte nicht sehr oft von ihr gesprochen, und wenn, dann eher distanziert.

Jetzt war Oma London also tot, und da auch meine Mutter nicht mehr lebte, erbte ich Geld. Westgeld. Viertausend englische Pfund. Ein Vermögen. Allerdings sollte ich die schönen Scheine nie zu Gesicht bekommen, das Geld wurde auf ein spezielles Konto überwiesen und in Schecks ausgezahlt, mit denen man nur im Intershop einkaufen konnte. Ein paar dieser Schecks setzte ich dort in Jeans und Schallplatten um, einen Teil tauschte ich illegal gegen Westgeld, um mir noch viel illegaler eine Westerngitarre und ein gutes Mikrophon zu besorgen. Unsere Band hatte viel zu tun, wir waren fast jedes Wochenende unterwegs und bespielten inzwischen auch die Clubs in anderen Städten. Es machte Spaß, aber es wurde immer schwieriger, die Schichtarbeit in der Druckerei mit den Bandproben und Konzerten unter einen Hut zu bekommen. Ich musste mir einen anderen Job suchen.

»Hab ich doch immer gewusst«, sagte der Meister, als ich während der Mittagspause laut darüber nachdachte. »Du wirst hier nicht alt. Du bist eben doch zu Höherem berufen.«

»Blödsinn, ich will nur Musik machen.«

»Hast du gehört, Dieter?«, wandte sich der Meister an den Bulligen. »Sie will nur Musik machen!«

»Brotlose Kunst«, winkte der Bullige ab. »Sie wird schon sehen, was sie davon hat.« Sie stichelten und machten sich über mich lustig.

»Lass sie«, raunte der Bärtige mir zu. »Die sind doch bloß neidisch.«

»Neidisch? Worauf?«

»Dass du noch so jung bist und einfach machst, was du willst.«

»Und du? Bist du auch neidisch?«

»Nö«, sagte der Bärtige. »Ich find's gut. Ich hab die Kurve nie gekriegt.«

Vielleicht waren meine Kollegen neidisch, vielleicht auch gekränkt, doch sie waren nicht nachtragend. Nach meiner letzten Spätschicht schenkten sie mir ein Exemplar der Zeitung, die wir machten. Neben Berichten über erfüllte Pläne im Osten und die wachsende Rezession im Westen, über den Krieg im Libanon, eine aussterbende indonesische Nashorn-Art und den Erfolg von DDR-Figurenspringerinnen bei der Weltmeisterschaft im Fallschirmsport gab es darin auch eine Traueranzeige, in der mein Name stand und in der sie meinen plötzlichen und für alle unerwarteten Tod beklagten. Darin stand, dass ich ein sehr wertvolles Mitglied der sozialistischen Gesellschaft im Allgemeinen und des vorbildlichen Maschinensetzerkollektivs im Besonderen gewesen sei und dass man mich nicht vergessen werde. Sie hatten dieses eine Exemplar extra für mich drucken lassen. Ich war gerührt, ging in die Kantine und kaufte die letzte Flasche Wodka.

Mein Vater reagierte überraschend entspannt, als ich ihm am Telefon erzählte, dass ich kündigen werde. Vielleicht hatte er endlich kapiert, dass ich erwachsen war und er mich ganz verlieren würde, wenn er mich unter Druck setzte oder mir Vorwürfe machte. Er schien fast dankbar, dass ich es ihm überhaupt erzählte – wir sahen uns ja kaum noch, und von meinem Leben wusste er so gut wie nichts.

»Ich habe übrigens auch eine Neuigkeit für dich«, sagte er. »Ich werde bald umziehen.« Er erzählte mir von der schönen, komfortablen Zweizimmerwohnung, die er gefunden hatte. »Ganz in der Nähe vom Tierpark«, sagte er. Ich freute mich und sah meinen Vater schon altersmilde und zufrieden durch den Park schlendern und das Leben genießen.

Umso ernüchterter war ich, als ich ihn das erste Mal in seinem neuen Zuhause besuchte. Die Wohnung war sehr klein und lag im Erdgeschoss eines Neubaublocks, unweit einer stark befahrenen Straße. Durch das Fenster des einen Zimmers sah man den Parkplatz, das andere gab den Blick auf die Kaufhalle frei. Es war deprimierend.

Ich versuchte meine Enttäuschung zu verbergen, doch je länger ich mich hier aufhielt, desto gedrückter wurde meine Stimmung. Ich konnte mir nicht vorstellen, dass mein Vater hier den Rest seines Lebens verbringen wollte. Er spürte mein Unbehagen.

»Es gefällt dir nicht, oder?«

»Doch, es ist …«

»Es ist dir nicht gut genug.«

»Nein. Ich dachte nur … du hättest dir doch auch was Schönes im Grünen suchen können.«

»Was soll ich im Grünen? Das hier ist völlig in Ordnung, und der Tierpark ist um die Ecke.«

»Du gehst doch niemals in den Tierpark, Papa.«

»Doch, jetzt zum Beispiel. Lass uns in den Tierpark gehen.« Ich fand den Tierpark öde, doch ich war froh über den plötzlichen Aktionismus meines Vaters, denn hier fiel mir die Decke auf den Kopf.

Wir verließen die Wohnung, fuhren drei Stationen mit der Straßenbahn, mein Vater kaufte zwei Tickets, und wir liefen durch den Park. Er ging schnell, und ich fühlte mich plötzlich wieder wie das kleine Mädchen, das es immer schwer hatte, mit ihm Schritt zu halten. Mein Vater konnte nicht schlendern – er lief immer, als müsse er etwas erledigen. Vielleicht war er milder geworden, doch genießen konnte er noch immer nicht. Der einzige Luxus, den er sich nach wie vor gönnte, waren seine englischen Zigaretten, hin und wieder ein guter neuer Anzug und zwei Wochen im Jahr Urlaub in einem Ostsee-Ferienheim für gehobene Parteifunktionäre. Viele seiner Genossen fuhren inzwischen teure Westautos, er blieb bei seinem gelben Wartburg. Er war genügsam, Maßlosigkeit war ihm zuwider. »Wir können nicht Wasser predigen und Wein trinken«, sagte er manchmal.

»Das gehört sich nicht.« Hatte er nicht mal Priester werden wollen?

Jetzt also lief er durch diesen Tierpark, blieb manchmal an einem Gehege stehen, studierte den Text im Schaukasten und ging weiter. Irgendwann war auch dieser Spaziergang erledigt, und ich war sicher, dass mein Vater bestimmt nicht mehr hierherkommen würde. Ich begleitete ihn nach Hause und versprach ihm, bald wieder vorbeizukommen.

ZEHN

Nach meiner Kündigung fand ich Arbeit in der Herstellungsabteilung eines Verlages für wissenschaftliche Literatur – ein Paralleluniversum, bevölkert mit weltfremden Lektoren, schrillen Grafikerinnen, schrulligen Korrektoren und ausreisewilligen Vertriebsmitarbeitern. Die Leute waren in Ordnung, doch die Arbeit langweilte mich bald, weil ich mit den meisten Büchern, die dort gemacht wurden, nichts anfangen konnte. Also kündigte ich wieder und wechselte zu einem kleinen Musikverlag, der Noten und Partituren zeitgenössischer Musik publizierte – Musik, die ich genauso wenig verstand wie die wissenschaftlichen Bücher vorher. Ich verlor schnell die Lust und beschloss, auch diesen Job nicht ernster zu nehmen als nötig. Es wäre nur eine Frage der Zeit, dass ich etwas anderes machen würde. Ich hatte zwar noch immer keine Ahnung, was das sein könnte, doch ich war ja erst dreiundzwanzig.

Ich saß an meinem Büroschreibtisch und malte die Zahl auf ein Blatt. 23. Die Zahl sagte mir nichts. Dreiundzwanzig. Das Wort sagte mir auch nichts. Ich malte Striche in Fünfergruppen: vier mal fünf und dann noch mal drei – es sah lächerlich aus. Meine Brüder hatten in dem Alter schon ganz andere Dinge getan als ich jetzt. Mein ältester Bruder saß mit dreiundzwanzig als Staatsfeind im Knast, mein mittlerer Bruder war Schauspieler, und auch mein jüngster Bruder nannte sich schon mit großer Überzeugung Schriftsteller, als er dreiundzwanzig war. Sie alle wussten damals schon ganz genau, was sie wollten, nur ich hatte keinen Plan, kein Ziel, keinen Ehrgeiz. Nichts. DREIUNDZWANZIG. Ich musste etwas tun, irgendetwas, von dem ich wusste, dass am Ende etwas halbwegs Sinnvolles dabei herauskommen würde. Also meldete ich mich bei der Fahrschule an, bestand die Prüfung und kaufte mir einen gebrauchten Trabant.

Mit dem Auto fühlte ich mich erwachsener, unabhängiger und irgendwie auch absichtsvoller, allerdings begriff ich ziemlich bald, dass das schnellere Überwinden von Entfernungen nichts mit dem Erreichen von Zielen zu tun hat, die meinem Leben eine tiefere Bedeutung geben würden.

»Bis vierzig ist man in der Pubertät«, erklärte mein ältester Bruder am Telefon. »Das hat mir mal ein Indianer gesagt. Man muss erst ab vierzig darüber nachdenken, wer man sein und was man machen will und warum.« Er war neununddreißig.

Ich rief meinen jüngsten Bruder an. »Ich werde heiraten«, sagte er. »Das ist erwachsen, oder?« Er heiratete eine Schauspielerin mit warmen Armen und einer kindlichen Stimme. Sie tat ihm gut, trotzdem trank er. Immer mehr, immer öfter. Sie bat ihn aufzuhören. Manchmal hörte er auf, meistens nicht. Er war achtundzwanzig. Er war nicht erwachsen.

Mein Vater trank nicht. Er rauchte. Er hatte mit sechzehn im dunklen, schmalen Garten jenes muffigen katholischen Kinderheims in England damit angefangen und seitdem nicht mehr aufgehört. Jetzt war aus der 16 eine 61 geworden, mein Vater ging ins Krankenhaus und kam mit einem Lungenflügel weniger wieder heraus. Er war mit dem Erwachsenwerden schon so lange fertig und schien jetzt offenbar auch langsam mit dem Leben aufhören zu wollen. Und ich? Ich stieg in mein Auto und fuhr einkaufen.

An der Kasse hinter mir stand ein großer Afrikaner mit Sonnenhut und Gipsarm. Er grinste mich an, ich grinste zurück. Als ich meinen Einkauf zum Auto trug und auf die Rückbank stellte, stand er plötzlich hinter mir.

»Ich habe bei euch noch nie jemanden getroffen, der einfach so zurücklächelt«, sagte er in fast akzentfreiem Deutsch und streckte mir seine schwarze Hand entgegen. »Paul.«

Paul erzählte mir, dass er aus Simbabwe komme, in der DDR Medizin studiert habe und jetzt hier seinen Onkel besuche, der bei der Botschaft arbeite. Wir unterhielten uns eine Weile, und ich gab ihm meine Telefonnummer. Zwei Tage später rief er mich an, und wir verabredeten uns zum Kaffee. Wir fuhren mit meinem Auto zum Baden an einen See, und am Abend gingen wir in eine Diskothek und tanzten. Die Mädchen drehten sich um, und ich genoss ihre neidischen Blicke. Paul war groß und schön. Paul war mein Freund. Paul war ungewöhnlich. Paul war klug und witzig und liebte Heinrich Heine. Paul roch anders und küsste besser als die Männer, die ich vorher geküsst hatte. Paul war eitel und brauchte eine Stunde im Bad. Paul brauchte eine Stunde im Bad, und seine Eitelkeit fing an, mir auf die Nerven zu gehen. Paul musste wieder zurück nach Simbabwe, und ich war irgendwie erleichtert. Doch er ließ mir etwas da.

Ich spürte es zum ersten Mal am Silvesterabend. Katja war eingeladen zu einem großen Fest bei einem ihrer Künstlerfreunde und wollte, dass ich mitkam. Ich hatte keine große Lust, Silvester bedeutete mir nichts. Außerdem war mir übel und ich hatte Bauchschmerzen, doch Katja überredete mich schließlich. Nach dem ersten Glas Wein wurde mir plötzlich so schlecht, dass ich mich übergeben musste. Ich ging, ohne mich zu verabschieden, und fuhr nach Hause. In der Nacht wurden meine Bauchschmerzen so unerträglich, dass ich am Morgen zum Notarzt ging. Im Wartezimmer saßen die verletzten Reste der Nacht: Brandwunden, Schürfwunden, gebrochene Nasen.

»Wie sehen Sie denn aus?« Die Schwester am Aufnahmeschalter musterte mich erschrocken. »Setzen Sie sich mal ganz schnell da hin!«, sagte sie und wies auf den leeren Stuhl gleich neben sich. Ich hatte keine Ahnung, wie ich aussah – ich hatte andere Sorgen, als in den Spiegel zu sehen. Zwei Minuten später lag ich auf der Pritsche im Behandlungszimmer, und ein Arzt drückte auf meinem Bauch herum, dass ich stöhnte. Es sei die Leber, erklärte er, und dass ich sofort ins Krankenhaus müsse.

»Hepatitis B«, sagte der Oberarzt im Krankenhaus, nachdem die Untersuchungen abgeschlossen waren. »Eine Gelbsucht wie aus dem Bilderbuch. Haben Sie was dagegen, wenn sich mal ein paar Studenten mit Ihrem Fall beschäftigen?« Ich hatte nichts dagegen, denn die Aussicht, die nächsten Wochen und vielleicht sogar Monate in diesem Quarantäne-Knast zu verbringen, war trostlos genug.

Ich kam in ein Vierbettzimmer, das ich mir mit einer alten Frau und einer jungen Afrikanerin teilte. Die krebskranke Frau war durch eine Blutkonserve mit dem Hepatitis-Virus infiziert worden. Wenn sie nicht schlief, stöhnte sie, und da sie selten schlief, stöhnte sie oft. Die Afrikanerin war etwa in meinem Alter, sprach kein Deutsch, starrte den halben Tag auf den Bildschirm des winzigen Schwarzweißfernsehers, der an der Wand hing, oder schlug die Zeit vor dem Spiegel über unserem Waschbecken tot.

Wegen meiner satten gelben Hautfarbe, die mit jedem Tag intensiver zu werden schien, nannten mich die Schwestern bald nur noch »Quitte« oder »Gelbchen«. »Die Quitte muss immer schön trinken, sonst geht der Gilb nicht raus«, sagte die Oberschwester. Sie behandelte mich, als sei ich drei, und ich fragte mich, warum ausgerechnet sie Oberschwester geworden war – sie, die gefühlte zwei Stunden brauchte, um meine Vene beim morgendlichen Blutabnehmen zu finden. »Ich habe sie!«, rief sie dann aus, als sei sie auf eine Goldader gestoßen. Nach einer Woche sah meine Armbeuge aus, wie ich mir den Arm eines Fixers vorstellte. Stündlich kam eine Schwester vorbei, erkundigte sich nach meinem Befinden und forderte mich auf zu trinken, sogar nachts. »Die machen das, damit die Leber nicht versagt«, stöhnte die alte Frau. »Wenn du nicht trinkst, stirbst du.« Toll, dachte ich und versuchte wach zu bleiben. Ich hörte die alte Frau stöhnen und die junge Afrikanerin leise schnarchen. Ich versuchte einen Rhythmus in den Geräuschen der Nacht zu finden. Sie widersetzten sich. Ich fing an, Tagebuch zu schreiben, und jammerte das Papier voll. Ich hatte keine Schmerzen mehr, doch ich war einsam, was viel schlimmer war. Ich bemaß die Zeit nach der Dauer der Musikkassetten, die mir Katja mit ihrem Walkman schickte. Eine Seite, eine halbe Stunde. Pop, den sie bei irgendwelchen Radiohitparaden mitgeschnitten hatte. Phil

Collins stotterte »Sussudio«, Katrina & The Waves gingen auf Sonnenschein spazieren, und Falco ließ sich von Amadeus rocken – alle hatten so erschütternd gute Laune, dass es mir nur noch schlechter ging.

Wenn Visite war, standen neben Stationsarzt und Schwestern ein paar Medizinstudenten um mein Bett. Sie durften meinen Bauch abtasten, studierten meine Krankenakte und nickten sich wissend zu. Sie waren in meinem Alter, manche sogar jünger. Sie waren gesund, sahen gut aus und konnten jederzeit gehen – ich hingegen war krank, sah schlimm aus und hatte das Gefühl, langsam zu verschwinden.

Ich lag auf der Station für hochinfektiöse Tropenkrankheiten, und die einzige Möglichkeit, mit Besuchern zu reden, war das Fenster nach draußen. Doch es war Winter und bitterkalt, keiner blieb lange vor dem Haus stehen.

Mein Vater sah entsetzt und hilflos aus, als er mich zum ersten Mal besuchte. »Was machst du nur für Sachen?«, rief er nach oben. Ich bat ihn, mir schwarzen Johannisbeersaft mitzubringen. Die Oberschwester schwor auf schwarzen Johannisbeersaft. »Spült den Gilb schön raus! Wird sie schon sehen, unsere Quitte«, hatte sie mal gesagt, bevor sie ein weiteres Mal meine Vene verfehlte.

Mein jüngster Bruder kam, brachte mir Bücher und erzählte versaute Witze vor dem Fenster. Die alte

Frau hinter mir stöhnte. Meine Freunde kamen, berichteten in kurzen, frierenden Sätzen, was es Neues gab, und gingen wieder.

Ich führte akribisch Buch über mein Gewicht und meine Leberwerte und wartete auf den Tag und die Nachricht, dass ich »negativ« sei. Nach sechs Wochen war es so weit. Der Oberarzt kam und erklärte feierlich, dass das Virus nicht mehr nachzuweisen sei und ich nach zwei Wochen auf der Rekonvaleszenz-Station entlassen werden könne. Die Oberschwester nickte bestätigend, als sei es ihr Verdienst, dass ich wieder gesund wurde. »Da sind wir dem Tod aber noch mal von der Schippe gesprungen«, erklärte sie dramatisch, während sie nach mehreren Fehlversuchen ein letztes Mal die Nadel dahin bohrte, wo sie eine Vene vermutete.

Ich hatte in den Wochen, da ich hier war, viel Gewicht verloren und war noch schwach. Doch gleich am ersten Tag auf der offenen Station ging ich vors Krankenhaustor und rauchte eine Zigarette. Sie schmeckte nicht, und mir war schwindlig, doch das war mir egal. Ich war frei und fühlte mich leicht. Mein Körper war weniger geworden, weniger schwer, weniger anstrengend – ich mochte diesen Körper und diesen Zustand. Ich wollte, dass das so blieb.

In den letzten Wochen im Krankenhaus entwickelte ich eine panische Angst davor wieder zuzunehmen. Ich war fest davon überzeugt, dass mir das neue, ungewohnte und schöne Gefühl, meinen Körper zu mögen, sonst wieder abhanden käme. Also aß ich nur noch wenig, und als ich aus dem Krankenhaus entlassen wurde, kaufte ich mir als Erstes eine Waage. Mir war nicht bewusst, dass ich die eine Krankheit gegen eine andere getauscht hatte. Ich wunderte mich auch nicht darüber, dass ich statt zu hungern irgendwann Nudeln und Schokolade in mich hineinstopfte, um mich gleich darauf sehr routiniert und von meiner Umwelt unbemerkt wieder davon zu trennen. Ich fühlte mich nicht wohl mit meinem neuen Hobby, doch wenn ich aß, fühlte ich mich noch unwohler. Meine Brüder hatten ihre Süchte, und ich hatte plötzlich meine, nur wusste ich das nicht. Noch nicht. Ich hielt es für eine schlechte Angewohnheit, die kam und ging – je nachdem, wie zufrieden ich gerade mit meinem Leben war. War es öde und langweilig, besuchte sie mich. War es bunt und interessant, vergaß ich sie. Nach England kam sie nicht mit.

»Wenn du wieder gesund bist, besuchen wir vielleicht mal Willy in London«, hatte mein Vater gesagt, als ich noch im Krankenhaus lag. Er sagte es so beiläufig, dass ich nicht weiter darüber nachdachte. Ich hielt es für einen linkischen Versuch, mich aufzumuntern, und nahm es nicht ernst. Umso überraschter und glücklicher war ich, als er mir an meinem

Geburtstag das Flugticket schenkte. »Ein paar Tage«, sagte er. »Wir beide.«

»Wie geht das, Papa?«

»Es ist Teil meiner Geschichte, ich habe dort gelebt. Also ist es auch Teil deiner Geschichte, und den darf ich dir zeigen.«

»Du darfst?«

»Jaja.« Mein Vater winkte ungeduldig ab. »Die Genossen sind einverstanden. Und du willst doch deinen Großvater bestimmt noch mal sehen, oder?« Er sagte es in einem Ton, der mir gebot, nicht weiter nachzufragen, also tat ich es auch nicht. Ich wusste, dass er über seinen Schatten gesprungen war und seine Prinzipien verletzt hatte. Er hatte seine Position benutzt, um mir etwas zu ermöglichen, das jedem durchschnittlichen Bürger dieses Landes versagt war – ich sollte den Teufel tun und mir darüber den Kopf zerbrechen. Ich würde in den Westen reisen, unfassbar. So oft hatte ich mir das vorgestellt und manchmal sogar nachts davon geträumt. Es war ein wiederkehrender Traum, in dem ich mich plötzlich jenseits der Grenze wiederfand. Ich lief durch die Straßen von Westberlin, die seltsamerweise immer menschenleerer waren. Die Stadt in meinem Traum hatte nichts mit den Bildern zu tun, die ich aus dem Fernsehen kannte. Die Stadt in meinem Traum war so surreal und kühl, dass ich mich fremd und verloren fühlte. Ich wollte zurück, doch an der

Grenze wies man mich ab, weil ich mich nicht ausweisen konnte. Es war ein beunruhigender Traum, und ich verstand ihn nicht. Doch das war jetzt egal – ich würde in den Westen reisen und selber sehen.

Einen Monat später landeten wir in London, und kaum hatte ich meine unschuldigen Füße auf kapitalistischen Boden gesetzt, begann mein Vater, sich um meine seelische Gesundheit zu sorgen. »Lass dich davon nicht beeindrucken«, sagte er und zeigte auf eine der übergroßen Werbetafeln im Flughafengebäude. »Das ist nur Fassade. Blendwerk.«

»Es ist bunt, Papa«, antwortete ich. »Und ich bin nicht blöd.«

Er blieb stehen und funkelte mich böse an, doch nur einen kurzen Augenblick, dann entspannten sich seine Züge, und er nickte. »Ja, ich weiß«, sagte er. »Entschuldige.« Er war nervös. Er war so viel nervöser als ich.

Draußen empfing uns ein Mitarbeiter der DDR-Botschaft, chauffierte uns in einem schönen, stillen Auto seitenverkehrt in die Londoner Innenstadt, parkte in einer Straße unweit des Hyde Parks, führte uns in eine kleine Wohnung, gab uns die Schlüssel und verabschiedete sich.

»Da wären wir also«, sagte mein Vater und klang dabei so erleichtert, als hätten wir eine Weltreise hinter uns gebracht. »Willst du dich ausruhen?« Ich wollte mich nicht ausruhen, ich wollte London sehen. Also gingen wir los, und mein Vater zeigte mir London – das große Bilderbuch-London mit Tower Bridge, Big Ben und Westminster – ein steifes, fremdes, kühles London, das ich zwar beeindruckend fand, das mich jedoch schon bald langweilte. Ich versuchte meine Enttäuschung zu verbergen, aber mein Vater spürte sie. »Es interessiert dich nicht, oder?«, sagte er traurig. »Du hast was anderes erwartet.« Ich schwieg. Ich wusste, wie viel es ihm bedeutete, mir diese Stadt zu zeigen, doch es war nicht mehr seine Stadt. Sein London hatte er vor fast vierzig Jahren verlassen. Und als könne er meine Gedanken lesen, sagte er plötzlich: »Komm, ich zeige dir etwas anderes.«

Wir fuhren mit der U-Bahn nach Hampstead, er zeigte mir das Haus, in dem er mit den anderen deutschen Emigranten gewohnt und den Park, in dem er meine Mutter zum ersten Mal geküsst hatte. »Nein, sie mich«, sagte er mit seltsam verklärtem Blick. Er zeigte mir das Standesamt, wo sie geheiratet hatten, und ging mit mir auf den Highgate-Friedhof zum Grab von Karl Marx.

»Hier habe ich das Tau gekappt.«

»Welches Tau?«

»Als wir hier ankamen, war ich doch Katholik«, sagte mein Vater. »Ich wollte Priester werden, weißt du noch?« Und ob ich das wusste.

»Es hat lange gedauert, bis ich mich von meinem

Gott verabschieden konnte. Ich habe ihn damals in so eine Art Beiboot gesetzt und noch eine ganze Weile hinter mir hergezogen, und hier habe ich es gekappt, das Tau«, sagte er leise. Wir standen eine Weile vor dem Marx-Grab und schwiegen.

»Und was ist mit deinem Judentum, Papa?«, fragte ich ihn nach einer Weile. Sein Blick kehrte in die Gegenwart zurück. »Was soll damit sein?«, antwortete er gereizt. »Jude war ich nur nach den Rassengesetzen der Nazis, mehr nicht. Für mich hat das nie eine Rolle gespielt. Ich war Katholik, und jetzt bin ich Kommunist.«

»Du musstest doch aber als Jude aus Deutschland weg. Und hättest du nicht weggemusst, hätte es das Beiboot nie gegeben, und du wärst nie Kommunist geworden, oder?«

»Hätte, wäre, wenn«, sagte mein Vater kühl. »Wäre ich nicht Jude gewesen, wäre sowieso einiges anders gelaufen.«

»Was meinst du damit?«

Mein Vater holte tief Luft, als sammelte er Kraft für das, was er mir jetzt sagen würde. »Sie haben uns nicht gut behandelt, als wir aus England zurückkamen«, sagte er bitter. »Wir waren Westemigranten, das machte uns in ihren Augen suspekt. Wir hatten nicht im KZ gesessen, wir waren nur Verfolgte zweiter Klasse, also waren wir auch nur gut genug für die zweite Reihe.«

»Welche zweite Reihe?«

»Stellvertretender Kulturminister, Zweiter Sekretär, Vizepräsident ... zweite Reihe eben. Das war kein Zufall, das hatte System. Sie haben uns in die Schranken gewiesen.«

»Sie?«

»Die Genossen. Die Partei.«

Mein Vater starrte auf den Marx-Kopf und schwieg. Ich hatte ihn noch nie so reden hören. Er hatte immer Wir gesagt, wenn er von der Partei und seinen Genossen sprach. Jetzt stand er plötzlich abseits und klagte an. Das war neu.

Ein Vogel lärmte im Baum, und als wollte er die erstaunlichen Worte meines Vaters bekräftigen, hielt er plötzlich inne und ließ einen beachtlichen weißen Klecks auf die schwere Bronzestirn des Denkers fallen. Dann schimpfte er weiter. »Lass uns gehen«, sagte mein Vater.

Am Tag darauf stiegen wir in den Zug und fuhren an die englische Südküste nach Bournemouth. Dort führte mich mein Vater zu dem ehemaligen Kinderheim, in dessen schmalem Garten er heimlich seine erste Zigarette geraucht und versucht hatte, mit seinem immer wortkarger werdenden Gott zu reden. Nicht weit davon befand sich auch das Haus des irischen Jesuitenpaters, bei dem er für ein paar Schilling in der Woche als Messdiener gearbeitet hatte – ein freundliches, hellblau getünchtes Haus mit einer schönen, von Efeu umrankten Veranda. »Da habe ich manchmal mit Father Bernard gesessen und Tee getrunken«, sagte mein Vater, und seine Züge wurden plötzlich weich. »Er hat mir Bücher von Charles Dickens und Robert Louis Stevenson gegeben, damit ich besser Englisch lerne.« In diesem Augenblick öffnete sich die Haustür, und es erschien eine junge Frau, die uns argwöhnisch ansah. Mein Vater entschuldigte sich und erklärte ihr, warum wir vor ihrem Haus standen. Er war charmant, und sein Englisch perlte. Das Gesicht der Frau entspannte sich, sie bedauerte, dass sie nichts über jenen Priester wisse, der hier gewohnt habe, und winkte uns zum Abschied lächelnd hinterher. Mein Vater lächelte auch. Er schien plötzlich wie ausgewechselt, so heiter und gelöst – ich konnte mich nicht erinnern, wann ich ihn zuletzt so erlebt hatte. Ich liebte es, ihn so zu sehen. Doch ich ahnte auch, dass ich ihn nicht mehr sehr lange so sehen würde.

Am Abend fuhren wir zurück nach London, und am nächsten Tag besuchten wir Willy. Mein Großvater bewohnte seit dem Tod von Oma London allein das großzügige, viktorianische Haus im Londoner Nordwesten, und er strahlte, als er uns die Tür öffnete. Willy war inzwischen dreiundachtzig Jahre alt, doch abgesehen davon, dass er jetzt einen eleganten Stock mit sich führte, schien er kaum gealtert zu sein. Er trug noch immer sein sorgsam gestutztes

Menjou-Bärtchen, und sein inzwischen weißes, gewelltes Haar war wie damals mustergültig nach hinten frisiert.

»Servus, Sweetie«, rief er und öffnete seine Arme. »Wie erwachsen du geworden bist!« Er führte uns ins Wohnzimmer und bat uns, auf dem Sofa Platz zu nehmen. Eine hübsche, junge Frau kam herein und nickte uns lächelnd zu. »Das ist Rose«, sagte Willy. »Sie ist eine meiner Studentinnen und kommt manchmal vorbei, um mir ein wenig zur Hand zu gehen.« Mein Vater schaute etwas irritiert, als Willy uns mit einem galanten Zwinkern zu verstehen gab, dass dieser Satz durchaus mehrdeutig gemeint war. Er bat die junge Frau, uns Tee und Gebäck zu bringen, und setzte sich zu uns. Wir plauderten uns heiter durch den Nachmittag, tranken Tee und aßen Kekse, und als es dämmerte, überredete Willy meinen Vater zu schottischem Whisky.

Während sich die beiden Männer unterhielten, sah ich mich im Haus um. Es war bevölkert von den Tieren, die Willy gezeichnet, gemalt, geformt und in Bronze gegossen hatte – Leoparden, Tiger, Nashörner, Hunde, Affen in jeder Größe und aus den verschiedensten Materialien. An den Wänden hingen die Skizzen und Storyboards seiner Cartoons, und in den Regalen standen die Gipsformen der wenigen menschlichen Skulpturen, die er gemacht hatte. Ein skurriles Universum. Willys Universum.

Als ich zu den beiden zurückkehrte, redeten sie Englisch miteinander und lachten. Der Whisky hatte sich warm in das Gesicht meines Vaters gelegt, und ich erwischte ihn, wie er der schönen jungen Rose einen anerkennenden Blick hinterherwarf, als sie das Geschirr in die Küche trug.

»Wir haben uns etwas überlegt«, sagte mein Vater, das Whiskyglas in der einen und einen schmalen Zigarillo sehr lässig in der anderen Hand. »Ich muss morgen wieder nach Berlin, aber du kannst noch zwei Tage hierbleiben und fliegst dann alleine zurück.«

»Was?«

»Siehst du?«, wandte sich mein Vater mit gespielter Enttäuschung an Willy. »Sie glaubt mir nicht.« Der schaute belustigt, zog dann eine Augenbraue hoch und sah mich vorwurfsvoll an. »Du willst wohl nicht bei deinem alten Großvater bleiben, Kleines?«

»Natürlich will ich«, beeilte ich mich zu sagen. Ich konnte nicht so recht glauben, dass dieses Angebot wirklich ernst gemeint war.

»Na also«, nickte mein Vater zufrieden und ließ sich von Willy das Glas noch einmal mit leuchtendem Whisky füllen. »Dann machen wir das so.«

»So machen wir das«, sagte Willy, und die beiden Männer prosteten mir amüsiert zu. Als sie ein weiteres Glas geleert hatten, bestellte Rose uns ein Taxi, und mein Vater und Willy umarmten sich zum Abschied. Das hatten sie noch nie getan.

»Warum taugen die Stiefväter in dieser merkwürdigen Familie eigentlich mehr als die richtigen?«, seufzte mein Vater, als wir im Taxi saßen. Er richtete die Frage an das Fenster, hinter dem die spärlichen Lichter der nächtlichen Vorstadt an uns vorbeiglitten.

»Quatsch, Papa.« Ich legte meine Hand auf seine. Er entzog sie mir. »Doch, doch«, sagte er und straffte sich, als verstünde er jetzt erst den Sinn seiner eigenen Worte. »Die Väter haben alle versagt.«

Es verletzte mich, dass er seine Hand weggezogen hatte, also schwieg ich. Sollte er diesen Satz doch behalten, wenn er ihn behalten wollte. Wir redeten in dieser Nacht nicht mehr miteinander.

Am nächsten Morgen war ich vor meinem Vater wach. Ich stand leise auf, ging in die Küche und kochte mir einen Kaffee. Ich versuchte mir vorzustellen, dass diese Wohnung mir gehörte und dies hier mein Alltag war. In London. Im Westen. Doch das hier war eine hässliche Wohnung mit niedriger Decke, blassen Möbeln, und der Kaffee schmeckte auch komisch – ich verwarf den Gedanken wieder.

Nebenan hörte ich das Husten meines Vaters und das Zischen seines Asthmasprays. Er zog die Vorhänge zurück, öffnete das Fenster, inhalierte noch einmal tief aus der Pumpe und erschien kurz darauf in der Küchentür. Er war blass und sah verwüstet aus.

»Das war doch schön gestern, oder?«, sagte er, als könne er mit diesem Satz seine verlorene Erscheinung relativieren. Entweder hatte er den letzten Teil des Abends vergessen, oder er wollte testen, ob ich mich noch daran erinnerte.

»Ja«, antwortete ich so unbekümmert wie möglich. »Es war schön.«

»Prima. Dann geh ich mal duschen«, sagte er erleichtert und verschwand im Bad. Ich deckte den Frühstückstisch, schlug ein paar Eier in die Pfanne, machte Toast und brühte frischen Kaffee auf. Als mein Vater aus dem Bad kam, wirkte er frisch und aufgeräumt. Die Farbe war in sein Gesicht zurückgekehrt, er war rasiert und roch gut. Er war wieder da.

»Ich weiß, was wir heute machen«, sagte er, während er gutgelaunt Butter auf seinem Toast verteilte. »Heute zeige ich dir mal das andere London, damit du nicht auf dumme Gedanken kommst.« Es sollte scherzhaft klingen, doch ich durchschaute meinen Vater. »Machst du dir etwa Sorgen, dass ich hierbleibe, Papa?« Er sah mich prüfend an. »Sollte ich?«

»Blödsinn!«

»Na, umso besser.«

Nach dem Frühstück gingen wir durch heruntergekommene Straßen im East End, liefen durch den schäbigen Teil der Docklands, und mein Vater zeigte mir, wo die Brixton Riots stattgefunden hatten. An einem Zeitungsstand wies er mich auf das erschütternde Foto eines Aidskranken auf dem Titelblatt eines Boulevardblattes hin und steckte einem elend aussehenden Junkie, der am Straßenrand herumlungerte, ein paar Münzen zu. Mein Vater machte seine Sache gut. Wäre die Szenerie nicht so deprimierend gewesen, hätte ich mich bei seiner Vorstellung glänzend amüsiert.

Am Nachmittag begleitete ich ihn zur DDR-Botschaft, wo er noch jemanden treffen wollte, bevor er zurückflog. »Mach mir keinen Kummer«, sagte er, als wir uns verabschiedeten. »Ich verlass mich auf dich.«

»Ich mach dir keinen Kummer, und du machst dir keine Sorgen, ok?«

»So machen wir das«, sagte mein Vater, und als gelte es, einen Vertrag zu besiegeln, drückte er kräftig meine Hand.

Ich atmete tief durch, als ich allein auf der Straße stand. Dann machte ich mich auf den Weg zu Willy, trank mit ihm Tee, trug meine Reisetasche ins Gästezimmer und fuhr mit der U-Bahn zurück in die Innenstadt. Willy hatte mir empfohlen, mich einfach treiben zu lassen. »Die interessantesten Geschichten findet man sowieso immer da, wo man sie nicht erwartet«, hatte er gesagt. »Das ist wie im Leben.«

Also ließ ich mich treiben. Ich hatte zwar einen Stadtplan, doch ich benutzte ihn nur, um nachzusehen, wo ich gerade war. Ich folgte Willys Rat und benutzte Nebenstraßen. Wenn ich auf eine Hauptstraße kam, bog ich schnell wieder in eine Seitenstraße ein, und stand ich auf einem größeren Platz, suchte ich den unauffälligsten Ausgang. Auf diese Weise war ich noch nie durch eine fremde Stadt gelaufen. Es machte Spaß. Es war ein Abenteuer. Es war wie ein Sog. Irgendwann fühlte ich mich nicht mehr als Tourist, sondern als habe mich die Stadt absorbiert.

Als es plötzlich zu regnen anfing, flüchtete ich in einen kleinen Laden im Souterrain eines alten Hauses. Das Licht war schummerig, und es roch nach Gras. In der Mitte des Raumes stand ein großer Regaltisch mit Schallplatten, an den Wänden hingen Plakate von Bands, deren Namen ich noch nie gehört hatte, und aus einer Box waberte ein diffuser Reggae-Bass. Hinter dem Verkaufstresen, der mit Konzertflyern beklebt war, saß ein Punk und strickte. Als ich hereinkam, schaute er von seiner Handarbeit auf und grinste. »Hi«, sagte er. »Wie geht's?« Ich grinste zurück. »Gut.«

»Du bist nicht von hier, oder?«

»Nein. Aus Ostberlin.«

»Ostberlin?« Er legte seine Strickutensilien beiseite, stand auf und kam hinter dem Tresen vor, um mich näher in Augenschein zu nehmen. Er war etwas kleiner als ich, trug eine schwere, mit Ketten, Nieten und Buttons besetzte Lederjacke, und sein schwarzes Haar zielte sehr gekonnt in alle Richtungen. »Ich habe noch nie jemanden aus Ostberlin getroffen«, sagte er und betrachtete mich interessiert. »Wie bist du da rausgekommen?« Mit meinem schmalen englischen Vokabular erklärte ich ihm, wie und warum ich hier war und dass ich bei meinem Großvater wohne. »Cool«, sagte er und nickte anerkennend, als habe ich ihm gerade berichtet, ich sei unter Einsatz meines Lebens über die Grenze geflüchtet. »Und was hast du jetzt vor?« Ich war nicht sicher, ob sich diese Frage auf mein weiteres Leben oder diesen Nachmittag bezog, und hielt meine Antwort ebenso vage. »Ich weiß noch nicht genau«, sagte ich und zuckte mit den Schultern. Der Punk ging hinter seinen Tresen, bückte sich, tauchte mit zwei Flaschen Bier wieder auf, öffnete sie mit seinem Feuerzeug, kam zu mir und gab mir eine Flasche. »Ich bin Jimmy«, sagte er und stieß seine Flasche an meine. »Cheers, Ostberlin!«

Wir tranken, er fragte mich über mein Leben aus und erzählte mir von seinem. Er stammte aus einem kleinen Kaff in der Nähe von Manchester, war erst vor kurzem nach London gekommen, teilte sich mit ein paar Freunden eine Wohnung um die Ecke und half manchmal hier im Laden aus. »Ich spiel in einer Band«, sagte er und drückte mir einen Flyer in die Hand. »Wenn du willst, komm doch heute Abend vorbei, da spielen wir.«

Der Club, in dem die »Happy Sociopaths« spielen sollten, lag im schmutzigen Hinterhof eines verlassenen Fabrikgebäudes. Als ich kam, klebten nur ein paar Gestalten in dunklen Ecken und tranken Bier. Auf der kleinen Bühne, die mit schwarzem Stoff abgehangen war, stöpselte gerade ein Typ seine Gitarre in den Verstärker und schlug ein paar Saiten an. Ich ging zum Tresen und kaufte mir eine Cola.

»Hi«, sagte eine Stimme hinter mir. Es war Jimmy. Sein Haar stachelte jetzt in Pink, seine Augen waren mit schwarzem Kajal umrahmt, die Fingernägel schwarz lackiert, und unter seiner schweren Lederjacke trug er ein T-Shirt mit dem Aufdruck »Security System«. Er bestellte sich ein Bier.

»Hattest du noch einen schönen Nachmittag?«, fragte er. Ich hatte vorhin im Laden schon gestaunt, wie überaus höflich und zuvorkommend er war. Mit geschlossenen Augen hätte man ihn für einen gutezogenen Streber mit Seitenscheitel und Bügelfalte halten können. Ich erzählte ihm, dass ich noch ein bisschen durch die Gegend gelaufen sei und dann mit meinem Großvater gegessen hätte.

»Mein Großvater ist tot«, sagte Jimmy traurig. »Er war cool. Hat mir Motorradfahren beigebracht und so.« Er drehte eine Zigarette und reichte sie mir. Ich nahm sie, er drehte sich auch eine, und wir rauchten schweigend. »Jimmy!«, rief plötzlich der Typ mit der Gitarre und winkte. Jimmy drückte seine Zigarette aus. »Na dann, bis später«, sagte er und schlenderte mit seiner Bierflasche zur Bühne.

Zehn Minuten später begann das Konzert. Die »Happy Sociopaths« spielten lauten, schnellen, grimmigen Hardcore, zu dem die wenigen Leute im Club sofort sprangen, schubsten und rempelten, als gäbe es kein Morgen. Ihr Pogo war wütend und brutal und endete erst, als auch die Band nach einer halben Stunde zu spielen aufhörte. Jimmy stellte seinen Bass weg, kam zu mir zurück und bestellte sich noch ein Bier.

»Hat es dir gefallen?«

»Naja, es ist nicht so ganz meine Musik«, sagte ich. »Aber es hat Spaß gemacht.«

»Ja«, sagte Jimmy. »Meine Musik ist es eigentlich auch nicht, aber es macht Spaß.« Er war ein komischer Kauz, ich mochte ihn. Als ich mich später von ihm verabschiedete, tauschten wir unsere Adressen, und ich versprach, ihm eine Kassette von einer Punkband aus dem Osten zu schicken. »Feeling B ist ein guter Name«, sagte er anerkennend. Später schickte ich ihm die Kassette, doch sie kam wieder zurück: Empfänger unbekannt verzogen.

Ich fuhr an diesem Abend müde und beseelt nach Hause. So hatte ich mir mein London vorgestellt. Es war spät, und das Haus war schon dunkel. Ich schlich mich in mein Zimmer, legte mich ins Bett und schlief sofort ein.

Als ich am nächsten Morgen aufstand und ins Bad gehen wollte, öffnete sich die Zimmertür gegenüber, und die schöne Rose erschien. Sie trug ein zartes Nachthemd und kam aus dem Schlafzimmer von Willy. Mein Großvater. Dreiundachtzig. Nicht zu fassen. Als Rose mich sah, errötete sie und lächelte unsicher. Ich lächelte zurück, und sie verschwand wieder hinter der Tür.

»Die interessantesten Geschichten findet man immer da, wo man sie nicht erwartet«, sagte Willy verschmitzt am Frühstückstisch und goss Tee in meine Tasse. »Ich hatte recht, nicht wahr?«

»Ja«, grinste ich. »Hattest du.«

»Erzähl mir von deinen Brüdern. Dein Vater ist nicht besonders gut auf sie zu sprechen, oder?«

Ich erzählte ihm von meinem ältesten Bruder, der Shakespeare und Tschechow übersetzte, inzwischen mit einer schönen Schauspielerin aus der Schweiz zusammenlebte und gerade die Idee hatte, einen Film zu machen, in dem ein berühmter amerikanischer Schauspieler die Hauptrolle spielen sollte.

»Das ist doch wunderbar«, sagte Willy. »Es geht ihm gut im Westen?«

»Ich weiß nicht so genau«, sagte ich. »Manchmal ruft er nachts an und redet viel. Manchmal reden wir monatelang gar nicht.«

»Er ist berühmt, nicht wahr?«

»Ja. Aber er sagt, Ruhm wärmt nicht.«

»Das stimmt.«

Ich erzählte ihm von meinem jüngsten Bruder, der gerade eine Kindermärchenplatte veröffentlicht hatte. »Über eine Maus mit einem angebissenen Ohr und eine Ratte, die ein Menschenfreund werden will.«

Tiere. Willy war begeistert. »Fragst du ihn, ob er mir das schickt?«

»Mach ich.«

»Ist er zufrieden?«

»Ich weiß nicht so genau«, sagte ich. »Er hat zu wenig zu tun und trinkt zu viel. Er ist verletzt, glaube ich.«

»Und du?«, fragte Willy schließlich. »Wie geht es dir?«

»Mir geht's gut. Ich weiß bloß immer noch nicht, was ich eigentlich will.«

»Zerbrich dir darüber nicht den Kopf«, sagte Willy und klopfte seine Hand warm auf meine. »Das kommt schon noch.«

Nach dem Frühstück fuhr ich wieder in die Stadt. Diesmal ging ich geradewegs dorthin, wo das dekadente Herz des Kapitalismus schlug – in die Oxford Street. Wo, wenn nicht hier, sollte ich die letzten Pfund des Geldes, das ich von Oma London geerbt hatte, ausgeben? Doch das war leichter gesagt als getan. Als ich jenen legendären Plattenladen betrat, von dem ich schon so oft gehört und gelesen hatte, war ich überfordert. Bis jetzt hatten mir die verführerischen Auslagen der Geschäfte, die aus den Nähten platzenden Regale in den Supermärkten und die bunte Leuchtreklame nicht viel anhaben können, doch das hier war zu viel. Ich wusste nicht, wo auf diesen mit Schallplatten und Musikbüchern vollgestopften drei Etagen ich anfangen sollte. Ich irrte eine halbe Stunde durch das Geschäft und verließ es, ohne eine einzige Platte gekauft zu haben. Ich setzte mich in ein Café und schrieb die Namen der Bands, die ich gut fand, auf einen Zettel. Es wurde eine lange Liste, und erst, als ich darüber nachdachte, wie ich die Platten überhaupt transportieren sollte, fiel mir ein, dass ich mir darüber gar keine Gedanken machen musste. Es war verboten, Schallplatten aus dem Westen mitzubringen. Ich war enttäuscht, aber irgendwie auch erleichtert. Ich bezahlte meinen Kaffee, ging in den nächsten Klamottenladen und verließ ihn mit einer großen Tüte wieder. Dann fuhr ich zu Willy zurück.

Er begleitete mich zum Flughafen. »Sei nachsichtig mit deinem Vater«, sagte er im Taxi. »Er hat vielleicht oft nicht recht, doch er meint es gut.« Ich nickte. Ich hatte keine Ahnung, was er von meiner komischen Familie tatsächlich wusste, doch das spielte keine Rolle. Er wusste Bescheid. Und ich ahnte, dass es das letzte Mal sein würde, dass ich Willy sah.

Es war schon dunkel, als ich in Berlin landete. Ich stieg in mein kleines Auto, das ich vor dem Flughafengebäude geparkt hatte, und sog den vertrauten Geruch ein. Ich kurbelte die Scheibe runter und zündete mir eine englische Zigarette an. Ich schaltete das Radio ein, es spielte den gleichen Song von Matt Bianco, den ich gerade noch in jenem Klamottenladen gehört hatte. Ich ließ den Motor an und fuhr durch die leeren Straßen, ich fühlte mich wohl. Ich war eine Woche weg gewesen, aber es fühlte sich an wie ein Monat. Ich war wieder da, und es war in Ordnung.

Als ich zu Hause war, rief ich meinen Vater an.

»Schön, dass du dich auch mal meldest.« Seine Stimme klang gereizt.

»Ich bin gerade erst angekommen.«

»Deine Maschine ist schon halb acht gelandet, jetzt ist es neun.«

»Entschuldige. Ich dachte, es wäre ok, wenn ich …«

»Ich habe mir Sorgen gemacht«, unterbrach mich mein Vater. »Es hätte ja was passiert sein können.«

»Ich bin vierundzwanzig, Papa.«

»Es hätte etwas passiert sein können«, wiederholte er unwirsch.

»Hast du gedacht, ich komme vielleicht nicht zurück?«

»Du wärst ja schließlich nicht die Erste.« Erst jetzt begriff ich, wie schwer es meinem Vater gefallen sein musste, mich allein in London zurückzulassen, und wie groß seine Angst war, nach seinen Söhnen auch mich noch zu verlieren.

»Ich bin wieder da«, sagte ich. »Und es tut mir leid, dass du dir Sorgen gemacht hast. Das war eine tolle Woche, danke.«

»Schon gut«, sagte er etwas milder. »Gut, dass du wieder da bist.«

Nachdem ich den Hörer aufgelegt hatte, zog ich mich um, wickelte die Bluse, die ich für Katja in London gekauft hatte, in Geschenkpapier, setzte mich wieder ins Auto und fuhr zu ihr. Sie feierte ihren Geburtstag, und ich hatte versprochen, noch vorbeizukommen. Sie musste mir dafür ihr Wort geben, niemandem zu erzählen, wo ich gerade herkam. Ich hatte keine Lust, mich zu erklären und zu rechtfertigen – es war mir unangenehm.

»Da bist du ja endlich«, rief sie strahlend, als sie mir die Tür öffnete. Sie war schön, und ihre Wangen glühten. »Wir haben schon auf dich gewartet!«

Ich gratulierte ihr und gab ihr das Geschenk. »Du hast es ihnen doch nicht etwa erzählt, oder?«

»Was denn?«

»Wo ich war.«

»Doch, ich hab's erwähnt. Na und? Ist doch nichts dabei.«

»Mensch, Katja!«

»Ach komm, hab dich nicht so«, sagte sie, während sie die Bluse auswickelte. »Sie werden es überleben, und du auch. Und die hier ist toll. Danke!« Sie umarmte mich und verschwand im Bad.

Ich war sauer, doch sie hatte ja recht. Es war nichts dabei. Und warum sollte ich mir den Kopf darüber zerbrechen, wenn es anderen Leuten nicht gefiel, dass ich etwas erlebt hatte, das sie vielleicht nie erleben würden. Ich war nicht stolz darauf, doch schämen musste ich mich dafür auch nicht. Unentschlossen blieb ich eine Weile im Flur stehen, doch dann trieb der Hunger mich in die Küche, wo ein paar Leute herumstanden und über Filme redeten. Ich sagte hallo und schmierte mir ein Brötchen.

»Du warst wirklich in London?« Es war Peer, einer von Katjas besten Freunden. Sie hatte mir vor kurzem erzählt, dass sein Ausreiseantrag gerade abgelehnt worden war. Mir wurde mulmig.

»Ja«, sagte ich.

»Schön für dich.« Er musterte mich kühl und nahm einen Schluck aus seiner Bierflasche. Es schien nicht seine erste zu sein. »Und welchem Umstand hast du diese glückliche Reise zu verdanken?« Er sagte es etwas lauter, so dass die anderen ihr Gespräch unterbrachen und sich interessiert umdrehten. Ich hatte große Lust, sofort zu flüchten, doch ich hatte keine Chance. Also erzählte ich die Geschichte, die ich mir für diesen Fall zurechtgelegt hatte: Mein Großvater lebe in London, und die Jüdische Gemeinde habe Emigrantenkindern wie mir eine solche Reise ermöglicht, damit sie ihre betagten Verwandten noch einmal sehen könnten. Es war eine glatte Lüge, die ich damit rechtfertigte, dass die Wahrheit keinem nütze und stattdessen nur Neid und Missgunst schüren würde. Doch diese Version schien alles nur noch schlimmer zu machen.

»Interessant«, sagte eine junge Frau. »Als meine Oma in Dortmund neulich siebzig geworden ist, haben sie nicht mal meinen Vater rübergelassen.«

»Tja«, sagte Peer grimmig. »Alle sind gleich, aber manche sind eben gleicher. Und ihr Vater ist doch Parteibonze. Der hat da bestimmt schön nachgeholfen.«

»Lasst sie doch in Ruhe.« Katja trug die Bluse, die ich ihr mitgebracht hatte. »Es ist doch nichts dabei.«

»Du findest, es ist nichts dabei, wenn so eine Bonzentochter gemütlich in den Westen fährt und andere in den Knast wandern, wenn sie's heimlich versuchen?« Peer war außer sich. »Das ist doch wirklich das Letzte!«

»Stimmt«, pflichtete ihm die junge Frau bei und warf mir einen vernichtenden Blick zu. »Das ist das Allerletzte. Hast du's wenigstens genossen?«

»Jetzt hört doch mal auf«, mischte sich ein anderer

ein. »Man weiß doch, wie das läuft, und sie kann ja nun auch nichts dafür.«

»Warum nimmst du sie in Schutz, Toni?«, entrüstete sich die junge Frau. »Ein Kumpel von mir sitzt seit vier Monaten wegen versuchter Republikflucht im Knast, und Peer wird wegen seines Antrags nur noch schikaniert. Ich habe überhaupt keine Lust, mir ihre tollen Geschichten aus dem Westen anzuhören.«

»Ich hab doch gar keine Geschichten erzählt«, sagte ich. Meine Unsicherheit und mein Schuldgefühl wandelten sich in Wut. »Ich bin eine Bonzentochter, ich war in London, und ich weiß, dass das ungerecht ist. Doch das gibt euch noch lange nicht das Recht, mich hier fertigzumachen.« Ich drängte mich an den Leuten vorbei und verließ die Küche. »Feige ist sie auch noch«, höhnte Peer. »Typisch.«

»Ihr seid Idioten«, rief Katja und kam mir hinterher. »Tut mir leid. Ich hätte wohl doch besser die Schnauze halten sollen.«

»Ach lass mal.« Ich winkte ab. »Es zu einem Geheimnis zu machen ist ja nun auch nicht gerade besonders heldenhaft. Und die kriegen sich schon wieder ein.«

»Na gut«, sagte Katja. »Tut mir trotzdem leid.« Sie verschwand wieder in der Küche.

»Teufel Alkohol.« Jetzt stand der Typ neben mir, der mich eben verteidigt hatte und den sie Toni nannten. »Wärst du früher gekommen, hätten sie nur getuschelt.«

»Ist auch nicht besser, oder? Dann lieber so.«

»Hast du eigentlich überlegt dazubleiben?«

»In England? Nicht ernsthaft.«

»Nicht ernsthaft?«

»Na ja. Es war eher ein Gedankenspiel. Was wäre, wenn, und so.«

»Ja, und?«

»Ich hab zu viel Schiss, glaube ich.«

»Wovor denn?«

»Keine Ahnung. Vor einer unsicheren Zukunft. Fremd zu sein. Niemanden zu kennen …«

»Du hättest bei deinem Großvater bleiben können.«

»Ja vielleicht. Und vielleicht bin ich ja wirklich zu feige.«

»Na ja, man könnte es auch anders sehen. Man könnte auch sagen, es war mutig, wieder zurückzukommen.«

»Quatsch. Ich hab hier keine Probleme. Für mich war es nicht mutig, wieder zurückzukommen. Mir geht es ja gut.«

»Also, ich wäre wahrscheinlich dageblieben.«

»Und dann?«

Toni erzählte, dass er Fotograf bei einer Berliner Zeitung sei und keine Lust mehr habe, immer nur stolze Arbeiter und Bauern vor Kränen und Mähdreschern zu knipsen. »Ich will die Welt fotografieren«, sagte er. »Das ist doch ein ziemlich normaler Wunsch, oder?«

»Ja. Ist es. Und warum versuchst du nicht auch, in den Westen zu gehen?«

»Na ja. Mit stolzen Arbeitern und Bauern vor Kränen und Mähdreschern verdient man gut und wird bequem. Und nach Feierabend Hinterhöfe zu fotografieren erdet ungemein. Gibt es in London auch welche?«

»Klar«, sagte ich und erzählte ihm von dem Punkkonzert, das ich gesehen hatte. »Das war auch nicht viel anders als hier, nur eben nicht illegal.«

Wir unterhielten uns über Musik und Bücher und stellten fest, dass wir beide gerade »Mein letzter Seufzer« von Luis Buñuel gelesen hatten. Das wunderte uns nicht, denn das Buch war vor kurzem erst erschienen, und man hatte es nur unter dem Ladentisch bekommen. Und Bücher, die es nur unter dem Ladentisch gab, schienen immer alle gleichzeitig zu lesen. Wir sprachen über Politik und darüber, dass mit dem neuen Mann, den sie in der Sowjetunion gerade zum Generalsekretär gewählt hatten, vielleicht bald einiges anders würde. Wir redeten noch viel und verstanden uns gut. Ich ging nicht mehr in die Küche und Toni auch nicht. Es wurde spät, wir gingen zusammen, stiegen in mein Auto, und ich brachte ihn nach Hause.

Eine Woche später rief Toni mich an. Katja habe ihm meine Nummer gegeben, und ob ich Lust hätte, mit ihm ins Kino zu gehen. Er habe Karten für einen japanischen Film ergattert, der nur ein einziges Mal im Französischen Kulturzentrum Unter den Linden gezeigt werde. »Den haben sie vor ein paar Jahren im Westen verboten«, sagte Toni. »Zu pornographisch oder so.« Ein Porno? Ich hatte noch nie einen Porno gesehen. Und dann gleich mit Toni, den ich kaum kannte? Komische Vorstellung ... Ich sagte zu.

Wir trafen uns eine Stunde vorher in einem Café gleich nebenan, das wegen des schrägen Publikums, das hier von morgens bis abends herumlungerte, auch »Kaputt« genannt wurde. Es war das Wohnzimmer für mehr oder weniger gescheiterte Studenten, echte und eingebildete Philosophen, umstrittene Künstler und geheimnisvolle Frauen. Auch jetzt war der Laden voll, und der Rauch lag wie ein großer schwerer Nebel über der Bar.

Toni bestellte uns Martini dry – den Cocktail, von dem Luis Buñuel in dem Buch, das wir beide gelesen hatten, schwärmte. Er beflügle die Phantasie, schrieb er. Doch zu trinken, ohne zu rauchen, sei unmöglich. Also tranken und rauchten wir und plauderten uns leicht dem skandalösen Ereignis entgegen, das uns bevorstand.

Der Kinosaal war bis auf den letzten Platz besetzt, und es lag eine seltsame Spannung im Raum. Die

Leute flüsterten, als würden sie etwas Verbotenes tun, und man spürte eine erregte Vorfreude wie vor der Bescherung.

Der Film lief in Originalfassung mit französischen Untertiteln und erzählte die bizarre Geschichte zweier Liebender, die immer obsessiveren und schmerzvolleren Sex miteinander haben, bis die Frau den Mann mit dessen Einverständnis schließlich in Ekstase erdrosselt und mit einem seligen Lächeln kastriert. Ich wusste nicht so recht, was ich von der Sache halten sollte. Obwohl die Sexszenen selbsterklärend waren, quatschten die beiden unentwegt, und es kostete mich doch einige Mühe, ihr japanisches Geschwafel erotisch zu finden. Außerdem ging mir der verirrte und mit japanischer Folklore unterlegte Blick der Frau bald auf die Nerven. Trotzdem hatte der Film einen eigenartigen Sog, dem sich offenbar niemand im Kino entziehen konnte. Als das Licht im Saal wieder anging, blieben wir alle noch eine Weile sitzen, sahen uns etwas betreten an und verließen mehr oder weniger schweigend das Kino.

»Komischer Film, oder?«, sagte Toni, als wir wieder im »Kaputt« saßen.

»Ja, sehr komisch.«

»Hast du vorher schon mal einen Porno gesehen?«

»Nein, du?«

»Ja, ein Mal. Bei einem Kumpel. Hat mich aber nicht angemacht.«

»Und der Film jetzt?«

»Auch nicht. Dich?«

»Nee«, sagte ich und zögerte einen Moment, bevor ich weitersprach. »Ist irgendwie komisch, in Gesellschaft anderer erigierte Penisse zu sehen.« Toni grinste. Ich war erleichtert. Wir redeten noch eine Weile über den Film und beschlossen, bald mal wieder zusammen ins Kino zu gehen. Nach einem weiteren Martini dry fanden wir, dass wir uns eigentlich schon morgen wiedertreffen könnten, und nach dem letzten Glas sahen wir keinen Grund, uns heute noch zu trennen.

Wir liebten uns im Dunkeln, und dann verliebten wir uns im Hellen. Mal kam Toni zu mir, mal war ich bei ihm. Manchmal fuhren wir mit dem Auto nachts ziellos durch die Stadt und hörten seine oder meine Kassetten. Die Stadt veränderte sich mit der Musik – mal war sie hart und kalt, mal mild und poetisch. Manchmal begleitete ich Toni, wenn er seine Hinterhöfe fotografierte, manchmal kam er mit, wenn ich mit der Band spielte. Toni tat mir gut. Mein Herz schlug warm, ich mochte mich mehr und misstraute mir weniger. Ich liebte die Art, wie mein Freund durchs Leben ging – mit federndem Gang und verrückten Gedanken. Toni war sicher, dass es Außerirdische gab: »Wir können nicht die Einzigen sein«, sagte er. »Bei der Größe des Universums widerspricht so viel Blödheit auf einem

Haufen doch den Gesetzen der Wahrscheinlichkeit, oder?«

Er interessierte sich für seltsame Phänomene: »Wusstest du, dass die Seegurke ihre Gedärme auswerfen kann, um Feinde abzulenken?«

Und er verfügte über ein erstaunliches enzyklopädisches Wissen: »Der Rabbi von Venedig hieß Katzenellenbogen. Abgefahren, oder?«

Es machte Spaß, mit ihm zu reden und ihm zuzuhören. Er war chaotisch und manchmal auch sehr ungeduldig. Wenn jemand etwas sagte, das ihm missfiel, pflegte er verächtlich den Mund zu verziehen – so wirkte er auf Leute, die ihn nicht kannten, mitunter etwas arrogant.

Mein Vater aber mochte meinen Freund. Seit er damals Finke vergrault hatte, war Toni der erste Mann, den ich ihm vorstellte. Auch mein jüngster Bruder verstand sich mit ihm, und ich hatte das Gefühl, dass er mich sogar ein bisschen ernster nahm, seit Toni an meiner Seite war.

»Dein Freund ist gut«, sagte er. »Aber wenn der Alte ihn auch gut findet, ist mit dem bestimmt was faul.«

Als ich meinem ältesten Bruder am Telefon von Toni erzählte, hörte er nicht zu. »Jaja«, sagte er. »Hör mal. Ich will rüberkommen und meinen DDR-Pass verlängern, und ich will mich mit Vater treffen. Holst du mich ab?«

Er kam mit seinem englischen Pass über den Grenzübergang am Checkpoint Charlie. Ich wusste, dass er mit dem Auto kommen wollte, doch als er in seinem dunkelgrünen Jaguar und mit Kojak-Brille durch den Grenzpunkt rollte, hätte ich ihn fast nicht erkannt. Neben ihm saß die Schweizer Schauspielerin, mit der er seit einer Weile zusammen war. Sie war so schön wie alle seine Frauen und so anders wie jede von ihnen. Ich mochte sie. Wir setzten sie vor dem Haus eines Freundes der beiden ab und fuhren zu meinem Vater. Mein Bruder war nervös.

»Wie geht es ihm? Meinst du, ich kann mit ihm reden?«

»Ich weiß nicht, ich glaube, er ist aufgeregt.«

»Ich auch.«

Als wir das Auto vor dem Haus meines Vaters abstellten, registrierte ich, wie sich hinter seinem Fenster die Gardine bewegte.

»Hier wohnt er jetzt?« Mein Bruder schüttelte den Kopf. »Das ist ja grauenvoll.«

»Er sagt, er fühlt sich wohl.«

Mein Bruder trat seine Zigarette aus, und kaum hatten wir geklingelt, summte auch schon der Türöffner, und wir gingen hinein. Mein Vater stand bereits im Hausflur. »Da seid ihr ja«, rief er und streckte meinem Bruder die Hand entgegen, als begrüße er einen ausländischen Staatsgast. Mein Bruder nahm die Hand und schüttelte sie. »Hallo Vater.« Als sich die beiden Männer gegenüberstanden, sah ich, wie ähnlich sie sich geworden waren. Das Haar meines Bruders hatte sich in den letzten Jahren zunehmend gelichtet, er trug es so kurz wie mein Vater. Beide hatten den gleichen ausgeprägten Hinterkopf, und unter der hohen Stirn lagen die gleichen dunklen Augen. Nur die Nase meines Bruders war ein Geschenk meiner Mutter.

»Ich habe Kaffee gemacht«, sagte mein Vater. »Kommt rein.«

Wir folgten ihm ins Wohnzimmer und setzten uns auf das Sofa. Der Tisch war mit dem guten Porzellan gedeckt, das ich zuletzt gesehen hatte, als meine Mutter noch lebte. Mein Vater hatte Streuselkuchen gekauft und sogar Schlagsahne gemacht. Er wollte, dass es schön ist. Vielleicht wollte er auch, dass alles wieder gut wird.

Er goss uns Kaffee ein, und seine Hand zitterte leicht. Mein Bruder sah ihm ins Gesicht, während mein Vater sich sehr auf die Tasse konzentrierte, die er gerade füllte. Dann stellte er die Kanne ab, setzte sich in den Sessel, legte sich ein Stück Kuchen auf den Teller und griff nach der Schüssel mit der Schlagsahne. Es schien, als habe er Angst, zur Ruhe zu kommen. »Ach, jetzt habe ich den Löffel vergessen.« Er stand wieder auf und ging in die Küche, um den Löffel zu holen. Er setzte sich wieder und tat sich Sahne auf den Kuchen. Mein Bruder ließ ihn nicht aus den Augen.

»Wie geht es dir, Vater?«, fragte er ihn schließlich.

»Geht so«, sagte mein Vater und schob sich Kuchen in den Mund. »Viel Arbeit. Und du?«

»Ich schreibe fürs Theater«, sagte mein Bruder und nahm einen Schluck aus seiner Tasse. »Ich habe gerade deinen Russen übersetzt.«

»Meinen Russen?«, fragte mein Vater kauend. »Was heißt das?«

»Gorki«, mein Bruder lehnte sich zurück. »Weißt du nicht mehr? Du hast mir Maxim Gorki empfohlen, als ich in der Kadettenschule war.«

»Ja natürlich«, sagte mein Vater, und die Spannung schien langsam von ihm zu abzufallen. »Welches Stück?«

»Nachtasyl«, sagte mein Bruder.

»Ein ganz hervorragendes Stück«, sagte mein Vater und nickte anerkennend.

»Du hast mir damals diesen Brief geschrieben, weißt du noch? Ich wollte weg von da, und du hast mir gesagt, es geht nicht.«

»Ja, ich weiß. Du warst zwölf Jahre alt und wolltest plötzlich Schriftsteller werden.«

»Ich war zwölf Jahre und habe da gelitten wie ein Hund.«

»Du wolltest unbedingt dahin«, sagte mein Vater mit einer Stimme, die jetzt kalt und feindlich war.

»Ich war ein Kind, Vater.«

Mein Vater schwieg.

»Warum hast du mich da nicht rausgeholt?«

Mein Vater schwieg, mir wurde unwohl.

»Ich hab dich was gefragt.«

»Ist das hier ein Verhör?«, mein Vater warf verärgert seine Kuchengabel auf den Teller. »Steh ich unter Anklage?«

»Vater«, mein Bruder sprach etwas leiser. »Ich möchte es einfach nur verstehen.«

»Da gibt es nichts zu verstehen«, sagte mein Vater kalt, zündete sich eine Zigarette an und starrte aus dem Fenster. »Und ich muss mich hier in meiner Wohnung nicht so behandeln lassen.«

»Ach«, mein Bruder stand auf. »Du bist unzufrieden damit, wie ich dich behandle? Du hast mich behandelt wie einen Fremden, Vater. Du hast mich nicht nach Hause geholt, als ich da wegwollte, und du hast mir nicht geholfen, als sie mich wegen der Flugblätter eingebuchtet haben. Ich war dein Sohn, und so etwas tut man nicht mit seinem Sohn.«

Mein Vater stand ebenfalls auf, ging zum Fenster und öffnete es schweigend.

»Warum sagst du nichts?«

»Ich habe dir nichts mehr zu sagen.«

Mein Herz schlug schwer und schnell. Ich hatte Angst. Ich fühlte mich plötzlich wieder wie damals, als ich in meinem Zimmer lag und mir die Decke über den Kopf zog, wenn sie sich stritten und anschrien und die Türen schmissen.

»Hört doch bitte auf«, sagte ich leise.

Sie reagierten nicht auf mich. Ich war gar nicht da.

»Ist das dein letztes Wort, Vater?«

Mein Vater schwieg, zog an seiner Zigarette und blies den Rauch aus dem Fenster.

»Gut.« Mein Bruder stand auf. »Dann geh ich jetzt.«

»Ich komme mit«, sagte ich. Mein Vater drehte sich ruckartig um und starrte mich fassungslos an. »Du gehst mit?«

»Ja.«

Seine Augen wurden schmal. »Ich verstehe«, sagte er und nickte. »Du bist auf seiner Seite. Hätte ich mir ja denken können.«

Er drehte sich langsam wieder um und starrte aus dem Fenster. Plötzlich tat er mir leid. Ich ahnte, wie unglaublich einsam er sich in diesem Augenblick fühlen musste. Ich ging zu ihm und legte meine Hand auf seine Schulter. Er schüttelte sie ab.

»Mach's gut, Papa.« Er schwieg.

»Er ist so ein Idiot«, sagte mein Bruder mit enger Stimme, als wir wieder im Auto saßen. »Warum macht er das?«

»Er kann nicht anders«, sagte ich. »Er kann nicht aus seiner Haut.«

»Er will nicht.«

»Ja, vielleicht.«

Mein Bruder setzte mich am Alexanderplatz ab,

ich stieg in die U-Bahn und fuhr nach Hause. Ich griff zum Telefonhörer und wählte die Nummer meines Vaters. Ich legte auf, bevor es zum ersten Mal klingelte.

Um drei Uhr morgens rief mein Bruder mich an.

»Ich bin so wach«, sagte er. »Ich muss mit dir reden. Hast du geschlafen?«

»Ja.«

»Ich habe ihm einen Brief geschrieben. Ich les ihn dir vor.«

Mein Bruder las mir den Brief vor, in dem stand, dass er meinen Vater liebe, auch wenn dieser das nicht hören wolle. Dass die DDR seine Familie sei, auch wenn er sie verlassen habe. Dass er verstanden habe, warum sein erstes Buch in der DDR nicht gedruckt werden konnte. Dass er meinem Vater gern vom Gefängnis erzählen würde, und dass es nichts Schlimmeres gebe, als im Gefängnis zu sein in einem Land, das man doch eigentlich liebe. Dass er möchte, dass mein Vater stolz auf ihn sei. Dass er sich gern bei ihm entschuldigen würde, doch das nicht könne, weil er das Wort Schuld nicht wirklich verstehe. Der Brief war lang und manchmal wirr.

»Soll ich ihn abschicken?«

»Ich weiß nicht.«

»Meinst du, er wird ihn verstehen?«

»Vielleicht.« Ich war so müde, ich wollte wieder ins Bett. Doch mein Bruder ließ mich noch nicht.

»Ich bin so wach«, sagte er wieder. »Ich will mit dir reden.« Und er sprach von Offenheit und dass wir miteinander etwas zu tun haben müssten. »Ich brauche dich jetzt«, sagte er. »Jetzt und vielleicht nie wieder.« Er sprach vom Schorf, den wir gemeinsam von der Wunde kratzen müssten, um zu verstehen, wie es so weit kommen konnte. »Ich hab was geschrieben«, sagte mein Bruder. »Warte, ich hole es.«

»Ich muss morgen früh raus«, sagte ich.

»Es dauert nicht lang, warte.« Ich hörte, wie er durch sein Zimmer ging, sich etwas in ein Glas goss und mit sich selber sprach, während er offenbar etwas suchte. Er kam wieder ans Telefon und las mir ein Gedicht vor, dann ging er wieder weg und legte eine Schallplatte auf. »Miles Davis«, sagte er, als er wieder am Telefon war. »Ich werde dir eine Platte von Miles Davis geben. Es gibt keine schönere Musik und keine einsamere.« Er redete weiter und erzählte über seine Liebe. »Ich habe etwas getan, was ich noch nie getan habe. Ich habe ihr vom Fenster aus nachgeschaut. Sie ist in eine andere Richtung gegangen. Ich traue ihr nicht. Was soll ich machen? Ich weiß, es ist idiotisch. Ich weiß, ich mache sie kaputt. Ich weiß, sie hat keine Chance. Ich traue ihr nicht. Ich verlange von ihr, dass sie mir zuhört.«

Alle müssen dir immer zuhören, dachte ich, hatte aber nicht den Mut, es ihm zu sagen. Also hörte ich weiter zu. Er redete und trank und las etwas vor und spielte seine Musik und ging durch sein Zimmer und redete. Zwei Stunden lang.

»Ich muss jetzt schlafen«, sagte ich endlich.

»Ja.« Er legte den Hörer auf.

Ich ging ins Bett, stand zwei Stunden später wieder auf und ging zur Arbeit. Als ich wiederkam, trugen Möbelpacker die Sachen meiner dicken Nachbarin hinunter. »Die ist letzte Woche gestorben«, sagte einer, als ich fragte. Na endlich, dachte ich und schämte mich für den Gedanken. Dann rief ich meinen Vater an. Ich entschuldigte mich, dass ich mich nicht gemeldet hatte, und er fragte mich, auf wessen Seite ich eigentlich stünde. Ich antwortete, dass ich auf keiner Seite stünde, aber dass ich meinen Bruder verstehen könne.

»Er hat dir einen Brief geschrieben.«

»Was für einen Brief?«

»Es ist ein guter Brief. Er hat dich lieb.«

Mein Vater schwieg.

»Ich ihn auch«, sagte er nach einer Weile. »Aber er macht es einem nicht leicht.«

»Du ihm aber auch nicht.«

»Ja, ich weiß.«

Als ich ihn am Wochenende besuchte, erzählte mir mein Vater, dass mein ältester Bruder ihn angerufen habe. »Mitten in der Nacht«, sagte er. »Nimmt er etwa Drogen?«

»Bestimmt nicht«, log ich. Ich wusste von meinem jüngsten Bruder, dass mein großer Bruder kokste und dass dies der Grund für die stundenlangen nächtlichen Monologe am Telefon war. Mein Vater machte sich Sorgen, doch ich wollte mit ihm nicht darüber reden. Also wechselte ich schnell das Thema und erzählte ihm irgendetwas Belangloses aus meinem Leben. Er schien nicht unglücklich darüber zu sein. Wir verstanden uns wieder.

Alles war gut, bis es nicht mehr gut war. Ich spürte, wie ich mich langsam von Toni entfernte. Es gab keinen Grund dafür, und trotzdem passierte es. Einfach so. Wie immer. Ich war ein paar Monate im schönen Fieber, dann verblasste das Gefühl, und es trat nichts an die Stelle dessen, was ich für Liebe gehalten hatte. Ich wurde launischer, sarkastischer, einsilbiger und lustloser. Ich sah mir dabei zu und konnte nichts dagegen tun. Toni auch nicht.

»Du gibst dir keine Mühe«, sagte mein Freund. »Liebe ist auch Arbeit.«

»Ich will aber nicht, dass Liebe Mühe macht und Arbeit ist«, sagte ich. Toni holte seine Zahnbürste aus dem Bad und ging. Doch ich blieb nicht lang allein, meine gehasste Freundin Bulimie kehrte zurück und versprach mir, die Leere zu füllen. Ich gab ihr Nahrung und spie sie wieder aus, ich schrieb dunkle Gedanken in ein Heft und hörte traurige Musik, ich hielt mich für charakterlos und sah nicht mehr in den Spiegel.

Auch draußen in der Welt gefiel es mir nicht mehr. Die Arbeit im Verlag ödete mich an, und in der Band begann es zu kriseln, weil wir fast jedes Wochenende unterwegs waren und seit Ewigkeiten das gleiche Programm abspulten. Wir gingen uns inzwischen so auf die Nerven, dass wir beschlossen, nur noch die bereits zugesagten Konzerte zu spielen und dann erst mal Pause zu machen. Doch ausgerechnet unser letzter Auftritt bei einem Festival im Süden des Landes war so gut wie lange nicht mehr. Es schien, als wäre unserer Musik ein Stein vom Herzen gefallen, weil wir sie bald in Ruhe ließen. Die Songs flossen, wir verspielten uns nicht ein einziges Mal, und selbst meine Liebesballade sang ich so, als meinte ich sie ernst. Die Leute waren begeistert und forderten immer wieder Zugaben. Wir verbeugten uns und waren glücklich.

»Vielleicht sollten wir doch weitermachen«, sagte der Gitarrist mit der großen Nase, als wir wieder in der Garderobe saßen. »Blödsinn.« Der Langhaarige öffnete sich ein Bier an der Tischkante und sagte den Satz, den er immer sagte, der immer irgendwie passte und von dem er wollte, dass er mal auf seinem Grabstein stand: »Das war doch nur äußerlich.« Seit einiger Zeit verdrehten wir nur noch gelangweilt die Augen, wenn er den Satz sagte – diesmal mussten wir lachen.

Der Clubleiter kam in die Garderobe, zahlte uns die Gage aus und sagte, da draußen sei einer vom Radio, der ein Interview mit uns machen wolle. Uns hatte noch nie jemand interviewt, und ausgerechnet heute kamen sie. Komisch. »Auch egal«, sagte der Gitarrist mit der großen Nase. »Wir müssen es ihnen ja nicht sagen.«

Vor der Garderobe stand der Mann vom Radio. Er sagte, er sei Redakteur, und man wolle uns live in der Sendung haben. »Aber nur einen von euch. Mehr passen nicht in den Ü-Wagen.«

Der Gitarrist mit der großen Nase schlug vor, dass ich gehen sollte. »Du bist die Schönste von uns«, sagte er grinsend. »Das ist doch nur äußerlich«, fand der Langhaarige, wir schleppten unsere Instrumente und die Anlage in seinen Kombi, dann ging ich rüber zum Ü-Wagen.

Der Moderator war blind, und er war einer der Stars des Jugendsenders, den wir alle kannten. Der Sender war nichts Besonderes und brachte die gleichen langweiligen Berichte wie alle anderen, deshalb hörten die meisten von uns Westradio. Doch es gab ein paar Sendungen, in denen Musik lief, die man sonst im DDR-Radio nicht hörte. Der Mann, der gleich mit mir sprechen würde, moderierte eine davon. Ich war aufgeregt.

»Ihr seid gut«, sagte der Moderator und streckte mir seine Hand entgegen. »Setz dich.« Ich hatte mir immer versucht vorzustellen, wie er aussah, doch ich bekam nie ein Bild in den Kopf. Jetzt sah ich ihn, und plötzlich dachte ich: Stimmt. Genau so. Er war etwa Mitte dreißig, hatte einen kahlrasierten Schädel und trug eine dunkle Sonnenbrille. Er wirkte unnahbar, aber nicht unfreundlich. Meine Aufregung legte sich, und kaum hatte das Interview angefangen, war es auch wieder zu Ende.

»Was machst du beruflich?«, fragte er mich, als das Rotlicht wieder erloschen war.

»Ich arbeite bei einem Verlag.«

»Und? Macht das Spaß?«

»Geht so.«

»Hör mal. Wenn du keinen Bock mehr hast auf deinen Verlag, komm doch zu uns. Wir bekommen vielleicht bald mehr Sendezeit, dann brauchen wir Leute. Und du kannst offenbar zusammenhängende Sätze sprechen, das ist viel wert.«

Ich staunte und freute mich. »Danke«, sagte ich und gab ihm die Hand. »Schon gut«, sagte der Moderator und bat seinen Redakteur, meine Telefonnummer aufzuschreiben. »Wir melden uns bei dir, wenn es so weit ist.«

Am nächsten Tag fuhren wir nach Hause, und dann wurden die Tage wieder heller. Ich hatte plötzlich große Lust, mein Leben zu ändern. Ich war mir sicher, dass mich niemand vom Radio anrufen würde und dass der Moderator mich schon wieder vergessen hätte. Doch das spielte keine Rolle. Seine Worte und das Konzert davor hatten mir gutgetan, und mir war, als sei die Agonie der letzten Wochen von einer Minute zur anderen von mir abgefallen. Ich würde aufhören, mich zu bemitleiden. Ich würde aufhören, in dem Verlag zu arbeiten, dessen Chef ein autoritäres Ekel war und wo ich mir das Büro mit einem Kollegen teilte, der zwar wenig redete, dafür aber umso mehr Zigarillos rauchte, die schlimm rochen und auch noch »Sprachlos« hießen. Und schließlich würde ich aufhören, in einer Gegend zu wohnen, in der alte Frauen sich darüber die Mäuler zerrissen, dass ich meine Wäsche für alle sichtbar auf den Balkon und nicht diskret unter die Brüstung hängte. Ich würde einfach aufhören und was anderes anfangen. So einfach war das.

Ich setzte eine Annonce in die Zeitung, um meine Wohnung zum Tausch anzubieten. Ich hatte Glück und fand eine schöne helle Altbauwohnung mit zwei Zimmern und großer Küche in Prenzlauer Berg. Das Haus stand an einer belebten Kreuzung, durch die alle paar Minuten eine alte Straßenbahn quietschte oder eine überirdische U-Bahn lärmte, doch das war mir egal. Ich war da, wo ich sein wollte. Die meisten meiner Freunde wohnten in der Nähe, und ich war endlich zurück in einer Welt, die noch nicht so sehr vom Sterben bedroht war wie die greise Gegend davor.

Nachdem ich eingezogen war, suchte ich mir eine neue Arbeit und fand sie im Pressebüro einer Organisation, die sich um die Komponisten des Landes kümmerte. Auch dieser Job war nichts zum Altwerden, doch es war mal etwas anderes, die Luft im Büro war besser, und ich lernte neue Leute kennen. Einer davon war Ernst.

Ernst war fast achtzig, hatte im spanischen Bürgerkrieg gekämpft, im KZ gesessen und ein paar bekannte Kampflieder komponiert, die wir schon früh im Musikunterricht lernen mussten.

Als ich Ernst das erste Mal bei einer Parteiversammlung traf, wusste ich noch nicht, was mich erwartete. Er saß da wie alle anderen, und wie alle anderen schien auch er gleichmütig den Worten des Parteisekretärs zu folgen, der in langen hölzernen Sätzen die letzten Parteibeschlüsse wiederkäute. Es war ermüdend, also schaltete ich irgendwann auf Durchzug und kritzelte interessante geometrische Figuren in meinen Kalender. Plötzlich ging ein leises Raunen und Murmeln durch den Raum – alle schauten zu Ernst, der seinen Arm gehoben hatte. Es war, als hätte sich die Versammlung plötzlich in zwei Gruppen geteilt. Die eine rollte mit den Augen, und die andere schien sich zu freuen. Ich neigte eher zu den Augenrollern, denn Parteiversammlungen langweilten mich zu Tode, und ich verachtete jeden, der seine Hand hob, um dann auch nur das übliche Gelaber abzusondern. Dieser alte Mann würde sicher nichts anderes tun und vielleicht sogar noch von früher erzählen. Doch es kam anders.

Ernst erhob sich, holte tief Luft, und dann sprach er. Er machte den Parteisekretär zur Schnecke, der die meisten von uns schon ins Wachkoma geschwafelt hatte. Er schimpfte ihn einen phrasendreschenden Langweiler und erklärte, dass seine Zeit zu kostbar sei, um sich diesen Unsinn länger anzuhören. Es liege doch auf der Hand, dass in diesem Land einiges schieflaufe und dass man darüber reden müsse. Die Augenroller schauten genervt auf ihre Uhren, die anderen hingen an seinen Lippen, und ich konnte es nicht fassen. Noch nie hatte ich auf einer Parteiversammlung solche Sätze gehört und schon gar nicht von einem alten Kommunisten. Ich hatte immer gedacht, diese alten Männer seien genauso verknöchert und starrsinnig wie mein Vater. Der hier war's nicht. Er glühte und sprach aus, was viele von uns dachten, aber nicht den Mut hatten, laut zu sagen. Das Land dämmerte dem wirtschaftlichen Kollaps entgegen und kaschierte seine Probleme mit Lügen und selbstgerechten Parolen. Gerade waren wieder Volkskammerwahlen gewesen, und kaum jemand glaubte noch den Wahlergebnissen, die in der Zeitung standen. Viele von uns schauten voller Hoffnung weit in den Osten, wo der neue Generalsekretär von Offenheit,

Umbau und Reformen sprach. Schön und gut sei das, kommentierten die Zeitungen, doch die Sowjetunion sei nicht die DDR. »Irgendwann bekommen wir die Rechnung«, sagte Ernst erregt. »Ich weiß nicht, ob ich mir wünschen sollte, das noch zu erleben.« Dann ließ er seinen großen, hageren Körper erschöpft auf den Stuhl fallen. Die Versammlung schwieg. Die Augenroller schauten jetzt erleichtert auf ihre Uhren, und die anderen nickten still.

»Danke, Ernst«, sagte der Parteisekretär mit finsterer Miene, verkündete noch irgendwelche Termine und beendete dann schnell die Versammlung.

»Ernst hat's gut«, sagte mein Nachbar.

»Warum?«

»Er ist alt und hat nichts mehr zu verlieren. Er kann sagen, was er will.«

Ich wusste, dass der Mann recht hatte, und schämte mich für meine Feigheit. Ich hatte ja noch nicht mal den Mut, meinen Brüdern zu erzählen, dass ich in der Partei war. Ich hatte es ihnen verschwiegen aus Angst, sie würden mich als die kleine opportunistische Mitläuferin verurteilen, die ich ja auch war. Ich beschloss, auch das zu ändern und es ihnen bei der nächsten passenden Gelegenheit zu sagen.

Die nächste passende Gelegenheit kam ein paar Wochen später. Mein ältester Bruder rief mich nachts um halb drei an, um sich über unseren jüngsten Bruder zu beschweren, mit dem er sich offenbar mal wieder gestritten hatte. Ich wollte das nicht hören, es ging mir auf die Nerven, und außerdem war ich müde.

»Er kokettiert immer so mit seinem jüdischen Selbsthass«, sagte mein Bruder. »Findest du nicht auch?«

»Weiß nicht«, sagte ich lustlos.

»Hast du keine Meinung?« Manchmal klang er schon wie mein Vater.

»Doch. Ich bin ja in der Partei«, antwortete ich trotzig.

»Was?«

»Ich bin in der Partei«, wiederholte ich etwas lauter.

»Weiß ich doch. Aber was hat das jetzt damit zu tun?«

»Du weißt es? Woher denn?«

»Keine Ahnung. Ich glaube, der Alte hat es mal erwähnt.«

»Ja und?«

»Was und?«

»Findest du das nicht blöd?«

»Wieso? Ich war auch mal fast in der Partei.«

»Was?«

»Ich wollte rein. Ich war sogar Kandidat.«

»Wirklich? Wann denn?«

»Drei Jahre bevor ich in den Westen gegangen bin. Aber sie wollten mich nicht.«

»Warum nicht?«

»Ich habe gesagt, der Staat muss weg.«

»Und dann?«

»Nichts und dann. Ich bin als Kandidat der Partei in den Westen gegangen. Absurd, oder?«

»Ja, das ist absurd.«

Drei Tage später rief mich mein jüngster Bruder an.

»Du bist in der Partei?« Er schien sich mit meinem ältesten Bruder wieder vertragen zu haben.

»Ja.«

»Bist du bescheuert?«

»Nein. Und ich finde es scheiße, wenn ihr euch über mich die Mäuler zerreißt.«

»Sei nicht so selbstgerecht.« Mein Bruder hatte getrunken und war aggressiv. Ich hasste es, wenn er so war.

»Ich bin nicht selbstgerecht.«

»Wie kann man nur in dieser scheiß Partei sein?«

»Das geht dich doch gar nichts an, und bei deinem großen Bruder findest du das doch bestimmt auch nicht so schlimm.«

»Der war nicht in der Partei.«

»Aber fast.«

Ich erzählte ihm, was mein ältester Bruder gesagt hatte. Es war ihm offenbar neu, und ich spürte, wie sehr ihn ärgerte, dass er es von mir erfuhr.

»Na und. Das ist doch was ganz anderes. Und du bist selbstgerecht und feige, Schwesterchen.«

»Ja vielleicht. Und du bist betrunken.«
»Betrunken ist besser als verlogen.«
»Ich bin nicht verlogen.«

Ich legte den Hörer auf und heulte. Meine Brüder – sie konnten so gemein und egoistisch sein, und immer wenn sie's waren, vergaß ich, wie sehr ich sie doch liebte.

Das Telefon klingelte.

»Du kannst doch nicht einfach auflegen«, sagte mein Bruder und klang jetzt ganz weich. »Wir müssen doch zusammenhalten.«

»Tut mir leid.«

»Mir auch. Vielleicht sollten wir mal was zusammen machen. Den Alten besuchen oder so. Diese scheiß Familie geht doch sonst den Bach runter.«

»Ja, das machen wir.«

Und wir besuchten meinen Vater, tranken mit ihm Kaffee aus dem guten Porzellan, aßen Streuselkuchen mit Schlagsahne, redeten belangloses Zeug und waren eine Familie. Danach brachte ich meinen Bruder nach Hause. Er lebte in der Wohnung der Schauspielerin mit der kindlichen Stimme, die er vor ein paar Jahren geheiratet hatte. Sie hatte zwei Töchter von zwei verschiedenen Männern und zwei Katzen namens Bernd und Frau Schmidt. Die Mädchen liebten meinen Bruder. Sie taten es nicht nur, weil er tolle Geschichten für Kinder erfand und mit ihnen Hausaufgaben machte, sondern weil er sie ernst nahm.

Es war schön, meinen Bruder in diesem Zuhause zu sehen. Es war hell und warm und bunt dort, und er schien glücklich zu sein. Trotzdem trank er sich oft in die Dunkelheit. Dann war er hoffnungslos und wütend, verletzte sich und andere und wurde zu dem Menschenfreundfresser, über den er gerade ein Stück geschrieben hatte.

»Wenn er nur nicht so viel saufen würde«, seufzte manchmal die Schauspielerin mit ihrer kindlichen Stimme. »Damit macht er noch alles kaputt.«

Mein jüngster Bruder hatte also seine Familie, und auch meine Freunde bekamen plötzlich Kinder, als hätten sie sich dazu verabredet. Stefan und Susi und sogar der schüchterne Uli waren jetzt Eltern und führten ein anderes Leben. Ein schönes Leben, um das ich sie manchmal beneidete. Ich gönnte meinen Freunden ihr Familienglück, doch manchmal konnte ich es kaum ertragen, weil ich mich in ihrer Vater-Mutter-Kind-Idylle nur noch einsamer und unvollständiger fühlte. Dann machte ich mich rar und meldete mich wochenlang nicht. Ich wusste, dass sie das nicht verstanden und annahmen, ich interessiere mich nicht mehr für sie oder könne ihre Kinder nicht leiden. Ich wusste das und hatte ein schlechtes Gewissen. Und dann meldete ich mich nicht mehr, weil ich ein schlechtes Gewissen hatte.

Doch dafür traf ich Martin wieder, ich erkannte ihn am Gang. So wie er für kurze Zeit poetisch durch mein Leben geschlendert war, schlenderte er jetzt auch durch den Club. Die Band machte gerade Pause, und ich stand mit ein paar Leuten am Tresen, als ich ihn entdeckte. Ich winkte ihm zu, er zögerte kurz, dann erkannte er mich und kam zu mir. Wir hatten uns fünf Jahre nicht gesehen, doch unabhängig davon, dass er sein Haar jetzt lang und ich meines kurz trug, schienen wir uns kaum verändert zu haben. Er war fast mit seinem Studium fertig und würde bald Lehrer für Kunst und Geschichte sein. Ich konnte mir das gut vorstellen, denn er hatte die Gabe, Leute mit seiner Begeisterung für Dinge und Ideen zu infizieren. Die Mädchen, die er mal unterrichten würde, wären ihm und seinen langen schwarzen Locken in kürzester Zeit verfallen, und wäre ich nicht schon mal in ihn verliebt gewesen, hätte es mich jetzt erwischt. Es erwischte mich aber nicht, und das war gut, denn so wurden Martin und ich bessere Freunde, als wir es jemals waren.

Wir unternahmen viel miteinander, gingen ins Kino oder ins Theater, lasen dieselben Bücher und bekamen eines Tages auch dieselbe Einladung in die Jüdische Gemeinde. Die bestand fast nur noch aus Holocaust-Überlebenden und drohte zu vergreisen. Deshalb kamen ein paar Mitglieder auf die Idee, die Tür aufzumachen und Leute wie uns einzuladen –

Emigrantenkinder, die zum Teil noch nie eine Synagoge von innen gesehen hatten. Wir beschlossen hinzugehen. »Wer weiß«, sagte Martin. »Vielleicht spricht die Stimme des Blutes zu uns.« – Er sagte es scherzhaft, doch es war ja was dran. Wir waren immer noch auf der Suche, und jüdisch zu sein hatte was. Es war anders, und wir wollten anders sein: weniger deutsch, weniger normal, weniger langweilig.

Einmal hatte ich mich mit einem Mann unterhalten, den ich gut fand. Wir sprachen über unsere Eltern und darüber, was sie so machten und woher sie kamen. Als ich ihm von meiner Familie erzählte, schaute er mich fasziniert an. »Du bist jüdisch? Das ist ja toll. Ich habe noch nie eine richtige Jüdin getroffen.« Ich hatte es genossen, für meine Herkunft bestaunt zu werden, doch irgendwie fand ich es auch verlogen. Ich hatte zwar Verwandte auf dem jüdischen Friedhof, doch meine Eltern waren als Kommunisten aus dem Exil zurückgekehrt, und ich hatte überhaupt keine Ahnung vom Judentum. Das würde sich nun vielleicht ändern, und wer weiß: Vielleicht würde aus mir ja wirklich mal eine richtige Jüdin werden.

Beim ersten Treffen fühlte ich mich wie am ersten Schultag. Auf dem Hof der Gemeinde standen ungefähr zwanzig Leute. Manche kannten sich und redeten, andere wirkten etwas verloren und beäugten sich misstrauisch. Ich war froh, dass ich mit Martin hier war – allein hätte ich vermutlich sofort das Weite gesucht. Er kannte ein paar der Leute, wir gingen zu ihnen, und er begrüßte sie mit lässiger Geste. Einige Minuten später führte uns eine Frau in den Gemeindesaal, wir setzten uns auf die harten Stühle und ließen uns von ihr erzählen, warum wir hier waren. Sie sprach davon, dass man aus der Gemeinde, die ein Ort der Beerdigungen geworden sei, wieder einen Ort der Zukunft machen wolle und dass das ohne uns nicht gehe. Manche von uns guckten ratlos, andere nickten ernst.

Die Gemeindeleute, die sich bei dieser Zukunftssache um uns kümmerten, gaben sich offen und jung. Sie organisierten Lesungen und Konzerte, veranstalteten Seminare zum Judentum, boten Hebräisch-Kurse an und luden uns zum Schabbat in die Synagoge oder zu jüdischen Feiertagen ein. Dort aßen wir Trauben und Birnen aus dem Westen und tranken bulgarischen Wein aus Flaschen, auf denen hinten das Etikett »garantiert koscher« klebte. Es war der gleiche Wein, den man für sechs Mark auch im Laden um die Ecke bekam.

»Dieser Wein hat garantiert noch keinen einzigen Juden gesehen«, flüsterte Martin, und ich musste mir Mühe geben, dass ich mich vor Lachen nicht an der Traube verschluckte, die ich gerade aß. Egal: Es war alles sehr interessant und geheimnisvoll. Dennoch ging ich immer hin wie zu einer Theatervorstellung. Außerdem fand ich die Leute komisch, die plötzlich mit Davidstern-Kettchen herumliefen, als hätten sie nie etwas anderes getan. Sie trugen ihre Abstammung vor sich her wie eine Auszeichnung, und es ging das Gerücht, dass manche von ihnen noch nicht mal Juden waren, sondern sich einfach nur interessant machen wollten. Ich fand das absurd, und irgendwann ging ich nicht mehr hin. Die Stimme des Blutes hatte geschwiegen. Ich blieb normal und langweilig und deutsch. Es gab Schlimmeres.

Zum Beispiel die Polizisten vor dem Brandenburger Tor, als wir David Bowie hören wollten, der bei einem Open Air vor dem Reichstag in Westberlin spielte. Ich verabredete mich mit Katja. Wie viele andere wollten wir versuchen, der Musik so nah wie möglich zu kommen, aber die Polizei war lange vor uns da und hatte alles so weit abgesperrt, dass die Musik nur in dumpfen Bässen zu uns herüberschwappte.

»Das kann ja wohl nicht wahr sein«, sagte ein Mädchen mit Rastalocken, ging auf einen der Polizisten zu und baute sich vor ihm auf. Der Polizist war etwa zwei Köpfe größer als sie und schien sie nicht zu bemerken.

»Was soll denn das werden, wenn's fertig ist«, sagte das Mädchen und schaute zu ihm auf – das sah drollig aus, und die Leute um sie herum guckten eher belustigt als überrascht. Der Polizist reagierte nicht und sah stur geradeaus.

»Wir wollen doch hier nur Musik hören«, sagte das Rastamädchen. »Wir wollen doch nicht abhauen.« Der Polizist schwieg.

»Hallo, Herr Polizist«, rief sie und hüpfte jetzt vor ihm auf und ab. Der Polizist zeigte kein Lebenszeichen.

»Er redet nicht mit mir«, wandte sich das Mädchen jetzt mit gespielter Traurigkeit an uns.

»Vielleicht hat ihm seine Mutti verboten, mit Fremden zu sprechen«, sagte jemand in der Menge. Die Leute lachten, manche klatschten sogar. Im Gesicht des Polizisten zuckte es. »Treten Sie bitte zurück«, sagte er schließlich, ohne das Mädchen eines Blickes zu würdigen.

»Er hat was gesagt«, bemerkte einer neben uns. »Der Bulle hat gesprochen.« Andere wurden laut, es kam Unruhe in die Menge, die Stimmung schien zu kippen, und mir wurde ein bisschen mulmig.

»Lass uns lieber abhauen«, sagte ich zu Katja.

»Nö, wieso denn?« Meine Freundin verschränkte grinsend die Arme vor der Brust. »Jetzt wird's doch erst lustig.«

Die Leute begannen, von hinten zu schieben. Ich war nicht sicher, ob sie's taten, um besser sehen zu können, was hier vorne passierte, oder ob sie durch die Sperre wollten. Und ehrlich gesagt hatte ich keine

Lust, das herauszufinden. Ich wollte hier weg. Ich hatte Schiss. Nicht so sehr vor der Polizei, sondern davor, dass das hier außer Kontrolle geriet.

»Katja, lass uns bitte gehen«, bat ich meine Freundin. »Ich weiß, wo wir die Musik viel besser hören können.«

»Na gut«, seufzte Katja, und wir drängten uns durch die Menge, die sich immer stärker nach vorn schob. Als wir draußen waren, atmete ich auf, und jetzt sah ich, dass auch Katja bleich geworden war. »Und wo können wir jetzt hören?«, fragte sie.

»Auf dem Klo der ›Möwe‹.«

›Die Möwe‹ war ein Club ganz in der Nähe. Dort kam man nur hinein, wenn man Mitglied der Künstlergewerkschaft war, und seit ich den Pressejob bei den Komponisten hatte, war ich das. Die Klos lagen auf der Rückseite. Und auf der Rückseite war die Mauer.

Zehn Minuten später standen wir am geöffneten Fenster des Damenklos, rauchten und lauschten. Das Fenster führte zum Hof, und der Hof verstärkte die Musik, die der Wind in dünnen Klangfetzen zu uns trug. Da unten standen Mülltonnen, hier oben standen wir, und nur ein paar Meter entfernt sang David Bowie »Heroes«. Wir waren keine Helden, doch das war uns egal. Wir konnten ihn hören. Er war hier.

In den Westnachrichten sahen wir später die Bilder. Bowie auf der Bühne im Westen und wütende

Leute im Osten. »Die Mauer muss weg«, riefen sie, doch die Polizei stand wie eine Mauer davor.

Als am nächsten Tag die Eurythmics spielten, kamen mehr Leute zum Brandenburger Tor, und es schien, als seien sie nicht nur wegen der Musik da. Auch die Polizisten standen dichter, und Männer in Zivil zogen immer wieder Leute aus der Menge und nahmen sie mit.

Am dritten Tag waren noch mehr Leute da, ihre Sprechchöre waren noch lauter, und bei einigen Polizisten saßen plötzlich die Schlagstöcke locker. Als Genesis auf der anderen Seite der Mauer »Land of Confusion« spielten, hörte das hier niemand mehr.

In unseren Nachrichten kein Wort davon. Das Ereignis hatte nicht stattgefunden. Wir redeten noch lange und oft über diese drei Tage und kopierten die Kassetten mit dem Genesis-Konzert, das irgendjemand im Westradio mitgeschnitten hatte. Ich war kein Genesis-Fan, doch das war egal – die Kassette war historisch, auch wenn man die Sprechchöre darauf nicht hören konnte.

ELF

Und dann rief das Radio bei mir an. Am Telefon war der Redakteur des Jugendsenders, dem ich damals das Interview gegeben hatte. Ich hatte es schon fast vergessen.

»Wir brauchen Musikredakteure«, sagte er. »Und du kennst dich doch mit Musik aus, oder?«

Ich musste nicht auf mein schmales Plattenregal und die übersichtliche Kassettensammlung schauen – ich wusste auch so, dass ich keine Ahnung hatte.

»Geht so.«

»Egal«, sagte der Redakteur. »Wir senden demnächst rund um die Uhr, und sie nehmen inzwischen fast jeden.«

Ich dachte nicht lange nach, bewarb mich, wurde eingeladen und fuhr zu dem großen Rundfunkgebäude, das direkt an der Spree stand. Der Chef der Musikredaktion wollte wissen, welche Musik ich mag, ob ich ein Instrument spielen könne und wie die Mitglieder der Stones hießen. Das Gespräch dauerte zehn Minuten, und zwei Monate später fing mein neues Leben an.

Der Redakteur hatte recht – sie nahmen wirklich fast jeden: Außer mir wurden ein Bauarbeiter, ein

Englischlehrer, eine abgebrochene Architekturstudentin und ein Friedhofsgärtner eingestellt. Es war das erste Mal, dass ich mit Leuten zusammenarbeitete, die in meinem Alter waren. Ich mochte nicht alle, doch einige umso mehr. Sie hießen Daniel, Mina, Alex und Jule, und nach der Arbeit setzten wir uns oft noch an den Fluss, tranken Wein aus der Kantine, redeten oder schlugen einfach nur die Zeit tot.

»Hier soll mal einer vom anderen Ufer hergeschwommen sein«, erzählte Daniel. »Er dachte wohl, das hier wäre der Westen.« Daniel war ein paar Jahre älter als wir. Ich hatte seine Sendungen oft im Radio gehört und mochte seine kluge und entspannte Art, über Musik zu reden. Er durfte zu Konzerten in den Westen fahren und die Bands interviewen. Wir beneideten ihn, doch er machte keine große Sache draus.

»Vielleicht ist das auch nur einer dieser urbanen Mythen«, sagte Mina. Sie war Tontechnikerin und hatte die dunkle Haut des afrikanischen Vaters, den sie nicht kannte. Sie war nachdenklich und sanft, konnte jedoch ganz unvermittelt Pfeile durch die Luft jagen, dass es einem den Atem verschlug.

»Hm«, grübelte Alex. Er redete nie besonders viel, war sehr ernst und manchmal etwas launisch. Wenn er einen schlechten Tag hatte, ging man ihm besser aus dem Weg. Er hatte eine Sendung, in der er Punk und Indie-Rock aus England und Amerika und irgendwann auch Kassetten von Punkbands aus dem Osten spielte.

»Ich hab gehört, dass sie in der Kantine bald keinen Alkohol mehr ausschenken wollen«, erklärte Jule. »Wegen des Bauarbeiters, der hier gearbeitet hat und besoffen vor die S-Bahn gefallen ist.« Jule, die Redaktionssekretärin, wusste Bescheid. Sie hatte eine große Klappe und ein weites Herz. Einmal im Jahr fuhr sie an die Ostsee und kam mit Unmengen an Strandgut und Steinen wieder, die wir kistenweise schleppen mussten, als sie umzog. Vier Stockwerke. Da mochten wir Jule zwei Stunden lang nicht besonders.

So saßen wir also am Wasser, redeten oder schauten einfach nur auf den Fluss, an dessen anderem Ufer sich das Riesenrad des Vergnügungsparks drehte. Es ging uns gut. Wir arbeiteten und lebten in unserer lustigen Nische, und die Probleme der Welt kümmerten uns nicht. Noch nicht.

Manchmal traf ich meinen jüngsten Bruder in der Kantine. Er hatte seit kurzem einen festen Job als Regisseur in der Hörspielabteilung, und eines seiner Märchen war gerade auf Schallplatte erschienen. Es handelte vom Wolf, der keine Lust mehr hatte, der böse Wolf zu sein. Also haute er ab aus dem Märchenwald und ging in die Stadt. Dort wollte er Leute finden, die sein Märchen umschrieben und aus ihm einen lieben Wolf machten. Weil der Wolf aber zuvor noch nie in der Stadt gewesen war und sich nicht auskannte, verletzte er alle möglichen Regeln. Er lief bei Rot über die Straße, pöbelte Verkehrspolizisten an und wurde bald zu einer Art Persona non grata des Straßenverkehrs – ein Rebell. Leider wird er am Ende der Geschichte konditioniert, und als er in den Wald zurückkehrt, führt er dort Verkehrsregeln ein. Die Leute kauften die Platte für ihre Kinder und schmunzelten an den Stellen, die sie für anarchistisch hielten.

Mein Bruder schien zufriedener zu sein, er sah besser aus. »Ich glaub, ich hab noch nie so viel verdient und noch nie so wenig gesoffen«, sagte er. »Aber das wird schon wieder.«

Auch mein ältester Bruder hatte zu tun. Er musste den Film drehen, von dem er bei seinen nächtlichen Anrufen immer wieder erzählt hatte. Einen Film über einen amerikanischen Juden, der nach Berlin kommt, um einen Film über einen Juden zu drehen, der im KZ sitzt und dem die Nazis die Freiheit versprechen, wenn er neben zwölf anderen Juden als Kleindarsteller in einem Propagandafilm der Nazis mitspielen würde.

»Es ist ein Film über Schuld in der Unschuld«, sagte mein Bruder morgens um halb vier. »Ich habe keine Lust mehr, als Jude immer nur Opfer zu sein.« Ich verstand nicht genau, was er damit sagen wollte, doch ich ahnte, dass es ein komplizierter Film über ein schwieriges Thema war. Die Hauptrolle spielte ein Hollywoodstar, den wir alle als Mann in Frauenkleidern in einer Komödie mit Marilyn Monroe kannten.

Mein Vater sah im Fernsehen, wie mein Bruder den berühmten Schauspieler vom Flughafen abholte. Er mochte diesen Schauspieler, und als die beiden Männer sich die Hand gaben und lächelten, lächelte er ebenfalls. »Ich wusste gar nicht, dass er auch Jude ist«, sagte mein Vater.

Der berühmte Schauspieler schaute in die Kamera und erklärte ernst, dass er die Arbeit meines Bruders gut finde und sich auf die Dreharbeiten freue. Mein Vater beugte seinen Oberkörper nach vorn, als habe er Angst, auch nur ein Wort des Schauspielers nicht zu verstehen.

Und dann wurde er krank. »Du siehst schlecht aus«, sagte ich, als ich ihn besuchte. »Geht's dir nicht gut?«

»Ach was«, sagte mein Vater und winkte ab. »Ich bin nur ein bisschen erschöpft.« Und er sprach von der Kur, zu der er fahren würde, um sich zu erholen. Ich war beruhigt, und tatsächlich sah er besser aus, als er wiederkam. Er war seit ein paar Monaten in Rente und hatte große Pläne. Er wollte Bücher lesen und selbst eins schreiben. Er wollte in Konzerte und

Museen gehen. Und er wollte, dass ich endlich einen Mann fand und ihm ein Enkelkind schenkte.

Sein Enthusiasmus schien mir manchmal seltsam unecht, doch ich machte mir keine Gedanken, bis mich eines Tages Vera anrief.

Vera war eine etwa zehn Jahre jüngere, ehemalige Kollegin, mit der mein Vater manchmal essen oder ins Theater ging. Ich mochte Vera und hoffte, die beiden würden irgendwann zusammenkommen und miteinander alt werden. Sie wollte gern, doch mein Vater sagte: »Ich tauge nicht mehr für so was« und wechselte das Thema. Jetzt also war Vera am Telefon. »Ich mach mir Sorgen um ihn«, sagte sie und erzählte, dass sie ihm eine Karte ins Kurhaus geschickt habe, die jedoch zurückgekommen sei. »Dann hab ich dort angerufen, doch die kannten ihn gar nicht. Er ist ja wieder da, aber ich hatte keinen Mut, ihn zu fragen, und es geht mich ja eigentlich auch nichts an.« Ich versprach, mich darum zu kümmern, rief meinen Vater an und fragte ihn nach seiner Kur.

»War gut. Und was macht die Arbeit?«

»Papa, du warst gar nicht bei der Kur.«

»Wie kommst du denn darauf?« Mein Vater zögerte einen Augenblick zu lang und sprach eine Spur zu schnell, um erstaunt zu wirken – er würde nie lernen, vernünftig zu lügen. Ich verschwieg ihm Veras Anruf und gab ihre Geschichte als meine aus. »Also gut«, sagte mein Vater ruhig. »Ich war nicht bei der

Kur, ich war im Krankenhaus. Aber mach dir keine Sorgen, es ist alles in Ordnung.«

»Im Krankenhaus? Wieso? Was hattest du denn?«

»Ach nichts weiter. Nur so eine leidige Blasengeschichte.«

»Und dafür warst du drei Wochen im Krankenhaus?«

»Sie haben was weggeschnitten, das da nicht hingehört, und jetzt ist alles gut.« Das waren die gleichen Worte, die er gesagt hatte, als meine Mutter im Krankenhaus lag. Damals hatte ich ihm geglaubt. Diesmal glaubte ich ihm nicht.

»Hast du Krebs?«

»Es wurde behandelt, es ist wieder gut.«

ES wurde behandelt. Als wenn die Krankheit weniger schlimm wäre, wenn er ihren Namen nicht aussprach. Das hatte er auch bei meiner Mutter nie getan. Auch ihr Krebs war immer nur ES.

»Warum hast du nichts gesagt? Warum hast du gesagt, du fährst zur Kur?«

»Ich wollte nicht, dass ihr euch Sorgen macht.«

»Das ist doch scheiße, Papa. Du musst doch sagen, wenn so was ist.«

»Jetzt hör aber auf!« Ich sah ihn nicht, doch ich ahnte die tiefe Falte zwischen seinen Augenbrauen. »Es ist wieder gut, hab ich gesagt.« Er war wieder der Alte. Gebieterisch und autoritär. Ich atmete auf. Es gab noch Hoffnung.

Ich rief Vera an. »Er macht alles mit sich alleine ab«, sagte sie niedergeschlagen. »Das ist nicht gut.«

Ich rief meinen jüngsten Bruder an.

»Der Alte ist zäh«, sagte er. »Mach dich nicht verrückt.«

Und mein ältester Bruder zitierte sich selbst: »Ein Sohn ist vor ihm gestorben«, sagte er. »Die andern beiden wird er auch überleben.«

»Und was ist mit mir?«

»Du überlebst uns alle.«

Ich legte auf und fuhr zur Arbeit in die Musikredaktion, ganz oben im Turm des großen alten Rundfunkgebäudes. Von hier aus konnte man weit in alle Richtungen sehen, und wenn man das Fenster öffnete, schien die Luft auch klarer zu sein als da unten, wo das Land inzwischen träge und schwer in seinen Grenzen lag. Stickig und eng war es geworden, und die Leute wurden immer unzufriedener. Da halfen auch nicht die amerikanischen Sänger und englischen Bands, die man jetzt im Sommer auf großen Wiesen spielen ließ.

»Prima, dass ihr sie reingelassen habt«, sagten viele. »Aber warum lasst ihr uns nicht raus?«

»Prima, dass wir ihnen endlich zuhören dürfen«, sagten ein paar andere. »Aber warum hört ihr uns nicht zu?«

Sie trafen sich in Kirchen und Zimmern, sprachen von Demokratie und von der Freiheit der Andersdenkenden, malten Plakate und trugen sie nach draußen. Manche wurden verhaftet und andere aus dem Land geworfen, in dem sie eigentlich hatten bleiben wollen.

Und wir saßen in unserem schönen Turm, machten die Musik dazu und freuten uns diebisch, wenn wir Songs fanden, die zwischen den Zeilen erzählten, wie sich viele von uns fühlten. Man ließ uns gewähren und an der langen Leine spielen, denn wir waren ein Jugendsender, und man brauchte die Jugend, damit das Land nicht vor die Hunde ging. Nur wenn jemand an der Leine riss oder zu laut bellte, nahm man ihm das Mikrophon weg und schickte ihn fort.

Im Herbst kam der barfüßige Sänger aus Westberlin in die große Radsporthalle. Er sang die Songs, die wir kannten und für die wir ihn liebten. Er sang über den Traum von einem Land mit offenen Türen, und wir sangen mit. Sehr laut und sehr bewegt. »Dieses Land ist es nicht!«, rief der Sänger ins Mikrophon, und sechstausend Leute sangen so laut mit, dass man es auch draußen hören konnte. Wir waren aufgewühlt und redeten noch lange über dieses Konzert. Eine Woche später wurde es in unserem Radio gesendet, allerdings ohne diesen Song. Er wurde rausgeschnitten, und wir hatten uns nicht dagegen gewehrt. Ich schämte mich. Jedoch nicht sehr lange, denn dann kam Pit.

Pit gehörte zu einer Schauspieltruppe aus Dresden und suchte eine Wohnung in Berlin. Bis er eine gefunden hatte, zog er mit seinem alten Lederkoffer von einem zum anderen, und eines Tages kam er auch zu mir. Ich hatte noch nie mit einem Mann zusammengelebt, deshalb zögerte ich zunächst. Doch da seine Truppe sowieso meistens unterwegs war und er kaum da sein würde, sagte ich zu. Außerdem war es mal was anderes, und ich mochte Pit. Während er auf der Bühne meist den Menschenhasser mit herabhängenden Schultern, heruntergezogenen Mundwinkeln und fiesem Blick spielte, war er im wahren Leben das Gegenteil: lustig, warm, chaotisch und schön. Pit stellte seinen alten Lederkoffer in die Ecke und blieb.

Er war selten da, doch wenn er da war, machte es Spaß. Ich mochte es, mit ihm zu wohnen, es war leicht und unkompliziert. Manchmal dachte ich, dass ich ihn liebte. Dann wieder nicht. Wenn wir miteinander schliefen, taten wir's wie zwei verstörte Kinder und grinsten uns danach verlegen an. Wir gaben dem, was uns verband, keinen Namen und sprachen nicht darüber. Es war nicht nötig, es ging uns gut.

Dem Land jedoch ging es immer schlechter, und auch mein Vater wurde wieder krank. »Sie müssen es noch mal behandeln«, sagte er, und ich fuhr ihn ins Krankenhaus. Sie gaben ihm ein schönes Zimmer mit Blick auf den Park, wo ich ihn besuchte, sooft es ging.

Einmal begleitete mich mein ältester Bruder und schenkte ihm sein neues Buch. Es war das erste Buch, das die DDR von ihm veröffentlicht hatte. »Es sind Theaterstücke«, sagte mein ältester Bruder. »Sie nennen es Friedenstexte.«

»Das ist gut«, sagte mein Vater leise und blätterte mit knöchernen Fingern in dem schmalen grünen Band.

Einmal kam mein jüngster Bruder mit und brachte ihm eine Kassette mit dem Märchen, das er gerade als Hörspiel inszeniert hatte. »Sechse kommen durch die ganze Welt«, sagte mein jüngster Bruder. »Nur lustiger.«

»Das ist schön«, sagte mein Vater sehr leise und legte die Kassette mit zitternden Händen in den Walkman.

Bleich war mein Vater, als er im Fernsehen die vielen Leute sah, die das Land verließen und über die ungarische Grenze nach Österreich gingen. »Warum gehen die weg? Ich versteh das nicht«, flüsterte er und drückte den roten Knopf an seinem Bett. Die Schwester kam, gab ihm eine Spritze, und er schlief ein.

»Er wird die kommende Nacht vermutlich nicht überstehen«, sagte der Oberarzt zwei Wochen später am Telefon. Ich fuhr zu meinem Vater und nahm seine Hand. Sie war ganz leicht und kühl. Ich streichelte sie und fing an zu reden. Ich wusste nicht, ob er mich hören konnte, doch das war mir egal. Ich sagte, dass bestimmt alles gut werde und dass er sich keine Sorgen machen solle und dass wir ihn lieb hätten und er uns verzeihen müsse und dass wir ihm verzeihen. Ich sagte das kitschigste Zeug, dass ich je gesagt hatte, und als ich plötzlich sogar von irgendeinem Gott sprach, der sich um alles kümmern werde, zuckten seine Lippen, als wollte er etwas sagen. Ich ließ das mit dem Gott, schwafelte weiter und hörte erst auf, als er eingeschlafen war und sein Brustkorb sich nur noch leise hob und senkte.

Dann legte ich seine Hand vorsichtig auf das Laken, sagte: »Mach's gut, Papa«, küsste ihn auf die Stirn und ging. Es war alles gesagt.

Ich stieg in mein Auto und fuhr zu einem Sommerfest, bei dem eine Band spielte, mit der ich befreundet war. Ich konnte und wollte jetzt nicht allein sein, und Pit war mit seiner Truppe unterwegs.

Es war schon spät, als ich kam, die Band spielte gerade ihren letzten Song. Ich kaufte mir ein Bier am Kiosk, stellte mich ein wenig abseits und sah mir die Leute im Publikum an. Normales Publikum und ein paar Fans, die immer kamen, wenn die Band spielte. Wenn ihr wüsstet, dachte ich. Mein Vater stirbt heute Nacht, dachte ich.

Als die Jungs fertig waren, ihre Instrumente einpackten und überlegten, wo sie jetzt noch etwas trinken könnten, schlug ich vor, an einer Tankstelle zu halten und danach zu mir zu fahren. Sie waren einverstanden.

»Was ist los mit dir?«, fragte mich der Gitarrist leise, als wir in meiner Wohnung waren. »Du bist so blass.« Ich erzählte ihm von meinem Vater und bat ihn, den anderen nichts davon zu sagen. Er nickte betreten. Wir tranken und redeten und hörten Musik. Es wurde schon hell, als die Jungs wieder gingen. Ich legte mich hin und schlief sofort ein. Als am nächsten Morgen das Telefon klingelte, wusste ich, dass mein Vater nicht mehr aufgewacht war.

Ich rief meinen jüngsten Bruder an. »Da waren es nur noch drei«, sagte er und machte sich die nächste Flasche Bier auf.

Ich rief meinen ältesten Bruder an. »Es fing gerade an, gut zu werden mit ihm«, sagte er. »Jetzt sieht er nicht mehr, wie ich ihm immer ähnlicher werde.«

Ich rief Vera an. Sie weinte. Ich konnte nicht weinen. Ich hatte keine Zeit. Ich musste mich ja um die Beerdigung und um seine Wohnung kümmern. Das kommt schon noch, dachte ich.

Am nächsten Tag kam ein dünner Mann mit dünnen Haaren und schwarzer Krawatte zu mir nach Hause, um die Beerdigung zu besprechen. Als hoher Parteifunktionär sollte mein Vater ein Staatsbegräbnis bekommen. Das passte mir nicht, doch ich konnte es nicht ändern, und wahrscheinlich hätte sich mein Vater sogar darüber gefreut.

»Wir schlagen vor, die Familie legt ein Blumengebinde nieder«, sagte der dünne Mann.

»Wir wollen kein Blumengebinde. Wir bringen unsere eigenen Blumen mit.«

»Ich verstehe.« Der dünne Mann fuhr sich mit der Hand durch das dünne Haar. »Es gibt aber ein Protokoll, und wir schlagen vor …«

»Wir wollen kein Blumengebinde«, unterbrach ich ihn.

»Ich verstehe. Ich denke, wir können das so machen«, sagte der dünne Mann, kritzelte etwas in seine schwarze Mappe, und ich sah die winzigen Schweißperlen auf seiner Stirn. Draußen waren fast dreißig Grad, und er musste hier im schwarzen Anzug herumsitzen. Doch mein Mitleid hielt sich in Grenzen. »Dann wäre noch die Sache mit Ihrer Mutter zu klären«, sagte er, ohne den Blick zu heben. »Welche Sache?«, fragte ich und beobachtete, wie sich eine Schweißperle löste, sich gemächlich ihren Weg in Richtung Nase bahnte und dabei langsam zu einem Tropfen heranwuchs.

»Ihr Vater wünscht, bei Ihrer Mutter beigesetzt zu werden.«

»Ja, ich weiß. Und?«

»Nun …« Der dünne Mann fummelte nervös an

seinem Kugelschreiber und ließ seine schwarze Mappe nicht aus den Augen. »Ihr Vater wird an einer Stelle beigesetzt, die den Mitgliedern des Zentralkomitees unserer Partei vorbehalten ist, und Ihre Mutter liegt anderswo auf diesem Friedhof.« Der Schweißtropfen hatte die Nasenwurzel passiert und rann jetzt etwas entschlossener die Nase hinunter.

»Ja und? Dann begraben wir ihn eben bei meiner Mutter.«

»Das ist leider nicht möglich, da ZK-Mitglieder dort nicht …«

»Warum denn nicht?«

»Das Protokoll sieht das nicht vor.« Der Tropfen erreichte die Nasenspitze und verharrte dort, als müsse er nachdenken.

»Und was schlagen Sie vor?«

»Nun«, sagte der dünne Mann, dessen Blick auf der Mappe festgetackert zu sein schien. Der Schweißtropfen hatte es sich überlegt und hängte sich beherzt an die Nasenspitze. »Wir könnten Ihre Mutter umbetten.«

»Umbetten heißt, Sie buddeln meine Mutter aus und buddeln sie bei meinem Vater wieder ein?«

»Wir betten die Urne Ihrer Mutter zu der Ihres Vaters um, ja.«

Der dünne Mann schaute unbeirrt auf seine Mappe. Der Tropfen hing. »Ok«, sagte ich. »Wenn's sein muss. Sie ist tot, sie wird's nicht merken.«

Der dünne Mann hob den Kopf, während er gleichzeitig mit dem Handrücken den Schweißtropfen wegwischte. Dann nickte er heftig, als habe er Angst, ich könnte es mir noch einmal anders überlegen, klappte die schwarze Mappe zu, stand auf und reichte mir die Hand. Es war zum Glück die andere.

Bei der Beerdigung stand ich zwischen meinen beiden Brüdern. Eigentlich wie immer, nur hielten wir uns diesmal an den Händen. Ein hoher Funktionär hielt eine Rede voller abgenutzter Worte, dann trugen sie die Orden meines Vaters auf roten Samtkissen zu seinem Grab und spielten den Trauermarsch, den sie immer spielten. Ich hatte diese Beerdigungen schon tausendmal im Fernsehen gesehen, doch die hier war anders. Klar, es war mein Vater, den sie zu Grabe trugen – doch das war es nicht. Irgendwie passte diese seltsame Zeremonie nicht mehr in diese Zeit. Das Land lag doch auch schon im Sterben, und die Band, die hier den Trauermarsch spielte, war ja vielleicht nur die Vorband für eine größere Beerdigung.

Als sie mit dem Begräbnisprotokoll durch waren und die Trauergäste sich verzogen hatten, brachte man die Urne meiner Mutter und setzte sie neben die meines Vaters. Keine Musik. Keine Rede. Nur Stille. Ich stand zwischen meinen Brüdern, wir hielten uns an den Händen und gehörten zusammen.

Eine Woche später machte ich ein Fest. Es gab keinen Anlass, ich hatte einfach nur Lust dazu. Es war schließlich Sommer, und ich wollte den Tod loswerden, der mich jeden Tag empfing, wenn ich die Tür zur Wohnung meines Vaters aufschloss. Katja hatte angeboten, mir beim Ausräumen der Wohnung zu helfen. Ich war froh, dass sie da war. Mit ihr war es leicht und ging schnell, und als die Wohnung leer war und ich zum ersten Mal weinte, hielt sie mich fest. Danach fuhren wir zu mir, ich rief meine Freunde und meine Brüder an, und alle kamen.

»Warum wolltest du hinter dem Sarg deines Vaters gehen?«, fragte Pit irgendwann meinen ältesten Bruder. »Er hat dich doch damals angezeigt.«

»Er ist mein Vater«, sagte mein Bruder.

»Hast du ihm verziehen?«

»Nein, aber ich habe ihn verstanden.«

»Das verstehe ich nicht.«

»Das ist nicht schlimm«, sagte mein Bruder und betrachtete die große junge Frau, die gerade das Zimmer betrat. Sie war eine Freundin von Pit, und er stellte die beiden einander vor. Ein paar Stunden später ging mein Bruder mit ihr weg. Zwei Tage nach dem Fest rief er mich an.

»Ich habe mich in die DDR verliebt.«

»Schon wieder?«

»Wieso?«

»Das hast du schon mal gesagt.«

»Hab ich das?«

»Ja, damals bei dem Schriftstellertreffen. Da war die Frau an der Bar die DDR, in die du dich verliebt hattest.«

Er konnte sich nicht mehr erinnern.

»Vielleicht werde ich sie heiraten.«

Und während mein ältester Bruder darüber nachsann, ob er nun verliebt war in eine Frau, die er für die DDR hielt, oder in die DDR, die er für eine Frau hielt, bekam ich mit meinem Land ein anderes Problem.

Die Band, mit der ich befreundet war, nahm im Studio gerade ein paar neue Songs auf. Ich ging sie manchmal dort besuchen und schaute ihnen zu. So auch an diesem Abend im September. Doch heute spielten sie nicht. Sie hatten die Instrumente noch nicht mal angefasst. Als ich kam, saßen sie um den Tisch und redeten über ein Blatt Papier, das in der Mitte des Tisches lag. Es war eine Resolution, in der sich bekannte Künstler um den Zustand des Landes sorgten, dem seit Wochen massenweise die Leute wegliefen. Sie warfen der Regierung Ignoranz und Starrheit vor und forderten das Gespräch mit allen, die sich laut beunruhigten.

Es war ein mutiges Papier, ich kannte es bereits. Die Künstler hatten den Sender gebeten, die Resolution im Radio verlesen zu dürfen. Der Sender sagte nein. Die Künstler fragten, ob der Sender dann wenigstens sagen könnte, dass es diese Resolution gab. Nein. Jetzt saß ich also hier, und da lag das Papier. Für die Jungs war es überhaupt keine Frage, dass sie es unterschreiben und bei ihrem nächsten Konzert verlesen würden. Es war für sie keine Frage, obwohl sie wussten, dass ihnen danach Auftrittsverbot oder noch Schlimmeres drohte.

Der Sänger der Band nahm das Papier von der Mitte des Tisches, holte seinen Kugelschreiber aus der Tasche und unterschrieb. Die Band bestand aus fünf Musikern. Ich hatte jetzt also fünf Musiker lang Zeit, mir zu überlegen, was ich tun würde, wenn das Papier bei mir landete.

Der Sänger schob das Blatt weiter zum Gitarristen.

Es war richtig, was in dem Papier stand, es gab überhaupt keinen Grund, es nicht zu unterschreiben.

Der Gitarrist unterschrieb und schob das Blatt zum Keyboarder.

Aber die Konsequenzen? Was würde passieren, wenn ich es tat?

Der Keyboarder unterschrieb und schob das Blatt zum Bassisten.

Und was würden die Jungs hier denken, wenn ich es nicht tat?

Der Bassist unterschrieb und schob das Blatt zum Trommler.

Einmal nicht feige sein. Einmal nicht den Kopf einziehen.

Der Trommler unterschrieb und schob das Blatt zu mir.

Ich hatte Angst. Ich schämte mich für meinen Kleinmut. Es war richtig, was in dem Papier stand. Ich unterschrieb.

Zwei Tage später wurde ich zum Chefredakteur bestellt. »Das hätten wir nicht von dir erwartet«, sagte er. »Wir würden dir empfehlen, die Unterschrift zurückzunehmen.« Wer ist wir, dachte ich. »Andernfalls müssten wir darüber nachdenken, ob du bei uns noch eine Perspektive hast«, fuhr der Chefredakteur fort. Er sagte diesen Satz seltsam verhalten – so, als traute er den eigenen Worten nicht mehr. So, als ahnte er, dass seine Drohung keinen Sinn mehr haben würde. Nicht meinetwegen, sondern weil es schon zu spät war für solche Drohungen. Ich nahm die Unterschrift nicht zurück, und auch als ich sagte, dass ich aus der Partei austreten wolle, schien das niemanden zu interessieren. Sie kamen nicht mehr zum Nachdenken über meine Perspektive – sie hatten schon ganz andere Sorgen als meine Unterschrift und meine kleine Renitenz.

Die Leute organisierten sich und wurden mehr, und sie gingen auf die Straßen, ihre Rufe wurden lauter und begannen die stumpfen Reden der Minister zu übertönen, und der Staat bäumte sich noch einmal auf und sank dann erschöpft in sich zusammen. Es war vorbei.

»Eigentlich ist es doch gut, dass der Alte das nicht mehr erleben muss«, sagte mein jüngster Bruder. »Er würde vor die Hunde gehen.« Wir saßen in meiner Wohnung und sahen die persönlichen Dinge meines Vaters durch, um sie untereinander aufzuteilen.

»Es ging plötzlich so schnell«, sagte ich. »So, als hätte er geahnt, dass es mit dem Land zu Ende geht. Vielleicht wollte er einfach nicht mehr.«

»Ja, vielleicht«, sagte mein ältester Bruder. »Aber vielleicht war es auch der Krebs, der ihn davor bewahren wollte, mit anzusehen, wie das Land untergeht, das er mit aufgebaut hat.«

»Das ist doch gequirlte Kacke«, sagte mein jüngster Bruder. »Der eine säuft zu viel, der andere stirbt an Krebs – so ist das Leben.«

Wir schwiegen. Mein ältester Bruder betrachtete ein Foto meines Vaters, das ich ein paar Wochen vor seinem Tod gemacht hatte. Die Krankheit hatte sich schon in sein Gesicht gekerbt, trotzdem wirkte er entspannt wie selten. »Irgendwann werde ich auch so aussehen.« Er legte das Foto auf seinen Stapel. »Du wirst sentimental«, sagte mein jüngster Bruder kopfschüttelnd. »Der Alte hat dich in den Hintern getreten, und plötzlich willst du aussehen wie er.«

»Vielleicht ist es sentimental. Aber das ist mein gutes Recht. Ich habe meinen Vater verloren, und mein Land verliere ich jetzt schon zum zweiten Mal.«

»Es ist auch mein Vater«, sagte mein jüngster Bruder. »Und es ist auch mein Land. Und außerdem will ich das Foto da vielleicht auch haben.«

»Jetzt hört doch mal auf«, sagte ich. »Ihr redet immer von Familie und dass wir zusammenhalten müssen, und dann macht ihr euch wieder fertig. Und von dem Foto kann ich Abzüge machen, ich hab das Negativ.«

»Du immer mit deiner scheiß Harmoniesucht.« Mein jüngster Bruder sah mich gereizt an. »Das nervt.«

»Lass sie in Ruhe. Sie hat ja recht.«

Wir schwiegen und teilten die Dinge meines Vaters untereinander auf.

»Ich bin übrigens aus der Partei ausgetreten«, sagte ich irgendwann.

»Alle Achtung«, höhnte mein jüngster Bruder. »Du bist ja eine von den ganz Schnellen.«

»Warum bist du ausgetreten?« Mein ältester Bruder schaute mich entgeistert an.

»Es ist nicht mehr auszuhalten. Es bewegt sich ja nichts. Sie tauschen nur Köpfe aus, sonst nichts.«

»Es ist falsch«, sagte mein ältester Bruder und schüttelte den Kopf. »Ich würde sofort in die Partei eintreten, wenn ich könnte.«

»Du hast doch keine Ahnung!« Mein jüngster Bruder klappte wütend das Fotoalbum zu, in dem er gerade geblättert hatte. »Du sitzt da drüben in deiner riesigen Wohnung in Charlottenburg, säufst dir den Osten schön oder kokst dir einen und denkst, du weißt Bescheid. Aber du weißt einen Scheißdreck!«

Ich hielt es nicht mehr aus, stand auf und ging. Als ich wiederkam, waren beide weg – die meisten Sachen meines Vaters hatten sie mitgenommen. Doch ich war ja nicht blöd und hatte mir vorher schon die Dinge genommen, die ich behalten wollte. Pech gehabt.

Pech gehabt, dachte ich auch, als die Mauer aufging.

Seit ein paar Tagen hatte ich einen Stempel in meinem Pass, der es mir erlaubte, einen Monat lang nach Westberlin zu gehen. Kurz nach dem Tod meines Vaters im Sommer hatte ich einen Brief an den stellvertretenden Kulturminister geschrieben und darum gebeten, meinen ältesten Bruder besuchen zu dürfen. Der Minister kannte sowohl meinen Vater als auch meinen Bruder, und er galt als liberaler als die meisten da oben. Er erteilte die Genehmigung.

Eine Woche bevor sie die Schranken für alle öffneten, ging ich alleine durch. Es war früher Abend und ungewöhnlich mild für einen Novembertag. Die türkischen Gemüsehändler von Kreuzberg saßen vor ihren Geschäften und plauderten mit ihren Kunden.

Das Leben hier schien bunt und leicht. Fast wie Italien, dachte ich und hatte nicht die geringste Ahnung von Italien.

Ich stieg in die U-Bahn und fuhr zu meinem Bruder, der mich bereits erwartete. Seine Wohnung war groß und sah so aus, wie auch seine Wohnung im Osten ausgesehen hatte. Weite Zimmer mit hohen Fenstern, vor denen helle Stoffe hingen, an den Decken nackte Glühbirnen und an der Wand über dem Schreibtisch hingekritzelte Telefonnummern und Gedankenfetzen. Sogar die schweren braunledernen Sessel waren dieselben.

»Ich muss noch mal weg«, sagte mein Bruder, während er aus einem kleinen Tütchen weißes Pulver auf den Tisch streute. »Es dauert nicht lange, und wenn ich wiederkomme, machen wir irgendwas zusammen.« Er nahm eine Kreditkarte und zerkleinerte das Pulver. Ich sah ihm dabei zu.

»Ist das Kokain?«

»Ja.« Er schob einen Teil des Pulvers mit der Kreditkarte zu einer Linie zusammen. »Willst du mal probieren?«

»Ich weiß nicht. Macht das nicht süchtig?«

»Nicht, wenn man aufpasst, und beim ersten Mal schon gar nicht.«

Mein Bruder zog eine zweite Linie. Ich zögerte. Mein Herz klopfte.

»Na gut, aber nicht so viel.«

Er schob die beiden Linien wieder zusammen und formte mit der Kreditkarte jetzt zwei größere und zwei kleinere. Dann nahm er einen gerollten Geldschein und zog erst die eine, dann die andere der größeren Linien in ein Nasenloch, während er sich das jeweils andere mit einem Finger zuhielt.

»Du musst es schnell und tief schnupfen, sonst wirkt es nicht richtig«, sagte er und gab mir den Geldschein. Ich beugte mich über eine der kleineren Linien, hielt mir ein Nasenloch zu und kniff die Augen zusammen. Ich sog das Pulver ein und hatte das Gefühl, als würde mein Herz noch etwas schneller schlagen. »Gut«, sagte mein Bruder. »Ich muss jetzt los, bis nachher.« Dann ging er.

Ich lief durch seine Wohnung und schaute mich um, dann rief ich Pit an, doch er war nicht zu Hause. Ich las das Blatt, das in die Schreibmaschine gespannt war. Da stand, dass schon Nostradamus vorausgesagt habe, dass am Ende ein Mann mit einem Feuermal auf der Stirn in bester Absicht den Untergang der Welt einleiten werde. Ich rief Pit an, doch er war nicht zu Hause. Ich schaute auf die Uhr. Es war erst sechs, und mein Bruder hatte nicht gesagt, wann er wiederkäme. Ich schaltete den Fernseher ein. Im Osten zeigten sie Bilder von einem Zugunglück in Indien, und im Westen lief irgendeine piefige Vorabendserie. Ich machte den Fernseher wieder aus und rief Pit an, doch er war nicht zu Hause.

Ich überlegte, irgendjemand anderen anzurufen, aber ich hatte Angst, meine Freunde würden merken, dass ich Drogen genommen hatte. Ich sah aus dem Fenster und beobachtete, wie eine Frau aus einem Taxi stieg und wie ein Mann mit Hund in einem Hauseingang verschwand. Ich ging in die Küche, schaute in den Kühlschrank, doch der war fast leer. Ich fand eine Büchse Erdnüsse, füllte ein Glas mit Wasser und trug beides ins Wohnzimmer. Ich wählte meine Telefonnummer, doch Pit war nicht zu Hause. Ich ging zum Regal mit den Videokassetten und entschied mich für »Scarface«. Als der Film nach zweieinhalb Stunden zu Ende war, rief ich Pit an. Doch er war nicht zu Hause. Es war jetzt zehn, und ich überlegte, ob ich einfach nach Hause fahren sollte. Da ich aber fürchtete, man würde an der Grenze bemerken, dass ich Drogen genommen hatte, blieb ich, stellte »Scarface« zurück ins Regal und zog »Sunset Boulevard« heraus. Um Mitternacht war auch dieser Film zu Ende, mein Bruder war immer noch nicht da, und auch Pit war nicht zu Hause. Ich stellte »Sunset Boulevard« wieder zurück und schob »Der Sinn des Lebens« von Monty Python in das Gerät. Es war zwei Uhr, als ich auch diesen Film zurückstellte und mich für einen Porno entschied, bei dem ich schließlich einschlief.

Als ich am nächsten Morgen aufwachte, lag mein Bruder in seinem Bett und schlief. Ich schloss leise die Tür hinter mir und fuhr nach Hause. Pit war noch immer nicht da. Ich legte mich hin, dachte noch, dass ich das mit dem Koks auch lassen könnte, und schlief wieder ein.

Pech gehabt, dachte ich also, als eine Woche später die Mauer aufging. Jetzt kann ich nicht mehr alleine rübergehen. Jetzt ist es vorbei mit der Ruhe. Ich schämte mich für diesen Gedanken, doch ich schämte mich genauso für die Leute, die im Fernsehen vom glücklichsten Tag ihres Lebens sprachen, um dann mit verzückten Gesichtern durch die Straßen Westberlins zu taumeln und sich wie hungrige Tiere um die Lastwagen zu rudeln, die ihnen exotische Früchte zuwarfen.

Auch Pit taumelte verzückt, jedoch aus einem anderen Grund. Wir hatten mal gewettet, wer von uns sich zuerst verlieben würde: Ich tippte auf ihn und er auf mich. Jetzt hatte ich gewonnen, doch ich freute mich nicht. Es tat weh, als er seinen alten Lederkoffer aus meiner Wohnungstür trug. Allerdings hatte ich nicht viel Zeit, mir leid zu tun – das Leben war viel zu aufregend. Es machte Spaß und war chaotisch, und am Ende eines Tages wusste niemand, was der nächste bringen würde.

Auch im Turm des alten Rundfunkgebäudes veränderte sich alles. Wir entmachteten die Chefetage und beschlossen die Selbstverwaltung, wir öffneten die Giftschränke und spielten die verbotenen Songs, wir schmissen das alte Programm über den Haufen und machten ein ganz neues. Wir machten Radio wie nie zuvor und niemals mehr danach. Dazwischen jedoch flog ich erst einmal nach Amerika. Zu Matthew.

Ich hatte Matthew im Februar des Jahres getroffen, in dem mein Land für immer verschwinden würde. Er war Journalist und begleitete eine Band aus New York, die zum ersten Mal in Ostberlin spielte und die ich interviewen wollte. Beim Konzert standen wir nebeneinander, redeten danach miteinander, und weil die Jungs einige Tage in Berlin blieben, fanden wir irgendwann auch zueinander.

Matthew wollte ganz genau wissen, was hier im Land vor sich ging und was ich dazu sagte. In schmalem Englisch versuchte ich ihm zu erklären, was ich mir selbst in Deutsch noch gar nicht richtig erklären konnte. Ich sprach von meiner Sorge, dass mit dem Land auch die Möglichkeit verschwinden könnte, etwas Besseres daraus zu machen.

»Das müsstest du mal den Leuten in Amerika erklären«, sagte Matthew. »Dort glauben sie, ihr wärt das glücklichste Volk der Welt.«

»Das ist kein Wunder«, sagte ich. »Die meisten hier glauben das ja auch.«

Matthew verdiente zwar als Journalist sein Geld, doch lieber als über amerikanische Bands in Ostberlin schrieb er über die verrückten Ideen noch verrückterer Erfinder und Philosophen. Manchmal las er mir aus seinen Texten vor, und auch wenn ich nicht alles verstand, liebte ich es, ihm zuzuhören. Die Worte rollten weich durch seinen Mund, so dass ich manchmal das Gefühl hatte, von seiner Stimme aufgesogen zu werden – es war magisch. Magisch waren allerdings auch meine Telefonrechnungen, nachdem Matthew wieder nach New York zurückgekehrt war. Er verdiente nicht viel, und da ich gerade Geld von meinem Vater geerbt hatte, bezahlte ich unsere Gespräche. In den letzten Monaten seiner Existenz machte mein altes, sterbendes Land noch einmal richtig viel Kohle mit mir: dreizehn Mark in der Minute, zehntausend Mark in drei Monaten. Einmal brachte ich es fertig, in nur 193 Minuten 2509 Mark zu vertelefonieren; es war mir egal – ich war verliebt, das Geld war geschenkt, und wenn es im Sommer in Westgeld umgetauscht würde, wäre es sowieso nur noch die Hälfte wert.

Wenn wir nicht stundenlang telefonierten, schrieben wir uns Briefe, die, verglichen mit unseren beinahe sachlichen Gesprächen am Telefon, atemlose und romantische Bekenntnisse zweier liebestrunkener Teenager waren. Nie zuvor hatte ich erotischere Briefe bekommen als die von Matthew, nie zuvor hatte ich sinnlichere Beschreibungen meines Körpers gelesen, nie hatte mich beschriebenes Papier so sehr erregt. Wie im Rausch beschrieb mein amerikanischer Freund die uferlosen Liebesnächte, die uns bevorstünden, wenn ich im Frühjahr zu ihm käme. Ich hatte die englische Sprache schon immer gemocht, doch jetzt liebte ich sie.

Matthew wollte, dass ich ihm in Deutsch antwortete. Zwar verstand er kein Wort, doch er sagte, es errege ihn, den Sinn meiner Sätze mit dem Wörterbuch zu entschlüsseln. Er hatte einen Knall. Aber einen schönen Knall.

Wir beschlossen, dass ich im Frühling zu ihm nach New York kommen und ein paar Wochen bleiben würde. Von meinem Erbe war noch genügend Geld übrig, so dass ich mir die Reise würde leisten können, allerdings nützte mir das nichts, weil ich ja Westgeld dafür bezahlen musste. Also fragte ich meinen ältesten Bruder, ob er mir die Kohle borgen würde. Zweitausend Mark? Na klar, kein Problem.

Ich ging zu einem Reisebüro in Westberlin und buchte den Flug. Als ich ein paar Wochen später die Tickets abholen und bezahlen sollte, rief ich meinen Bruder an.

»Welches Geld?«, fragte er gereizt.

»Für New York, ich muss die Tickets bezahlen.«

»Ich hab jetzt keine Zeit dafür, ruf morgen wieder an.«

»Ich fliege aber morgen schon.«

»Dann komm in einer Stunde vorbei«, sagte mein

Bruder kalt und legte den Hörer auf. Ich fuhr zu ihm und klingelte an seiner Haustür. Keine Antwort. Ich klingelte noch einmal.

»Wer ist da?«

»Ich bin's.«

»Ich kann jetzt nicht, komm in einer Stunde wieder.«

Ich spürte, wie langsam Panik in mir aufstieg. »Das Reisebüro macht um sechs zu, und jetzt ist es schon halb fünf.« Kurzes Schweigen, dann hörte ich eine weibliche Stimme im Hintergrund, die etwas sagte, das ich nicht verstand. »Ich komme gleich«, sagte mein Bruder in die Gegensprechanlage.

Fünf Minuten später hielt ein Taxi vor dem Haus, und kurz darauf trat auch mein ältester Bruder in Begleitung einer jungen Frau aus der Tür. Sie schaute mich entschuldigend an, während mein Bruder mich keines Blickes würdigte. Ich hatte ihn schon oft kühl und abweisend erlebt, doch so feindselig noch nie. Ich fühlte mich mies, und wäre ich nicht auf sein Geld angewiesen gewesen, wäre ich sofort abgehauen.

Wir stiegen in das Taxi, mein Bruder nannte dem Fahrer eine Adresse, und kurz darauf hielten wir vor einem Café. Mein Bruder wies die junge Frau an, dort auf ihn zu warten, mich ignorierte er. Ich folgte ihm die Straße hinunter zu seiner Bank. Er ging schnell, und es schien, als täte er das absichtlich, um mir das Gefühl zu geben, ich sei ein lästiger kleiner Hund, der ihm nachlief. Arschloch, dachte ich.

»Warte hier«, sagte mein Bruder, ohne mich anzusehen, und ging in die Bank. Ich wartete und hasste das ohnmächtige Gefühl, meinen Bruder zum Kotzen zu finden und doch von ihm abhängig zu sein.

Fünf Minuten später kam er wieder heraus, drückte mir ohne ein Wort die Geldscheine in die Hand und wandte mir den Rücken zu, bevor ich überhaupt danke sagen konnte. Verdammtes Arschloch, dachte ich. Das kriegst du wieder. Ich holte die Tickets aus dem Reisebüro, und am nächsten Tag flog ich nach New York.

Als Matthew mir in der Empfangshalle des Flughafens zuwinkte, hätte ich ihn fast nicht erkannt. Er trug einen Anzug und Krawatte und sah so ordentlich, ja fast spießig aus – ganz anders, als ich ihn in Erinnerung hatte. Wir umarmten uns, und ich registrierte den leichten Schweißgeruch – es war Matthew, daran gab es keinen Zweifel.

Ein Taxi brachte uns über den Expressway nach Manhattan. Ich sah die Skyline. Ich war in New York. Ich konnte es nicht fassen.

Matthew wohnte im West Village unweit des Washington Square Parks und teilte sich ein kleines Apartment mit einem Filmstudenten namens Mike.

Er zeigte mir die Wohnung, sein Zimmer und sein Bett, dann zog er den Anzug wieder an, küsste mich, versprach, um sechs wieder da zu sein, und fuhr in seine Redaktion. Eigentlich hätte ich enttäuscht sein müssen, dass er sich am Tag meiner Ankunft nicht freigenommen hatte, doch komischerweise war ich nicht enttäuscht, im Gegenteil: Ich war sogar ganz froh, jetzt allein zu sein. Hier lag ich nun mitten in New York und schaute durch das halb geöffnete Schiebefenster auf das gegenüberliegende Haus, das mit seinen Feuertreppen und Klimaanlagen genauso aussah wie die Häuser, die ich aus amerikanischen Filmen kannte. Ich schloss die Augen und lauschte. Irgendwo plärrte Budweiser-Werbung aus dem Radio, unten auf der Straße riefen sich zwei Männer etwas zu und lachten, von fern drang diffuses Verkehrsrauschen herüber, und gerade als ich die Polizeisirene vermissen wollte, heulte eine auf. Was für ein Klischee, dachte ich. Sogar die Geräuschkulisse stimmt. So döste ich eine Weile vor mich hin, und als die Welt da draußen in meinem Kopf zu verschwimmen begann, klingelte das Telefon. Der Anrufer war hartnäckig, und das Läuten klang irgendwann fast vorwurfsvoll, doch ich ließ es klingeln. Nachdem das Telefon verstummt war, stand ich auf, zog mich an, nahm den Schlüssel, den Matthew mir hingelegt hatte, und verließ die Wohnung, um mich ein bisschen umzuschauen. Eigentlich war ich hundemüde, doch jetzt im Bett liegen zu bleiben schien mir dekadent und falsch.

Matthew hatte mir von seiner Gegend schon viel erzählt, und als ich in dem kleinen Deli an der Ecke ein Päckchen Zigaretten und eine Cola kaufte, erkannte ich sofort den schielenden Chinesen hinter der Kasse. »Er hat mir mal verraten, dass er einen Zwillingsbruder in Massachusetts habe, mit dem er telepathisch verbunden sei. Wenn er pinkeln muss, muss sein Bruder auch, und wenn er schlecht träumt, hat sein Bruder denselben Traum.« Ich versuchte das Gesicht des Chinesen zu ergründen, um einen Hinweis auf seine übersinnlichen Fähigkeiten zu finden, doch der Mann grinste nur dümmlich.

Ich verließ den Laden, lief die Straße hinunter und entdeckte die Wäscherei, über der Matthew gewohnt hatte, bevor er in seine jetzige Wohnung gezogen war. Die Geschichte dazu war gruselig: Sein Zimmer führte zum Hinterhof, auf dem man knöcheltief im Dreck versank, weil die Puerto-Ricaner immer ihren Müll aus dem Fenster schmissen. Als er eines Tages aus dem Fenster schaute, um zu sehen, wie das Wetter war, sah er zwei menschliche Füße unter einer Plane. »Ich dachte, entweder er schläft oder er ist tot. Aber er liegt nicht im Sterben. Vielleicht hat er keinen Platz zum Schlafen gefunden, doch wahrscheinlich ist er tot. Ich war schon spät dran und musste zur Arbeit, also ging ich zur Arbeit, und als ich wiederkam, waren die Füße weg. In jeder anderen Stadt, außer vielleicht in Kalkutta oder so, würdest du wahrscheinlich schreien und dann die Polizei rufen oder erst die Polizei rufen und dann schreien, was weiß ich.« Ich beschloss, mir den Hinterhof lieber nicht anzusehen und ging weiter. Ich lief zum Park am Ende der Straße und setzte mich zu den vielen Leuten auf die Stufen des trockenen Springbrunnens, in dessen Mitte ein riesiger schwarzer Sänger zur Gitarre »In the Midnight Hour« sang. Die Leute warfen ihm Geld in den Gitarrenkoffer und klatschten in seinem Rhythmus. Ich zog meinen kleinen Rekorder aus dem Rucksack und schaltete ihn ein – vielleicht würde ich das später fürs Radio gebrauchen können, wer weiß. Halbwüchsige sprangen mit Skateboards über Papierkörbe, die sie hintereinander gestellt hatten, junge Frauen saßen auf Bänken und hielten ihre Gesichter in die frühe Abendsonne, und alte Männer spielten Schach. Ich packte meinen Rekorder wieder ein, und nachdem ich einen Blick in den Stadtplan geworfen hatte, lief ich weiter nach Osten bis zum Broadway. Hier war es laut und voll und berstend bunt und von allem zu viel. Nach fünfzig Metern schlug ich mich wieder in eine Seitenstraße und lief zurück.

»Kann ich helfen?«, sagte der Typ, der mir die Wohnungstür öffnete, nachdem ich mich eine gefühlte Ewigkeit vergeblich am Schloss vergangen hatte. Es war Mike, der Mitbewohner von Matthew. Ich wurde rot. Er wusste offenbar sofort, wen er vor sich hatte, und feixte: »Hier läuft offenbar einiges anders als bei euch im Osten, oder?« Er zeigte mir, wie man die Tür öffnete; ich hatte den Schlüssel in die falsche Richtung gedreht, typisch.

»Ich mach gerade Kaffee, willst du auch?« Ich wollte.

Dann saßen wir in dem kleinen Raum, der Matthew und ihm als gemeinsames Wohnzimmer diente, tranken Kaffee, redeten, und Mike sagte als Erster die Worte, die ich in den nächsten Wochen noch oft hören sollte: »East Germany. Amazing!«

»Ihr müsst doch glücklich sein, da drüben.«

Vor kurzem erst hatte mein Land gewählt, und die Mehrheit hatte sich für den dicken Mann und die D-Mark entschieden – ich war nicht glücklich darüber.

»Du willst die Mauer behalten?«

»Keine Mauer, aber vielleicht erst mal noch eine ganz normale Grenze.«

»Du bist gegen die Wiedervereinigung, von der jetzt so viel geredet wird?«

»Ja.«

»Warum?«

»Man hätte was anderes versuchen können mit dem Land.«

»Was denn?«

»Keine Ahnung … Schon so was wie Sozialismus, aber irgendwie entspannter und demokratischer.«

»Interessant«, sagte Mike nachdenklich. »Weißt du, was Bukowski sagt? Der Unterschied zwischen einer Demokratie und einer Diktatur ist, dass du in der Demokratie wählen darfst, bevor du den Befehlen gehorchst.«

Irgendwann kam Matthew nach Hause, entledigte sich seiner Büro-Uniform, und zu dritt gingen wir in meine erste New Yorker Nacht. Wir liefen nach Osten, wo sie mir die Gegend zeigten, in die ich besser nicht allein gehen sollte, und schon gar nicht um diese Zeit. Hier war es dreckig und roch nach Fisch und Müll, und in den Hauseingängen lungerten Junkies, Trinker und Unbehauste.

Sie zeigten mir die Clubs, in denen Jimi Hendrix, Velvet Underground und die Talking Heads gespielt hatten, und während wir liefen, erzählten sie mir tausend Geschichten über ihre Stadt – eine faszinierender und unglaublicher als die andere. Irgendwann stiegen wir in die U-Bahn, und dann standen wir an der großen Kreuzung, wo die Stadt am gierigsten war. Die schrillen Leuchtreklamen der Pornokinos und Peepshows zuckten nervös, und der Verkehr kroch wie eine lüsterne gelbe Schlange durch die Straßenschluchten.

»Hier hab ich mal was Abgefahrenes gesehen«, sagte Matthew und zeigte auf den »Pleasure Palace«, vor dem ein paar zwielichtige Gestalten abhingen. »Da stand dieser schwarze Typ mit Ghettoblaster auf der linken Schulter. Er redete mit einer Prostituierten, das heißt, er musste sie anschreien, weil die Musik so laut war. Gleichzeitig pinkelte er an ein Auto. Vor aller Augen urinierte er gegen dieses Auto und unterhielt sich mit der Frau über den Preis von Crack.«

»Jaja«, seufzte Mike gespielt. »New York ist die verblassende Hauptstadt eines sterbenden Empires. Die letzte verglühende Asche des amerikanischen Traums.«

Am nächsten Tag war Wochenende, und Matthew hatte frei. Wir gingen über den Fluss, schlenderten durch schöne Parks und ausgelaugte Straßen, ich sah das schwarze, das chassidische und das russische Brooklyn, und in Coney Island fuhren wir mit dem einzigen Karussell, das zwischen rostigen Träumen und verrammelten Illusionen noch in Betrieb war. Am Abend besuchten wir seine Freunde in Chelsea, ich bekam zum ersten Mal in meinem Leben Garnelen und erntete belustigte Blicke, als ich ahnungslos die Schalen der Krustentiere mitaß.

In der Woche darauf musste Matthew wieder arbeiten, und ich war allein. Meine Tage waren unkompliziert: Vormittags durchstreifte ich die Gegenden, die ich noch nicht kannte, nachmittags ging ich zu Plätzen, wo ich schon einmal gewesen war und die ich mochte. Einmal am Tag besuchte ich ein Museum oder besichtigte irgendeine Sehenswürdigkeit aus dem Stadtführer, und manchmal setzte ich mich einfach nur irgendwohin und sah dem Empire beim Sterben zu.

Manchmal unterhielt ich mich mit Leuten, die mich einfach so ansprachen – in der U-Bahn, an der Straßenkreuzung oder im Café. Ich staunte, wie sie es in nur zehn Minuten schafften, von einer leeren Streichholzschachtel zur möglichen Existenz von Paralleluniversen zu kommen oder von einer viel zu langen Ampelphase zum Elend in der Dritten Welt. Dabei gaben sie mir das Gefühl, als sei ich der einzige Mensch auf der Welt, mit dem sie jetzt über all das reden konnten. »Und du kommst aus Ostdeutschland? Erstaunlich. Ihr müsst doch das glücklichste Volk der Welt sein.« Weg waren sie.

»East Germany? Amazing!«, sagte auch der DJ beim Radiosender der New Yorker Universität. Matthew kannte ihn und hatte dafür gesorgt, dass er mich in seine Show einlud, um mit mir über DDR-Rockmusik zu reden. Ich hatte ein paar Schallplatten mitgenommen, und der DJ konnte es nicht fassen, dass es hinter der Mauer tatsächlich Punkbands gab. Ich schenkte ihm die Platten.

»Du könntest deine eigene Show machen«, schlug er mir vor. »Beats from the East oder so.« Ich grinste. Der Gedanke, in New York zu bleiben, war verführerisch, zumal mir die Nachrichten aus meinem Land immer surrealer vorkamen. Man hatte inzwischen das Wappen aus der Fahne getilgt und bereitete sich in hektischer Betriebsamkeit auf die Wiedervereinigung vor. Das Fernsehen zeigte Bilder von leergeräumten Geschäften, und fieberäugige Verkäuferinnen berichteten aufgeregt vom Tag, da sie die Regale mit all den guten Dingen aus dem Westen füllen dürften. – Und wieder schämte ich mich. Für meine Leute und für meine Arroganz. Als ich mit Matthew und Mike in einem kleinen Kino einen deutschen Film sah, war mir meine Herkunft fremder denn je. Der Himmel über Berlin lag seltsam und schwer auf dieser New Yorker Leinwand – schöne Bilder, doch sie hatten nichts mit mir zu tun. Trotzdem hatte ich Heimweh und zählte schon die Tage, bis ich wieder nach Hause fliegen würde. Es waren noch zwanzig, als ich mit Matthew nach Chicago flog, wo er über eine Elektronikmesse schreiben musste. Es waren noch zwölf, als uns Mike übers Wochenende in das Haus seiner Eltern nach Vermont einlud, und es waren noch fünf, als ich Angst hatte, mir würde etwas Schlimmes passieren.

Ich hatte mich mit Matthew um neun bei einem kleinen Mexikaner auf der Lower East Side verabredet; wir wollten dort essen und anschließend in eines der kleinen Off-Theater in der Gegend gehen. Das Restaurant befand sich in einer Straße, in der hauptsächlich Lagerhäuser und Garagen standen und die so gut wie unbewohnt schien. Der Laden war geschlossen, also setzte ich mich auf die Stufe am Eingang und wartete. Die Straße war menschenleer, und es dämmerte bereits, als gegenüber zwei schwarze Männer aus einem Hauseingang traten. Der eine war groß und massig, der andere gedrungen und etwas kleiner. Sie blieben vor dem Haus stehen, als warteten sie ebenfalls auf etwas, und sprachen kaum miteinander. Nach einigen Minuten kam ein dritter Mann aus dem Haus, gesellte sich zu den beiden anderen, und kurz darauf erschien ein vierter.

Ich schaute auf die Uhr. Matthew war schon eine halbe Stunde überfällig, und ich fragte mich, ob ich mich vielleicht in der Zeit geirrt hatte. Weitere Minuten verstrichen, ohne dass etwas geschah. Die Männer standen da und warteten, die Straße wurde immer dunkler, und von Matthew keine Spur. Irgendwann bog ein Auto um die Ecke, fuhr langsam die Straße entlang und hielt schließlich bei den vier Männern. Der Massige beugte sich hinunter und redete mit dem Beifahrer, während einer der Männer, die zuletzt aus dem Haus gekommen waren, hinten einstieg. Dann fuhr das Auto weg. Die anderen drei blieben stehen und redeten leise miteinander. Plötzlich ging die Straßenbeleuchtung an, und es kam mir so vor, als drückte sich die Gruppe etwas enger an die Häuserwand. Doch vielleicht waren es auch nur ihre

Schatten, die von der Laterne an die Fassade geworfen wurden. Langsam wurde ich nervös und überlegte, ob ich einfach gehen sollte. Doch die Männer hatten mich bis jetzt nicht entdeckt, und irgendetwas sagte mir, dass das auch besser so bliebe.

Die Zeit schleppte sich dahin; inzwischen wartete ich schon eine Dreiviertelstunde auf Matthew und begann mir Sorgen zu machen. Als der Massige jedoch plötzlich sehr deutlich in meine Richtung schaute, durchfuhr mich der Gedanke, dass ich es vielleicht war, um die man sich Sorgen machen müsste. Instinktiv presste ich den Rucksack etwas fester an meinen Körper. Der Mann starrte mich an, als sei ich eine Erscheinung, dann sprach er leise mit den anderen beiden und wies mit dem Kopf in meine Richtung. Jetzt starrten auch sie mich an, ich schaute weg. Die Männer tuschelten wieder miteinander, dann setzten sie sich in Bewegung und gingen langsam die Straße hinunter. Ich wollte gerade aufatmen, da blieben sie stehen, drehten sich um und gingen ebenso langsam die Straße wieder hinauf. Ich könnte einfach wegrennen, dachte ich, doch ich konnte nicht. Jetzt standen die Männer wieder vor der Haustür und redeten. Der Massige schien einen Witz gemacht zu haben, denn die beiden anderen kicherten, während sie erneut in meine Richtung schauten. Dann drehte sich der Massige zu mir um und kam langsam über die Straße, während er mit einer Hand in die Innentasche seiner Jacke griff. Mein Herz schlug bis zum Hals. Ich wollte aufstehen, doch ich konnte nicht. Jetzt stand er über mir – ein Berg von einem Mann, riesengroß und mindestens drei Zentner schwer. Er zog die Hand aus der Jackentasche … ein Päckchen Zigaretten. »Hi«, sagte er, zog eine Zigarette aus dem Päckchen und steckte sie sich in den Mund.

»Hi.«

»Feuer?«

Der Ton, in dem er mich das fragte, beruhigte mich etwas. Der Mann klang gar nicht so furchteinflößend, wie ich erwartet hatte. Mein Körper schien mir wieder zu gehorchen, ich stand auf, zog mein Feuerzeug aus der Hosentasche und reichte es ihm.

»Warten Sie hier auf jemanden, Ma'am?« Er zündete sich die Zigarette an und ließ mich dabei nicht aus den Augen. Ma'am … So hatte mich noch niemand genannt. »Ich warte auf meinen Freund«, sagte ich und nahm die Zigarette, die der Massige mir anbot. »Wir wollten in das Restaurant hier.« Er gab mir Feuer. »Das ist schon seit ein paar Wochen zu«, sagte er und gab mir mein Feuerzeug zurück. In diesem Augenblick bog ein Taxi um die Ecke, hielt bei uns, und Matthew stieg aus. Er wirkte gehetzt und schaute den Massigen misstrauisch an. Doch der grinste nur und legte meinem Freund mit fast besänftigender Geste seine schwere Hand auf die Schulter: »Keine gute Gegend, um seine Freundin warten zu lassen, Mann«, sagte er, drehte sich um und lief langsam wieder über die Straße zu den beiden anderen. Matthew guckte irritiert. Dann stiegen wir ins Taxi und fuhren woanders hin. »Ich hab die Zeit vergessen«, sagte er. »Tut mir leid.« Es war nicht schlimm. Nicht mehr. Im Gegenteil.

Vier Tage später brachte mich Matthew zum Flughafen.

»Es war schön mit dir«, sagte ich.

»Mit dir war es auch schön«, sagte er.

Wir wussten, dass wir nicht mehr zu sagen brauchten. Wir hatten uns in unsere Worte verliebt, in unsere Abwesenheit, in eine Hoffnung auf beschriebenem Papier. Nicht mehr. Es war vorbei.

Vorbei war es jetzt auch fast mit dem Land, in das ich zurückkehrte. Eine Woche nach meiner Ankunft standen die Leute in Schlangen vor den Banken und Sparkassen, um die Währung für die Reise in jene blühenden Landschaften abzuholen, die der dicke Mann uns versprochen hatte. Auch ich stand in einer dieser Schlangen und hob zweitausend D-Mark ab. Dann fuhr ich zu meinem ältesten Bruder.

»Warum rufst du nicht an?«, fragte seine schlechtgelaunte Stimme in der Gegensprechanlage. »Ich hab jetzt keine Zeit.«

»Ich will dir nur was geben.«

Der Türöffner summte, und während ich die Treppe hinauflief, holte ich das Geld aus der Tasche. Die Wohnungstür war offen, ich ging durch den Flur und fand meinen Bruder in dem größten der Zimmer. Er stand an einem langen Tisch, der unter Papier begraben war und auf dem einige leere oder angebrochene Flaschen standen. Er rauchte und studierte das Blatt Papier in seiner Hand.

»Was willst du mir geben?«, fragte er, ohne aufzublicken.

»Dein Geld«, sagte ich und legte die Scheine auf den Tisch. »Danke.« Dann drehte ich mich um und ging, ohne auf eine Reaktion zu warten. »Du arrogante Ostkuh!«, rief mein Bruder mir einige Sekunden später hinterher. Die Tür fiel ins Schloss, und ich rannte die Treppe hinunter. Es ging mir gut. Ich hatte es ihm wiedergegeben.

Ich fuhr zu meinem jüngsten Bruder, den ich lange nicht mehr gesehen hatte. Seine Frau, die Schauspielerin mit der kindlichen Stimme, öffnete mir die Tür. Ihre Augen waren gerötet, und als sie mich sah, fing sie an zu weinen.

»Er wohnt nicht mehr hier.«

»Was? Warum denn nicht?«

»Der scheiß Alkohol hat alles kaputtgemacht«, sagte sie und schluchzte. »Er ist wieder in seiner Wohnung.«

Ich fuhr hin und erschrak, als er mir die Tür öffnete. Sein Gesicht war zerschunden und bleich. »Schwesterchen«, sagte er und grinste schief. »Du besuchst deinen alten Saufbruder. Komm rein, ich mach Kaffee.« Ich folgte ihm durch den Flur seiner dunklen Hinterhofwohnung in die Küche. Er füllte Wasser in den Teekessel, stellte ihn auf den Herd und löffelte Kaffeepulver in zwei Tassen. Seine Hände zitterten nicht. »Ich trinke seit einer Woche nicht mehr«, sagte er, als könne er meine Gedanken lesen. »Muss mal Luft holen zwischendurch.« Als ich ihn nach der Schauspielerin mit der kindlichen Stimme fragte, zuckte er traurig mit den Schultern. »Ich arbeite, das hilft.« Er erzählte mir, dass er beim Rundfunk gekündigt habe, um Theater zu machen, und dass bald ein Buch mit seinen Texten erscheine.

»Und du?«, fragte er. »Wie war's in Amerika? Hast du mir was mitgebracht?«

»Nö. Ich hab alles dagelassen.«

»Macht nichts, mir fehlt auch so nichts zum Unglücklichsein.« Er goss kochendes Wasser in die Tassen, stellte sie auf den Küchentisch und setzte sich zu mir.

»Und was ist mit deinem Amerikaner?«

»Vorbei.«

»Hm.«

Wir schwiegen und schlürften unseren Kaffee, und irgendwann erzählte ich ihm von der Sache mit meinem ältesten Bruder, den die schlechte Laune seit Monaten nicht verlassen zu haben schien.

»Hör bloß auf«, stöhnte mein jüngster Bruder und winkte ab. »Der trauert der DDR hinterher, und mit der Frau, die er bei dir kennengelernt hat, ist es auch vorbei. Sie hat jetzt ein Kind, weißt du das?«

»Ja, ich weiß.«

»Wenn ich groß bin, kriege ich auch ein Kind«, sagte mein Bruder.

»Ich auch«, sagte ich.

»Meins kriegt Segelohren.«

»Und meins Plattfüße.«

Wir tranken unseren Kaffee, blödelten uns schräg durch den Nachmittag, und irgendwann ging ich nach Hause. Der Abend war mild und roch wie jeder andere Sommerabend auch – trotzdem war es immer noch seltsam, wieder zurück zu sein. Während ich in New York war, hatte sich hier alles verändert. Leute, von denen ich wusste, dass sie vorher keiner geregelten Arbeit nachgegangen waren, hatten inzwischen Kneipen eröffnet, verkauften Trödel in leerstehenden Kellergeschäften, und aus den Fenstern der Häuser, die sie besetzt hatten, hingen Transparente und schwarzrote Fahnen. Doch während in den Seitenstraßen noch fröhliche Anarchie herrschte, lag die Hauptstraße wie ein Niemandsland zwischen Gegenwart und Zukunft. Alle hundert Meter standen provisorische Container, in denen Bankangestellte den Leuten Kredite aufschwatzten, vor dem S-Bahnhof verkauften Straßenhändler hässliche Klamotten in unerträglichen Farben, und im Schutz der Hauseingänge lauerten vietnamesische Zigarettenhändler auf potentielle Kundschaft. Dieses seltsame Treiben sah ich jedoch nur selten, da ich die meiste Zeit beim Radio verbrachte. Wir arbeiteten und sendeten immer noch wie besessen und schauten dabei nicht auf die Uhr. Zwar wussten wir, dass auch unsere Anarchie irgendwann der neuen Ordnung würde weichen müssen, doch noch war es uns egal. Das Studio war unser besetztes Haus, und wir wohnten gern darin. Als es eines Tages hieß, der Sender würde abgeschaltet, geschah etwas, womit keiner von uns gerechnet hatte. Die Leute, die uns hörten, gingen auf die Straße, versammelten sich zu spontanen Demonstrationen und Mahnwachen und legten teilweise sogar den Verkehr lahm.

»Warum tut ihr das?«, fragten die Reporter. »Es ist doch nur ein Radiosender.«

»Es ist unser Radiosender. Er ist gut.«

»Warum ist er gut?«

»Er dudelt nicht und nimmt uns ernst.«

»Und wenn er weg ist?«

»Das werden wir verhindern.«

Und dann machten sie weiter. Sie ketteten sich ans Brandenburger Tor, besetzten den Fernsehturm und schlugen ihre Lager in den Fluren der Regierungsgebäude auf. Sie verteilten Flugblätter und besprühten Häuserwände. Sie klebten unser Logo an Telefonzellen und schrieben mit schwarzer Farbe »Ihr seid das Volk« drunter. Sie konnten zwar nicht verhindern, dass der Sender irgendwann verschwand, doch sie sorgten dafür, dass er sein Land um drei Jahre überlebte. Und bevor wieder alles anders wurde, traf ich Kurt.

Ich hatte Kurt schon einmal auf der Bühne gesehen. Damals stand er vor einer schrägen Blaskapelle und kommentierte die Songs, die sie spielte. Es waren Stücke von Weill oder Eisler oder Jimi Hendrix, und er benutzte sie, um die Welt zu erklären. Er tat dies mit wilden Gesten und mit Sätzen, in denen man sich verlaufen konnte. Er verlief sich nie. Kurt war hochintelligent und hatte sogar einen Doktortitel in Philosophie, doch er schien sich selbst nicht sonderlich ernst zu nehmen. Er war ein witziger Klugscheißer und polterte so schnell durch Raum und Zeit, dass einem Hören und Sehen vergehen konnte. Trotzdem hatte man hinterher das Gefühl, etwas klüger geworden zu sein.

Kurt war jetzt also auch beim Radio und moderierte eine Talksendung, in der er mit Hörern über Themen redete, über die sonst keiner sprach. Sie diskutierten, ob Choleriker wütend machten, wohin Lasterfahrer ihre Kaugummis klebten und ob Kaufhausdetektive auch Naturfreunde seien. Doch so banal die Themen auch schienen, es steckte immer eine tiefe aufklärerische Absicht dahinter. Seine Sendung war binnen kürzester Zeit Kult, und die Leute rissen sich darum, mit ihm zu sprechen, auch wenn er sie zur Schnecke machte, weil sie nur Schwachsinn von sich gaben. Er hielt ihnen den Spiegel vor, ohne dass sie es merkten. Er war grandios.

Neben diesem Kurt gab es allerdings noch einen anderen, und der trat erst auf, wenn der Vorhang gefallen oder das Rotlicht erloschen war. Als habe jemand den Schalter umgelegt, erschien der zweite Kurt als kompletter Gegenentwurf zu seiner Bühnenversion. Während der eine fast exzentrisch wirkte, wenn er seine wilden Thesen lustig ins Volk peitschte, war der andere zurückhaltend, in sich gekehrt und redete manchmal stundenlang kein Wort. Während der eine mich permanent überforderte, verliebte ich mich in den anderen. Allerdings währte die Liebe auch diesmal nicht lang. Kurt hatte vor mir eine Frau geliebt, von der er nicht lassen konnte. Sie trennten sich, kamen wieder zusammen und trennten sich wieder. Dann kam er zu mir, und ein halbes Jahr später traf er sich wieder mit ihr. »Nur so«, sagte er, doch ich wusste, dass das nicht stimmte. Ich spielte im Radio die traurigste Musik, die ich finden konnte, und als hätte sie nur darauf gewartet, zog auch meine fahle Gefährtin wieder bei mir ein. Sie machte es sich bequem in meinem Kopf, labte sich an meinem Liebeskummer und stillte ihre Gier an meinem Selbstmitleid, bis ich eines Tages feststellte, dass ich schwanger war.

»Ich bin schwanger«, sagte ich zu ihr.

»Was willst du mit einem Kind, du bist allein.«

»Na und, ich schaff das schon.«

»Mit deinem Radio geht's zu Ende, und dann bist du arbeitslos.«

»Ja, vielleicht.«

»Nicht vielleicht. Dann bist du allein und arbeitslos.«

»Ja, du hast recht.«

»Na also. Gib mir was zu essen.«

»Das geht nicht, ich bin schwanger.«

»Mach das Kind weg, dann bist du nicht mehr schwanger, und alles wird gut.«

»Ich werde vielleicht nie wieder ein Kind haben.«

»Egal, du hast doch mich. Jetzt gib mir endlich was zu essen.«

Sie nagte und zehrte und zerrte an mir, und fast hätte sie gewonnen, wäre ich nicht ins Kaufhaus gegangen, um ein Geburtstagsgeschenk für Katjas kleine Tochter zu kaufen. Auch meine schöne wilde Freundin hatte inzwischen geheiratet und wohnte mit Mann und Kind in einem der hohen Stalinbauten an der Karl-Marx-Allee.

Als ich ratlos zwischen den vollgestopften und schreiend bunten Regalen umherirrte, fiel mir ein

Bär ins Auge, der auf einem kleinen Schemel hockte und schwermütig auf den Puppenteller blickte, der vor ihm auf dem Tisch stand. Außer ihm saßen drei Puppen mit langen Haaren und ausdruckslosen Gesichtern um den Tisch. Der Bär sah aus, als fühle er sich fehl am Platz und als würde er alles darum geben, von hier verschwinden zu können. Ich hob ihn von seinem Stuhl und schaute ihn an. Er war nicht nur deprimiert, er sah auch deprimierend aus. Sein linkes Ohr war abgeknickt, und am Hinterkopf fehlte ihm ein Stückchen Fell. Ich suchte nach einem Preisschild, doch er hatte keins.

»Der gehört zur Deko«, sagte die dauergewellte Verkäuferin, die plötzlich neben mir stand. »Der ist unverkäuflich.«

»Warum denn?«

»Ausschuss.«

»Ich nehme ihn trotzdem.«

»Er gehört aber zur Deko.«

»Sie können doch einen anderen Bären da hinsetzen.«

»Da muss ich erst den Abteilungsleiter fragen.«

Sie verschwand. Ich auch. Mit dem Bären. Ich wusste jetzt, was ich zu tun hatte, und für Katjas Kind würde ich woanders auch noch ein Geschenk finden. Als ich nach Hause kam, war meine fahle Gefährtin verschwunden.

Ein paar Wochen nachdem ich mich entschlossen

hatte, das Kind zu behalten, war klar, dass es mit dem Radio zu Ende ging und ich bald arbeitslos sein würde. Und als wäre das noch nicht genug, teilte mir mein Vermieter mit, dass er meine Wohnung modernisieren und danach die Miete erhöhen werde. Mir rutschte das Herz in die Hose – für einen Augenblick bereute ich meine Entscheidung, die Sache mit dem Kind allein durchziehen zu wollen. Doch es war alles nur halb so wild. Während in meiner Wohnung gebaut wurde, wohnte ich bei Katja, und als ich meine Füße nicht mehr sehen konnte, bekam ich das Angebot, freiberuflich für einen anderen Radiosender zu arbeiten. Alles würde gut werden, und als das kleine Mädchen bei mir einzog, war alles gut.

»Sie ist schön und klug«, sagte Kurt. »Genau wie ich.«

»Sie hat meine Nase«, sagte mein jüngster Bruder. »Eine gute Nase.«

»Sie ist dein Kind«, sagte mein ältester Bruder. »Du hast es gut.«

ZWÖLF

Als meine Tochter ein Jahr alt wurde und aufstand, um zu laufen, fiel mein jüngster Bruder hin und blieb liegen. Er nannte es Delirium infantilis, doch die Ärzte erklärten, er habe Glück gehabt und dass er sofort mit dem Trinken aufhören müsse, sonst gebe es kein Morgen. »Kein Morgen ist scheiße«, sagte mein Bruder und änderte sein Leben. Er stand früh auf, wanderte durch seine Gegend und fotografierte sie. Er redete mit dem Bäcker, dem Säufer und der Zeitungsfrau, und wenn er zurückkam, dachte er sich Geschichten über sie aus. Dann weckte er die blonde Malerin, mit der er jetzt lebte, und zeigte ihr das Haus, in dem wir mal eine Familie waren. Er fuhr nach Portugal und wusste plötzlich, dass er dort in einem Leuchtturm leben wollte. Er malte Bilder in tiefem Blau und formte aus Ton die Helden des Buches, das er schrieb. Es handelte von einem sizilianischen Kirchturmglöckner, den es mit einem kleinen, immer angesoffenen und rückwärtig alternden Rotkehlchen nach Berlin verschlägt. Die beiden streifen durch die Stadt und erleben die Wirklichkeit dabei realer als ihre Bewohner. Es war ein warmes, lustiges und kluges Buch, doch es verkaufte sich nicht.

»Egal«, sagte mein jüngster Bruder. »Dann mach ich eben was anderes.«

Er setzte sich eine Woche lang hinter das Schaufenster einer Buchhandlung und schrieb dort vor aller Augen. Er wollte gesehen werden und übte sich doch schon in der Kunst des Verschwindens.

Auch mein ältester Bruder kannte sich mit dieser Kunst aus, und nachdem das kleine Land im großen verschwunden war, verschwand er in dem Haus, das er sein Wörtergefängnis nannte. Dort schrieb auch er ein Buch und erzählte von einem Mann, der zwei Schwestern auf ihren Wunsch erschießt. Als er sich danach selbst töten will, fehlt ihm der Mut. Der Mann wird vor Gericht gestellt, und weil er sich selbst kaum noch Gewicht beimisst, erhängt er sich später in seiner Zelle an einem Bindfaden. Bei der gerichtsmedizinischen Untersuchung stellt ein Arzt fest, dass sich die Fontanelle des Mannes nie geschlossen hatte.

Sieben Jahre schrieb mein ältester Bruder an dieser Geschichte und zerrieb sich an ihr. Immer wieder begann er von vorn, verschachtelte die Handlung, fügte Figuren hinzu und erklärte sie zu abwesenden Personen, setzte sich selbst hinein und befreite sich wieder daraus. Dazwischen trank er, um nüchtern zu werden, und kokste sich in die Trunkenheit. Nach sieben Jahren türmten sich tausende Seiten auf dem Schreibtisch, der sich bog unter der Last. Mein Bruder bog sich auch, dann brach er zusammen. »Es ist das Herz«, sagten die Ärzte. »Wenn er nicht aufhört zu saufen und zu koksen, wird er endgültig verschwinden.« Sie operierten ihn und stachen versehentlich ein Loch in sein Herz. »Jetzt habe ich ein Loch im Herzen«, sagte mein ältester Bruder und schrieb ein Gedicht darüber. Dann legte er den Stift weg und umfing sich mit seinen Armen, als wolle er verhindern, dass er auseinanderfällt.

Aus den tausenden Seiten auf seinem Schreibtisch erschien schließlich ein kleines, dünnes Buch. Mein Bruder nahm es mit auf die Bühne des Theaters, neben dem er wohnte, und setzte sich neben die Schauspielerin mit den schönen tiefen Augen. Die beiden hatten sich vor langer Zeit getrennt und doch nie losgelassen. Sie lasen zusammen aus seinem Buch, und es ging ihm gut.

Die Bücher meiner Brüder erschienen im selben Jahr, und zwei Jahre später atmeten beide zum letzten Mal aus. Das neue Jahrhundert war gerade ein Jahr alt, als mein jüngster Bruder nicht mehr auf die Ärzte hören wollte. »Vernunft ist auf Dauer für den Arsch«, sagte er und versenkte sie auf dem Boden der Flasche, die er trank. Er ging im frühen Sommer. Ich brachte ihn zum Friedhof, auf dem auch mein mittlerer Bruder lag, und ließ seinen Namen in dessen Stein meißeln.

»Dieser Idiot«, sagte mein ältester Bruder, als er

leichenblass bei der Beerdigung erschien. »Er hat mir doch sonst immer alles nachgemacht, warum macht er mir jetzt das Sterben vor?«

Sein Herz, das schon so krank war, wurde immer schwerer und konnte ihn bald nicht mehr tragen. Er ging im späten Herbst.

»Ihr Idioten«, sagte ich. »Jetzt bin ich ganz allein.«

Dann rief ich meine Freunde an, und sie kamen. Wir tranken und kifften und spielten »Mensch ärgere dich nicht«, und ich lachte und weinte mich in eine weiche Abwesenheit. Nebenan schlief meine Tochter, und als ich am nächsten Morgen neben ihr aufwachte, hatte ich keine Kopfschmerzen. Für einen Augenblick dachte ich, ich müsste mich dafür schämen. Doch ich schämte mich nicht.

EPILOG

Es war der erste Tag des Jahres, als ich von zu Hause losging. Normalerweise pflegte ich an Tagen wie diesem auszuschlafen. Normalerweise steckte ich mir dafür Stöpsel in die Ohren, damit ich das Silvestergeballer nicht hören musste. Ich mochte Silvester nicht, weil es sich so wichtig nahm und weil ich es nicht brauchte, um etwas zu ändern. Außerdem war mein Leben in Ordnung, wie es gerade war. Ich hatte eine schöne und kluge Tochter von sieben Jahren, ich liebte meine Arbeit beim Radio, und auch wenn mir gerade die Liebe fehlte, war ich nicht einsam. Normalerweise also war der erste Tag des Jahres ein Tag wie jeder andere. Doch heute war es anders, denn ich hatte etwas vor.

Der Morgen war kalt und eisgrau, die Bürgersteige sahen aus wie nach einem bunten Krieg, und durch die Straßen taumelten noch ein paar Überlebende. Ich stieg in mein Auto und fuhr zum S-Bahnhof Greifswalder Straße, vor dessen Eingang eine junge Vietnamesin in einem anachronistischen Blumenmeer stand. Es war der erste Tag des neuen Geldes, doch ich hatte noch keins. Ich fragte sie, ob sie auch D-Mark nehme für ihre Blumen. Sie nickte. Ich suchte fünf Rosen aus, bezahlte, und als ich wieder im Auto saß, zündete ich mir eine Zigarette an und dachte nach. Fünf Leute auf drei Friedhöfen in drei Stadtbezirken – es gab keine Logik, nach der ich die Reihenfolge festlegen konnte, in der ich sie besuchte. Also entschied ich mich für die effektivste Route und fuhr zuerst zu meinem ältesten Bruder, der auf dem Friedhof der großen Künstler und klugen Köpfe lag. Statt eines Steins stand eine Holzskulptur auf seinem Grab, sie erinnerte an eine afrikanische Plastik, die mein Bruder besessen hatte. Ein Bildhauer hatte die Skulptur gemacht, doch ich fand, dass sie nicht zu meinem Bruder passte. Sie gehört in ein Museum und du nicht, dachte ich und legte eine der Blumen auf sein Grab.

Ich stieg wieder in mein Auto und fuhr zu meinen beiden jüngeren Brüdern, die zusammen lagen. Als ich vor dem grobbehauenen Stein mit ihren Namen stand, wartete ich. Ich wusste nicht, worauf, doch ich wusste, dass es richtig war zu warten. Ich dachte an Filmszenen, in denen Leute an Gräbern standen und mit ihren Toten redeten. Ich fand das immer albern und kitschig, und es gab auch nichts, was ich mit meinen Brüdern jetzt dringend hätte besprechen müssen. Irgendwo schrie eine Krähe. Mein jüngster Bruder hatte in seinen Geschichten oft mit Vögeln gesprochen, eine Krähe war auch dabei. Doch ich war nicht abergläubisch genug, um den krächzenden

Vogel für ein Zeichen zu halten. Ich blieb noch ein paar Minuten stehen, legte zwei Blumen auf das Grab meiner Brüder und ging.

Schließlich fuhr ich zum Friedhof, auf dem meine Eltern lagen, und als ich an ihrem Grab stand, wartete ich wieder auf einen Gedanken. Er kam. Abwesend, dachte ich. Jetzt seid ihr alle abwesend. Das ist traurig, doch es hat auch was Gutes: Ihr könnt mir nicht mehr verlorengehen, weil ich euch schon verloren habe. Ich legte die letzten beiden Rosen auf das Grab meiner Eltern. Ich habe euch lieb, sagte ich. Und ab jetzt ist Ruhe.

DANKSAGUNG

Meinen Freunden Knut Elstermann, Germar Redlich und Friedrich Küppersbusch, ohne die ich diesen Roman nie begonnen hätte. Meinem Agenten Matthias Landwehr, ohne den ich ihn nie weitergeschrieben hätte. Oliver Vogel und Constanze Neumann, die ihm bei S. Fischer ein gutes Zuhause gegeben haben. Und schließlich meinem Lektor Roland Spahr, ohne den er nie so geworden wäre, wie er jetzt ist. – Danke für Euren Rat und Eure Freundschaft.

DAS MÄDCHEN UNTERM TISCH

Ein Nachwort von Alexander Osang

Das Buch spielt vor allem in Ostdeutschland, kommt aber ohne strahlende Helden aus, ohne Schurken und auch fast ohne Staatssicherheit. Es ist dennoch eine große Tragödie mit vielen Toten. Die Überlebende erzählt die Geschichte.

Ostdeutsche Leben konnten bunt und gleichzeitig eintönig sein. Man konnte privilegiert sein und benachteiligt, auch beides zugleich, manchmal war man benachteiligt, weil man privilegiert war. Man konnte sehr unglücklich sein in diesem Land, aber man wurde nicht einfach glücklich dadurch, dass man es verließ. Die Familie der Erzählerin hat diese Erfahrung etwas früher machen können als der Rest von uns.

Ab jetzt ist Ruhe führt in Budapester Hotelsuiten und Karl-Marx-Städter Neubauviertel, in Londoner Wohnungen von Holocaustüberlebenden und in Ostberliner Werkhallen. Es ist in einem Moment glamourös und im nächsten niederschmetternd und grau. Es wird viel geraucht und getrunken, geliebt und geflucht, und man kennt – wenn man selbst aus Ostberlin kommt – alle Figuren, die auftauchen, egal ob es sie gab oder nicht. Ich rede nicht nur von den berühmten Charakteren wie dem »Dichter mit der weiten Stirn« und der »schönen Sängerin mit den großen dunklen Augen«. In den 80er Jahren zum Beispiel verliebt sich die Erzählerin in einen Mann, und so wie sie ihn beschreibt, dachte ich, dass es der Mann sein müsste, der vorher mit einer jungen Frau zusammen war, mit der auch ich eine Affäre hatte. Wir haben uns viele Jahre später mal nach einem Konzert in der Kulturbrauerei kurz unterhalten. Die Haare des Mannes waren inzwischen weiß. Ich erzählte ihm von unserer gemeinsamen Geliebten, die noch vor dem Mauerfall in den Westen ausgereist war, und beobachtete, wie sich sein Blick veränderte, klärte. Es war, als würde einen jemand aus einem durchgefeierten Wochenende kennen, an das man sich nicht mehr richtig erinnern kann. Vielleicht bilde ich mir das auch nur ein, aber das ändert nichts. Wir waren alle miteinander im Bett.

Dieses Gefühl jedenfalls hatte ich, als ich Marion Braschs Buch las. Ich war so froh, dass es endlich vorbei war und wollte gern noch mal zurück.

In irgendeinem DDR-Sommer reist die Erzählerin mit ihrer zickigen, schönen Freundin Katja an die Ostsee, man riecht das Meer und die Kneipenluft. Wie eng und kalt alles war, verregnet und ziellos. Man wollte mal weg, raus, wusste aber nicht wohin. Auch in Budapest, wo wir hinfuhren, weil es dem Westen am ähnlichsten zu sein schien mit seinen Plattenläden, Jeansnähern und Plakatwänden, gab es keine Erlösung. Die Erzählerin verbringt dort eine Nacht auf einem verstaubten Dachboden, schläft auf einer Parkbank, weil sie keine Unterkunft findet, und besucht schließlich ihren ältesten Bruder im Gellert Hotel, das ihr »riesengroß und vornehm und sehr einschüchternd« erscheint. Ging mir genauso. Vor drei Jahren war ich nochmal da, ich habe extra im Gellert Hotel übernachtet, weil ich es mir nun leisten kann. Ich habe den Luxus gesucht. Das Zimmer aber war klein, heiß und laut, das Frühstück schlecht, im Foyer drängelten sich Pauschaltouristen. Der Glamour existierte nur in meiner Erinnerung. Vielleicht gab es ihn auch damals schon nicht. Und es glänzte dort nur so, weil mein Alltag so grau war.

Die Nachbarin der ersten eigenen Altbauwohnung, in die die Erzählerin zieht, wirkt wie eine Nachkriegsgestalt. Das Haus stelle ich mir vor wie eines der dunklen, vernarbten Gründerzeitgebäude, die in den schwarzweißen Bildbänden über die 80er Jahre Ostberlins zu sehen sind, vor denen Kinder in Autowracks spielen und Fleischer Schweinehälften über die Bürgersteige schleppen, wo es Punks in selbstgenähten Klamotten gibt, einbeinige Trinker und schwarzgesichtige Kohlenmänner. Eine Kulisse, in der man auch *Gangs of New York* hätte drehen können. Der Prenzlauer Berg wirkt da zweihundert Jahre alt, und doch hätte ich auf einem dieser Fotos irgendwo mit meiner Levis-Jacke, die ich mir gerade im Intershop des Hotel Metropol gekauft hatte, aus einem Hauseingang kommen können.

Wir sind jetzt alle Figuren in der großen Erzählung einer untergegangenen Welt. Ostberlin war die Hauptstadt der DDR, was gewaltig klingt, vor allem, wenn man begreift, wie klein es eigentlich war. Die meisten von uns sind immer noch da, wie Untote in einer neuen Welt.

Man kann das verschwundene Land hassen und gleichzeitig vermissen, wenn man das Buch liest. Der große Bruder der Heldin, der an den berühmten Bruder der Autorin erinnert, Thomas Brasch, geht in diesem Widerspruch verloren. »Ich habe mich in die DDR verliebt«, sagt er einmal, als er nach seiner Ausreise zu einem Besuch zurück in den Osten kommt.

Der große Bruder ist das, was dem Helden eines deutschen Entwicklungsromans am nächsten kommen könnte. Er verweigert sich der Sage. Er wird als Junge auf eine kommunistische Kadettenschule geschickt, verteilt Flugblätter, als sowjetische Panzer in Prag einrollen. Er muss in den Westen ausreisen, er wird berühmt und unglücklich, fühlt sich benutzt vom Westen und benutzt ihn. Die Rede, die der große Bruder hält, als er einen Preis bekommt, ist die Rede, die Thomas Brasch hielt, als er in München, in Anwesenheit von Franz Josef Strauß, den Bayerischen Filmpreis entgegennimmt. Und auch das Preisgeld von 50 000 Mark.

»Ich nehme das Geld aus den Händen des Staates, gegen den ich arbeite«, sagt der große Bruder. Man spürt die Verunsicherung der Gäste im Saal. »Ich danke der Filmhochschule der DDR für meine Ausbildung«, sagt Thomas Brasch. Der Saal buht. »Ich danke den Verhältnissen für ihre Widersprüche.« Die bayerische Staatsregierung lässt dem großen Bruder aus dem Osten mitteilen, dass sie ihn nicht mehr als ihren Gast betrachte und auch die Hotelrechnung nicht bezahle.

Es ist die Beschreibung eines großen Missverständnisses. Es wirkt, als probe man die deutsche Wiedervereinigung in München. 1981. In Gegenwart von Franz Josef Strauß. Die Erwartungen des Ostens, die der Westen nicht erfüllen konnte. Die Entrüstung des Westens über die Undankbarkeit des armen Bruders. Das Unverständnis auf allen Seiten, die Enttäuschung, die Fremdheit. Alles erkennt man, wenn man sich den kurzen Clip anschaut, in dem Thomas Brasch im offenen Hemd neben dem bayrischen Ministerpräsidenten steht, der ihn verständnislos belächelt.

Wir hätten es wissen können. Wussten wir aber nicht. In den zehn Jahren, seit dieses Buch zum ersten Mal erschien, gab es ein paar Filme, die uns die Familie Brasch näherbrachten. Man lernt in diesen Filmen Menschen kennen, die man eigentlich zu kennen glaubte. Menschen wie Katharina Thalbach,

Bettina Wegner und eben Thomas Brasch. Künstler, die so ehrlich über ihr Verhältnis zueinander, aber auch zu den beiden Deutschlands und ihren Gesellschaftsmodellen, zu Sozialismus und Kapitalismus berichten, dass man am liebsten nochmal von vorn anfangen möchte.

Die Hoffnung, die diese Menschen mit dem kleineren Deutschland verbanden, macht es so ärgerlich, dass dieses Land sie nicht ertragen hat. Man spürt so viel Sehnsucht und Anstand, was nach all den Losungen, den Versprechen, den Feiern, den Protestmärschen der letzten dreißig Jahre wirkt wie eine Offenbarung. Und vielleicht hat erst der Blick der kleinen Schwester auf die Welt diese Perspektive ermöglicht.

Die Erzählerin aus *Ab jetzt ist Ruhe* beschreibt die Familienkatastrophen aus ihrem Kinderzimmer. Weil ihre Familie die deutschen Verwerfungen und Katastrophen des letzten Jahrhunderts mit sich herumschleppt, Krieg, Flucht, Holocaust, Neuanfang, Mauerbau, kalter Krieg, Aufbau und Untergang der sozialistischen Republik, ist ihr Buch ein deutsches Gesellschaftsporträt geworden. Die Geschichte des jüngsten Kindes, das unter dem Familientisch sitzt und den nicht endenden Streit beobachtet.

Es mag ein naiver Blick sein, aber das ist ja das Gute. Kaum eine Erinnerung scheint durch die nachträgliche, abgeklärte Sicht auf die Zeit getrübt. Es ist die Erzählung eines Ostmädchens, ein bisschen verzogen, ein bisschen vernachlässigt, ein bisschen verstört. Ziemlich gelangweilt, verträumt, schwärmerisch manchmal, manchmal pampig. Auch die Sprache ist so. Als Mädchen »kotzt« sie auf das Essen im Kindergarten, eine Kioskfrau ist »fett und laut«, ein Mitschüler ist ein »elender Streber« und »isst seine Popel«. Das Mädchen stellt fest, dass Schreibmaschinen »irgendwie kluge« Geräusche machen. Als sie auf ihrer Ostseereise die Männer begutachtet, die alten, dicken oder vergebenen Männer, stellt sie fest: »Kein Material.« Sie schwärmt für die chilenischen Jungs, die mit ihren Familien nach dem Putsch gegen Allende in die DDR flohen. Sie haben die besseren Augen und die bessere Geschichte. Die ungarischen Gastarbeiter in Karl-Marx-Stadt sind natürlich interessanter als die sächsischen Klassenkameraden. Sie probiert Jüdischsein aus und die Levis ihres großen Bruders. Sie besucht die jüdische Gemeinde Ostberlins wie eine Theatervorstellung. Ein Bekannter ihres Bruders lädt »die kleine Schwester« ins richtige Theater ein.

»›Hamlet‹, sagte er. Ach du Scheiße, dachte ich.«

Da ist kein Pathos der DDR-68er, kein Staunen der Westbesucher, nicht die Wut der Unterdrückten, kein Gebalze der ostdeutschen Thomas-Mann-Epigonen oder schwermütigen Hinterhofpoeten, auch keine Wehmut. Da ist vor allem: Langeweile, Ratlosigkeit, Sehnsucht. Universelle jugendliche Gefühle. Man spürt die Zeit stehen im Neubaublockkinderzimmer. Man schmeckt den Schnaps, den sie als Druckereifacharbeiterin für ihre Kollegen kauft, zum Einstand und zum Abschied. Man fühlt die langen Arbeitstage. Sie hüpft von Job zu Job und kommt doch nicht voran.

»Die ›Tagesschau‹ langweilte mich genauso wie die ›Aktuelle Kamera‹«, sagt die kleine Schwester.

Es ist beruhigend zu erfahren, dass die geheimnisvollen Mädchen, die viel rauchten, auch nicht mehr wussten, als man selbst, als Junge. Ich hatte keine Ahnung, wie es weitergehen soll, aber im Moment war es nicht weiter schlimm. Erst mal eine rauchen. Es gibt eine Szene, in der die Erzählerin ihre eigene Party verlässt und aus der Telefonzelle zu Hause anruft, um sich nach sich selbst zu erkundigen. Sie hat schon ein Telefon, aber keine Ahnung, wo die Reise hingehen soll.

»Du könntest Ingenieur werden«, sagt ihr Vater.

Sie holt sich in der Buchhandlung am Alexanderplatz einen Studienführer, um nachzugucken, was man noch so studieren kann. So wurde ich Journalist. Ich fand das Studium im Studienführer, weil ich kein Ingenieur werden wollte wie mein Vater.

Die kleine Schwester lernt, was es bedeutet, aus einer privilegierten Familie zu kommen. Sie profitiert und zahlt den Preis, je nachdem. Sie muss in die

Wochenkrippe und vorübergehend nach Karl-Marx-Stadt, später erbt sie Westgeld und kann vor allen anderen nach London und nach New York. Sie beschwert sich nicht, sie gibt nicht an. Sie kämpft mit Essstörungen. Sie verliebt sich, aber es hält nie lange. Die Mutter stirbt, die Stiefmutter ist unerträglich. Die Brüder gehen einer nach dem anderen. Nur ihr Vater ist immer da.

Der Gegenspieler der Romanheldin ist nicht der Staat oder die Diktatur, es ist ihr Vater, der Funktionär.

Er wirkt stur und anständig, prinzipienfest und gnadenlos. Er verrät seinen ältesten Sohn für die Sache der Arbeiterklasse, er zieht in die ostdeutsche Provinz für die Sache, er wohnt im lichtlosen Erdgeschoss eines Neubaublocks, weil er keine Privilegien will. Er opfert das Glück seiner Frau für die Sache. Als sie stirbt, ersetzt er sie schnell mit einer anderen Frau, die er nach ihrer politischen Haltung auszusuchen scheint. Er zerstört das Leben seiner drei Söhne für die Sache. Einem seiner Jungs schenkt der Vater zum Geburtstag eine Reise in alle Bezirksstädte der DDR. Fünfzehn Bezirksstädte. Auch Gera. Neubrandenburg, Cottbus, Karl-Marx-Stadt, Suhl. Die ganze Welt. Der Vater wird als Jude geboren, wächst als Katholik auf und wird schließlich Kommunist. Aber nirgendwo gibt es Erlösung. Seine Frau geht in seinem Traum verloren, seine Söhne verlassen ihn nach und nach, und langsam treibt auch seine Tochter von ihm weg. Als er sich das Leben nehmen will, wird er selbst dafür von seiner Partei gestraft. Immer geht es um Schuld und Sühne. In der katholischen Kirche und in der kommunistischen Partei. Es ist sicher kein Zufall, dass er fast zeitgleich mit der Mauer zusammenbricht und stirbt.

Der Mann verkörpert die Vergeblichkeit der Idee. Sie verkümmert in seinem Leib. Sie schneiden ihm Teile der Lunge weg, aber er raucht immer weiter. Nur einmal bei einer Reise nach London, wo er als Junge im Exil war, wird er wieder leicht, da scheint der alte, kranke Mann zu fühlen, wie alles angefangen, was er einmal gewollt hat.

Seine Tochter will weg von ihm, aber kann ihn nicht verlassen. Sie ist die letzte in seiner Familie, die er noch hat.

Sie wird keine Ingenieurin, sie geht in seine Partei, damit ihr Vater sie in Ruhe lässt. Sie schreibt es hin und nimmt den Worten »Sozialistische Einheitspartei Deutschlands« viel von ihrer Wucht. Heute, über dreißig Jahre danach, wirkt die Mitgliedschaft in irgendwelchen Organisationen wie ein Verbrechen. Allein die Namen. Deutsch-Sowjetische Freundschaft. Freier Deutscher Gewerkschaftsbund. Gesellschaft für Sport und Technik. Freie Deutsche Jugend. Da war ja fast jeder im Osten drin, es schien bedeutungslos. Aber es ist schwer, es seinen Kindern zu erklären, heute. DSF? Warum bist du da reingegangen, Papa? Wieso in die GST, wo du jede Art von Militär so hasst? Tja. Wegen Opa.

Die Heldin geht in die große, schreckliche Partei, um ihren Vater zu beruhigen. Sie will, dass er ihr erlaubt, eine eigene Wohnung zu beziehen. Als sie es später ihrem großen Bruder gesteht, sagt der am Telefon, im Westen: »Ich war auch mal fast in der Partei … Aber sie wollten mich nicht.«

Der große Bruder ist als Kandidat der Partei in den Westen ausgereist, steht da. Die Idee schlummerte in ihm offenbar wie ein Alien. Anfang der 80er Jahre vergleicht sein Vorbild im richtigen Leben, Thomas Brasch, in einer westdeutschen Talkshow seine Ausreise aus der DDR mit der Trennung von einer Frau, die er einmal geliebt hat. Er will ihr nicht Schlechtes nachsagen. Es gebe im Osten politische Gefangene, im Westen allerdings auch, sagt er. Das Fernsehpublikum wird unruhig. Der Moderator scheint verwirrt, er bekommt Zettel gereicht. Für einen kostbaren Moment spürt man die Angst des Westens vorm Gespenst des Kommunismus. Brasch sagt in das ratlose Gesicht des wunderbaren Wolfgang Menge, er habe keine Lust, sich auf das dumme Rechtfertigungskarussell zu setzen.

Das hat auch die kleine Schwester nicht getan.

Der Blick des Mädchens unterm Tisch entzieht sich den Erwartungen derjenigen, die jede ostdeutsche Biographie in ihre Setzkästen einordnen. Ihre Familie ist am Sozialismus zerbrochen, sicher, aber auch am Kapitalismus. Thomas Brasch sagte in seiner berühmten Rede in München, dass er dem »anarchischen Anspruch auf eigene Geschichte« ein Denkmal setzten wollte.

Marion Brasch hat hier etwas Ähnliches versucht.

Die kleine Schwester singt in einer Band und geht zu Parteiversammlungen. Sie wird von einem berühmten blinden Radiomoderatoren entdeckt. Sie liest Buñuels Lebenserinnerungen, als das Land auseinanderfällt. *Mein letzter Seufzer*. Gleich am Anfang schreibt Luis Buñuel über das Vergessen, das Trügerische aller Erinnerungen. Damals war ich noch zu jung, um zu verstehen, was er meint. Wir lasen offenbar auch alle dieselben Bücher. Als die Mauer fällt, fährt die kleine Schwester nicht nach München, Dortmund oder Bremen, sondern fliegt nach New York. So groß war die Sehnsucht nach der Welt. Wir haben uns da knapp verfehlt. Sie kam eine Woche vor der Währungsunion zurück nach Berlin. Ich flog eine Woche nach der Währungsunion los nach Amerika. Es war der Sommer 1990. Da war unser Land kaum noch am Leben. Sie erklärte ihren amerikanischen Freunden, dass sie gegen eine Wiedervereinigung sei. Der Grund: Man hätte etwas anderes versuchen können mit dem Land.

»Was denn?«, fragt der amerikanische Freund.

»Keine Ahnung«, sagt die kleine Schwester. »Schon so was wie Sozialismus, aber irgendwie entspannter und demokratischer.«

Das wäre auch meine Antwort gewesen.

Es ist die Haltung der kleinen Schwester. Ich war auch eine, glaube ich. Drangsaliert, aber nie wirklich bedroht, das Gefühl im Herzen, auf der richtigen Seite der Welt zu leben, »irgendwie«. Nur ein wenig genervt von der Langeweile, aber auch von der besserwisserischen Haltung des Westens. Von den Kerlen in Anzügen, die jetzt wissen wollten, was gut für uns ist. Von den Verkäufern, die ihren alten Opel Kadett im Osten loswurden. Von den Ostlern, die die Kadetts kauften. Die Menschen mit den »Wir-sind-ein-Volk«-Plakaten waren für mich Neonazis. Die Menschen, die sich vor der offenen Mauer fürchteten, waren für mich irgendwann Spießer. Dieser Welt entfloh ich nach Amerika, ein sozialistischer Träumer im Mutterland des Kapitalismus. Das war die Haltung. Im richtigen Leben war ich ein großer Bruder. Meine kleine Schwester hatte vor dem Mauerfall einen Ausreiseantrag gestellt und lebte, als ich in Amerika der DDR nachtrauerte, mit ihrem kleinen Sohn in einem Übersiedlerheim an der Kurfürstenstraße, vor den Fenstern war der Drogenstrich. Sie wollte nicht mehr zurück in den Osten, nie wieder.

Ich zog später in ihre verlassene Wohnung im

Prenzlauer Berg, kaufte mir im ersten Winter nach der deutschen Einheit in Westberlin einen schwarzen Mantel, in dem ich auch schlief, weil ich keine Kohlen hatte, um zu heizen. Ich fing an, als Reporter zu arbeiten. Die ersten Jahre verlebte ich wie im Rausch. Ich begriff die Zeiten schreibend. Ich befand mich auf Augenhöhe mit den Leuten über die ich schrieb. Ich lebte in ihren Geschichten. Die Heldin von Marion Braschs Roman arbeitete beim Radio. Bei einem Sender, der für sie mehr war als eine Radiostation. »Es ist unser Radiosender«, sagt sie. Für eine gewisse Zeit war meine Zeitungsredaktion mein Leben. In meiner Erinnerung fühlten alle noch ein letztes Mal dasselbe. Verunsicherung und Erwartung.

Ende der 90er Jahre rief Thomas Brasch auf meinem Redaktionstelefon bei der *Berliner Zeitung* an. Er schien an einem offenen Fenster zu stehen. Es war sehr laut. Er redete über Brecht, den Rosenthaler Platz und eine Sache, die wir zusammen machen müssten, »mit Nina und Meret«, wie er sagte. Ich hatte keine Ahnung, worum es ging, fühlte mich aber sehr geehrt. Dann legte Brasch eine Platte auf, Musik, die ich mir anhören müsse. Ich saß bestimmt dreißig Minuten da an meinem Schreibtisch, das Telefon in der Hand und wartete darauf, wie es weitergeht. Ich hatte nicht die Kraft aufzulegen. Es war Jazzmusik, wer, wusste ich damals nicht. Oder ich hatte es inzwischen vergessen. Ich habe im Buch gelesen, dass der große Bruder der Erzählerin für sie manchmal Miles-Davis-Platten auflegte.

»Es gibt keine schönere Musik und keine einsamere«, sagte er ihr.

Miles Davis also.

»Unser Gedächtnis ist unser Zusammenhalt, unser Grund, unser Handeln, unser Gefühl«, schreibt Luis Buñuel in *Mein letzter Seufzer*, dem Buch, das uns durch die Endzeit der sozialistischen Jugend begleitete. »Es wird nicht nur vom Vergessen bedroht, seinem alten Feind, sondern auch durch falsche Erinnerungen, die es dauernd bedrängen.«

Marion Braschs Buch bedrängte mein Gedächtnis nicht. Es machte es wach.